DEUS DA MALÍCIA

God of Malice (2024)
Copyright © 2022, 2024 by Rina Kent
Tradução © 2025 by Book One
Todos os direitos de tradução reservados e protegidos pela Lei 9.610 de 19/02/1998. Nenhuma parte desta publicação, sem autorização prévia por escrito da editora, poderá ser reproduzida ou transmitida sejam quais forem os meios empregados: eletrônicos, mecânicos, fotográficos, gravação ou quaisquer outros.

Coordenadora editorial	Francine C. Silva
Tradução	Jiahu Content Brasil
Preparação	Aline Graça
Revisão	Wélida Muniz
	Tainá Fabrin
Design original de capa	Opulent Designs
Adaptação de capa	Francine C. Silva
Projeto gráfico e diagramação	Bárbara Rodrigues
Impressão	Plena Print

Dados Internacionais de Catalogação na Publicação (CIP)
• Angélica Ilacqua CRB-8/7057

K44d   Kent, Rina
       Deus da malícia / Rina Kent ; tradução de Jiahu Content Brasil. — São Paulo : Inside Books, 2025.
       464 p. (Coleção Legado dos Deuses ; vol. 1)

       ISBN 978-65-85086-67-7
       Título original: *God of Malice* (Legacy of Gods, #1)

       1. Ficção inglesa 2. Literatura fantástica I. Título II. Jiahu Content Brasil III. Série

25-1255   CDD 823

LEGADO DOS DEUSES

DEUS DA MALÍCIA

RINA KENT

São Paulo
2025

Inside
BOOKS

Para quem gosta de um vilão sem remorsos.

NOTA DA AUTORA

Olá, queridas leitoras e queridos leitores,

Se você nunca leu meus livros, talvez não saiba, mas escrevo histórias sombrias que podem ser perturbadoras e inquietantes. Minhas obras e meus personagens principais não são para os fracos de coração.

Killian Carson, o personagem principal de *Deus da Malícia*, é um verdadeiro psicopata, não um vilão de contos de fadas, nem um *bad boy* que acaba sendo domado. Ele é um vilão com ações muito questionáveis. Portanto, se você não consegue lidar com personagens moralmente incorretos, por favor, *não* prossiga com a leitura.

Este livro contém cenas de sexo sem consentimento e/ou com consentimento dúbio, além de ideações suicidas. Espero que você saiba quais são os seus gatilhos antes de continuar.

Deus da Malícia é um livro que pode ser lido separadamente e não tem continuação.

Para saber mais sobre Rina Kent, acesse rinakent.com.

LEGADO DOS DEUSES
ÁRVORE GENEALÓGICA

UNIVERSIDADE ELITE REAL

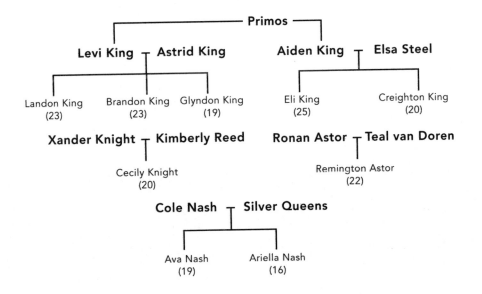

CENTRO UNIVERSITÁRIO KING'S U

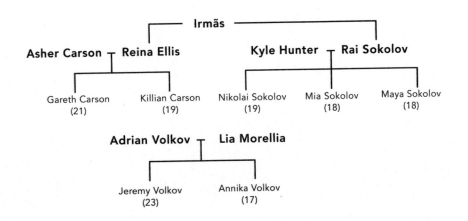

CAPÍTULO 1
GLYNDON

Os desastres começam em noites escuras.

Noites sem estrelas, sem alma e sem brilho.

O tipo de noite que serve de cenário sinistro no folclore.

Olho para baixo e vejo as ondas se quebrando contra as enormes rochas pontiagudas do penhasco.

Enquanto imagens sangrentas rolam em minha mente com a força devastadora de um furacão, meus pés tremem na borda do precipício. A cena se repete de uma forma muito perturbadora. O acelerar do motor, o derrapar do carro e, por fim, o rangido do metal raspando contra as pedras e o impacto nas águas mortais.

Não há mais carro, nem pessoa dentro dele, nem espírito a ser dispersado no vento.

Há apenas o som da ferocidade das ondas e a fúria sólida das rochas.

Ainda assim, não me atrevo a piscar.

Naquela época, eu também não piscava. Apenas encarava, depois gritava como uma criatura mítica amaldiçoada.

Mas ele não me ouviu. O garoto cujo corpo e alma não estão mais entre nós.

O garoto que lutava contra problemas psicológicos e emocionais, mas que ainda assim conseguia estar lá para me apoiar.

Um calafrio repentino percorre minhas costas, e cruzo meu casaco de flanela sobre a blusa branca e o short jeans. No entanto, não é o frio que me incomoda.

É a noite.

O terror das ondas impiedosas.

A atmosfera é sinistramente semelhante à de algumas semanas atrás, quando Devlin me trouxe a este penhasco na Ilha de Brighton, uma ilha situada a uma hora de balsa da costa sul do Reino Unido.

Quando chegamos aqui, nunca imaginei que tudo culminaria em um desfecho mortal.

Naquela noite também não havia estrelas, e, assim como hoje, a lua brilhava com intensidade, como prata pura derramando sobre uma tela em branco. As rochas imortais são testemunhas silenciosas do sangue carmesim, das vidas perdidas e do luto assolador.

Todos dizem que vai melhorar com o tempo: meus pais, meus avós, meu terapeuta.

Mas só tem piorado.

Todas as noites, há semanas, não consigo dormir mais do que duas horas de sono inquieto e cheio de pesadelos. Toda vez que fecho os olhos, o rosto gentil de Devlin aparece, e então ele sorri enquanto o escarlate explode de todos os seus orifícios.

Acordo tremendo, chorando e me escondendo no travesseiro para que ninguém pense que enlouqueci.

Ou que preciso de mais terapia.

Eu estava passando o feriado de Páscoa com minha família em Londres, mas não aguentava mais.

Foi por puro impulso que saí de casa assim que todos dormiram, dirigi por duas horas, peguei a balsa por mais uma hora e acabei aqui depois das duas da manhã.

Tem vezes que quero parar de me esconder de todo mundo, inclusive de mim mesma. Muitas vezes, porém, fica muito difícil e é impossível respirar direito.

Não consigo olhar nos olhos de minha mãe e mentir. Não consigo mais encarar meu pai e meu avô e fingir que ainda sou a menininha deles.

Acho que a Glyndon King que eles criaram por dezenove anos morreu com Devlin há algumas semanas. E não consigo encarar o fato de que em breve eles chegarão a essa conclusão.

Vão olhar para meu rosto e verão uma impostora.

Uma vergonha para a família King.

É por isso que estou aqui. Uma última tentativa de expulsar a carga que vem se acumulando em mim.

O vento bagunça meu cabelo cor de mel com mechas loiras naturais e o enfia em meus olhos. Eu o jogo para trás e esfrego as mãos no short enquanto olho para baixo.

Para baixo.

Cada vez mais para baixo...

Esfrego as mãos com mais força, e o som do vento e das ondas cresce em meus ouvidos.

As pedrinhas se esfarelam sob meus tênis quando dou um passo à frente. O primeiro é o mais difícil, mas depois é como se eu estivesse flutuando.

Abro bem os braços e fecho os olhos. Como se estivesse possuída por uma força que não reconheço, mal percebo que ainda estou parada no mesmo lugar. Ou que meus dedos coçam para pintar algo com tinta spray.

Qualquer coisa.

Espero que minha mãe nunca veja minha última pintura.

Espero que ela não se lembre de mim como a filha menos talentosa. Uma decepção que nunca conseguiu sequer chegar aos pés de sua genialidade.

A esquisita cujo senso artístico sempre foi distorcido, mas da pior forma possível.

— Sinto muito — sussurro, as palavras que acho que Devlin me disse antes de sair voando para lugar nenhum.

Uma luz atravessa a escuridão por trás das minhas pálpebras fechadas e me assusto, pensando que talvez o fantasma dele tenha saído da água para me assombrar.

Ele me diria as mesmas palavras que rosnava em cada um dos meus pesadelos:

Você é uma covarde, Glyn. Sempre foi e sempre será.

Esse pensamento traz à tona os pesadelos. Giro tão rápido que meu pé direito escorrega e grito enquanto caio para trás.

Para trás...

Em direção ao penhasco mortal.

Uma mão forte agarra meu punho e puxa com uma força que rouba o fôlego de meus pulmões.

Meus cabelos voam em uma sinfonia caótica, mas minha visão se fixa na pessoa que me segura sem nenhum esforço. No entanto, ele não me puxa para perto, pelo contrário, me mantém em um ângulo perigoso que poderia me matar em uma fração de segundo.

Meus joelhos tremem, meus tênis escorregam nos pedregulhos, me deixando mais próxima do abismo, e da possibilidade de uma queda.

Os olhos da pessoa — um homem, a julgar pelo porte musculoso — estão escondidos por trás de uma câmera. Mais uma vez, um flash ofuscante brilha em meu rosto. Então, essa é a razão por trás daquela luz repentina momentos atrás. Ele estava me fotografando.

Só então percebo que a umidade está embaçando minha visão, que meu cabelo está um desastre causado pelo vento e que talvez minhas olheiras possam ser vistas do espaço.

Estou prestes a pedir que ele me puxe, porque estou literalmente na beira do precipício e tenho medo de tentar sozinha e acabar caindo.

Mas então algo acontece.

Ele afasta a câmera dos olhos, e minhas palavras ficam presas na minha garganta.

Já que é noite e a única fonte de luz é a lua, eu não deveria ser capaz de vê-lo com tanta clareza. Mas consigo. É como se eu estivesse sentada na estreia de um filme. Um suspense.

Ou talvez terror.

Os olhos das pessoas costumam brilhar com emoções, qualquer que seja. Mesmo o luto os faz reluzir com lágrimas, palavras não ditas e arrependimentos irrevogáveis.

Os dele, no entanto, são opacos como a noite e igualmente escuros. E o mais estranho é que eles se misturam perfeitamente à escuridão ao redor. Se eu não o estivesse encarando, pensaria que ele era uma criatura selvagem.

Um predador.

Um monstro, talvez.

Seu rosto tem traços bem definidos e angulares, do tipo que exige atenção total, como se tivesse sido esculpido com o único propósito de atrair pessoas para uma armadilha meticulosamente elaborada.

Não, pessoas não.

Presas.

Há uma qualidade masculina em seu porte físico que nem sua calça preta e camiseta de manga curta conseguem esconder.

No meio dessa noite gelada de primavera.

Os músculos de seu braço se destacam sem nenhum sinal de arrepios ou desconforto, como se ele tivesse nascido com sangue frio. A mão que mantém meu punho cativo, e que impede minha queda mortal, segue inabalável, sem sinal de esforço.

Inabalável. Essa é a palavra que o define.

Sua postura é de uma tranquilidade absoluta. Tranquilo demais... *vazio* demais, chega a parecer um pouco entediado.

Um pouco... ausente, apesar de estar aqui em carne e osso.

Seus lábios perfeitamente simétricos estão imóveis, segurando um cigarro apagado entre eles. Em vez de me encarar, ele olha para a câmera e, pela primeira vez desde que o notei, vejo algo brilhar nos seus olhos. É rápido, fugaz e quase imperceptível. Mas percebo.

Um instante em que sua máscara entediada se desmancha antes de desaparecer por completo.

— Deslumbrante.

Engulo em seco. A inquietação se espalha por meu corpo, e não tem nada a ver com a palavra que ele disse, mas com a forma como a disse.

Sua voz profunda soa como se fosse coberta de mel, mas está impregnada de fumaça preta.

Tem a ver com a maneira como a palavra reverberou em suas cordas vocais antes de se espalhar no espaço entre nós, carregada com a letalidade de um veneno.

Além disso... ele falou com sotaque americano?

Minhas suspeitas se confirmam quando seu olhar desliza para mim com uma confiança mortal que trava todos os músculos do meu corpo. Por alguma razão, sinto que uma respiração errada basta para que minha ruína seja inevitável. O brilho que vi já desapareceu há muito tempo de seus olhos, e estou frente a frente com aquele olhar sombrio de antes. Mudo, opaco e absolutamente sem vida.

— Não você. A fotografia.

Isso soou americano.

Mas o que ele estaria fazendo em um lugar tão desolado do qual nem mesmo os moradores locais passam perto?

Sua mão se solta do meu pulso, e, quando meus pés escorregam para trás, várias pedras caem no vazio e encontram seu fim. Um grito assombrado ecoa no ar.

O meu.

Sem nem pensar, agarro seu antebraço com as duas mãos.

— Que... que merda você está fazendo? — engasgo, meu coração martela.

O terror rasga meu peito, e há semanas não sinto nada parecido.

— O que parece que estou fazendo? — ele fala com uma tranquilidade absoluta, como se estivesse discutindo opções de café da manhã com amigos. — Estou terminando o que você começou, para que, quando cair morta, eu possa registrar o momento. Tenho a sensação de que você seria uma boa adição à minha coleção, mas se não for... — Ele dá de ombros. — Eu queimo.

Abro a boca enquanto um turbilhão de pensamentos invade minha mente. Ele acabou de dizer que vai adicionar uma foto minha caindo para a morte à sua coleção? Tenho muitas perguntas, mas a principal é: que tipo de coleção esse lunático mantém?

Não, esqueça... A pergunta final é: quem é esse cara? Ele parece ter mais ou menos a minha idade, seria considerado bonito pelos padrões da sociedade e não é daqui.

Ah, e ele tem uma aura de criminalidade, mas não de crimes comuns. Ele pertence a uma categoria especial.

Uma categoria criminosa nefasta.

Como a mente criminosa que controla inúmeros capangas, o líder que opera nas sombras dos bastidores.

E, de alguma forma, cruzei o caminho dele.

Tendo crescido cercada por homens que devoram o mundo no café da manhã, sei reconhecer o perigo.

Também sei reconhecer as pessoas das quais devo manter distância.

E esse americano desconhecido é a personificação das duas coisas.

Preciso sair daqui.

Agora.

Apesar do nervosismo que ataca meu já frágil estado mental, me forço a falar com um tom sério.

— Eu não estava planejando morrer.

Ele levanta uma sobrancelha, e o cigarro se move em sua boca com um leve movimento de seus lábios.

— É mesmo?

— Sim. Então, você pode... me puxar para cima?

Eu mesma poderia usar seu antebraço para fazer isso, mas qualquer movimento brusco poderá ter um fim trágico; ele poderia me soltar e acabar com o meu sofrimento.

Despreocupadamente me segurando com uma mão, ele pega um isqueiro com a outra e acende o cigarro. A ponta queima como um lindo crepúsculo alaranjado, e ele demora um pouco antes de jogar o isqueiro de volta no bolso e soprar uma nuvem de fumaça no meu rosto.

Em geral, fico com nojo do cheiro de cigarro, mas não é nisso que estou pensando no momento.

Uma tensão latente se forma entre nós, e me enche de calor. É esquisito, mas também não é.

— E o que eu ganho por te ajudar?

— Meu agradecimento?

— Isso não me tem serventia nenhuma.

Meus lábios se contraem e me forço a manter a calma.

— Então por que me segurou?

Ele toca a borda da câmera e depois a acaricia com a sensualidade de um homem tocando uma mulher da qual não consegue ficar longe.

Por alguma razão, isso faz com que minha temperatura aumente. Ele parece ser do tipo que faz muito isso.

Com frequência.

E com a mesma intensidade que exala.

— Para tirar uma foto. Então que tal terminar o que começou e me dar a obra-prima pela qual eu vim?

— Sério que você está dizendo que sua obra-prima é a minha morte?

— Não, sua morte, não. Ficaria muito explícito e desagradavelmente sangrento quando seu crânio fosse esmagado contra as rochas lá embaixo. Sem mencionar que essa iluminação não permite capturar uma boa imagem. O que me interessa é a sua queda. Sua pele pálida dará um contraste maravilhoso com a água.

— Você é... doente.

Ele levanta um ombro e sopra mais névoa tóxica. Até mesmo a maneira como ele desliza os dedos pelo cigarro e traga parece natural, embora cheia de tensão.

— Isso é um não?

— É claro que é um não. Você acha que eu morreria só para que você pudesse tirar uma foto?

— Mais que uma foto, uma obra-prima. E, na verdade, você não tem escolha. Se eu decidir que você vai morrer... — Ele se inclina para a frente e afrouxa os dedos em volta do meu braço, seu tom de voz baixa para um sussurro assustador. — Você vai morrer.

Eu grito quando meu pé quase escorrega e minhas unhas cravam em seu braço, uma necessidade feroz de vida borbulha em minhas veias com o desespero de um animal enjaulado ou de um prisioneiro que está em confinamento solitário há anos.

Tenho quase certeza de que o arranhei, mas se ele estiver machucado, não mostra sinais de desconforto.

— Isso não tem graça — ofego, com a voz embargada.

— Tem alguém rindo? — Seus dedos longos envolvem o cigarro, e ele dá uma tragada antes de afastá-lo da boca. — Você tem até o fim deste cigarro para me dar alguma coisa.

— Alguma coisa?

— Seja lá o que estiver disposta a fazer em troca do meu *nobre* ato de salvar uma donzela em perigo.

Não deixo passar o modo como ele enfatiza a palavra *nobre*, nem a maneira provocativa como ele usa as palavras em geral. Como se fossem armas em seu arsenal.

O batalhão sob seu comando.

Ele está adorando isso, não é mesmo? Toda essa situação, que começou com minhas tentativas de esquecer, me levou a um pesadelo.

Ou será que não?

Uma parte de mim se prende a cada um de seus movimentos, e, a cada segundo que passa, meu corpo esquenta mais. Queria acreditar que é medo. Mas, por alguma razão, minha pele ardeu ao seu toque, e agora estou presa, refém das ondas de intensidade que ele exala.

Uma parte de mim *anseia* por um pedacinho disso.

Essa parte estranha está fascinada e refém de suas garras.

Observo o cigarro já na metade e, justamente quando estou pensando em ganhar tempo, ele traga o restante em alguns segundos e joga a guimba fora.

— Seu tempo acabou. Adeus.

Ele começa a se soltar da minha mão, mas cravo mais as unhas.

— Espere!

Nada muda em sua expressão, mesmo quando o vento bagunça seu cabelo, mesmo quando ele sente meu corpo tremer com a necessidade desesperada de sobreviver.

Nada parece afetá-lo.

E isso me apavora.

Mas também desperta uma parte de mim que eu achava que só se manifestava em sonhos.

Como alguém pode ser assim... tão *frio*?

Tão indiferente?

Tão sem vida?

— Mudou de ideia?

— Sim. — Minha voz treme mesmo quando tento parecer ter controle sobre mim. — Me puxe para cima e farei o que você quiser.

— Tem certeza de que quer usar essas palavras? *O que eu quiser* pode incluir uma série de coisas que a sociedade consideraria inaceitáveis.

— Não me importo.

No instante em que estiver em terra firme, vou sair da órbita desse maluco.

— O problema é seu.

Seus dedos se fecham ao redor do meu braço com um aperto cruel, e ele me puxa da beira do penhasco com uma facilidade desconcertante.

Como se eu não tivesse acabado de ficar suspensa por um fio sobre a morte.

Como se a água lá embaixo não tivesse aberto suas presas, pronta para me devorar.

Minha respiração soa áspera, animalesca na escuridão silenciosa da noite. Tento controlá-la, mas é impossível.

Fui criada para ter uma determinação de ferro e uma presença imponente. Fui criada com um sobrenome que carrega um peso, cercada por família e amigos que chamam a atenção por onde quer que passemos.

E, ainda assim, tudo o que sei parece se dissolver neste momento. É como se eu estivesse me dissociando de quem sou e me transformando em uma versão de mim mesma que nem sequer consigo compreender.

E tudo por causa do homem parado à minha frente. Seus traços são vazios. Seus olhos, ainda apagados e sem vida, parecem conter todas as cores mais sombrias de uma paleta.

Se eu tivesse que atribuir uma cor a ele, definitivamente seria preto. Puro, frio e infinito.

Entretanto, conforme ele me encara, sinto uma conexão desconcertante. Não. Compreensão? Capacidade de ler meus pensamentos?

Tento me soltar de sua mão, mas ele aperta ainda mais, como se fosse capaz de quebrar meus ossos apenas para espiar dentro deles.

Só se passou um minuto desde que o conheci, mas, sendo sincera, não ficaria surpresa se ele fizesse isso. Afinal, ele queria me fotografar caindo para a morte.

E, embora seja peculiar, também é aterrorizante de um modo surreal. Porque sei, simplesmente sei, que esse americano estranho faria isso em um piscar de olhos e não pensaria nas consequências. Até pouco tempo atrás, eu fazia piada com meus amigos sobre esse tipo de situação, mas agora que está realmente acontecendo, é como se tudo estivesse de cabeça para baixo.

— Me solte — digo em um tom seco.

Os cantos de seus lábios se erguem levemente.

— Peça com jeitinho e talvez eu solte.

— Qual é a definição de "jeitinho" para você?

— Acrescente um "por favor" ou caia de joelhos. Qualquer um dos dois serve. Fazer os dois ao mesmo tempo é altamente recomendável.

— Que tal nenhum dos dois?

Ele inclina a cabeça para o lado.

— Isso seria inútil e tolo da sua parte. Afinal de contas, você está à minha mercê.

Em um movimento rápido, ele me empurra para a borda. Tento impedir, mas minha força não passa de uma folha ao vento diante de seu poder bruto.

Em questão de segundos, estou de novo à beira do penhasco, com as pernas pendendo no vazio. Mas, desta vez, agarro a alça de sua câmera, sua camisa... qualquer coisa em que possa cravar as unhas.

Frio.

Ele é tão frio que congela meus dedos e rouba meu fôlego.

— Por favor!

Um som satisfeito escapa de seus lábios, mas ele não me puxa de volta.

— Não foi tão difícil assim, foi?

Minhas narinas se dilatam, mas consigo murmurar:

— Você pode parar com isso?

— Não até que você cumpra a segunda parte do nosso acordo.

Eu o encaro, provavelmente parecendo a pessoa mais confusa do planeta.

— Segunda parte?

Ele pousa a mão no topo da minha cabeça, e é só então que percebo a altura dele. Tão alto que chega a ser intimidador.

No início, ele apenas acaricia alguns fios de cabelo atrás de minhas orelhas. O gesto é tão íntimo que minha boca fica seca.

Meu coração bate em um ritmo tão irregular que acho que ele vai se soltar do peito.

Ninguém jamais me tocou com esse nível de confiança inegociável. Não, não é confiança. É poder.

Do tipo esmagador.

Seus dedos, que estavam apenas acariciando meu cabelo, cravam-se em minha cabeça e empurram-no para baixo com tanta força que minhas pernas cedem. Sem mais nem menos.

Sem resistência.

Nada.

Estou caindo.

Caindo...

Caindo...

Acho que ele enfim me empurrou para a morte, mas meus joelhos se chocam contra o chão sólido.

Quando olho para cima, encontro novamente aquele brilho em seus olhos. Antes, eu achava que era um lampejo de luz, algum resquício de branco em meio ao preto.

Pensei errado.

É preto no preto.

Um tom de escuridão absoluta.

Puro sadismo brilha em seus olhos enquanto ele mantém minha cabeça como refém, e a pior parte é que, se ele soltar, com certeza vou cair para trás.

Um sorriso de lado assustador ergue seus lábios.

— Ficar de joelhos realmente é a melhor opção. Agora, podemos começar?

CAPÍTULO 2
GLYNDON

Não pode ser real.

Não é.

Não deveria ser.

E, no entanto, quando meu olhar se choca com os olhos apagados e tão sem vida do estranho, não sei se estou em um pesadelo ou se isso é real.

Provavelmente a primeira opção.

Não é nem o seu aperto no meu cabelo que me preocupa, tenho certeza de que, se eu tentar resistir, ele pode arrancá-lo do meu crânio. Ou pior, usá-lo para me jogar no penhasco, como vem ameaçando desde que o conheci.

Em retrospecto, eu deveria estar preparada para algo assim, considerando minha família.

Sempre achei que tinha conexões incomuns. Caramba, meu avô é um sociopata implacável. Meu tio também. Meu irmão é ainda pior.

Mas talvez, por conhecê-los desde sempre, normalizei esse comportamento. Aceitei como se isso fosse natural, porque eles são membros funcionais da sociedade e eu nunca fui o alvo deles.

Achei que conseguiria lidar com pessoas iguais se as encontrasse na vida real e fosse pega de surpresa.

Mas, por outro lado, nada poderia ter me preparado para estar nesta situação com alguém que acabei de conhecer.

O som das ondas quebrando entra em sincronia com meus pensamentos caóticos. O ar frio penetra pela minha jaqueta até debaixo da blusa, gelando o suor que se agarra à minha pele. Estou em chamas desde que o desespero correu em minhas veias mais cedo, então a sensação é bem-vinda.

Apesar de meu instinto continuar gritando para que eu fuja, estou ciente de que qualquer movimento repentino provavelmente me matará. Mas esse não é o único motivo. Meu coração nunca bateu tão forte em toda a minha vida.

Uma parte doentia de mim está se sentindo viva pela primeira vez.

Engulo a saliva que se acumulou em minha boca e respondo à sua pergunta.

— Começar o quê?

— O pagamento por salvar você.

— Você não salvou. — Busco onde me agarrar com uma mão trêmula. — Ainda estou na beirada.

— E permanecerá assim até que me dê o que prometeu.

— Não prometi nada a você.

Ele inclina a cabeça para o lado, assim como a câmera, seguindo o eixo do seu corpo com um movimento assombroso e metódico.

— Ah, mas prometeu. E repito, *"o que você quiser"*, lembra?

— Essas foram palavras que falei no calor do momento. Eles não contam.

— Para mim, elas contam. Então, ou me dá o que eu quero ou...

Ele estica o pescoço em direção ao que está atrás de mim. Ele não precisa falar. Posso ver aonde quer chegar.

É um fator de intimidação.

Uma ameaça iminente.

E ele sabe muito bem que está funcionando.

— Posso me levantar primeiro?

— Não. O que eu quero acontece nesta posição.

— E o que você quer?

— Seus lábios em volta do meu pau.

Minha boca se abre, e espero que seja um pesadelo. Espero que isso seja algum tipo de piada distorcida que tenha ido longe demais e que eu deva rir agora, depois ir para casa e mandar uma mensagem para as meninas contando tudo.

Mas tenho a sensação de que, se eu sequer respirar errado, a situação vai piorar.

— Se você não estiver interessada nessa opção, tenho alternativas em mente. — Sua mão desliza do topo da minha cabeça para a minha bochecha e depois para os meus lábios.

Em toda a minha vida, nunca estive tão congelada como estou agora. E tem tudo a ver com seu toque frio. É insensível, desprovido de qualquer cuidado e absolutamente aterrorizante.

Essa deve ser a sensação de ter sua alma ceifada pela própria Morte.

E, no entanto, um lampejo de calor se espalha por mim. Posso até sentir o calor entre minhas coxas e odeio a sensação. Odeio que a reação do meu corpo não se alinha à lógica.

Ou ao meu instinto de sobrevivência.

Seus dedos deslizam até meu pescoço e ele aperta as laterais com força suficiente para me deixar zonza e evidenciar quem detém o controle da situação.

— Você pode ficar de quatro e me deixar enfiar meu pau em um dos seus outros buracos.

Eu gostaria que isso fosse encenação, mas não há um pingo de fingimento em seu tom. Esse maluco realmente não hesitará em cumprir suas promessas.

Só agora percebo o tamanho do problema em que estou me metendo.

Esse psicopata vai me devorar viva.

Se ao longo das últimas semanas eu achava que estava vazia, então isso com certeza vai me destruir. Vai me deixar em pedaços.

Acabar comigo.

O homem deve sentir minha angústia, considerando o tremor de todo o meu corpo. Sou como um pássaro perdido no meio de uma noite de ventania, sendo empurrada em todas as direções.

— Qual opção você vai escolher? — pergunta o estranho em sua voz casual que poderia pertencer a duques e aristocratas.

Há uma facilidade desconcertante em seus movimentos e seu modo de falar. Como se ele fosse um robô funcionando com a bateria danificada.

Mas, ao mesmo tempo, é como se ele estivesse na guerra. Ele age de modo tão repentino que a natureza de suas ações é imprevisível.

E não vou ficar por aqui para descobrir até que ponto ele vai levar a situação.

Usando o elemento surpresa, vejo a chance assim que o estranho relaxa um pouco o aperto no meu pescoço e me atiro para cima. Meu coração dispara com a explosão de adrenalina quando sinto que ele está perdendo seu controle impiedoso.

Eu consegui.

Eu...

Ainda nem terminei de comemorar em minha cabeça quando ouço um baque forte. O ar sai dos meus pulmões quando meus joelhos batem nas pedras com uma intensidade que arranca meus pensamentos.

Não consigo respirar.

Não consigo respirar...

Foi quando percebi que ele me derrubou com um aperto violento em meu pescoço e um empurrão no topo da minha cabeça.

E, desta vez, está tentando me sufocar. Minhas unhas se cravam em seus pulsos, meu instinto de sobrevivência se manifesta com uma ferocidade ofuscante.

Mas é como se eu estivesse colidindo com uma parede.

Uma maldita fortaleza inabalável.

Ele chega a apertar os dedos até que eu tenha certeza de que ele vai arrancar minha cabeça do pescoço.

— Fugir era uma opção que não estava no cardápio, estava?

Sua voz soa distante e se mistura com o zumbido em meus ouvidos. E, se não me engano, está mais profunda, mais baixa, ficando um tom cada vez mais escuro.

Muito mais assustador do que a noite sem cor.

Até mesmo seus olhos escuros se tornaram desolados, piores do que qualquer tonalidade que eu possa imaginar.

Neste momento, ele é nada menos que um predador.

Um monstro insensível e de sangue-frio.

— P-por favor...

Balbucio. Minha voz ecoa como uma canção fantasmagórica na noite que nos cerca.

Não posso nem mesmo rezar para que alguém nos encontre. Afinal de contas, Devlin escolheu este lugar porque é isolado.

Devlin e eu escolhemos este lugar.

Quem diria que teríamos destinos tão diferentes e trágicos aqui?

— Por favor? — ele pronuncia as palavras como se testasse como soam em seus lábios.

Tento balançar a cabeça, mas é impossível com seu aperto em meu pescoço.

— Por favor, use meus lábios? Ou, por favor, use minha boceta e meu cu? — Ele faz uma pausa, depois me arrasta para trás até que minha parte superior esteja inclinada na direção do penhasco. — Ou, por favor, me transforme em uma obra-prima?

Ruídos engasgados saem de meus lábios, soando mais animalescos do que humanos.

Ele está agindo de novo, o lembrete da razão desse jogo de poder e que, se eu continuar lutando, ele simplesmente vai tornar tudo muito mais horrível do que eu possa imaginar.

Não importa o quanto eu lute, esse estranho desumano parece não se importar com isso. E talvez, apenas talvez, eu não queira lutar.

Essa parte de mim quer experimentar o que acontece se eu *não* lutar. Minhas coxas estão formigando, por mais que eu tenha vergonha de admitir isso.

Na verdade, ele ergue um ombro maniacamente, como um criminoso que não sente nenhum remorso por seus crimes.

— Se você não escolher, vou escolher por você...

— Lábios. — Eu me esforço, sem saber como consigo dizer a palavra.

Não sei nem como diabos ainda estou consciente, considerando a força bruta com que esse estranho está me segurando.

Somente depois que a palavra sai de minha boca é que ele lentamente atenua a intensidade de seus dedos em meu pescoço. Mas não me solta e continua aprisionando todo o meu ser diante de si.

Inspiro profundamente, meus pulmões se enchem de oxigênio a ponto de queimar, me sinto estrangulada e esfaqueada no peito.

Ele levanta uma sobrancelha grossa, parecendo bonito, até mesmo lindo, mas é o tipo de beleza que assassinos em série famosos usam para atrair suas vítimas. Para ser sincera, não me surpreenderia se ele matasse por esporte.

E isso é exatamente o que não se deve pensar nessas circunstâncias.

É insano como já pensei tantas vezes sobre a morte, mas quando de fato estou a um passo dela, percebo o quanto me assusta.

O estranho desgraçado desliza o polegar pelo meu lábio superior, de forma sensual, quase carinhosa, e isso me apavora ainda mais. Porque, pelo jeito como se comporta e fala, tenho certeza de que não há um pingo de gentileza em todo o seu corpo.

— Você vai me deixar enfiar meu pau entre esses lábios e encher sua garganta de porra?

Sinto um calor no pescoço, já que não estou acostumada a ser tratada assim, e uma sensação úmida e quente se espalha na minha calcinha. Mas me recuso a admitir que suas palavras tenham algum efeito sobre mim, então ergo o queixo e o encaro de frente.

— Não estou fazendo isso porque quero. Estou fazendo porque você está me ameaçando com coisas piores. Se dependesse de mim, eu nunca teria deixado você me tocar, seu doente.

— Ainda bem que não depende de você.

Mantendo uma mão ao redor do meu pescoço, ele desliza o zíper da calça com a outra. O som é mais horripilante do que o rugido das ondas e o uivo do vento.

Quando ele põe o pau para fora, tento virar a cabeça para o outro lado, mas sua mão firme no meu pescoço me obriga a ver cada detalhe.

É grande e duro, e não quero nem pensar no que o deixou tão excitado assim.

Algo quente pressiona em meus lábios, e os fecho com força enquanto o encaro.

— Abra — ele ordena, a mão prendendo meus cabelos, sem deixar espaço para negociação.

Mas ainda resisto. Eu me agarro a uma centelha de esperança. Talvez ele mude de ideia e ponha um fim a este pesadelo.

A quem quero enganar?

Um monstro não pode ser mudado nem desviado de seu caminho.

O único objetivo de um monstro é destruir.

— Se mudou de ideia, posso usar seu cu e sua boceta. Nessa ordem. Portanto, a menos que esteja disposta a encharcar meu pau com seu sangue e limpar com a língua, sugiro que abra a boca. — Ele bate o pau em meus lábios, e não tenho escolha a não ser abrir a mandíbula.

Se eu não fizer isso, não há dúvida de que ele manterá a palavra, e não estou pronta para descobrir até onde ele irá.

Até que ponto ele vai.

Sua ponta desliza para dentro da minha boca, e meu estômago se revira em espasmos curtos. Engulo a sensação estranha que se espalha dentro de mim.

— Não se engasgue, ainda nem começamos. — Ele acaricia meus lábios inferiores com aquela falsa gentileza novamente. — Você pode gostar disso se quiser, mas, se lutar contra, acho que será inconveniente. Agora chupe e chupe bem.

Ele quer que eu chupe?

Vá se foder. Sou uma King, não recebemos ordens de ninguém.

Apesar do medo que paralisa meus membros, meu olhar se choca com o dele e odeio a expressão em seus olhos. A maneira como ele parece pensar que uma parte de mim está gostando. Então, mordo seu pênis.

Com força.

Com tudo o que há em mim. Mordo tão forte que acho que vou decepar seu pênis e engolir a ponta.

A única reação do estranho é um grunhido e... Ele está ficando mais duro. Posso senti-lo crescendo, e a sensação em minha boca é pior do que antes.

Mas não consigo continuar mordendo.

Porque ele puxa meu cabelo como se estivesse tentando arrancar meu couro cabeludo.

Surtos de dor explodem pelo meu corpo, mas não é só isso.

Ele me inclina, me dobrando para trás, e me fita com um olhar maníaco capaz de matar.

Ele não tira o pau da minha boca. Nem parece estar sentindo muita dor.

Merda.

Talvez ele seja mesmo um robô, e eu esteja presa a uma máquina sem sentimentos.

— Sem dentes. — Há uma tensão em sua voz quando ele empurra mais para dentro da minha boca. — Agora chupe, porra.

Não me atrevo a desafiá-lo de novo. Primeiro, estou no meu limite devido ao calor que sinto entre minhas pernas, no qual não quero pensar. Segundo, não tenho dúvidas de que ele manterá a palavra.

O problema é que nunca fiz sexo oral antes, portanto, estou totalmente fora da minha zona de conforto. Mas tento lamber a cabeça de seu pau. Se seu gemido de prazer for alguma indicação, minhas lambidas hesitantes parecem agradar.

Então faço isso várias e várias vezes.

— Você nunca fez isso antes, fez?

Há certo apreço em seu tom, como se o babaca aprovasse.

— Solte as bochechas e relaxe a mandíbula. Não fique só lambendo, dê umas chupadas.

Ele me instrui com um tom carregado de desejo, como se falasse com uma amante.

Estou tentada a arrancar seu pau completamente desta vez, mas a ameaça de morte me força a abandonar a ideia.

Em vez disso, sigo as ordens. Quanto mais rápido isso acabar, mais rápido estarei fora de sua órbita mortal.

— Isso.

Ele respira fundo, e seu tom soa menos frio pela primeira vez.

— Use a língua.

Ajo mecanicamente, sem nem pensar no que estou fazendo. Também tento não pensar na posição em que estou. Na beira do abismo, de joelhos, prestes a cair para trás, com um maníaco usando minha boca para gozar.

Se ele empurrar meu corpo para trás nem que seja um centímetro, não terei ninguém para me salvar, a não ser a mesma pessoa que me colocou nesta posição.

Ele segura meu cabelo com força, e por um segundo acho que usei meus dentes de novo, mas logo percebo que não foi isso.

Ele cansou de pegar leve. Ou talvez tenha ficado entediado.

Seja qual for o motivo, ele decide assumir o controle total. Ainda segurando o meu cabelo, ele agarra minha mandíbula, forçando-me a abrir o máximo que posso.

— Aprecio sua tentativa fofa, mas que tal se eu te mostrar como é um boquete de verdade?

Ele mete fundo na minha garganta.

— Hum. Esse seu rostinho lindo fica ainda melhor sendo fodido.

Engasgo, sufocando com minha própria saliva, com sua grossura e seu comprimento. Não conheci muitos paus na minha vida, mas esse, sem dúvida, é o maior que já vi.

E a maneira como ele enfia até o fundo da minha garganta é uma demonstração absoluta de dominação. Ele o mantém ali, mal permitindo que eu respire. Acho que vou morrer com esse pau na minha boca.

Seu olhar continua fixo no meu, e ele fica ainda mais duro ao me observar assim, meus olhos arregalados, as lágrimas se acumulando, meu rosto provavelmente ficando vermelho.

Esse pervertido vai acabar me matando, e vai gozar no processo.

Talvez eu seja ainda mais pervertida, porque, quanto mais força ele faz, mais molhada eu fico.

Mas então ele se afasta o suficiente para que eu possa voltar a respirar.

E antes que eu consiga tomar fôlego, ele volta a socar com mais violência do que antes.

Mais intenso.

Mais... descontrolado.

Lágrimas queimam meus olhos e escorrem pelo meu rosto. A minha saliva e os fluídos dele escorrem por meu queixo e pescoço enquanto ele entra e sai da minha boca, ainda me segurando sobre o abismo com uma mão.

De novo.

E de novo.

Combinando com o som brutal das ondas lá embaixo.

Estou tonta, meus dedos latejam e minhas pernas tremem. Eu me recuso a pensar no que está acontecendo no meio delas.

Não posso ser tão fodida da cabeça assim.

E então, quando acho que isso nunca vai acabar, um gosto salgado explode na minha boca.

Minha reação instintiva é cuspir tudo na cara dele, portanto, é o que tento fazer. Assim que ele tira o pau da minha boca, cuspo a porra em seus sapatos de grife.

Respirações irregulares sacodem meu peito, e inalo e exalo em sucessão rápida, mas não desvio o olhar.

Lanço um olhar furioso enquanto limpo o resto do seu esperma nojento da minha boca.

No início, ele me observa com uma expressão vazia, mas logo depois uma risada baixa sai de seus lábios e, pela primeira vez esta noite, a luz brilha em seus olhos. Agora, não é preto no preto.

É pura luz sádica.

A luz de alguém satisfeito e saciado por completo.

Ele solta meu cabelo e enfia dois dedos na minha boca. Eu me seguro em seu punho para não tombar para trás, e ele aproveita a oportunidade para esfregar o restante de seu esperma nos meus lábios.

Seus dedos me sufocam, invadindo minha boca como se tivessem todo o direito de fazê-lo, repetidamente.

E mais uma vez.

Quando ele parece bem satisfeito, um flash me cega.

Encaro a câmera que cobre seus olhos.

Esse desgraçado acabou de tirar uma foto minha nessa posição?

Sim. Ele tirou.

Mas antes que eu possa tentar arrancar sua câmera, ele retira os dedos da minha boca, desliza-os pelo meu cabelo, colocando algumas mechas atrás das minhas orelhas, e dá um leve tapinha no topo da minha cabeça.

— Você aguentou bem, Glyndon.

Então, sem esforço, ele me puxa para longe da beirada, se vira e vai embora, me deixando com uma sensação de insatisfação entre as pernas.

Permaneço imóvel, congelada, incapaz de processar tudo o que acabou de acontecer.

O mais importante de tudo é: como esse psicopata sabe meu nome?

CAPÍTULO 3
GLYNDON

Não sei como voltar para casa.

Definitivamente, há lágrimas e visão turva enquanto aperto o volante com força. Mas o que mais me consome é essa necessidade constante de seguir os passos de Devlin e apenas pisar no acelerador até despencar do penhasco mais próximo.

Balanço a cabeça.

Pensar em Devlin nas atuais circunstâncias é a pior coisa que posso fazer.

A melhor decisão que tomo, no entanto, é parar em frente a uma delegacia, com a intenção de denunciar o que acabou de acontecer.

Mas há algo que me impede de abrir a porta do carro. Que provas eu tenho?

Além disso, prefiro morrer a fazer minha família travar uma guerra na mídia por minha causa. Sim, meu pai, meu avô e até minha mãe provavelmente fariam aquele estranho em pedaços e lutariam todos os tipos de batalhas por mim se soubessem.

Mas não sou como eles.

Não sou combativa, e com certeza não quero que eles sejam jogados no centro das atenções por minha causa.

Simplesmente não posso fazer isso.

E estou tão cansada. Venho me sentindo assim há meses, e isso só acrescentaria mais peso sobre meus ombros.

Minha mãe ficaria tão decepcionada se descobrisse que sua menininha está acobertando um predador. Ela me criou com o lema de manter a cabeça erguida. Ela me criou para ser uma mulher forte, como ela mesma e minha falecida avó.

Mas minha mãe não precisa saber.

Não é que eu o esteja protegendo. Não estou. Não vou inventar desculpas para ele. Não vou considerar a situação menos grave do que de fato é.

Mas isso ficará enterrado entre mim e eu mesma.

Assim como tudo relacionado a Devlin.

A justiça é assim tão importante? Não quando preciso sacrificar minha paz de espírito por ela.

Já lidei com muita coisa sozinha. O que é mais uma para adicionar à lista?

Finalmente chego à casa da minha família com a alma pesada e o coração em pedaços. Os tons azulados do amanhecer descem sobre a vasta propriedade enquanto o portão enorme se fecha atrás de mim. A porta range com um som fantasmagórico, e a névoa que se forma à distância só aumenta a sensação assustadora do cenário. Saio do carro e congelo, olhando para trás. Os pelos da minha nuca se arrepiam, e meus membros começam a tremer de modo descontrolado.

E se aquele desgraçado me seguiu até aqui? E se ele machucar minha família?

Se ele representar uma ameaça para minha família, eu o mato. Sem dúvida alguma.

Talvez eu esteja disposta a superar o que ele fez comigo, mas quando se trata das pessoas que amo, é diferente. Juro que perco o controle.

Os segundos se arrastam enquanto examino os arredores, os punhos cerrados ao lado. Só depois de me certificar de que não trouxe um animal raivoso comigo é que entro em casa.

Minha mãe e meu pai fizeram desta casa um lugar imenso, imponente, mas com calor suficiente para parecer um lar.

O casarão se estende por um enorme terreno nos arredores de Londres. O gazebo de madeira no centro do jardim está repleto de pinturas da nossa infância.

As estrelas que desenhei quando tinha uns três anos parecem grotescas e absolutamente horríveis comparadas às que meus irmãos pintaram. Não quero olhar para elas. Não quero ser atingida por essa sensação de inferioridade.

Não agora.

Então tiro os sapatos e desço de modo furtivo até o porão.

É onde ficam nossos ateliês.

Bem ao lado do ateliê de uma artista mundialmente renomada.

Qualquer um que entenda de arte conhece o nome Astrid Clifford King, ou reconheceria sua assinatura, *Astrid C. King*. Seus esboços conquistaram o coração de críticos e galerias ao redor do mundo, e ela sempre é convidada como estrela principal em inaugurações e eventos exclusivos.

A minha mãe foi a responsável por despertar essa veia artística em mim e nos meus irmãos. Landon faz tudo parecer fácil. Brandon é meticuloso.

E eu?

Sou um caos que, às vezes, nem eu mesma entendo.

Não pertenço ao círculo deles.

Minha mão treme ao abrir a porta que leva aos ateliês que meu pai construiu quando os gêmeos tinham dez anos.

Lan e Bran compartilham o ateliê maior, e eu tenho um bem menor. Costumava passar tempo com os dois na minha pré-adolescência, mas seu talento esmagou minha alma, e passei meses sem conseguir pintar nada.

Então minha mãe pediu para o meu pai construir um ateliê só para mim, para que eu tivesse mais privacidade. Não sei se ela percebeu isso sozinha ou se foi Bran quem contou, mas, no fim das contas, não fez muita diferença. Pelo menos, eu não precisava ser esmagada pelo talento deles e me sentir cada vez menor.

Na realidade, eu nem deveria me comparar aos dois. Além de serem mais velhos do que eu, somos completamente diferentes. Lan é escultor, um sádico de carteirinha que, se pudesse, transformaria suas vítimas em pedra.

Bran, por outro lado, pinta paisagens. Qualquer coisa que não envolva humanos, animais ou algo que tenha olhos.

Eu sou... uma pintora, acho. Uma desenhista e uma exploradora do impressionismo contemporâneo. Só não sou tão definida quanto meus irmãos.

E definitivamente não sou tão técnica nem talentosa.

Ainda assim, o único lugar onde quero estar agora é no meu pequeno refúgio dentro do ateliê.

Minha mão está fria e rígida quando abro a porta e entro. As luzes automáticas iluminam as telas em branco alinhadas contra a parede.

Minha mãe sempre pergunta onde escondo minhas pinturas, mas nunca insiste para que eu as mostre, mesmo sabendo que estão no armário do outro lado da sala, onde ninguém pode encontrá-las.

Não estou pronta para deixar alguém ver aquela parte de mim.

Esta parte de mim.

Porque consigo sentir a escuridão tremeluzindo sob a superfície, tentando romper. Agora que provei um pouco dela, quero mais, e isso está me apavorando. A necessidade sufocante de deixá-la me consumir, me devorar por dentro e apenas purgar tudo que pulsa em mim como um instinto.

Meus dedos tremem enquanto pego a lata de tinta preta e a jogo na maior tela disponível. Espirra nas outras, mas não dou atenção a isso. Apenas pego mais uma lata, depois outra, até que tudo esteja preto.

Então alcanço minha paleta, meus tons de vermelho, minhas espátulas e meus pincéis grandes. Não penso enquanto traço pinceladas fortes de carmim, só para depois matá-las com o preto. Até uso a escada, deslizando-a de um lado a outro para alcançar os pontos mais altos da tela.

Acho que se passaram dez minutos, mas, na verdade, foi muito mais. Quando enfim desço da escada e a empurro para longe, sinto que vou desmoronar.

Ou me dissolver.

Ou talvez eu devesse só voltar àquele penhasco e deixar as ondas mortais terminarem o serviço.

Estou ofegante, meu coração martela em meus ouvidos, e meus olhos parecem prestes a sangrar o vermelho da pintura que acabei de terminar.

Isso não pode estar acontecendo. Isso simplesmente não pode estar acontecendo.

Por que eu pintaria isso, porra? Essa sinfonia de violência?

Quase consigo sentir o toque bruto em minha pele aquecida. Consigo sentir a respiração dele sobre mim, seu controle, e como ele me tomou. Consigo vê-lo diante de mim com aqueles olhos mortos. Alto como um demônio e com a mesma presença imponente. Sua maneira de roubar tudo de mim.

Consigo quase ouvir sua voz zombeteira e seu jeito de falar sem esforço.

Posso até sentir o cheiro dele. Algo amadeirado e cru — que faz o ar se prender à minha garganta.

Meus dedos deslizam até meu pescoço, onde ele me tocou. Não, onde me estrangulou. Choque percorre meu corpo, e abaixo a mão, assustada.

Que merda estou fazendo?

O que aconteceu antes foi obsceno, perturbador, e definitivamente não é algo que eu deveria estar pintando com esses detalhes crus.

Nunca nem fiz uma pintura tão grande antes.

Abraçando meu próprio corpo, sinto que vou me dobrar de tanta dor. Merda.

Acho que vou vomitar.

— Uau.

A palavra baixa atrás de mim me assusta, e me sobressalto ao virar a cabeça para encarar meu irmão.

O mais acessível dos gêmeos. Felizmente.

Brandon está parado perto da porta, vestindo bermuda cáqui e uma camisa branca. Seu cabelo, uma perfeita imitação de chocolate amargo, está bagunçado em todas as direções, como se tivesse acabado de rolar para fora da cama e aterrissado no meu ateliê.

Ele aponta um dedo na direção geral da minha tela de terror.

— Você fez isso?

— Não. Quer dizer, sim. Talvez. Não sei. Com certeza não estava em meu juízo perfeito.

— Esse não é o estado mental que todos os artistas almejam?

Seus olhos se suavizam. São tão azuis, tão claros, tão intensos. Como os do meu pai. Tão atormentados também.

Desde que desenvolveu essa forte aversão a olhos, Brandon nunca mais foi o mesmo.

Ele dá alguns passos até chegar ao meu lado e envolve um braço ao redor dos meus ombros. Meu irmão é quatro anos mais velho que eu, e isso transparece em cada contorno do seu rosto. Em cada passo firme que ele dá.

Em cada movimento calculado.

Bran sempre foi laranja para mim. Quente, profundo e uma das minhas cores favoritas.

Ele não fala por um momento, apenas observa a pintura em silêncio. Não ouso olhar para ela, nem para a forma como a estuda.

Quase não ouso respirar conforme sua mão repousa de modo sobre meu ombro, como sempre faz quando precisamos da companhia um do outro.

Bran e eu sempre fomos uma equipe contra o tirânico Lan.

— Está... absolutamente fantástica, Glyn.

Eu o encaro sob os cílios.

— Você está me zoando?

— Eu nunca faria isso com arte. Não sabia que você escondia esse talento de nós.

Eu chamaria isso mais de desastre, uma manifestação da minha musa fodida, do que de talento.

Pode ser qualquer coisa, menos talento.

— Espere até a mamãe ver. Ela vai adorar.

— Não.

Eu me afasto dele, o pouco alívio de antes dando lugar ao pânico.

— Não quero que ela veja. Por favor, Bran, a mamãe, não.

Ela vai saber.

Vai enxergar o abuso nas pinceladas fortes e nas linhas caóticas.

Bran me puxa para um abraço, sentindo meu corpo tremer.

— Ei... Está tudo bem. Se não quer que a mamãe veja, não vou contar a ela.

— Obrigada.

Enterro o rosto em seu peito, e com certeza estou sujando suas roupas de tinta a óleo, mas não o solto.

Porque, pela primeira vez desde o ocorrido, consigo enfim me soltar.

Pela primeira vez, me sinto segura de tudo. Até de mim mesma.

Meus dedos se agarram às costas do meu irmão, e ele me segura. Em silêncio.

É por isso que amo mais o Bran. Ele sabe como ser um porto seguro. Sabe como ser um irmão.

Diferentemente de Lan.

Depois de um tempo, nos afastamos um pouco, mas ele não me solta. Em vez disso, se inclina para me encarar.

— O que foi, princesinha?

É assim que o meu pai me chama. *Princesinha*.

Minha mãe é a princesa original. Meu pai se ajoelha em seu altar e realiza todos os seus sonhos.

Sou a filha da princesa e, portanto, a princesinha.

Enxugo a umidade dos olhos.

— Nada, Bran.

— Não se entra escondido no porão às cinco da manhã, pinta isso, e depois diz que não é nada. Pode ser qualquer coisa, mas *"nada"* não é uma opção.

Pego um godê e começo a misturar cores aleatórias, apenas para manter a mente e as mãos ocupadas.

Bran, no entanto, não desiste do assunto. Ele dá uma longa volta, depois se posiciona entre mim e a pintura que, definitivamente, vou jogar na fogueira mais próxima.

— Tem a ver com o Devlin?

Eu me encolho, engolindo em seco ao ouvir o nome do meu amigo.

Em algum momento, meu amigo mais próximo.

O garoto que entendia minha musa assombrada tanto quanto eu entendia seus demônios solitários.

Até que um dia, fomos separados.

Até que um dia, seguimos por caminhos diferentes.

— Não tem nada a ver com o Dev — murmuro.

— Besteira. Você acha que não percebemos que você não é mais a mesma desde a morte dele? O suicídio dele não foi sua culpa, Glyn. Às vezes, as pessoas escolhem partir, e nada do que pudéssemos fazer teria impedido isso.

Meus olhos se embaçam, e meu peito se aperta até ser impossível respirar direito.

— Apenas esqueça, Bran.

— A mamãe, o papai e o vovô estão preocupados com você. *Eu* estou preocupado com você. Então, se houver algo que possamos fazer, diga. Fale com a gente. Se você não se comunicar, não temos como ajudar.

Sinto que estou desmoronando, então paro de misturar as cores e passo o godê para ele.

— Provavelmente dá para fazer uma linda floresta *à la* Bran com todo esse verde.

Ele não recusa, mas solta um suspiro profundo.

— Se continuar tão empenhada em nos afastar, pode não nos encontrar quando de fato precisar, Glyn.

Meus lábios esboçam um pequeno sorriso.

— Eu sei.

Sou boa em guardar tudo para mim.

Bran não se convence e fica por perto, tentando arrancar informações. Pela primeira vez, desejo que Lan tivesse me encontrado. Pelo menos Lan não insistiria. Ele não se importa. Bran se importa demais. Assim como eu.

Depois de um tempo, no entanto, ele pega o godê e vai embora. Assim que a porta se fecha, caio no chão, bem em frente à pintura de um penhasco escuro, uma estrela preta e tons de vermelho passional.

Seguro a cabeça entre as mãos e deixo todas as lágrimas caírem.

───

Quando o dia amanhece, estou pronta para escapar sem encarar ninguém da minha família.

Arrumo a mala para o novo semestre e depois tomo um banho que provavelmente dura uma hora. Esfrego minha boca, meu cabelo, minhas mãos, minhas unhas. Qualquer lugar em que aquele psicopata tenha tocado.

Visto um jeans, uma camiseta e uma jaqueta, pronta para cair na estrada. Pego o celular e mando mensagem para as meninas. Temos um grupo desde que éramos praticamente bebês, e é lá que sempre conversamos.

Ava: É estranho estar perdendo cabelo por causa da Ari? Ela não para de falar que quer entrar no grupo.
Cecily: Diz pra ela se inscrever de novo daqui a dois anos, quando tiver idade. Aqui só falamos de assuntos de gente grande.
Ava: Assuntos de gente grande? Amiga, onde? Não vi isso no seu menu de puritana nos últimos… dezenove anos.
Cecily: Muito engraçado. Estou rolando de rir. Só que não.
Ava: Você sabe que me ama, Ces.

Segurando minha bolsa em um ombro, digito com a outra mão.

Glyndon: Pronta para pegar a estrada para a faculdade. Quem vai dirigir?

Na verdade, podemos pegar um voo até a ilha e economizar tempo, mas isso significaria entrar em um avião, e morro de medo de voar.

Minha tela se ilumina com uma resposta.

Ava: Não eu, com certeza. Fiquei acordada com minha mãe, meu pai e os nossos avós ontem à noite e pareço um zumbi.
Cecily: Eu dirijo. Me dá mais uma hora. Ainda estou curtindo o tempo com minha mãe e meu pai.

Estou prestes a digitar que estou com pressa, mas paro no meio da mensagem quando Ava responde.

Ava: Vou sentir falta da minha mãe e do meu pai pra caramba. Do vovô e da vovó também. Aff. Até da encrenqueira da Ari. Vocês viram o novo nome dela no Insta? Ariella-perigosa-Nash. Essa garota é muito ousada, juro. Se o meu pai vir isso, vai trancar ela no quarto pra sempre. Já mencionei que estou ficando maluca por causa dela?

Com as duas sendo sentimentais, se eu disser *Vamos embora agora* vai parecer se estou fugindo dos meus pais ou algo assim.
E não estou.
Na verdade, vou sentir muita saudade deles também. Talvez até mais do que Ava e Cecily sentirão de seus pais, mas, às vezes, só não gosto de estar perto da minha família.
Quando espio do andar de cima, a mesa de jantar já está cheia de energia.
Minha mãe coloca ovos na frente do Bran, e meu pai tenta ajudar, mas acaba atrapalhando, já que toca nela sempre que pode. Ela o repreende, mas ri mesmo assim.
Paro no último degrau da escada para observá-los juntos. É um hábito que tenho desde criança, quando sonhava com meu próprio Príncipe Encantado.
Meu pai é alto, forte, musculoso e tão loiro que parece um deus viking, como minha mãe gosta de chamá-lo. Ele também é um dos dois herdeiros da fortuna King. Um homem de aço, conhecido pela sua frieza na mídia.
Mas perto da minha mãe e de nós? Ele é o melhor marido e pai. O homem que elevou meus padrões.
Desde pequena, o vi tratar minha mãe como se não conseguisse respirar sem ela por perto. E vi como ela o observa como se fosse seu protetor. Seu escudo.
Seu parceiro.

Mesmo agora, ela balança a cabeça quando ele passa um braço ao redor da sua cintura e rouba um beijo. Suas bochechas ficam vermelhas, mas ela não tenta afastá-lo.

Herdei sua altura e a intensidade dos seus olhos verdes. Mas, fora isso, somos tão diferentes quanto a noite e o dia.

Ela é uma artista talentosa, e eu nem chego a seus pés. Ela é forte, e eu sou só... eu.

Bran finge que não vê o grude dos nossos pais enquanto corta seus ovos com elegância e foca no tablet. Provavelmente lendo alguma revista de arte.

É minha mãe quem me percebe primeiro e empurra meu pai para longe.

— Glyn! Bom dia, querida.

— Bom dia, mãe.

Forço o sorriso mais brilhante que consigo, coloco a mochila em uma cadeira e beijo sua bochecha, depois a do meu pai.

— Bom dia, pai.

— Bom dia, princesinha. Onde você se escondeu ontem à noite?

Meu corpo se enrijece, e meus olhos voam para Bran, que dá de ombros.

— Eu não fui o único que percebeu.

— Só saí para pegar um pouco de ar — murmuro, me sentando ao lado do meu irmão.

Minha mãe e meu pai ocupam seus lugares, com ele na cabeceira da mesa. Meu pai pega os talheres, mas fala antes mesmo de dar a primeira mordida.

— Você podia ter pegado ar por aqui mesmo. Andar por aí de noite é perigoso, Glyndon.

Você não tem ideia do quanto essa afirmação é verdadeira.

Tomo um gole do meu suco de laranja para impedir que as lembranças podres da noite passada voltem.

— Deixe ela, Levi.

Minha mãe me oferece um ovo cozido — bem cozido, do jeito que gosto — com um sorriso.

— Nossa Glyn já é grande o suficiente para saber se cuidar.

— Não se um lunático qualquer resolver atacá-la no meio da noite.

Engasgo com o suco. Bran me passa um guardanapo e me lança um olhar estranho.

Merda.

Por favor, não me diga que está estampado na minha cara.

— Não atraia coisa ruim, Levi.

Minha mãe franze a testa para ele e aponta para o ovo.

— Coma, querida.

Mastigo a clara do ovo e descarto a maior parte da gema. Minha mãe balança a cabeça para mim.

— Precisa de alguma coisa?

A expressão de meu pai se torna suspeita. Odeio quando ele fica nesse modo. Parece um detetive sombrio procurando por qualquer pista.

— Não, não. Estou bem.

— Ótimo. Mas se precisar de algo, me avise ou fale com seus irmãos — ele diz, depois de engolir a comida.

— Pode deixar.

— Falando em irmãos.

Minha mãe encara Bran e a mim com seu olhar de mãe preocupada.

— Ouvi dizer que vocês evitam o Landon na faculdade?

— Não é que o evitamos... — começo.

— É que ele não tem tempo pra gente, com toda a atenção que recebe de professores e alunos.

Bran completa, mentindo descaradamente.

Porque, sim, nós tentamos passar o mínimo de tempo possível com ele.

— Ainda assim.

Minha mãe prepara uma torrada para mim, sempre me tratando como uma garotinha.

— Vocês estudam na mesma universidade e até na mesma faculdade de arte. Esperava que, pelo menos, mantivessem contato.

— Vamos tentar, mãe — digo com meu tom pacificador.

Porque mesmo que Bran não seja abertamente hostil, ele com certeza pode ser quando assunto é Lan. Começo a me levantar, com o estômago pesado e me recusando a aceitar mais comida.

Depois de dar um beijo de despedida nos meus pais e dizer a Bran que o veria mais tarde, cogito em ir até a casa do meu avô, mas ele já deve estar no trabalho.

Além disso, se um leve interrogatório do meu pai me deixou aflita, um encontro com o meu avô talvez me faça desmoronar.

Então envio um e-mail de bom-dia para ele. Porque meu avô não usa mensagens de texto. Nem sequer se dá ao trabalho de olhar para elas.

Estou prestes a guardar o celular quando ele vibra com uma mensagem.

Penso que talvez seja a minha avó escrevendo em nome do meu avô, mas o número é desconhecido.

Meu coração quase salta do peito quando leio as palavras.

Número desconhecido: Talvez você devesse ter morrido com Devlin, hein? Afinal, esse era o plano, não era?

CAPÍTULO 4
GLYNDON

A Ilha de Brighton é uma grande faixa de terra cercada por florestas e pelo mar, repleta de castelos medievais infames.

No entanto, quase metade dessa terra tem sido usada há séculos como polo educacional. A outra metade abriga alguns moradores e uma grande quantidade de pubs, lojas e estabelecimentos de lazer voltados para os estudantes.

Duas grandes universidades majestosas ocupam o norte de Brighton. Uma é americana, e a outra, onde estudo, é britânica. Entrar na Universidade Elite Real, comumente conhecida como UER, é tão difícil quanto conseguir uma audiência com a rainha. Não só por causa das mensalidades absurdas, acessíveis apenas para os ricos e seus avôs milionários, mas também pelo sistema educacional, que é bastante exigente.

O campus é dividido em diferentes faculdades que abrangem todas as áreas importantes como artes, negócios, medicina, direito e ciências humanas. A educação vai desde a graduação até o doutorado.

Alguns alunos passam toda a juventude entre as paredes que mais parecem castelos, estudando até desmaiar. Mas ainda assim, continuam.

Por quê?

Porque quem se forma aqui recebe um diploma que qualquer organização no mundo aceitaria de imediato. Os fundadores da Universidade Elite Real selecionaram os melhores professores, os melhores orientadores.

O melhor de tudo.

Exceto, talvez, a localização.

Porque há aquele pequeno detalhe que mencionei antes. Dividimos o norte da Ilha de Brighton com uma notória universidade.

A King'U[1].

---

[1] King's U pode ser interpretado de duas maneiras, como uma abreviação de Universidade dos King (sobrenome de Glyndon) e também como "o rei é você" (King is you). (N.T.)

Ela foi fundada com dinheiro de origem desconhecida vindo do outro lado do Atlântico. A maioria dos estudantes de lá é americana e carrega a arrogância em suas feições. O que é irônico, já que eles nos chamam de riquinhos esnobes e metidos.

Eles, entretanto, são os alunos perigosos.

Aqueles que andam com o crime estampado no rosto.

A universidade deles tem apenas três cursos principais: administração, direito e medicina. Só isso. Acho que antes havia ciências humanas, mas descontinuaram.

Cecily diz que é porque eles não têm um pingo de humanidade.

Enquanto a UER é refinada, sofisticada e cheia a dinheiro da velha aristocracia, a King's U exala dinheiro novo, olhares afiados e auras ameaçadoras.

Somos especificamente instruídos a ficar longe deles.

O mais longe possível.

E nós obedecemos. Quer dizer, na maioria das vezes. Em eventos esportivos, tudo se mistura um pouco.

Mas, no geral, há uma linha bem definida entre os dois campi. Entre nossa polidez inglesa e o jeito todo-americano deles.

Isso já acontece há anos. Muito antes de meus amigos e eu chegarmos aqui. Na verdade, há um muro alto separando o campus e os dormitórios deles dos nossos.

Um muro que não pode ser escalado nem pulado.

Um muro que representa o abismo profundo entre nós. A menos que haja uma competição entre as universidades, ninguém invade o território do outro.

É por isso que estou segurando a mão de Cecily e a impedindo de invadir o campus deles.

Mal chegamos e já estamos perto do portão de metal. No topo, há um leão dourado segurando uma chave, abaixo do qual está escrito *Universidade Elite Real* em uma caligrafia sofisticada.

Até Ava, que normalmente estaria abraçada ao seu violoncelo como se fosse seu filho, o largou para segurar Cecily pelo outro braço.

— Seja razoável, Ces. Só porque você não encontrou suas anotações, não significa que algum aluno da King's U as pegou. Eles não têm acesso ao nosso campus, lembra?

O cabelo prateado de Cecily está desgrenhado enquanto ela tenta se soltar. Sua camiseta preta, com os dizeres "Que tal não?", traduz bem seu humor no momento.

— O logo do time de futebol deles estava no meu armário. Foram eles. E vou resolver isso.

— E desaparecer no processo? — Suspiro, sentindo a tensão subir à cabeça.

— Pequeno preço a pagar para pegar esses babacas.

— Você não vai dizer isso quando eles te trancarem no porão ou algo assim.

Ava estremece e sussurra, quase gritando.

— Você já ouviu os rumores de que eles são financiados por dinheiro da máfia? Eu acredito totalmente. E com certeza não vou deixar você ser esquartejada no estilo filme de máfia dos anos 1990.

— Estamos em um país regido por leis.

Cecily declara com pura determinação, e até parece que acredita nisso.

— A lei não significa nada para algumas pessoas — falo, sentindo o medo de ontem se acumulando na garganta.

— Isso mesmo.

Ava acena freneticamente com a cabeça e joga o rabo de cavalo loiro para trás.

— Agora podemos voltar para o dormitório sem nos preocuparmos em encontrar o corpo da Ces boiando no mar amanhã?

Posso ver que Cecily quer continuar com o plano, apesar dos nossos avisos. Normalmente, ela é tranquila, mas quando alguém mexe nas suas coisas, esqueça. Ela não se importa nem um pouco com a reputação dos alunos da King's U.

Acho que ela poderia até flagrá-los cometendo atos horríveis e, em vez de fugir, tentaria analisá-los psicologicamente.

Para mim, a cor de Cecily é prateada, como seus cabelos, não exatamente branca, e pode ser manchada com tons de preto.

Ava, sem dúvida, é rosa, como seu vestido, sua aura e sua personalidade.

— Com licença?

Uma voz suave interrompe minhas tentativas e as de Ava de arrastar Cecily de volta ao dormitório. Dividimos um pequeno apartamento no último andar do prédio, que custa uma fortuna, mas pelo menos nos permite morar juntas.

Quando me viro, vejo uma garota pequena, mais ou menos da minha altura, mas muito mais magra e com um corpo esguio, parada perto do portão da UER. Seu cabelo castanho cai nos ombros, e seus olhos azuis são grandes e hipnotizantes entre seus traços delicados. Ela equilibra uma mochila rosa-claro no ombro, decorada com um chaveiro fofo de gatinho, e descansa a mala combinando no asfalto enquanto nos encara.

Seu vestido roxo tem a barra rendada, e o conjunto inteiro rivaliza facilmente com o guarda-roupa de princesa de Ava.

Assim como eu, minhas amigas a estudam com atenção. É Ava quem pergunta:

— Precisa de alguma coisa?

— Sim, vocês poderiam me dizer onde fica a Escola de Artes? Americana.

A garota nova, que talvez tenha acabado de sair do ensino médio, definitivamente é americana. Pelo sotaque, sem dúvidas. Embora tenhamos alguns estudantes americanos na UER, eles são raros. Quase todos tentam entrar primeiro na King's U. E quase nenhum de nós, britânicos, sequer pensa em se inscrever na outra universidade. Ficamos satisfeitos com a nossa, onde as regras nos são familiares.

— Você está perdida? — pergunto, com um tom caloroso, apontando atrás dela. — A King's U fica naquela direção.

— Ah, eu sei. Mas lá não tem faculdade de balé, então me inscrevi aqui e, por sorte, fui aceita no meio do semestre. Quero tentar conciliar a faculdade com o balé, mas veremos no que dá. — Ela sorri radiante. — Sou Annika Volkov, mas podem me chamar de Anni ou Anne. Menos Nika.

— Sou Ava Nash. Violoncelista. Estudo música clássica na Escola de Artes e Música.

— Cecily Knight. Psicologia.

A novata, Annika, me olha, esperando que eu também me apresente.

Ultimamente, estou tão desligada que chega a ser vergonhoso. Talvez eu devesse me trancar no quarto por uma semana.

— Glyndon King. Faço artes visuais na mesma faculdade que a Ava.

— Prazer em conhecer todas vocês. Tenho certeza de que vamos nos dar bem.

— Julgando pelo seu senso de moda, com certeza. — Ava se cola ao lado de Annika. — Vamos te mostrar sua nova faculdade primeiro.

Cecily empurra os óculos de armação preta sobre o nariz e balança a cabeça em um claro gesto de *lá vamos nós de novo*. Ava sempre foi a mais sociável entre nós, e parece que enfim encontrou uma igual em Annika, já que as duas estão tagarelando de um jeito bem animado sobre moda e as últimas tendências.

Deixamos Ava guiá-la pelos corredores imensos, enquanto Cecily e eu ficamos um passo atrás.

De soslaio, percebo um movimento rápido e congelo. Lentamente, viro a cabeça, apenas para ver alguns alunos andando por ali.

Mas os pelos da minha nuca se arrepiam, e uma gota de suor escorre pela minha coluna.

Cecily me cutuca.

— Quer apostar quanto tempo vai levar para ela chamar a novata de melhor amiga?

Eu me assusto e seguro um grito.

— O quê? Ah… Ava? Sim, não deve demorar.

Cecily para no meio do caminho, observando-me com atenção.

— O que foi, Glyn? Você tá com cara de quem viu um fantasma.

— Nada… Só me distraí.

Ela põe a mão em meu ombro, e sei que não devo ignorar o gesto. Cecily é do tipo que mantém as emoções trancadas a sete chaves, então o fato de ela estar me oferecendo qualquer tipo de conforto já é algo significativo por si só.

— Sei que a dor ainda está recente, mas vai melhorar com o tempo, Glyn. Prometo.

Fico paralisada por um momento, até perceber que ela está falando de Dev. Isso deveria ter sido minha primeira suposição também, mas agora? Quando senti que um vulto me seguia?

Definitivamente não era Devlin que estava na minha cabeça.

— Obrigada, Ces. — Retribuo seu gesto em agradecimento.

Ela é um ano mais velha que Ava e eu, e a mais séria de nós. Mas, ao mesmo tempo, também é a mais maternal. Provavelmente foi por isso que escolheu estudar psicologia.

Se eu lhe contar sobre o que aconteceu na outra noite, ela vai ouvir e não vai me julgar.

Mas isso significa que eu teria de explicar *por que* estava lá em primeiro lugar, e com certeza não vai acontecer.

Não nesta vida.

Um pequeno sorriso ergue seus lábios.

— Vamos lá salvar aquela pobre alma da Ava.

— Que tal me salvar do meu próprio sofrimento primeiro?

O tom frio nos pega de surpresa, e logo o dono dessa voz se enfia no espaço entre mim e Cecily, jogando um braço sobre nossos ombros.

Remington Astor, ou apenas Remi, três anos mais velho que eu, nos encara com um sorriso cheio de charme. Seus olhos castanhos brilham com malícia e pura encrenca. Ele tem o porte de um deus grego e um nariz aristocrático, cortesia de sua linhagem nobre, como gosta de nos lembrar. Um detalhe sobre Remi: ele sempre fala de si mesmo na terceira pessoa, soltando frases estranhas como *Minha senhoria fez isso, minha senhoria fez aquilo*.

Outra pessoa segue logo atrás dele. Meu primo, Creighton. Bem, tecnicamente, Creigh é meu primo de segundo grau, já que meu pai e o dele são primos. No entanto, meus irmãos e eu sempre chamamos o pai dele de *tio Aiden*.

Ele é um ano mais velho do que eu e é bem quieto. Você mal ouve a voz do cara, mas isso não deve ser confundido com timidez. Esse merdinha só não dá a mínima para ninguém.

Nem para nada.

Seu silêncio é apenas uma manifestação de tédio. E, de alguma forma, isso lhe dá toda a atenção no campus sem que ele sequer tente. Tem sido assim desde nossos tempos no ensino fundamental.

Isso e o fato de que ele briga muito.

E, embora seus traços marcantes e seus olhos azuis intensos tenham algo a ver com sua popularidade, é sua atitude *não estou nem aí* que faz com que as garotas se derretam por ele mais do que queijo em pizza fresca.

Quanto mais ele as ignora, mais popular se torna. Algo que Remi não aprecia, já que Creigh está roubando seu status de garoto de ouro.

Os dois estudam administração: Creigh está no segundo ano, enquanto Remi está no quarto. Não é preciso dizer que as garotas da faculdade de administração saem no tapa para conseguir um pouco da atenção de ambos.

Cresci com esses caras. Nossos pais são amigos desde a época da faculdade, e nós mantivemos o legado.

Quando somos filhos de pais que têm a personalidade de deuses, aprendemos a nos manter unidos. Para, de alguma forma, aguentar a pressão de ter esses pais.

É parte do motivo de sermos naturalmente próximos. De certa forma, Remi e Creigh não são diferentes de Lan e Bran.

Ok, talvez apenas de Bran. Lan está em um outro patamar.

Cecily arregala os olhos com o tom dramático de Remi.

— E o que seria esse sofrimento todo?

— O fato de nenhuma de vocês ter me pedido carona para voltar ao campus. Eu até tinha todas as suas músicas favoritas prontas para a viagem.

— É porque podemos dirigir muito bem — diz Cecily. — Além disso, você *visualizou*, mas não respondeu à minha última mensagem.

— *Moi?* — Ele me solta, para e pega o celular. — De jeito nenhum... Creigh, seu merdinha. O que foi que você fez agora? Você descobriu minha senha?

Meu primo, que está do meu outro lado, dá de ombros, mas não diz nada.

Levanto a cabeça e vejo o celular de Remi cheio de fotos pornográficas.

— Porco — solto em voz baixa.

Cecily fica vermelha e, se Ava estivesse aqui, ela a chamaria de puritana, porque, de certa forma, ela é mesmo. Cecily simplesmente não se dá bem com qualquer conversa de natureza sexual.

— Você é nojento — diz ela a Remi.

— Não, o Creigh é que é. — Remi agarra meu primo pela gola de sua camisa polo. — Foi ele quem hackeou meu celular e colocou tudo isso.

Creigh continua com cara de paisagem.

— Provas?

— Vou te dar uma surra, seu maldito.

— Você pode tentar.

— Não acredito! — Remi resmunga. — Abrigo esse ser bizarro sob a proteção de minha senhoria e ele tenta sabotar não apenas meu status, mas também meu nobre nome. Vou deserdar você, cria! Não venha correndo até mim com o rabo entre as pernas quando não conseguir escapar de uma multidão sozinho.

— Eu sobreviverei.

A resposta metódica e um tanto sem emoção de Creigh apenas deixa Remi ainda mais irritado.

— Não mande mensagens para minha senhoria quando estiver entediado.

— É você quem faz isso.

Remi estreita os olhos e depois sorri.

— Não vou ficar encobrindo você quando seus pais ligarem. Tente superar essa, cria.

Cecily entrelaça seu braço com o de Creigh.

— Não se preocupe com ele. Nós estamos aqui.

— Ei! Não vá roubar meu filho adotivo. — Remi a empurra para longe e inspeciona Creigh. — Essa perua fez alguma coisa com você, filhote? Diga a vossa excelência, e ela vai se ver comigo.

Meu primo levanta uma sobrancelha.

— Achei que estivesse me renegando?

— Que bobagem. Se eu o renegar, como você vai sobreviver sem mim?

— Tem certeza de que não é o contrário? — Cecily cruza os braços. — Sua atenção a Creigh é o método que você usa para sentir que está fazendo o bem, portanto, é um autosserviço.

— A polícia nerd ligou, e disseram que seu nível de nerdice está passando do limite.

— Tem certeza de que não foi a polícia dos cafajestes dizendo que você corre o maior risco de contrair ISTs?

— Falou a puritana...

— Se isso é uma tentativa de me insultar, continue tentando. Pelo menos não estou correndo o risco de contrair ISTs.

— Existe uma coisa chamada camisinha. Já ouviu falar? Ah, desculpe, esqueci que você é uma puritana.

— Ele se esqueceu de usar uma vez — conta Creighton, e todos nós voltamos para ele. — Camisinha.

Remi agarra a cabeça de Creighton com um mata-leão.

— Não saia contando os segredos de minha senhoria, seu cretino atrevido.

Cecily é como um cachorro que encontrou um osso e vai atrás de Remi com a ferocidade de um guerreiro.

Eu rio, ou, mais precisamente, forço uma risada, fingindo estar mais feliz do que de fato estou. Fingir essa cena pode ajudar a reduzir o caos que está se formando dentro de mim.

Outro vulto preto aparece em minha visão periférica, e giro tão rápido que fico surpresa por não tropeçar.

Aconteceu de novo.

Tenho certeza de que alguém estava me observando das sombras, vigiando cada movimento meu.

Minha temperatura sobe, e esfrego a palma da mão na lateral do short.

Uma vez.

Duas vezes.

Meu celular arde em meu bolso e não consigo parar de pensar na mensagem anônima que recebi.

Recusei-me a pensar nela na hora, deixei em segundo plano e fingi que isso pertencia ao resto da bagagem que está arruinando a minha vida. Mas acho que não posso mais fazer ignorar.

É mesmo sobre o Dev?

Ou é muito pior?

As brincadeiras do grupo em que estou começam a se dissolver até se tornarem um ruído branco. Minha visão fica embaçada.

Tudo fica.

Não consigo nem ver meus dedos.

Meu pé direito dá um passo para trás, e o outro o segue. Estou recuando, mas não sei para onde.

Nem como.

A única certeza que tenho é de que preciso fugir imediatamente.

Agora.

Enviarei uma mensagem para o pessoal mais tarde e direi que não estava me sentindo bem. Mas talvez eu precise mudar a desculpa, já que a tenho usado muito ultimamente...

Uma mão forte tampa minha boca, e grito enquanto sou jogada para trás.

O único som que sai de mim é um ruído abafado e sinistro que transborda desespero.

Meus olhos se arregalam quando eles se encontram com aqueles olhos psicóticos.

Eles são escuros, sem vida, exatamente como os de duas noites atrás.

Ele faz um *tsc-tsc*, sua voz é um sussurro enegrecido.

— É muito difícil te encontrar sozinha, Glyndon.

CAPÍTULO 5
GLYNDON

Meu avô me disse uma vez que haverá momentos em que me sentirei tão presa que encontrar uma saída parecerá impossível.

Vou me sentir sufocada.

Vou me sentir totalmente deslocada, como se todas as paredes estivessem se fechando em torno do meu coração.

Ele disse que, se eu me sentir assim, a chave é manter a calma, não deixar o medo se infiltrar.

Você pode sobreviver a um desastre, princesa. Mas ter medo dele com certeza vai te matar.

Eu queria ter acesso suficiente ao meu cérebro para usar isso e colocar as palavras do meu avô em perspectiva. Queria ser forte como ele, como meu tio, como meu pai ou como minha mãe.

Queria não estar pensando em formas de me dissolver na parede ou na terra.

Ou em qualquer outro lugar que não fosse no campo de visão do estranho. O corpo dele me encobre, todo rígido, forte e tão aterrorizante que sinto que vou vomitar.

Memórias daquela noite rasgam minha consciência machucada, e vozes horríveis gritam na minha cabeça.

Alto.

Mais alto.

Acho que… estou tendo um ataque de pânico.

Não posso ter um ataque de pânico. Sempre fui apática de certa forma, difícil de ter emoções extraídas de mim e ainda mais difícil de traduzi-las no mundo sensorial sem meu pincel. Então por que estou entrando em pânico?

Meus olhos não desviam do olhar apagado do estranho, e então me dou conta.

É por causa dele que estou tendo essa reação.

Seus olhos parecem a mistura de uma floresta chuvosa com a noite. Naquela noite, não consegui decifrar a cor, mas mesmo à luz, o azul é tão escuro que parece não ter cor alguma.

Ele é sem cor, e não no sentido monótono, mas exatamente o oposto disso.

Minha mãe diz que os olhos são a janela da alma de uma pessoa. Se for verdade, no lugar da alma desse desgraçado, há um buraco negro.

A mão com que me mantém presa contra a parede não é brutal, mas é firme o suficiente para deixar claro que *ele* tem o poder. O poder de transformar um simples toque em um ato de violência, como já fez antes. Como já tive um encontro com ele, sei que ele é selvagem e que nenhum padrão social o limita. Então, mesmo que me segure com uma leveza infinita, como se não estivesse aplicando força alguma, eu sei muito bem.

Sei *de verdade* que não é assim.

Sinto sua respiração ao lado do rosto enquanto ele ergue um braço sobre minha cabeça e se inclina para falar tão perto que sinto as palavras em vez de apenas ouvi-las.

— Vou tirar minha mão da sua boca, e você vai ficar calada. Se gritar, vou recorrer a métodos desagradáveis.

Continuo olhando para ele, me sentindo presa por sua altura e sua presença. Eu já achava que ele era grande antes, mas agora parece que sua presença cresceu ainda mais.

Seus dedos se flexionam sobre minhas bochechas, exigindo minha atenção total.

— Acene com a cabeça se você entendeu.

Aceno lentamente. Não tenho o menor interesse em descobrir o que esse psicopata considera *desagradável*. Além disso, me agarro à convicção de que ele não pode fazer nada comigo com tanta gente por perto.

Sim, estamos em uma área isolada perto da biblioteca, mas não é como se ninguém passasse por aqui. Ainda é um local público.

Ele desliza a mão para longe do meu rosto, mas antes que eu possa respirar fundo, ele a move para meu pescoço, os dedos pressionando as laterais. Não é para me sufocar, é apenas uma ameaça.

É só para mostrar que ele pode me sufocar se quiser.

— Você disse que me deixaria ir.

Agradeço por soar calma e não como a versão desesperada e patética de mim mesma da outra noite.

— Eu disse que tiraria a mão, não que te soltaria.

— Você pode me soltar?

— Gosto quando você pede, mas a resposta para a sua pergunta é não. — As pontas de seus dedos pressionam a pele do meu pescoço. — Até que gosto dessa posição.

Ele não parece ter a capacidade de gostar de nada. Na verdade, sua expressão é tão neutra que é difícil imaginá-lo fazendo algo divertido.

Será que ele sequer tem emoções como uma pessoa normal?

Considerando que estava disposto a me ver morrer só para poder me fotografar, e em seguida me obrigou a chupá-lo, provavelmente não.

Ainda assim, me forço a encará-lo, mesmo que isso signifique ser engolida pela escuridão dos seus olhos.

— O que você quer de mim?

— Ainda não descobri, mas descobrirei em breve.

— Enquanto pensa nisso, também deveria pensar em como vai sair da cadeia.

Ele esboça um sorriso de lado.

— Por que eu iria para a cadeia?

— Por me agredir — sibilo em voz baixa, observando ao redor, em busca de qualquer pessoa.

— O fato de você estar falando disso num tom mais baixo significa que não me denunciou.

— Mas não significa que não vou.

— Fique à vontade.

— Você não tem medo?

— Por que eu teria?

— Você pode ser preso.

— Por receber um boquete que você ofereceu de boa vontade?

— Não lhe ofereci nada. — Meu sangue ferve, e tento me soltar, mas sua mão impiedosa aperta o meu pescoço e não permite que eu me mova.

— Ah, ofereceu sim. Você disse que preferia os lábios em vez da boceta ou do cu.

— Porque eu estava sob ameaça!

Ele dá de ombros.

— Semântica.

Eu o encaro. Observo bem o seu cabelo bagunçado, os músculos que se destacam por baixo da camisa preta. Encaro seu rosto impassível e os olhos imóveis, e quase tenho certeza de que estou lidando com um robô.

— Você... acha mesmo que não fez nada de errado, não é?

— Salvar você é considerado algo errado?

— Você não me salvou!

— Você ia cair para a morte, mas te segurei. Pelo que sei, isso se chama salvar em qualquer dicionário. Então que tal um pouco mais de gratidão?

— Ah, desculpe-me. Como devo fazer isso? De joelhos novamente?

— De preferência.

Seu polegar acaricia meu lábio inferior e prendo a respiração quando ele murmura:

— Gostei desses lábios. O que falta em experiência, eles compensam com puro entusiasmo. Foi a energia de nervosismo da primeira vez e sua inocência que o tornou memorável. Aposto que a sensação será ainda mais fantástica quando eu rasgar sua boceta e te fazer quicar no meu pau.

Meu queixo cai e fico completamente sem palavras.

O estranho aproveita a oportunidade para pressionar o polegar contra o meu lábio inferior com tanta força que acho que ele está tentando colá-lo no meu queixo.

— Fico imaginando as expressões que você vai fazer quando eu te jogar no chão e enfiar meu pau bem fundo na sua boceta. Aposto que vai ser difícil escolher entre ela e sua boca.

Estou tremendo, percebo, meus dedos se contorcendo e meus membros quase desistindo de mim. Mas continuo o encarando.

— Por que está fazendo isso comigo? Com sua aparência, você consegue conquistar quem quiser. Por que eu?

Um sorriso predador surge em seus lábios.

— Você me acha atraente?

— Nem morta.

— Você acabou de falar da minha aparência.

— Física, que qualquer um pode ver.

— Não estou interessado em qualquer uma. É em você que estou focado agora.

— Mas por quê?

Ele levanta um ombro.

— Não sei.

Minha mandíbula dói devido à força com que a estou apertando. Esse desgraçado transformou minha vida em um pesadelo, e ele nem sabe por quê.

Então eu o provoco. Provavelmente não é a melhor escolha, mas não tenho outra maneira de machucá-lo.

— Nunca, *nunca*, te daria bola nem olharia em sua direção se tivesse escolha. *Jamais*.

— Nunca diga nunca, baby.

— Não sou sua baby.

— Você é o que eu quiser que você seja, *baby*.

Ele puxa meu lábio novamente antes de soltar minha boca.

Meus lábios estão inchados, sensíveis e doloridos, como se eu tivesse beijado por horas.

Não, não. Não vou pensar em beijos enquanto esse desgraçado estiver aqui.

— Sério, o que você quer de mim? Eu nem sei seu nome, e não faço ideia de como você sabe o meu.

— Talvez tenhamos mais coisas em comum do que você pensa.

— O que... como assim?

— Você é uma garota esperta. Vai descobrir.

— Assim como você vai descobrir o que quer de mim?

Não consigo esconder o tom de sarcasmo, e ele sorri.

— Exatamente. Você aprende rápido.

— Não rápido o suficiente para encontrar uma maneira de me livrar de você.

— Isso não será possível da sua parte, então não queime neurônios à toa. Apenas... seja boazinha.

— Quem você pensa que é para me dizer se devo ser boa, má ou qualquer coisa?

— Não preciso de um rótulo para conseguir o que quero. Você já sabe disso.

Sinto um arrepio súbito percorrer meu corpo. Ele está me lembrando, sutilmente, de como passou de nada para uma agressão completa com facilidade e de como, se eu o provocar, não seria estranho se ele fizesse de novo.

De novo e de novo, até que eu aprendesse minha lição.

Não consigo evitar o impulso de enfrentá-lo.

— O que isso implica de fato? Me forçar de novo?

— Eu preferiria não fazer isso. Ao contrário da impressão que deixei no penhasco, violência não é minha primeira escolha. No entanto, se eu tiver que recorrer a opções desagradáveis, vou recorrer. Então não me obrigue a isso, baby. Eu preferiria que começássemos do zero.

— *Vá se foder.*

Ele solta uma risada baixa que me dá calafrios. É a primeira vez que ele esboça qualquer emoção. E não sei por que estou memorizando cada segundo disso.

E, sério, por que sinto meu estômago se contrair quando olho para ele?

— Uma boca tão suja para um rostinho bonito.

O som desaparece tão rápido quanto surgiu, e seus dedos agarram os lados do meu pescoço. Forte. Tão forte que ele está quase me sufocando.

— Me xingar não é começar do zero, Glyndon. Estávamos falando de você ser boazinha, então que tal continuar assim, hein?

Ele me solta tão rápido quanto me agarrou, e me engasgo, lutando para respirar, sentindo meus pulmões quase falharem.

— Qual é a sua e isso de me sufocar?

— De que outra forma eu conseguiria sua atenção total? Além disso... — Ele esfrega o polegar contra os outros dedos. — Gosto de sentir sua pulsação acelerada.

Engulo em seco, como se tivesse levado um soco no estômago.

Há tantas emoções obscuras por trás de suas palavras que não sei se devo gritar ou chorar... ou os dois ao mesmo tempo. Ele recua um passo, devolvendo o espaço que roubou de mim tão repentinamente.

— Vou ficar de olho em você. Seja boazinha, baby.

Então, ele se afasta, misturando-se à multidão como se não tivesse acabado de roubar meu ar e minha existência.

Afundo-me contra a parede, segurando a cabeça entre as mãos.

Que merda foi essa que acabou de acontecer? Como atraí um predador assim?

E, mais importante, o que posso fazer para mantê-lo longe de mim?

— Aniquilador!

Levanto a cabeça e vejo Annika acompanhada de Ava. Suas sobrancelhas se abaixam enquanto ela observa onde o estranho desapareceu na multidão.

— Aniquilar? — gaguejo, e Ava me encara, confusa.

Ela sabe muito bem que não sou do tipo que gagueja, nem do tipo que fala sem pensar bem em cada palavra. Mas as circunstâncias agora são diferentes. Achei que o pesadelo tivesse acabado no penhasco, mas, pensando bem, eu deveria saber que ele só estava começando.

De alguma forma, atraí a atenção de um selvagem sem alma e sem limites.

— Ani-*Kill*-ador. Killian Carson — Annika explica. — O deus encantador da nossa antiga escola... e da King's U também. Ele está no quarto ano de medicina, apesar de ter apenas dezenove anos. Obviamente, pulou algumas séries, assim como eu. Mas só pulei uma, e tenho dezessete. Vou fazer dezoito em breve, a propósito, então não me trate como criança.

Espere.

Ele estuda na King's U? É por isso que ele sabe meu nome? Mas não tenho contato com ninguém dessa universidade, exceto Devlin, quando costumávamos sair às escondidas.

Ele me encontrou no Instagram, depois conversamos e nos conhecemos. Fora isso, não estou familiarizada com os garotos *perigosos*.

Embora eu tenha ouvido falar dos dois clubes notórios da King's U: os Hereges e os Serpentes. Ambos têm conexões com a máfia, dominam a universidade e são rivais.

Como se isso já não bastasse, ambos odeiam o nosso clube: os Elites.

Os três grupos competem em lutas clandestinas, eventos esportivos e atividades noturnas horríveis que só são mencionadas em sussurros atrás de portas fechadas.

Ah, e se lembra do meu irmão, Lan? Ele é o atual líder dos Elites.

Isso significa que o estranho, Killian, um nome apropriado pra caralho, me reconheceu por causa do meu irmão?

Mas, por outro lado, Lan sempre manteve as atividades do clube separadas de sua vida pessoal.

— Como você o conhece? — pergunto a Annika, sem conseguir evitar.

Ela põe a mão no queixo.

— Nós... meio que andamos com as mesmas pessoas. Bom, nem tanto. Não somos amigos nem nada, Deus me livre. Ele é, bem, pode-se dizer que é conhecido do meu irmão. Quer dizer, na verdade, os dois são bem próximos, e fui especificamente instruída a ficar longe dele. E por "especificamente", quero dizer que meu irmão tiraria minhas redes sociais se eu chegasse perto dos amigos dele. Você consegue imaginar esse tipo de tortura? — Ela envolve os braços ao redor do próprio corpo. — Me dá até um arrepio.

— Meu Deus! — Ava estala os dedos. — Sabia que seu sobrenome me parecia familiar. Seu irmão é o Jeremy Volkov, não é?

— *O* Jeremy Volkov? — repito, incrédula.

Sou quase uma eremita, mas até eu ouvi esse nome assim que pisei na Ilha de Brighton. Jeremy Volkov é mais velho do que nós, tem a idade dos meus irmãos e está terminando o mestrado.

O motivo pelo qual seu nome é tão infame nos dois campi é porque ele é um deus que não deve ser desafiado. Dizem que ele matou alguém que o irritou, amarrou pedras no corpo da vítima e a jogou no fundo do oceano. Uma vez, um estudante esbarrou no carro dele e saiu mancando com uma perna quebrada.

Outra vez, alguém sem querer derramou água nele e depois socou a si mesmo para evitar a ira dele.

Claro, são apenas rumores, mas rumores terríveis. O tipo de rumor que claramente diz a nós, meros mortais, para ficarmos o mais longe possível dele.

Porque, é claro, Jeremy é o líder dos Hereges. Dizem que a cerimônia de iniciação para entrar no clube começa com derramamento de sangue.

Dizem também que os outros Hereges são tão insanos quanto ele. Alguns, até piores.

Eu não sabia seus nomes antes, mas algo me diz que Killian pertence a esse grupo.

Aniquilador.

Foi assim que Annika, que está inquieta, se mexendo de um pé para o outro, o chamou. "Aniquilar" é uma palavra que combina mesmo com ele.

O meu avô Henry, pai da minha mãe, me disse que cada pessoa incorpora uma parte de seu nome.

Killian é a totalidade do seu.

Annika abaixa a cabeça.

— Quais são as chances de voltar para quando vocês não sabiam quem era meu irmão?

— Quase nulas. — Ava responde. — Não acredito que vocês são irmãos.

— Quero dizer, ele não é tão ruim quanto os rumores dizem. Ele é o melhor irmão do mundo e se importa comigo.

— Ele destrói vidas por diversão — Ava retruca, sem rodeios.

— Irmão a gente não escolhe — Annika argumenta com um sorriso constrangido.

— Sei bem como é. — Ava suspira. — Mas, ainda assim, isso é uma grande revelação. Estou surpresa que ele tenha deixado a irmã estudar na UER. Achei que ele nos odiasse.

— Provavelmente odeia, já que ele falou, com estas palavras: "A UER é cheia de riquinhos covardes que só sabem gastar a herança e não fazem a menor ideia de como multiplicá-la." E ele não teve escolha, porque consegui a aprovação do meu pai depois de muita súplica e promessas de que me comportaria. Mas, claro, nenhum dos métodos funcionou. O que deu certo foi a minha mãe convencê-lo. Para minha sorte, ele não consegue dizer não para ela. — Annika sorri e nos encara, hesitante — Vocês não me odeiam?

— Por que odiaríamos? — Me aproximo dela. — Bem-vinda a bordo.

— É. — concorda Ava. — Seu irmão é um idiota assustador, mas você é um amor.

Annika fica corada, radiante com o elogio.

— Ah, obrigada.

Ambas trocam elogios por um tempo antes de Annika me observar como se estivesse procurando por um membro faltando.

— Sei que acabamos de nos conhecer, mas sinto que preciso te alertar sobre Kill. Se acha que meu irmão é ruim, Killian pode ser pior. Ele sempre foi popular, adorado, tratado como um deus na terra, mas tem algo errado com ele, sabe? Como se toda a sua vida social fosse uma fachada para o que realmente se esconde por dentro. O sorriso dele *nunca* chega aos olhos, e todos os relacionamentos que teve foram apenas ficadas e encontros casuais. Até o próprio irmão não se importa muito com ele. É como se Kill estivesse vivendo, mas não realmente vivo... como se fosse...

— Um monstro. — completo por ela.

— Eu ia dizer um psicopata. Mas, de qualquer forma, Kill é problema, e não quero te ver machucada.

Tarde demais.

Ele já tirou algo de mim que nunca poderei recuperar.

— Ele faz parte do clube secreto do seu irmão? — Ava pergunta. Então se inclina para sussurrar: — Hereges?

Annika solta uma risada fraca.

— Haha... Não devo falar sobre isso, ou Jer me mata. Mas, sim, ele faz parte, sei lá. Kill provavelmente foi quem começou isso tudo.

— O que eles fazem lá? — Ava insiste, se inclinando para Annika como uma professora interrogando um aluno tímido.

— Não sei, não me importo. Fico fora dos negócios deles, e isso me permite passar despercebida. Quero dizer, tenho uma noção do que acontece porque os seguranças gostam de mim, mas finjo que sou completamente ingênua.

Esfrego a palma da mão no short, ponderando suas palavras. Isso significa que, se eu ficar quieta, também poderei passar despercebida?

Meu celular vibra, e dou um pulo antes de pegá-lo lentamente.

Número desconhecido: Cuidado, Glyndon. Você pode acabar se tornando o próximo alvo por acidente.

CAPÍTULO 6
KILLIAN

Aprendi desde cedo que não me encaixo na sociedade normalizada, estagnada e moralista.

Nasci para reinar sobre ela.

Sem questionamentos.

Controle não é apenas um desejo ou um querer passageiro. É uma necessidade tão essencial quanto respirar.

Lá no fundo, dentro de mim, espreita um *serial killer* com fetiches fodidos e demandas constantes para saciar seus desejos. Às vezes, a urgência é fraca o suficiente para ser ignorada, mas, em outras, se torna tão intensa que o vermelho passa a ser a única cor que vejo.

No entanto, não sou impulsivo como alguns idiotas por aí. E com certeza não vou permitir que uma mera compulsão, obsessão ou fixação roube meu controle.

Por isso, é imprescindível manter esse *serial killer* entretido, saciado e absolutamente sedado.

Se minha verdadeira natureza fosse exposta ao mundo, a situação se complicaria, e as lágrimas ficariam horríveis no rosto da minha mãe. Ela pensa que mudei, e isso vai continuar assim até sua morte.

Ou a minha.

Meu pai é muito mais astuto e, portanto, mais difícil de se convencer dos meus hábitos de socialização, mas com o tempo ele vai ceder.

Ou então ele teria que escolher machucar minha mãe, e ele preferiria morrer antes disso.

É conveniente ter pais que são loucos apaixonados. Dessa forma, eles podem focar um no outro e na família perfeita de seus sonhos, em vez de nas minhas tendências fodidas.

Asher e Reina Carson são os socialites intocáveis de Nova York. Meu pai é sócio-gerente do mega escritório de advocacia do meu avô e usa sua influência para livrar velhos babacas de suas merdas judiciais. Minha mãe, por outro lado, escolheu um caminho completamente diferente e fundou inúmeras organizações de caridade. Uma verdadeira borboleta social imortal e o melhor clone da Madre Teresa.

E, claro, há o filho dourado deles — Gareth. O neurotípico Gareth. Gareth, que está seguindo os passos de ambos os nossos pais. Gareth, o estudante exemplar de direito e voluntário de caridade.

Definitivamente, ele é o filho que desejaram quando acenderam incensos durante as sessões de procriação. Além de ter a mesma aparência deles, sua mera existência lhes dá a satisfação de serem pais.

A minha, é evidente, não dá. E a razão para isso é bem simples.

Era uma vez, fui atormentado por uma necessidade insaciável de ver o que havia debaixo da pele dos animais. Humanos também, mas eu só tinha acesso a animais. Pensei em abrir nosso gato gordo, Snow, com uma tesoura, mas minha mãe chorou quando ele adoeceu, então o deixei em paz.

Quando enfim consegui abrir alguns camundongos que capturei em uma lixeira, corri para casa e os levei para minha mãe, feliz por enfim ver o que aqueles olhos vermelhos escondiam.

Ela quase desmaiou.

Com a minha cabeça de sete anos, não entendi sua reação.

Minha mãe deveria ter se orgulhado de mim. Ela se orgulhava quando o preguiçoso do Snow lhe levava alguns insetos.

— É por que derramei sangue pela casa toda? Não se preocupe, mamãe. A empregada vai limpar.

Falei de modo tão natural enquanto ela chorava nos braços do meu pai.

Nunca vou esquecer como ambos me olharam naquele dia. Minha mãe, com horror. Meu pai, com as sobrancelhas franzidas, os lábios pressionados e... acho, dor.

Naquele momento, parecia que estavam de luto pela morte do segundo filho.

Depois desse incidente, e ao longo da adolescência, passei por todo tipo de testes e psicólogos e blá-blá-blá.

Eles me meteram um monte rótulos: transtorno de personalidade antissocial severo, diferenças na amígdala e em outras áreas neurológicas, traços de narcisismo, maquiavelismo e o caralho a quatro. Depois me mandaram para casa com métodos de tratamento.

Graças ao caralho, superei essa versão algemada de mim mesmo e me adaptei aos "tratamentos", às expectativas sociais e, com o tempo, me tornei quem sou hoje.

Absolutamente controlado, com certeza aceito na sociedade, adorado até, e não faço mais minha mãe chorar.

Na verdade, conversamos por telefone hoje cedo. Ela disse que me ama, falei que a amo mais, e tenho certeza de que ela desligou com um sorriso animado.

Se você dá às pessoas o que elas querem, elas gostam de você, te adoram até.

Tudo o que precisa fazer é se conformar com os padrões, ao mesmo tempo que se mantém um pouco acima da média e reprime sua verdadeira natureza.

Pelo menos, à luz do dia.

A noite, no entanto, é uma área cinzenta.

Meu olhar percorre o primeiro andar da mansão, filtrando entre os estudantes universitários bêbados nadando pelados, cheirando cocaína e vivendo vidas fúteis. Eles pulam ao som da música alta como uma versão de macacos chapados de crack.

Já estou nessa festa há dez minutos inteiros e ainda não vi nada que valesse minha atenção.

E ela está acontecendo na porra da minha mansão.

Bem, divido o espaço com meu irmão, meu primo e Jeremy, e tudo isso por conta do nosso status de liderança nos Hereges, e da quantidade de dinheiro que nossos pais injetam nas veias dessa universidade.

Na verdade, nós possuímos este lugar. Cada pedaço e cada pessoa nele.

A mansão pode ser imensa e ter quartos suficientes para começar um bordel, mas, às vezes, parece pequena.

O mundo todo parece.

Um corpo tromba contra o meu por trás, e um braço tatuado, cheio de caveiras e corvos, envolve meu ombro, enquanto sou atingido pelo cheiro de álcool e de maconha.

Nikolai.

— Ei, Killer!

Agarro o braço do meu primo e o jogo para longe sem me preocupar em mascarar minha repulsa pelo ato blasfemo de me tocar.

Ele desliza para o meu lado, encostando-se na parede perto do bar, mas escondido o suficiente para que eu passe despercebido.

— E aí, seu merda? — Ele dá um tapa no bolso do jeans e pega um baseado, esfregando-o contra os lábios antes de enfiá-lo na boca e acendê-lo — E essa cara de nojo aí?

— Por que você é nojento?

— Na maior parte do tempo. Hoje, não.

Ele me agarra pelo ombro de novo, e estou prestes a quebrar o braço desse puto.

Pontos pretos surgem na minha mente, aumentando, pulsando, se multiplicando em batidas menores, minúsculas.

Até posso gostar de ser tocado, mas só nos meus termos e quando sou eu quem está no controle absoluto.

E esse imbecil está cavando a própria cova.

Pergunto-me se tia Rai choraria muito se perdesse o filho em um desaparecimento misterioso.

O complicado é que ela é irmã gêmea idêntica da minha mãe, e, se ela chorar, minha mãe com certeza choraria ainda mais. Pelo menos, a tia Rai faz parte da máfia russa. Minha mãe acredita em tudo que é luz e positividade e poderia, com certeza, sofrer muito mais pelo desaparecimento do sobrinho assim, do nada.

Mas, no fim das contas, não vale a pena ceder a meus impulsos por isso.

Reprima.

Reprima.

Nikolai sacode meu ombro de novo, totalmente alheio à própria inconveniência, e ao risco que ele corre de precisar engessar essa mão em breve.

Ele tem mais ou menos a minha idade, cabelo escuro e comprido que, quando solto, chega até o pescoço, mas agora está preso em um pequeno rabo de cavalo. A cereja no bolo desse visual todo são os piercings nas orelhas, e no pau, porque ele achava que sofria de tripofobia, e a melhor maneira que o gênio encontrou para superar isso foi furando o próprio corpo.

Acontece que ele não a tem de fato, e foi uma fase. Como as tatuagens, o cabelo, o estilo.

Às vezes, ele usa um estilo grunge, jaqueta jeans com jeans. Outras vezes, se veste com umas roupas da moda bizarras que atraem ainda mais atenção.

Na maior parte do tempo, anda por aí meio nu, como nesta noite, pois aparentemente é alérgico a camisetas. Seu peito é um mapa de tatuagens que poderia ser avistado de Marte, matando alienígenas de vergonha alheia.

Ainda assim, seus pais são líderes da máfia russa, e ele vem de um longo legado de líderes da *Bratva*. Um dia, Nikolai também assumirá um cargo. Então a faculdade é apenas uma fase de aprendizado para que ele entenda as regras do negócio.

Na verdade, a maioria dos estudantes da King's U tem algum tipo de associação com a máfia, e nossos professores são bem próximos dos chefões.

— Qual é o plano para hoje, herdeiro de Satanás?

Nikolai sopra fumaça na direção de uma garota que está passando, e ela responde com um olhar de flerte.

— Como vai ser a cerimônia de iniciação?

— Pergunte ao Jeremy.

Aponto a cabeça em direção a Jeremy, que está deitado em um sofá, com duas garotas lutando por sua atenção, como se fossem animais.

Ele não as afasta, mas também não está concentrado nas duas. Ele apoia a cabeça sobre o punho fechado, ouvindo Gareth falar sobre sabe-se lá o quê.

Provavelmente alguma chatice.

Mas Jeremy não parece entediado, tenho que admitir. O que já é alguma coisa, considerando que ele acha a vida mais monótona do que eu.

— Vamos lá!

Nikolai me arrasta até os três e, dessa vez, me solto do seu abraço com tanta força que ele quase cai no chão.

Meu primo não parece se importar e se joga entre as garotas, que soltam gritinhos animados. Ao perceberem que Jeremy não lhes dará atenção tão cedo, ambas logo mudam para o colo de Nikolai.

Eu me aproximo de Gareth por trás e sussurro em seu ouvido:

— Oi, irmãozão. Se eu não te conhecesse bem, diria que você está me evitando.

Ele se enrijece, mas sua expressão não muda.

Parece que ele aprendeu uma coisa ou outra, convivendo comigo por mais de dezenove anos. Mas tenho certeza de que os dois anos que viveu antes de eu chegar foram os anos mais felizes de toda a sua vida.

Apesar de sermos irmãos, não poderíamos ser mais diferentes. Ele tem o cabelo mais claro, como o da nossa mãe, e os olhos são uma cópia exata dos verdes do nosso pai.

Onde sou musculoso, ele é mais esguio, tem o porte de um professor universitário pelo qual todas as alunas, e alunos, suspiram.

O bom garoto, Gareth.

O menino de ouro, o futuro da família Carson, Gareth.

Gareth, o neurotípico patético.

— Você não tem relevância para que eu me dê ao trabalho.

Ele diz com a voz baixa o suficiente para que eu possa ouvir, depois se volta para Jeremy.

— Como eu dizia, se abrirem a boca, você será o primeiro nome da lista.

— O que você está achando dos faróis novos do seu carro? — Mudo de assunto e depois sussurro: — Porque eles podem sumir. Com o carro inteiro. Enquanto você dorme.

— Câmeras são sua maior fraqueza, Kill — ele diz com um sorriso disfarçado.

— Talvez elas possam... — Solto um assovio baixo. — Desaparecer, também.

— Os arquivos que são enviados automaticamente para a minha nuvem e que podem, por acidente, parar na caixa de entrada da mamãe? Acho difícil.

— *Mamãe! O Kill roubou meu brinquedo!* — respondo, depois deixo de lado o tom de deboche. — Quantos anos você tem? Seis?

— Talvez eu tenha metade disso, porque esses arquivos podem parar *por acidente* nas caixas de entrada do papai e do vovô também.

— E você teria coragem de destruir a imagem de filho exemplar que eles criaram de mim? Como vai conseguir dormir à noite? Vai doer na sua consciência. — Ponho um dedo em sua têmpora — Bem aqui. E não queremos você se culpando pelo sofrimento deles, queremos?

— Vandalize meu carro e veremos no que isso tudo vai dar.

— Vamos fazer o seguinte, irmãozão: que tal eu deixar de lado a sugestão de vandalismo por enquanto? Pensando bem, existem peças mais dignas da minha atenção do que meros faróis. Peças mais... importantes.

Enfim ele me encara, com a expressão séria. Eu lhe dou um sorriso e um tapa no ombro.

— É brincadeira. — Depois sussurro: — Ou não. Não me provoque de novo.

Jeremy, que assistia a toda a conversa sem mudar de expressão, decide retomar de onde Gareth parou.

— Ninguém ousaria ir contra mim, e se ousarem, vão aprender uma lição.

— Será que ouvi as palavras "aprender uma lição"? — Nikolai sai de entre os peitos de uma das garotas, lambendo os lábios. — Quem precisa de uma lição? Eu já não disse que quero ser incluído nas partes divertidas?

Gareth se serve de um copo de uísque.

— Dois calouros estão espalhando boatos sobre a primeira cerimônia de iniciação, de algumas semanas atrás. Estão fofocando até para os Serpentes.

— Ah, é?

Os olhos de Nikolai brilham enquanto ele, distraidamente, belisca o mamilo da garota por cima da regata.

— Deixe comigo, Jer. Eles vão aprender a temer a verdadeira justiça divina.

— E se não tiverem medo?

Pego um cigarro, encosto-me na cadeira de Gareth e o acendo.

— Não dá para punir nem ameaçar alguém que não conhece o conceito de medo.

Jeremy ergue uma sobrancelha, girando o copo enquanto me observa.

— O que você sugere?

— Descubra o ponto fraco deles e explore isso. Se não tiverem um, fabrique um e faça-os acreditar que é real.

Sopro uma nuvem de fumaça sobre a cabeça de Gareth.

— Tenho certeza de que nosso querido mediador aqui pode coletar informações suficientes para te ajudar. A menos que ele tenha medo de sujar as mãozinhas.

— Seu merdin... — começa Gareth, mas eu o interrompo.

— O quê? Você não quer ajudar o Jeremy a manter o poder do clube? Achei que fossem amigos.

— Chega, Kill.

Jeremy aponta o copo para a esquerda.

— Niko vai cuidar disso.

— Tsc, tsc... — Eu reajo, em meio a um sopro de fumaça.

— Porra, aí sim! — Nikolai esfrega o nariz. — Violência!

— Não precisa recorrer à violência — afirma Gareth com o tom de um pacifista imbecil.

— Geralmente, ameaçar basta — concluo por ele.

— Vamos fazer do meu jeito, caralho. — Nikolai dá um tapa na bunda da garota, fazendo-a soltar um gritinho. — Garantam seus lugares na primeira fila para assistir e aprender.

Gareth inclina a cabeça em sua direção.

— Tente não provocar os Serpentes no processo.

— Impossível.

— Eles também fazem parte da *Bratva*. Se houver derramamento de sangue, você e Jeremy serão responsabilizados por seus pais.

— É aí que você se engana. — Jeremy toma um gole de sua bebida. — Os Serpentes podem fazer parte da mesma organização, mas os pais deles são rivais dos nossos na corrida pelo poder. Um dia, eles querem assumir as rédeas, por isso estão tentando nos esmagar antes que tomemos o império.

— E é por isso que estão colocando todos os esforços nessas pequenas provocações, uma cortina de fumaça para camuflar um esquema maior.

Eu me esparramo ao lado de Nikolai e dou uma tragada no meu cigarro.

— Exatamente — concorda Jeremy. — Não podemos baixar a guarda.

A garota que fez um tour do colo de Jeremy até o de Nikolai agora se aproxima de mim de quatro, com o desespero de uma gata no cio.

Seus olhos brilham, e é provável que esteja bêbada ou drogada, ou ambos, considerando suas pupilas tão dilatadas.

Ela deixa o cabelo escuro cair sobre o rosto, uma imitação daquele filme de terror em que uma garota sai do poço. Até mesmo seus movimentos combinam com os do fantasma.

Eu a agarro pelos cabelos e a arrasto entre minhas pernas. Ela se assusta, mas depois dá risadinhas, bufa e solta todo tipo de som irritante que deveria ser munição suficiente para bani-la da existência.

Meus dedos se cravam em seu couro cabeludo, depois deslizam para sua mandíbula.

— Abra.

Ela obedece de pronto, revelando um piercing na língua.

Não é a mesma boca que ficou tão cheia da minha porra, que cuspiu tudo nos meus sapatos de grife enquanto me encarava e tremia.

A tremedeira é importante porque, embora ela estivesse aterrorizada e completamente fora do seu habitat, ainda me afrontava.

Ainda cuspiu como se minha porra não fosse digna de ir para o estômago dela.

Só por esse motivo, estou tentado a encher todos os buracos dela de porra.

E agora fiquei duro.

Porra. Quando foi que comecei a perder o controle sobre minha libido?

Obviamente, três dias atrás.

Três malditos dias desde minha visita ao penhasco onde pensei que poderia encontrar algumas respostas.

Encontrei algo muito melhor.

A resposta por trás da resposta.

Glyndon King.

Empurro a garota fantasma para longe, apago o cigarro na bolsa Gucci dela e me levanto.

Jeremy me olha fixamente.

— Você não vai ficar por aqui e planejar os últimos detalhes da próxima cerimônia de iniciação?

— Você resolve dessa vez.

— Killer, seu estrategista de mentira!

Nikolai aponta um dedo para mim, sem se importar nem um pouco com a garota que está praticamente gozando em seus braços.

— Não foi você que disse que ninguém te supera porque seus planos são os melhores?

— E são.

— Então dá um pra gente.

— O Jeremy já está por dentro de tudo, e não estou interessado em repetir. Me chamem quando a diversão de verdade começar.

— Sério que vai embora, herdeiro de Satanás? A diversão está só começando.

— Alguns de nós realmente estudam, Niko. Estudante de medicina, lembra?

— Besteira. Você é um gênio.

— Ainda assim preciso fazer o mínimo de esforço.

Não de verdade, mas a sociedade gosta de pensar que todos são humanos e sofrem igual a eles.

Dou um tapa no ombro de Gareth.

— Continue desinteressante, irmãozão.

Ele me mostra o dedo do meio, e sorrio enquanto saio da festa principal e desço as escadas. O porão é à prova de som, então toda a música e a putaria desaparecem assim que tranco a porta atrás de mim.

A sala vermelha entra em foco, e fico parado na entrada, encarando as tentativas de obras-primas que fiz ao longo dos anos.

Minha primeira foto foi daqueles camundongos, tirada com uma Polaroid. Tive que registrar o momento em que conheci o interior de um ser vivo.

Minha segunda foi de Gareth, quando machucou o joelho, sangrou pelo jardim todo e tentou com todas as forças não chorar.

A terceira foi de Gareth sendo atacado por um cachorro. Desde então, ele nunca mais chegou perto de um. Se meu irmão racionalizasse que o cachorro que o mordeu estava doente e provavelmente raivoso, não precisaria ter tanto receio deles. Mas aprendi cedo que as reações das outras pessoas a situações ameaçadoras e perigosas são muito diferentes das minhas.

Enquanto permaneço calmo, elas entram em pânico.

Enquanto procuro uma solução, elas se deixam consumir pelo medo.

Ao longo dos anos, tirei muitas fotos. Algumas são brutais. Outras, nem tanto. Mas geralmente capturam alguma forma de sofrimento.

Alguma forma de... fraqueza humana.

No começo, as tirava para entender como as reações dos outros diferem das minhas em certas situações. Depois, passei a gostar do fato de ter uma parte dos outros a que ninguém mais tem acesso.

Nem eles mesmos.

É por isso que são obras-primas.

Preservei-as tão bem ao longo dos anos, sem permitir que ninguém visse esse meu lado.

Elas nem sabem que escolhi medicina apenas para poder continuar minha fixação em ver o interior de um ser vivo, sem matá-lo.

É um desafio maior, mas me permite permanecer escondido à vista de todos. Posso até ser visto como generoso por… salvar vidas.

Caminho até a mais recente adição à minha coleção e a separo das outras.

Meus dedos deslizam pelos contornos de seus traços delicados, manchados de lágrimas, saliva e sêmen. Ainda consigo sentir meus dedos entre seus lábios.

Foi a primeira vez que tive um orgasmo tão intenso sem minha permissão. Normalmente, preciso recorrer a fetiches extremos para liberar uma fração do que essa garota ingênua conseguiu sem nem tentar.

E isso me deixa puto pra caralho.

Ela deveria ser apenas um fio solto, cujo único propósito era fornecer respostas, e não tinha o menor direito de almejar uma posição mais alta.

Por mais lamentável que isso soe, talvez tenha que puni-la por isso.

Porque falei sério ontem: ainda não descobri exatamente o que vou fazer com ela.

O certo é que vou recriar essa expressão em seu rosto. De novo e de novo.

E de novo.

Uma única vez não é o suficiente, no fim das contas.

Tudo começou com uma investigação sobre a morte de Devlin, mas talvez isso não seja tão importante quanto achei a princípio.

CAPÍTULO 7
GLYNDON

— Me explique de novo por que estamos aqui? — Eu me encolho com o som alto do rap, das conversas e da presença das pessoas.

Tantas pessoas.

— Porque gostamos de violência, dã. — Ava se anima balançando ao som da música.

— Sabe, esse fascínio pouco ortodoxo pela violência masculina pode ser uma manifestação de tendências desagradáveis. — Cecily ajeita os óculos. — É um pouco tóxico.

— Me chame de rainha das coisas tóxicas, então, porque não paro de olhar para essa beleza divina. — Ava cutuca a Annika. — Não é, Anni?

Ela está inquieta, observando a multidão que nos cerca como se fossem alienígenas querendo nos sequestrar e escravizar. Assim como Cecily e a mim, ela não estava muito interessada em vir para a luta, mas a democracia não vence contra a Ava.

Além disso, apesar da análise psicológica que Ces acabou de fazer, ela não foi veementemente contra a ideia a princípio.

"*É bom tomar um pouco de ar e mudar de cenário*", foi o que ela me disse antes de as três me arrastarem para esse ringue de luta clandestino no centro da cidade.

E, surpresa, a maior parte das lutas é entre a nossa universidade e a King's U.

Nem é preciso dizer que somos rivais em todos os sentidos. Cada universidade incentiva seus alunos a participarem de clubes, esportes e competições apenas para que possa vencer a outra.

Além dos esportes oficiais, como futebol, basquete e lacrosse, existe a tradição contínua de ter um clube de luta em local neutro, onde é realizado um campeonato.

É basicamente um antro de apostas, em que as pessoas botam dinheiro em quem vence as brigas. Há rumores de que os chanceleres sabem que isso acontece e não apenas fazem vista grossa, mas até apostam no campeonato.

O clube está lotado como o inferno, apesar de hoje ser um dia normal de luta em que as pessoas disputam de forma aleatória. Nas noites de campeonatos, os dois campi se aglomeram aqui como formigas.

No momento, estamos aguardando o ponto alto da noite, o embate entre dois dos lutadores mais fortes das universidades. O lutador do nosso lado é o Creigh, cujos ombros estão sendo massageados por Remi no pedestal acima de nós.

Embora Remi seja o capitão do time de basquete e Bran seja o capitão do time de lacrosse, eles nunca lutam.

Quando perguntamos a Remi porque ele não luta, ele bufou, riu *e* zombou de nós. *"Absurdo! Eu? Em uma luta? Colocando o nariz de minha senhoria em risco? Você está fora de si, você está fora de si e todos estão fora de si!"*

Porém, esse hipócrita não se importa em jogar essa ideia absurda no colo de Creigh.

Eu gostaria mesmo que meu primo não tivesse uma inclinação tão forte para a violência. Ele poderia ter sido um nerd silencioso, mas preferiu ser um selvagem silencioso.

Enquanto ainda estou observando Remi e Creigh, dois caras altos caminham ao lado deles. O primeiro é ninguém menos do que o meu irmão Landon, vestindo bermuda e camiseta, provavelmente pronto para lutar.

Todos da Faculdade de Artes e Música evitam qualquer manifestação de violência, e alguns até abandonam os esportes para proteger as mãos.

Mas não meu irmão perturbado.

Ele adora tirar sangue com as mesmas mãos que esculpem obras-primas.

A vida consegue ser injusta assim, escolhendo conceder talentos ilimitados a pessoas que não os merecem.

Eu amo meu irmão, *às vezes*, mas ele não é um ser humano decente.

Nem um pouco.

Quem está ao seu lado, porém, é uma surpresa. Meu primo mais velho, Eli, irmão de Creigh, combina com a aura despreocupada de Lan como um rei que dança a caminho de seu trono.

Eli é tão discreto que as minhas tentativas de ser assim parecem amadoras em comparação. Embora ele esteja fazendo o doutorado na UER, nós mal o vemos.

Se é que alguma vez já vimos.

Ninguém sabe onde ele está na maior parte do tempo. E quando o meu avô pergunta como está seu neto mais velho, dou a resposta mais genérica possível, pois meu conhecimento sobre o estado de Eli não é diferente do dele.

Então vê-lo aqui esta noite é tão raro quanto avistar um unicórnio.

Cutuco Ava, mas, na verdade, nem preciso fazer isso.

Minha amiga já está olhando na direção de Eli. Ou melhor, o encarando com raiva. Conheço Ava desde que usávamos fraldas, e nada é capaz de acabar completamente com seu bom humor quanto a presença de Eli.

— E o que ele está fazendo aqui? — ela indaga, com os dentes cerrados.

— Apoiando o Creigh? — Tento sugerir, sempre mediando as coisas entre o lado sobrenatural da minha família e as minhas amigas.

— Apoiando o caralho. Se ele e essa palavra se encontrassem no topo de um vulcão, ela pularia direto na lava. Ele só está aqui para estragar a noite de todo mundo.

— Só se você deixar. — Cecily toca seu braço. Ela é a melhor pacifista que já existiu, juro. Eu gostaria de saber fazer tudo parecer tranquilo como ela faz.

— Certo. — Ava solta um suspiro. — Além disso, o Lan também está aqui, e a Glyn não se importa com isso.

— Não tenho medo dele.

Mentira. Mas elas não precisam saber disso.

Além do que, aprendi da maneira mais difícil que há coisas piores do que o meu irmão. Pelo menos, ele não está ativamente tentando me destruir.

— É assim que se fala, garota. — Ava bate seu ombro no meu. — Que se fodam esses caras.

— Muito elegante. — Cecily revira os olhos. — Você é a neta do ex-primeiro-ministro.

— Não seja tão puritana. E o vovô incentiva minha necessidade de me expressar, muito obrigada.

— Hum. — Annika se move inquieta. — Talvez a gente devesse ir embora antes do início da luta.

— O quê? Não, estamos aqui para ver a luta e para torcer pelo Creigh. Não podemos ir embora. — Ava coloca as mãos ao redor da boca e grita: — Você consegue, Cray Cray!

Ele simplesmente olha em nossa direção, enquanto Remi acena e mostra os músculos de Creighton.

Landon está concentrado no celular, completamente alheio ao que o cerca. Eli, que estava bebendo de uma garrafa de água, para e inclina a cabeça em nossa direção.

Ou, melhor, na direção de Ava.

Nenhuma palavra é dita, mas é como se os dois travassem uma guerra silenciosa. Ava e Eli sempre tiveram um relacionamento muito estranho, que não consigo entender.

Porém, uma coisa é certa: sempre houve muita tensão.

Ela tenta manter o contato visual, mas, apesar de ser a pessoa mais forte e franca que conheço, não é páreo para a energia de furacão do Eli. Ela bufa, joga o cabelo para o lado e volta a atenção para nossa nova amiga.

— Como eu estava dizendo, querida Anni, estamos aqui para ficar.

— O Jer vai arrancar a minha cabeça se me vir aqui.

— Você não é mais criança — diz Cecily. — Ele não pode te dizer o que fazer.

— É isso aí. — Ava abraça sua cintura, e ambas ficam parecendo duas princesas com o vestido de renda rosa de Ava e a saia de tule roxo de Annika. — Estamos com você, garota.

— Você... você tem razão. — Ela firma os calcanhares no chão e sorri. — O Jer não pode fazer nada comigo.

— Tem certeza disso, Anoushka?

Annika e eu ficamos paralisadas por dois motivos diferentes. Ela, porque a voz atrás de nós é definitivamente a de seu irmão.

O notório Jeremy Volkov, que, segundo rumores, é um assassino em ascensão.

Eu?

Um aroma de âmbar amadeirado me toma como refém, e prefiro pensar que é coisa da minha imaginação, como aconteceu na semana passada. Desde que ele me encurralou perto da biblioteca, tenho andado olhando por cima do ombro, checando minhas fechaduras e analisando meu entorno.

Ele me colocou em um modo hiperconsciente contra a minha própria vontade, e tentei superá-lo pintando, correndo e deixando que Ava me levasse para onde quisesse.

Nada disso funcionou.

E estou começando a achar que foi um truque psicológico. Ele me disse que voltaria só para me manter nervosa. Assim, mesmo que não esteja me atormentando fisicamente, a carga mental já faz esse trabalho.

Toda vez que tento tirá-lo da cabeça, ele invade meu subconsciente com a letalidade persistente de um veneno.

É por isso que espero que agora seja um daqueles momentos em que estou sendo paranoica sem motivo. E que só preciso tomar um comprimido e dormir.

Mas quando me viro, meus olhos se chocam com os seus monstruosos. Ele está ao lado de um homem mais ou menos da sua altura, com sobrancelhas grossas e escuras, e com uma expressão fechada, como se o mundo todo o ofendesse.

Deve ser o Jeremy.

Apesar de sua infame reputação de mutilar pessoas por prazer, não é para ele que não consigo parar de olhar.

É para o babaca ao seu lado, que está com uma camisa preta combinando com a calça e o tênis. Ele está vestido de forma muito casual, mas ainda cheira a corrupção, como um político sedento por poder ou um general sedento por sangue.

Sua aparência encantadora ainda camufla seu interior podre.

Ao contrário de todas as pessoas presentes, estou bem ciente do que esse demônio é capaz de fazer.

De modo mecânico, dou um passo para trás, e seus lábios se inclinam em um sorriso de lado.

Esse que é o problema.

O maldito psicopata gosta de me levar ao limite. Ele se diverte com isso.

— Ah, oi, Jer. — Annika se atrapalha com suas palavras. — Não era para eu vir aqui. Estava apenas passeando com as minhas novas amigas.

— Passeando em um lugar onde você não deveria estar? — Jeremy indaga com uma autoridade nata, acentuada por uma sobrancelha levantada.

— Eu só estava...

— Indo embora — ele termina a frase para ela. — Agora.

— Ei. — Cecily se coloca à frente de Annika. — Ela pode decidir sozinha se vai embora ou se fica aqui porque, olha só, acho que estamos em uma época em que não se diz às mulheres o que elas devem fazer.

Jeremy olha para Cecily com uma expressão neutra, como se estivesse cogitando se deveria esmagá-la com uma ou duas mãos.

Adoro a coragem da Ces, de verdade, mas tem pessoas que simplesmente não compensa arriscar sua vida para se opor a elas. Jeremy está no topo dessa lista.

Annika parece saber disso também, porque, de modo sutil, empurra Cecily para longe.

— Está tudo bem. Eu vou embora.

Minha amiga, que é óbvio, quer muito morrer, gesticula para ela deixar isso para lá.

— Você não precisa ir se não quiser.

— Eu quero, *de verdade*. — Annika balança a cabeça e sussurra: — Não vale a pena.

— Vá na minha frente, Anoushka.

Annika abaixa a cabeça e murmura:

— Desculpe.

Em seguida, ela segue a ordem do irmão. Ambos não estão nem a dois passos de distância quando Cecily solta um grito.

— Aquele maldito porco misógino não vai simplesmente ditar a vida da Anni.

E então minha amiga maluca os segue.

— Juro que ela está querendo se matar — sussurra Ava. Em seguida, ela grita: — Me espere, Ces!

Não, não...

Não olho para quem ficou comigo e tento segui-las, tipo garotas defendendo garotas e tal. A verdade é que prefiro enfrentar o Jeremy a seu amigo psicopata.

Minha cabeça bate em uma parede de músculos, e dou um passo para trás, em choque.

Uma mão segura meu cotovelo, de forma aparentemente gentil, mas longe disso.

— Para onde você pensa que está indo?

Tento soltar meu cotovelo, mas ele apenas segura com mais força, como um aviso.

Olho ao redor, na esperança de chamar a atenção de algum conhecido, mas todos os rostos estão borrados, irreconhecíveis.

— É inútil procurar ajuda em qualquer pessoa que não seja eu, baby.

— Vai se ferrar. Eu *não* sou sua baby.

Sua mão livre vem em minha direção, e congelo, achando que ele vai me sufocar de novo.

A imagem dele entrando sorrateiramente em meus pesadelos, me estrangulando e depois fazendo coisas indescritíveis comigo volta com tudo. Não quero pensar no estado em que estava quando acordei nem onde estava a minha mão.

Como quando acariciei meu pescoço ao olhar para aquele maldito quadro que, por alguma razão, não consegui destruir.

Porém seus dedos deslizam pelo meu cabelo de forma suave e carinhosa.

— Já te disse que é adorável quando você resiste? A maneira como seus belos olhos lutam entre o medo e a determinação é muito excitante. Eu me pergunto se esse é o olhar que verei quando você estiver se contorcendo debaixo de mim enquanto enfio o pau na sua boceta.

Meus lábios tremem. Ainda não estou acostumada com a maneira como ele fala putaria de maneira tão casual, mas afirmo:

— A única coisa que você verá é seu sangue enquanto te apunhalo até a morte.

— Não me importo. Vermelho é a minha cor favorita. — Ele aponta com o queixo para os padrões vermelhos da minha camiseta. — Seu estilo é fofo.

Não quero parecer fofa para esse babaca. Não quero parecer nada para ele, porque sua atenção... é sufocante.

A única coisa que respiro, vejo ou sinto é ele. O cheiro inebriante, o seu físico intimidador e a presença assombrosa.

— Estive pensando... — Ele pondera, ainda passando os dedos em meu cabelo, sem nenhuma emoção. — Não vai perguntar no que estive pensando?

— Não me interessa.

— Olha, é aí que você erra, Glyndon. Se continuar a me contrariar por puro prazer, só vai acabar se machucando. — Seu tom não contém nenhuma ameaça, pelo menos não de forma óbvia. — Como eu estava dizendo, estive pensando na melhor forma de ter seus lábios em volta do meu pau de novo. Você está a fim?

— Para arrancar seu pau com os dentes dessa vez? Claro.

Ele dá uma risada. O som é suave, mas seu toque em meu cabelo não é.

— Cuidado. Estou deixando você se safar, mas não confunda a minha tolerância com aceitação. Não sou um homem generoso.

— Que chocante.

— Sua teimosia consegue ser irritante, mas vamos melhorar isso. — Ele coloca uma mecha de cabelo atrás da minha orelha. — Venha dar um passeio comigo.

Fico observando-o com os olhos arregalados, esperando que ele ria.

Ele não ri.

— Está falando sério?

— Pareço ser do tipo que faz piadas?

— Não, mas deve ser do tipo que delira se acha que vou a qualquer lugar com você.

— Por vontade própria.

— O quê?

— Você não vai a lugar algum comigo *por vontade própria*. Mas posso encontrar maneiras de te arrastar para fora daqui sem ninguém ver.

— Meu irmão e meus primos estão lá em cima — sussurro, procurando-os com o olhar.

Vamos lá, Lan, até a sua loucura é bem-vinda neste momento.

— Eles também não verão — ele diz casualmente. — Se eu quiser, ninguém mais ouvirá falar de você, e você será uma mísera estatística.

Um arrepio percorre minha espinha porque sei, simplesmente sei, que isso não é uma brincadeira para ele. E que, se ele quiser, pode e com certeza vai manter sua palavra.

— Pare com isso — sussurro.

— Talvez eu pare se você fizer o que pedi e for dar uma volta comigo.

— Para você poder fazer o que ameaçou fazer, mas com mais facilidade? Caso me sequestre, ninguém vai desconfiar, já que fui com você por conta própria.

— É verdade, mas prometo te trazer de volta em segurança.

— Desculpe por não acreditar em você.

— Hum. — Ele acaricia o lóbulo da minha orelha, criando uma estranha melodia. — O que faria você acreditar em mim?

— Nada. — Respiro com dificuldade, em parte por estar em sua presença, mas também por ele não parar de me tocar. Não reajo bem à forma como ele está deixando meu universo sensorial em um caos completo, e isso é evidente.
— Não confio em você e nunca confiarei.

— Como falei, nunca diga nunca. — Seus olhos mantêm os meus como reféns por um segundo, dois, e juro que vou pegar fogo se chegar ao terceiro. — E se eu provar que cumpro a minha palavra?

— Como você faria isso?

— Vou ganhar a próxima luta para você.

— Ah, então você vai bater no Creigh, que por acaso é meu primo, para provar que está certo. É a sua cara.

— Então vou perder — ele retruca sem pestanejar. — Vou apanhar para provar que estou certo.

Minha boca se abre, mas me recupero logo.

— Não quero isso.

— Mas é o que terá. — Ele mexe em meu cabelo de novo. — E você vai assistir a cada segundo, baby. Se se atrever a ir embora, vou deixar aquele seu primo em coma.

— Você... não faria isso.

— Quer pagar para ver?

— Por que você está fazendo tudo isso, porra? Você é... louco?

— Talvez. Afinal de contas, a insanidade, a maldade e a crueldade são ilimitadas e sem lei. Prefiro ser louco a ser um idiota qualquer. — Ele se aproxima, e meu coração para de bater por uma fração de segundo quando ele beija o topo da minha cabeça lenta e gentilmente. — Espere por mim, baby.

Então seu toque desaparece, assim como os resquícios da minha frágil sanidade.

Só consigo assistir enquanto ele passa correndo pela multidão e vai para o meio do ringue.

CAPÍTULO 8
GLYNDON

Isso é loucura.

Ele é louco.

Eu estava ciente desse fato desde quando o conheci, mas agora tenho cem por cento de certeza. Não há dúvidas sobre sua psicopatia.

Meus dedos se contraem, e os deslizo pelo meu short antes de pegar o celular e tocar no número salvo como *Emergência*.

A ligação toca uma, duas vezes.

E então ele atende com uma voz sonolenta.

— Alô? Glyndon? — A voz de um homem mais velho fala com sua habitual cordialidade. — Alô?

— Hum, oi. Desculpa se te acordei.

— Não, eu estava só assistindo à TV e cochilei. Onde você está? Tem muito barulho.

— Estou na rua com uns amigos. — Chuto uma pedra imaginária. — Está voltando, dr. Ferrell. Não consigo… não consigo mais controlar.

— Está tudo bem. Respire. — Sua voz fica mais calma, suave, como na primeira vez em que minha mãe me levou para vê-lo, a meu pedido.

Desde a pré-adolescência, carrego um enorme complexo de inferioridade e não conseguia viver naquela casa sem precisar fazer algo nefasto.

Não importava o quanto meus pais tentassem conversar comigo, eu sempre encontrava uma maneira de fugir para dentro dos meus próprios pensamentos e bloqueá-los.

Foi aí que o dr. Ferrell entrou em cena. Eu não tinha coragem de falar com a minha família, mas conseguia abrir meu coração com um profissional. Ele me ensinou a reconhecer quando estou sobrecarregada, a falar sobre o assunto em vez de absorvê-lo, a pintar em vez de deixar isso me rasgar de dentro para fora.

Mas não tenho meu pincel e minha tela agora, então só posso ligar para ele. Supertarde. Como uma esquisitona.

— O que fez a sensação voltar? — ele pergunta depois de um momento.

— Não sei. Tudo?

— É por causa do Devlin?

— Sim e não. Não gosto de ver as pessoas vivendo a vida como se o Devlin nunca tivesse feito parte dela. Não gosto de como ficam pisando em ovos para não citar o nome dele, como se Dev nunca tivesse estado aqui. Nem de como as pessoas estão até mesmo começando rumores sobre suas manias estranhas. Eu era a única amiga de Dev, eu o conhecia de verdade, sou a melhor pessoa para defendê-lo, mas quando quero falar alguma coisa, minha língua se embola e começo a hiperventilar. Sinto raiva, *disso*, *deles*, do fato de que o apagaram como se ele nunca tivesse existido. — As lágrimas descem em cascata pela minha bochecha. — Dev disse que isso aconteceria, que eu e ele seríamos esquecidos, e acho que... talvez... talvez isso seja verdade.

— Concordamos em não ir por esse caminho, Glyndon. Devlin era amado por você e é lembrado por você.

— Mas não é suficiente.

— Tenho certeza de que para ele é.

Um longo suspiro escapa de mim enquanto absorvo suas palavras. Certo. O mundo nunca entendeu o Dev, então por que ele deveria ser lembrado por eles?

Eu sou o suficiente.

— Você pode me contar o que desencadeou esses sentimentos?

Esfrego a palma da mão no short e olho para a multidão, no meio da qual aquele psicopata desapareceu. Ele nem está mais à vista e, no entanto, é, sem dúvida, a razão pela qual cada pedra que coloquei cuidadosamente dentro de mim está desmoronando.

Ou, pelo menos, ele é a gota que fez a xícara transbordar.

Mas não posso contar isso ao dr. Ferrell, porque ele vai relacionar a tudo que aconteceu antes desta noite, e não estou pronta para abrir o jogo.

Talvez ele me julgue por manter isso em segredo.

Talvez ele saiba o motivo real pelo qual estou escondendo a verdade.

Então, mudo de assunto.

— Recebi uma mensagem estranha.

— Estranha como?

— Alguém fica me dizendo que eu deveria ter tido o mesmo destino que o Dev e que devo tomar cuidado.

— O tom era de ameaça?

— É estranho, mas não. Acho que meus sentimentos estão confusos demais para eu não entender isso como uma ameaça.

— Você tem todo o direito de estar assim. Não se culpe por isso. E se a natureza dessas mensagens mudar, prometa que vai me avisar e denunciá-las.

— Prometo.

A plateia comemora alto, algumas pessoas inclinam a cabeça para enxergar o ringue.

— Tenho que ir, dr. Ferrell. E obrigada por me ouvir.

— Sempre às ordens.

Distraída, desligo e me concentro nos gritos da multidão.

Os alunos da UER vão à loucura quando Creigh entra no ringue. Ele está de bermuda branca, sem camisa, e com as mãos enfaixadas.

— Acaba com eles, cria! — Remi grita na lateral. — Mostra para eles o que minha senhoria ensinou.

Landon lança ao nosso primo um olhar de "*estou te vigiando*" da cabine acima, talvez para avisar que apostou nele. Ele está cercado por alguns rapazes e moças, provavelmente de seu clube idiota, o Elites.

Porém Eli não está em lugar nenhum.

Meu olhar vai automaticamente para o outro lado. Um cara enorme, intimidador e todo tatuado, que, segundo os rumores, frequenta os mesmos círculos que Jeremy, espera na lateral. Ele está vestido com um roupão de cetim preto brilhante e pula dando socos no ar.

Franzo a testa. Pensei que Killian fosse lutar com Creigh, não outra pessoa. Mas talvez ele tenha mudado de ideia no fim das contas.

De qualquer forma, é impossível imaginar alguém como ele perdendo algo de propósito.

— Ufa! Não perdi a melhor luta. — Ava se senta ao meu lado, tirando alguns cabelos loiros bagunçados dos olhos.

Olho para atrás dela.

— Cadê a Ces?

— Com a Annika no confinamento obrigatório no quarto. Ela não precisava ficar com a Annika, mas estava tipo, "Foda-se o Jeremy"... Pois é, ela tá pedindo para morrer... E resolveu fazer companhia para a Anni. — Ava solta o fôlego. — Aquele cara é assustador pra caralho, e ele nem precisa abrir a boca para causar medo. Só seu olhar petrificante já é suficiente. O cara até tem vigias e segurança completa no campus. Eu não achava que a Anni pudesse ser outra coisa senão a boneca mais bonita do mundo, mas, no fim das contas, ela é uma princesa da máfia.

— Tem certeza de que as duas vão ficar bem?

— Sim, vão. Ele não vai machucar a irmã de verdade. Só está sendo superprotetor.

— Mas a Cecily não é irmã dele.

— Não, mas as bolas dela são maiores do que a dos seguranças. Não se preocupe com ela. — Ava gesticula despreocupada. — O que perdi?

— O outro lutador está prestes a entrar. — Inclino a cabeça em direção àquele que está coberto por um roupão de cetim.

— Meu Deus, o Nikolai Sokolov?

— Você o conhece?

— Todo mundo no campus conhece, menos você. — Ela revira os olhos. — Tenho que te ensinar tudo, juro. O que você faria sem mim?

— Me afundaria na ignorância?

— Exatamente. Então seja grata. Escuta. O Nikolai é um dos membros fundadores dos Hereges e líder da King's U. Está vendo todos os músculos e tatuagens? São reais. É o momento de julgar um livro pela capa, porque o Nikolai tem um talento infame para a violência. Sabe todos os corpos que supostamente foram jogados no mar? Foi ele quem os esquartejou. O Jeremy não é conhecido como o Soberano? O Nikolai é o Executor. É tipo a arma humana deles.

Meu sangue gela. Quanto mais aprendo sobre os Hereges, mais não gosto deles.

— E o Creigh deveria estar lutando contra uma arma humana?

— Ele vai ficar bem. O Cray Cray é um verdadeiro demônio e nosso campeão invicto. Nenhuma arma humana vai derrubá-lo.

— Mesmo assim, aquele cara parece estar com sede de sangue.

— Porque está. — Ela olha ao redor, depois se aproxima e sussurra: — Ele também é da máfia. Igual ao Jeremy.

— Sério?

— Seríssimo. Até o nome dele, Nikolai Sokolov, é na verdade o mesmo do bisavô, que foi o fundador e líder da *Bratva* de Nova York. E agora os pais dele são líderes lá. Ele e o Jeremy são mafiosos terríveis em ascensão.

— E como você sabe de tudo isso? — sussurro de volta, não sei por quê.

— Todo mundo sabe. — Ela se afasta. — E a Anni me deu informações privilegiadas porque ela é um amor e conviveu com eles a vida inteira. Então agora sou tipo uma especialista na panelinha da King's U, ou melhor, dos Hereges. Os Serpentes são um mistério.

— E isso é motivo de orgulho?

— É claro. Você precisa estabelecer relações interpessoais porque nunca sabe quando vai precisar delas. Olhe. — Ela aponta o queixo para um homem que está conversando com Nikolai. Ele está vestindo camisa social e calça preta e parece ter saído diretamente de um ensaio fotográfico formal.

— É o Gareth Carson, o Mediador do clube. Sabe, o que impede que a merda chegue às autoridades ou ao chanceler. Ele está estudando direito e provavelmente vai resolver os problemas criminais de todos no futuro.

— Ele... me parece familiar.

— É porque ele é o irmão mais velho do Killian.

Eu me engasgo com a saliva e meu olhar deve estar como o de um peixe morto, porque a Ava sacode meu ombro e depois mexe as mãos na frente dos meus olhos.

— Olá, oi? Está aí? Juro, vocês vão acabar me matando. Uma é princesa da máfia, a outra é suicida, e essa aqui fica fora do ar.

— Que grosseria. Estou aqui.

— Você simplesmente travou, Glyn. Que isso? Se recomponha. No livro de honra das mulheres, está escrito que nenhum cara pode te descontrolar tanto só com a menção do nome dele. Vamos lá, meu orgulho como sua mentora está em jogo.

— Ele não me descontrola.

— Sim, claro. Superacredito em você e nas suas bochechas rosadas. — Ela suspira. — Mas a Anni tem razão. Conversamos mais sobre o Killian e até fiz algumas pesquisas. Ele provavelmente é problema. E quando digo "provavelmente", quero dizer "com certeza". O cara é tão impecável por fora que tudo indica que está escondendo coisas terríveis.

Deixo meu olhar se fixar em Gareth, que parece tranquilo, e sua beleza tem um ar de nobreza, de alguém com carisma suficiente para chamar a atenção. Mas seu irmão também. Talvez toda essa família seja problemática.

Afinal, qualquer pessoa que se envolve de modo voluntário com a máfia precisa ser sinistra de alguma forma.

Nikolai está prestes a entrar no ringue quando uma sombra aparece atrás dele e bate em seu ombro.

Minhas mãos tremem, ficando quentes e suadas, enquanto a cena se desenrola devagar à minha frente.

Killian está vestindo somente uma bermuda vermelha. Suas mãos estão enfaixadas até acima dos pulsos.

Algumas pessoas são bonitas e outras são gostosas, mas o corpo de Killian é a personificação da perfeição masculina.

Eu já tinha percebido que ele era musculoso, por causa das vezes em que achou divertido me prender contra seu corpo, mas minha imaginação não conseguiria me preparar para a realidade.

Seu peitoral sacode a cada movimento e o abdômen meticulosamente esculpido enfatiza sua superioridade física. Tatuagens de pequenos pássaros pretos voam das costelas até seu peito. Não, não são apenas pássaros, são gralhas. Algumas têm as asas quebradas, que se desintegram em uma imagem impressionante. Seu short está baixo no quadril, cobrindo um V definido que revela tudo.

Não quero pensar até onde essas linhas chegam, mas não consigo evitar que imagens explícitas invadam minha mente.

Não.

Saia da minha cabeça.

Será que é isso o que chamam de *condicionamento*? Eu não deveria estar traumatizada em vez de estar... o erotizando?

Porém a visão à minha frente não ajuda. Os bíceps e antebraços de Killian são cobertos por músculos e veias, como se seu sangue não quisesse ser contido internamente.

Talvez haja uma máquina no lugar de seu coração, no fim das contas.

Nem mesmo eu consigo negar que ele tem muitos pontos no quesito perfeição física. Mas todos os monstros são bonitos de longe. É de perto que a podridão aparece.

É de perto que a necessidade de fugir se torna necessidade de sobreviver.

Ainda assim, é injusto que ele tenha sido agraciado com mais essa arma para usar em suas caças predatórias. Se ele fosse um pouco feio ou tivesse um micropênis, as pessoas ficariam longe dele.

Não, não vou pensar no pênis dele de novo. Simplesmente não vou.

— O Estrategista — declara Ava ao meu lado, e me assusto.

Eu... tinha me esquecido de que ela estava ali durante meu hiperfoco naquele pesadelo em forma de homem.

— É assim que o Killian é chamado — explica Ava. — Porque ele é o cérebro por trás de todas as operações e da cerimônia de iniciação dos membros no clube.

— O que você sabe sobre o clube?

— Além da rivalidade com o Elites e o Serpentes? Não muito. Até a Anni foi superdiscreta em relação a isso, o que me deixa ainda mais curiosa. Ouvi dizer que é como se estivessem recrutando soldados para um futuro exército. Mas o negócio é que só tem uma maneira de entrar na máfia... — Sua voz vira um sussurro assustador. — Derramando sangue.

Um arrepio me percorre e engulo em seco algumas vezes enquanto acompanho os movimentos de Killian. Esse idiota não é apenas louco, mas também implacável e não sente remorso. A pior combinação que existe.

Ele diz algumas palavras a Nikolai, que franze a testa. Percebo que Gareth dá um passo para trás e cruza os braços.

Sua calma de antes já se foi há muito tempo, e é evidente que ele está lidando com certa tensão. Sei disso porque é assim que eu e Bran ficamos sempre que Lan está por perto.

Abro a boca quando me dou conta das semelhanças entre nós. Ele... também tem medo do irmão?

Após algumas palavras trocadas entre os dois, Nikolai lança um olhar furioso para Killian, mas recua.

E, assim, Killian segue para o ringue. O locutor fica atordoado por um segundo, mas logo grita:

— Houve uma mudança do lado da King's U. É Killian quem vai lutar contra Creighton!

As pessoas na plateia da outra universidade quase explodem de alegria. Ficam tão loucas que me surpreende meus tímpanos não estourarem. Por outro lado, um silêncio mortal se abate sobre o nosso público.

— Por que caralhos é ele quem vai lutar? — Ava sussurra.

Por minha causa. Mas não digo isso, e tento me fazer de desentendida.

— Ele não é uma opção melhor do que o Executor?

— Olha, a violência do Nikolai nesse tipo de luta é entretenimento. A do Killian é mortal. Por pouco ele não foi preso por quase matar um cara no ano passado. Ninguém quis enfrentá-lo desde então, exceto, talvez, o louco do Nikolai. — Ela balança a cabeça. — Tem meses que o Killian só fica assistindo da lateral. A única razão pela qual o Creigh ganhou o campeonato no ano passado foi porque o Killian desistiu de outro adversário no meio da luta. Quando uma garota perguntou por que ele saiu, ele disse: "Ah, aquele dia? Fiquei entediado e me lembrei de que preferia estar dormindo". Pois é. Ele é louco *desse jeito*.

Minhas pernas tremem ao perceber o tamanho do problema no qual meu primo pode ter se metido por minha causa.

— Vamos… tirar o Creigh de lá.

Porque, sem chances, não acredito que o Killian vai perder de propósito. Ele não foi feito para perder, e com certeza não foi feito para provar algo para mim nem para qualquer outra pessoa.

— Ah, por favor. Você acha mesmo que o Creigh vai simplesmente obedecer? Olha os olhos dele. — Ela aponta o polegar na direção do meu primo. — Ele está doido por isso. No ano passado, ele mal podia esperar para lutar contra o Killian e se sentiu roubado quando não foi ele que chegou à rodada final.

— Precisamos detê-lo, Ava. O ego não importa comparado à vida.

— Tarde demais — ela sussurra.

Observo horrorizada o árbitro iniciar a luta. A multidão aplaude mais alto quando Creigh e Killian circulam um do outro. O maldito psicopata abre um sorriso de lado e diz algo que não consigo ouvir. A expressão de Creigh não muda, mas ele se lança para a frente. Killian se esquiva e lhe dá um soco tão forte no rosto que o sangue explode para fora da boca do meu primo. Ele nem consegue se recuperar antes de Killian lhe dar outro soco, fazendo-o voar pelo ringue.

Grito assustada no meio dos "ahh" da nossa plateia.

Todos os alunos da King's U entoam:

— Kill! Kill! Kill!

Acho que vou vomitar.

Meu estômago dói e abraço minha própria cintura para não vomitar.

— Mas que merda! Que porra é essa? — Remi grita a plenos pulmões, agarrando-se à grade. — Não fique aí parado, Creigh. Mostre o que você sabe, cria!

Meu primo não se dá ao trabalho de limpar o sangue do rosto e avança de novo. Killian tenta se esquivar, mas Creigh o segura com um mata-leão e o golpeia. Nosso lado vai à loucura, e Ava pula para cima e para baixo.

— Isso! Cray Cray, pega ele!

Antes que Killian possa atingir o chão, ele se recupera com um soco, mas Creigh pula para o lado no último segundo, fazendo nossa torcida vibrar ainda mais alto.

— King! King! King!

A luta fica mais intensa e cruel a cada segundo que passa.

Killian e Creighton trocam socos sem parar, e nenhum dos dois parece disposto a recuar.

Eu me lembro claramente daquele idiota maldito dizendo que iria perder.

Será que tirar sangue do rosto do meu primo é considerado perder?

— Vai, Creigh! — grito a plenos pulmões, junto a Ava.

Eu poderia jurar que era impossível ouvir minha voz em meio a todo aquele barulho, mas a cabeça de Killian se inclina em minha direção pela primeira vez desde que ele saiu do meu lado.

Seus olhos estão inexpressivos, sem luz por dentro, mas há alguma coisa.

É quase como se ele estivesse... com raiva.

Creigh usa esse segundo de distração para golpeá-lo. Eu me recolho quando o rosto de Killian voa para baixo e depois para os lados com sucessivos socos.

Mas, antes que meu primo assuma a vantagem, Killian o chuta para longe e, quando Creigh recupera o equilíbrio, Killian o encurrala e lhe dá um soco. E outro.

E outro.

E outro.

Creigh tenta manter os braços erguidos, mas não consegue impedir a energia assassina que irradia do psicopata.

Vou deixá-lo em coma.

— Kill! Kill! Kill! — a plateia grita a plenos pulmões.

— Se renda — sussurro, como se Creigh pudesse me ouvir. — Só desista.

— Ele não vai. — Ava parece tão assustada quanto eu. — Você sabe que ele prefere morrer a se render.

Até Remi está gritando e xingando para que ele se renda, mas é como se Creigh não estivesse ouvindo ninguém.

Não, não.

Nesse ritmo, ele vai matá-lo com certeza.

— Kill! Kill! Kill!

Calem a boca.

Calem a boca.

Calem a boca todos vocês.

— Killian! — grito, sem ter certeza do que estou tentando dizer.

Ava coloca a mão na frente da minha boca.

— Que merda você está fazendo? Quer que os alunos da UER matem a gente? Morrer torcendo pelo inimigo é muito triste, Glyn.

Mas meu grito chama a atenção de Killian, porque ele me olha por cima do ombro. Creigh aproveita a chance para empurrá-lo, e agora é ele quem está com a vantagem.

Creigh dá um soco em Killian com a ferocidade de uma fênix ressuscitada. Seus golpes são tão poderosos que Killian recua ao receber cada golpe. Ele não tenta defender seu rosto.

Nem suas mãos.

Que merda. Ele não é estudante de medicina? As mãos são tão importantes para eles quanto para os artistas.

Nossa plateia vai à loucura, enquanto os alunos da King's U vaiam.

Nikolai pula e dá um soco no ar, movimentando o roupão de cetim, bem descontente com o rumo dos acontecimentos. Gareth observa com a testa franzida e as mãos nos bolsos. Em vez de estar preocupado, ele parece mais desconfiado.

É provável que esteja estranhando o irmão estar perdendo.

Com sua reputação, ninguém acreditaria nesse cenário.

Nem mesmo eu consigo concebê-lo.

Meu estômago dá um nó ao vê-lo ser espancado até virar uma massa disforme.

Que porra ele é?

Que porra ele tem dentro desse cérebro podre?

— Pare com isso — sussurro. — Pare com isso, seu psicopata.

Não sou como ele nem como ninguém aqui. Não gosto de testemunhar violência.

Mesmo que quem esteja apanhando seja um monstro.

As pessoas ao meu redor começam a se contorcer com a brutalidade dos golpes de Creigh. Algumas até parecem estar à beira de vomitar.

Então, em meio a todo o barulho, os aplausos, as vaias e um caos total, Killian estende a mão até o rosto de Creigh e dá um toque. Duas vezes.

A multidão cai em um silêncio atônito, e então a nossa plateia ruge com a notícia da vitória. Mas alguns apenas soltam um suspiro de alívio.

Nikolai xinga, Remi xinga e até o locutor xinga.

— Caramba. E esse é o fim, senhoras e senhores. O King venceu!

Killian se mexe com facilidade, embora todo o seu corpo esteja machucado.

Creigh o agarra pelo braço.

— Não se rende, porra. Vamos continuar.

— Se continuarmos, vou te matar. — Ele olha para Creigh com um olhar furioso. — Sai. Fora.

Creigh parece decidido, mas agradeço quando Remi o agarra e o força a acalmar todo aquele excesso de adrenalina.

Meu coração martela no peito conforme Killian sai do ringue. Não o espero vir atrás de mim. Murmuro um "tenho que ir" ininteligível para Ava e saio correndo.

Creigh está bem, então aquele idiota não tem nada com que me ameaçar.

E com certeza não vou ficar por aqui para testemunhar sua loucura em toda a sua glória.

Amarro meu suéter na cintura e apresso meus passos para sair do clube de luta.

Assim que estou do lado de fora, puxo o ar com força para os meus pulmões. Ainda estou tremendo e acho que não vou conseguir parar.

Só quando chego no estacionamento é que me lembro que viemos no carro da Ava e, a menos que eu volte lá para dentro, estou sem carona.

Não importa. Vou chamar um Uber.

Estou pronta para deitar minha cabeça no colo da Cecily e deixar que ela me conte várias merdas psicológicas só para que eu possa esquecer disso.

Ou talvez eu possa pintar alguma coisa.

Um motor acelera atrás de mim, então dou um passo para o lado para dar passagem ao carro. Mas ele vira na minha frente, e grito quando ele freia de repente.

É um Aston Martin vermelho berrante que parece ser feito sob medida, algo que meu tio colecionaria.

A porta do motorista se abre e uma sombra maior do que o mundo cambaleia para fora.

Meu coração para quando ele passa os dedos pelo cabelo, com o maxilar apertado.

— Pelo que eu saiba, íamos dar um passeio, não íamos?

CAPÍTULO 9
GLYNDON

Gotas vermelhas pingam no concreto.

Escuras.

Sinistras.

Pinga. Pinga. Pinga.

Sigo a direção de onde o sangue está vindo e paro.

Killian ainda está com o short vermelho e vestiu uma camiseta preta. Seus músculos se flexionam, mas ele não parece estar com frio nem com dor por causa do hematoma em seu braço e do corte no lábio.

É de lá que o sangue escorre, sujando o queixo e a clavícula.

— Entre no carro — ele ordena com total segurança.

Alguém buzina, porque esse maluco parou no meio da rua, mas Killian não dá atenção.

Balanço a cabeça e tento contorná-lo.

— Ainda dá para voltar lá e continuar de onde parei. A única diferença é que você vai se arrepender dessa decisão quando seu precioso Creighton acabar imobilizado da cabeça aos pés.

Meus punhos se fecham.

— Não faça isso.

— Ouvi dizer que ele não se rende. Então talvez ele estará conectado a uma máquina no hospital da próxima vez que o vir.

— Pare com isso!

— Entre na porra do carro, Glyndon.

O cara buzina de novo e, embora Killian pareça não ouvi-lo, o excesso de estímulos quase me faz subir pelas paredes.

— Sai da frente, filho da puta! — o cara grita da janela com um sotaque americano.

Quando Killian o encara, ele engole em seco e dá a ré, depois bate em uma lata de lixo em sua rota de fuga.

— Você tem até três. Se não entrar no carro, vou voltar para o Creighton.
— Não vou a lugar nenhum com você.
— Três.

O babaca nem sequer contou.

Ele volta para o carro, e tento não pensar em nada enquanto abro a porta do passageiro e entro.

Estou respirando com dificuldade, minha pele está arrepiada e meu coração prestes a saltar do peito. Não é normal eu ficar nessa agitação emocional sempre que o estou orbitando. Meus sentimentos contraditórios sempre que Killian está por perto me confundem demais.

Conforme dirige casualmente com apenas uma mão, ele olha para mim.
— Não foi tão difícil.

Eu o encaro com raiva e cruzo os braços.
— Para sua informação, ainda não confio em você. Na verdade, desconfio ainda mais agora que você provou que não só é propenso à violência, mas também capaz de ameaçar a minha família.
— Todos os seres humanos são propensos à violência. Apenas tenho mais controle sobre ela.
— Você não soa muito convincente com tanto sangue escorrendo do rosto.
— Preocupada comigo, baby?
— Você poderia estar morrendo de hemorragia que eu nem perceberia. Na verdade, eu usaria o sangue para misturar as cores no meu godê.
— Nossa... — Sua voz fica mais baixa. — Embora seja uma péssima mentirosa, você estava tão pálida quanto um fantasma enquanto eu apanhava.
— Não gosto de violência, então não é por sua causa. Eu teria reagido dessa forma com qualquer pessoa.
— Prefiro acreditar que você se sentiu especialmente preocupada porque era eu.
— Isso é delírio.
— Pontos de vista diferentes.

Ele abre o porta-luvas, e deslizo para trás no assento de couro.

O som do atrito preenche o ambiente, e sussurro:
— O que você está fazendo?

Killian pega um lenço de papel e sorri. Ou melhor, abre um sorriso de lado.

— Não se preocupe, não vou te morder. — Ele limpa o sangue, espalhando-o por toda a boca antes de fazê-lo desaparecer. — *Ainda* não.

O motor ronca, e me assusto quando sou jogada para trás com a aceleração. Minha mente se enche de infinitas possibilidades sobre aonde ele pode estar me levando, enquanto coloco o cinto de segurança e me seguro desesperada.

Pensando de modo racional, o lado norte da ilha não é tão grande. Além dos dois campi, há lojas, uma biblioteca, alguns restaurantes e lugares movimentados que os alunos frequentam.

Então não dá para ele me sequestrar e me matar por aqui.

Mesmo assim, o pensamento não me tranquiliza.

— Imaginei que você seria uma boa menina.

Meus olhos deixam a estrada e se concentram nele, que faz um gesto indicando o meu cinto de segurança, no qual estou cravando as unhas.

— É por segurança.

— Não se preocupe. Sou um excelente motorista.

Resisto à vontade de revirar os olhos.

— Tenho certeza que sim. Aposto que você é bom em tudo.

— Basicamente. Sou bom naquilo em que tenho interesse.

— E no que tem interesse? — Tento soar indiferente o bastante para não chamar atenção.

Porque estou mudando a dinâmica aqui.

Não posso continuar sendo surpreendida por ele e jogada de um lado para o outro como uma boneca indefesa. Preciso, de alguma forma, ser a primeira a agir.

Se minhas interações anteriores com Killian servem de indicativo, tenho certeza de que ele está no espectro antissocial. Como o Lan, ou talvez até pior.

Porque, embora seja um boçal com o resto do mundo, meu irmão escolhe nos poupar. E a palavra-chave aqui é *escolhe*. Porque o Lan consegue ficar insuportável quando está entediado. É por isso que ficamos longe dele, porque é impossível entender o que se passa em sua cabeça imprevisível.

E se Lan serve de indicativo, então, assim como ele, Killian deve ter uma obsessão. Um estímulo. A necessidade de alguma coisa que mantenha seu humor regulado.

Para meu irmão, é esculpir. Ele se tornou um ser mais aceito socialmente depois de se concentrar em sua arte. O único momento em que nos aproximamos de Lan por vontade própria é depois que ele sai do ateliê.

É quando ele está mais animado, um pouco normal, e até brinca com a gente.

No entanto, prefiro pensar que o Lan nunca seria tão desumano quanto Killian. Prefiro pensar que, no fundo, meu irmão se preocupa com nossos pais e conosco.

Quando estava na EER, a Escola Elite Real, ele bateu em um grupo de crianças mimadas que chamaram o Bran de "bicha". Ele voltou para casa ensanguentado, mas os outros tiveram que ir para o pronto-socorro.

Ele também furou os pneus de uma professora que chamou minha pintura de medíocre e lhe disse que não tinha o direito de me julgar porque ela era um lixo com mal gosto e sem talento.

Bran diz que Lan só faz essas coisas para proteger a própria imagem, da qual somos uma extensão. Mas não sou tão pessimista quanto ele.

De qualquer maneira, preciso descobrir o que mexe com Killian e tentar usar isso.

— Por enquanto, em você.

Engulo em seco diante de seu tom neutro, enquanto ele mantém a atenção na estrada. Killian está acelerando, e as luzes e as árvores estão ficando embaçadas na minha visão periférica, mas não consigo me concentrar nisso agora.

— Por que razão você estaria interessado em mim?

— Por que eu não estaria?

— Pelo fato de não nos conhecermos? Ah, e por você ter me violentado quando nos conhecemos.

— Como disse, eu te salvei. Você deveria aprender a ser mais grata. Além disso, nós dois sabemos como você realmente se sentiu durante o ato.

Minhas bochechas esquentam e a vergonha se embola no fundo da minha garganta como uma pílula amarga, mas mantenho a pose que tenho usado desde aquela noite e levanto o queixo.

— Aquilo foi abuso, Killian.

— Chame do que você quiser. — Ele inclina a cabeça em minha direção, com um brilho sombrio nos olhos. — A propósito, gosto do som do meu nome saindo dos seus lábios.

— Então não vai mais ouvir.

— Sabe, me desafiar a cada passo só vai te cansar. Seria muito melhor e mais fácil se você aproveitasse e tentasse se libertar.

— E, deixe eu adivinhar, terei que ceder a todos os seus caprichos?

— Isso é altamente recomendado.

— Eu preferiria morrer sufocada.

— Posso fazer isso acontecer, mas prefiro sentir a pulsação selvagem em seu pescoço.

Minhas palmas ficam suadas e as esfrego no short. Não preciso adivinhar se essas palavras são banais ou não, porque não tenho dúvidas de que esse psicopata as tornaria realidade.

Ele é realmente desequilibrado.

— Você deveria tentar abandonar esse hábito. — Ele aponta para as minhas mãos, que sobem e descem lentamente. — Deixa óbvio seu desconforto. Ou é ansiedade? Talvez nervosismo? Ou as três coisas juntas?

E aí me dou conta.

Se ele for como Lan, então não processa as emoções como todo mundo. Em pessoas assim não é apenas falta de empatia. Elas não enxergam os sentimentos da mesma forma que as outras pessoas.

Quase todas as emoções socialmente aceitas que precisam demonstrar são aprendidas aos poucos, observando o ambiente ao redor. Pouco a pouco, elas aperfeiçoam a imagem externa a ponto do fingimento ficar imperceptível entre as pessoas.

Mas se alguém se aproxima o suficiente para ver por trás da máscara, descobre o quanto essas pessoas são disfuncionais, o quanto são rasos.

O quanto são de fato... solitários.

Lan nunca gostou de como eu e Bran nos damos bem, de como somos parecidos, porque ele não consegue se misturar com a gente. Ele acha que reina sobre nós, mas sempre tive pena de sua condição de lobo solitário.

Lan nunca saberá como amar ou rir adequadamente, sentir alegria, nem mesmo sentir dor adequadamente.

Ele é uma mistura de moléculas, átomos e matéria com um vazio total e absoluto que precisa de estímulos constantes para se manter cheio.

Como um castelo de cartas, meu irmão pode desmoronar a qualquer momento.

Ele nunca viverá como o restante de nós.

E Killian também não.

Mas não sinto nenhuma simpatia por esse babaca.

E é por isso que consigo provocá-lo.

— Demonstrar ou não minhas emoções é problema meu. Pelo menos tenho emoções, ao contrário de certa pessoa.

— Esta é a parte em que devo me sentir ofendido? Talvez tentar derramar uma ou duas lágrimas?

— Sim, e procure um jeito de arranjar um coração enquanto isso.

— O mundo não vai funcionar direito se todos nós formos criaturas emocionais e moralmente corretas. É preciso haver equilíbrio, ou então haverá caos.

— Você está zoando? Vocês são os caras que instigam o caos.

— O caos organizado é diferente da anarquia. Prefiro manter os padrões da sociedade ao reinar sobre ela em vez de destruí-la. — Ele faz uma pausa. — E quem são esses "*caras*"?

Eu bufo, mas não digo nada.

Ele bate com um dedo no volante.

— Te fiz uma pergunta, Glyndon.

— É óbvio que me recuso a responder.

Uma mão grande cai sobre a minha coxa descoberta. O toque é áspero e tão possessivo que minha pele arrepia com um calor selvagem.

— Por mais que eu goste de como você luta, tem hora que precisa analisar a situação e não me desafiar.

Seguro seu punho e tento retirar sua mão, mas é como se eu estivesse empurrando uma parede. É assustador notar quanta força ele tem e como me sinto fraca e frágil em sua presença.

É impossível impedir que seus dedos subam pela minha pele, deixando um rastro de arrepios. Há uma certa autoridade no jeito como Killian me toca, transbordando controle, como se eu fosse uma missão que ele está determinado a conquistar.

Sei que o melhor método para sair de sua mira é fazê-lo se entediar comigo, e que qualquer resistência da minha parte talvez aumente seu interesse, mas não consigo evitar.

Não posso deixá-lo fazer o que quiser comigo.

Desta vez, a situação vai me destruir.

Vai me fazer dirigir até aquele penhasco sem volta.

Então agarro seus dedos, com meu coração martelando cada vez mais rápido.

— Me solte.

— De que outra forma vou conseguir uma resposta para a pergunta que fiz?

Seus dedos deslizam sob a bainha do meu short com facilidade. Nem faz diferença sua outra mão estar no volante ou ele estar dirigindo.

— Não faça isso — sussurro, enquanto as pontas de seus dedos se aproximam da minha calcinha. — Estou te dizendo não, Killian.

— A palavra "não" não me assusta, baby. *Nós, os caras,* não damos a mínima para o que isso significa ou deixa de significar. Além disso, "não" pode significar "sim" às vezes, não é?

— Não desta vez.

— Será? — Sua voz se torna um murmúrio perigoso. — A questão é que posso até não sentir as emoções da mesma forma que todo mundo, mas consigo entendê-las nas outras pessoas, muitas vezes melhor do que elas mesmas. E, neste momento, consigo sentir o cheiro do seu medo misturado a algo bem diferente. Você está apavorada com a ideia de eu repetir o que aconteceu no penhasco e assumir controle, mas, ao mesmo tempo, está ansiosa com a possibilidade, secretamente desejando-a. — Seus dedos se embolam na minha calcinha e um gemido involuntário me escapa. — Você está encharcada por mim, baby.

— Não me toque. — Minha voz se desestabiliza, e não consigo evitar a vergonha que cobre as minhas palavras nem as lágrimas que enchem os meus olhos.

— Você não pode seduzir um predador com uma presa e pedir que ele passe fome. — Seus dedos deslizam por cima dos meus grandes lábios, com o peso de sua mão forçando minhas coxas a se separarem, apesar das minhas tentativas de fechá-las. — Aposto que você também estava molhada enquanto engolia o meu pau com vontade, pendurada no penhasco. Sua boceta também latejava e pedia para ser tocada? Aposto que ela estava ficando molhada e dolorida. Adorei ver seus lábios em volta do meu pau, cobertos de porra, mas talvez eu deveria ter chegado na sua boceta também. — Ele põe um dedo por baixo da minha calcinha e o enfia com força em mim. — Aposto que esses lábios ficariam ainda melhores com meu pau os rasgando.

Meu tronco se curva para a frente, metade devido à intrusão e metade devido à vergonha que deve estar estampada em meu rosto.

A combinação de suas palavras rudes e de seu toque dominante despertou uma parte estranha de mim. Uma sensação que nunca havia experimentado antes. É ainda pior do que quando meu estado de espírito se abate e os pensamentos sombrios se agitam em minha cabeça.

Isso é mais sombrio, com uma natureza mais erótica e condenatória, e não consigo controlar.

— Você disse que queria que eu confiasse em você — falo, mudando de tática. — Não é assim que vai conseguir.

— Você disse que nunca vai confiar em mim, então por que eu deveria continuar tentando?

— Eu... poderia repensar se você parasse, mas se continuar tirando minha escolha, vou te odiar.

— Você já me odeia, então isso não faz muito sentido. — Um sorriso de lado curva seus lábios enquanto ele adiciona outro dedo e aprofunda o toque. — Além disso, te dei uma escolha. Não é culpa minha você ter escolhido o caminho mais perigoso. Você já está gostando, então pare de resistir.

Solto a respiração em pequenos suspiros enquanto uma dor lateja entre as minhas pernas.

E lateja.

E lateja.

Minhas terminações nervosas ressurgem de uma só vez, e não importa quanto eu tente suprimir essa necessidade de sentir prazer, não consigo.

Mas também não posso permitir que ele roube isso de mim. Então agarro seu antebraço com toda a minha força e balanço a cabeça.

— O que preciso fazer para você parar?

— Consigo sentir sua boceta apertando os meus dedos. Quer mesmo que eu pare enquanto está quase gozando?

— Isso não é da sua conta. Apenas me solte.

Eu preferiria morrer de frustração sexual a ter um orgasmo em sua mão.

Ele dá de ombros e me lança um olhar.

— Vou pensar no assunto se me disser quem são os *caras* a quem se referiu.

— Meu irmão e meu primo. — Deixo escapar. — Eles são diferentes do restante de nós.

— Hum. — Sua expressão não muda, mas sua mão para, apesar dos dedos ainda estarem bem fundo dentro de mim.

A pulsação aumenta e estremeço ao tentar contê-la e falhar. Minhas coxas tremem e acho que deslizo um pouco para a frente.

Meus olhos se arregalam quando percebo o que fiz. Acho que... acabei de me esfregar em sua mão.

Espero, e desejo, e rezo para todas as divindades sob o sol para que ele não tenha percebido.

Mas a quem estou querendo enganar?

Um sorriso de lado predatório ergue seus lábios quando ele me penetra com ainda mais energia. Seu polegar circunda meu clitóris à medida que enfia os outros dedos selvagemente, indo tão fundo que sinto que ele vai mesmo me rasgar.

— Você disse que... iria pensar no assunto.

— Pensei, e decidi não parar. Sem contar que você está implorando pelos meus dedos, baby.

Não posso mais fingir nem o impedir. Nem mesmo as minhas mãos estão mais agarradas às dele quando a onda de prazer me atinge.

O fato de estarmos em alta velocidade em uma estrada escura não me assusta. Na verdade, aumenta a adrenalina.

Coloco uma mão na boca para abafar o grito conforme me desmonto em volta de seus dedos.

Então lembro da sensação de estar flutuando à beira do penhasco. Lá foi diferente, era algo perigoso.

Uma escuridão aterrorizante.

Mas agora flutuo com uma sensação completamente libertadora. E não tenho nem energia para me odiar por isso.

Não agora.

— Você falou que ia parar — repito em meio a uma escuridão silenciosa, agarrando-me à crença inútil de que eu não teria caído nesse abismo se ele tivesse se contido.

— Não, não falei, você presumiu isso sozinha. Sem falar que você estava mexendo o quadril como uma putinha excitada, então pare de me desafiar à toa.

Ele retira os dedos de dentro de mim.

Calor cobre minhas orelhas e meu pescoço quando ele leva os dedos para a frente do rosto e os observa brilhar com a minha lubrificação.

— Tenho outra pergunta para você. — Ele esfrega os dedos contra o polegar, espalhando a viscosidade de uma forma que me faz querer rastejar para dentro de um buraco e morrer. — Senti algo agora há pouco e estou curioso.

Ele enfia um dedo na boca e o lambe com vontade antes de ir para o outro. Seus olhos não se desviam dos meus durante todo o processo. Eu deveria estar preocupada com a possibilidade de batermos em alguma coisa ou cairmos em um precipício.

Mas não estou conseguindo pensar nisso agora.

Ou o orgasmo não terminou ou estou ficando louca, porque minha boca fica seca e minhas coxas tremem.

Depois de um último movimento de sua língua em torno dos dedos, ele os tira da boca.

— Me conte, Glyndon. Acabei de tocar sua boceta virgem?

CAPÍTULO 10
KILLIAN

A expressão no rosto de Glyndon só pode ser descrita como o início de um derrame.

Se ela fosse outra pessoa, eu estaria noventa e nove por cento disposto a engavetar essa situação e passar para assuntos mais urgentes.

Como o estado do meu pau que, mais uma vez, ultrapassou a linha vermelha do controle de impulsos. Essa situação é mais blasfema do que quando sua boca me chupava entre as lágrimas.

E o motivo não é nada mais do que ter feito Glyndon gozar.

Não sinto prazer em dar prazer. Não dou prazer. Eu fodo. Sempre. E o jogo termina quando gozo. Ou era assim antes da coisa toda se tornar uma tarefa monótona e sem prazer. As pessoas que já comi sabem que retribuir não faz parte do meu *modus operandi*, mas ainda assim imploram para chupar meu pau.

Como sou conhecido por não dar prazer, a única razão pela qual enfiei os dedos na boceta da Glyndon foi para dominá-la. Nada mais, nada menos que isso. Eu não planejava fazê-la gozar, só queria levá-la até o limite e deixá-la querendo mais, para que implorasse por um orgasmo e ainda assim não o tivesse.

Mas então algo interessante aconteceu.

Senti seu hímen com os meus dedos.

Tenho certeza de que não ligo para virgens. Elas são um incômodo, uma chateação e, em geral, não são boas de cama, por isso preciso transar antes e depois para conseguir minha dose de estímulo físico.

Então, caralho, por que minha visão está tomada pela imagem do sangue que espalharei pelas coxas de Glyndon quando eu rasgar sua boceta?

— Eu... não sei do que você está falando. — Seu rosto está vermelho, como o sangue que vou tirar dela, assim como seu pescoço e suas orelhas.

Até mesmo os lábios ficaram mais vermelhos, mais quentes, e... Será que eu deveria fazê-los sangrar também? Descobrir exatamente o que há por trás daquela pulsação estrondosa, daquela beleza suave e daquela pele translúcida? Aposto que o vermelho a tornará uma obra-prima.

Talvez agora?

Volto a me concentrar na estrada.

Reprima.

Reprima.

Entoo a palavra em minha mente pela milionésima vez esta noite, porque essa garota aparentemente normal, inocente e chata pra caramba pode acabar não sendo chata nem normal no final das contas.

No entanto, ela ainda é inocente.

E destruirei essa inocência, a quebrarei em pedaços e a cobrirei com seu próprio sangue, assim como faço com todas as outras coisas em minha vida. Ela será minha nova obra-prima.

— Estamos falando do seu hímen intacto, baby. Virgens de dezenove anos não eram moeda de troca da Idade Média? Na verdade, não, até naquela época elas já davam à luz aos quatorze anos, então você é uma espécie rara.

Ela me lança um olhar assassino, que é sua expressão habitual quando está comigo, além da irritada e da silenciosa.

A última é a minha favorita. Seus lábios se abrem e começo a pensar em todas as maneiras como posso colocar meus dedos entre eles.

— Já acabou?

— Ainda bem que você perguntou. Estou curioso. Por que você continuou virgem até agora?

Ela olha pela janela, bufando.

— Não é da sua conta.

— O que falei sobre escolher o caminho mais perigoso? Preciso te desflorar na estrada como um animal antes de você responder à minha pergunta? Talvez enquanto você grita, chora e sangra?

Sua cabeça se vira rapidamente em minha direção. Apesar das tentativas de camuflar o medo, o brilho não natural de seus grandes olhos a entrega. O verde fica mais claro, assustado, caótico. E o mesmo acontece com o tremor de seu lábio inferior, que está implorando para ser mordido.

— Vá se foder.

— Como você é um tanto puritana, seu xingamento com essa voz doce é, na verdade, bem excitante. Então, a menos que esteja disposta a chupar meu pau, eu te aconselharia a parar com isso.

— Ah, uau, que surpresa. Você realmente usou a palavra "disposta".

— Pode não parecer, mas tenho espírito esportivo.

Ela faz um som de desdém e, em geral, isso seria uma atitude infantil em outras pessoas. Mas com ela? Sinto vontade de morder seus lábios, me deliciar com eles em minha língua e rasgá-los com os dentes.

E esta, senhoras e senhores, é a primeira vez que penso em beijar uma pessoa antes mesmo de transar com ela.

De qualquer forma, beijar não serve para nada, e nem sequer perco tempo com isso. Então por que meus dedos estão se contorcendo de vontade de envolver seu pescoço enquanto devoro seus lábios?

— Você não tem espírito esportivo, Killian. Você é o pior jogo que já existiu. Aposto que nem sabe o que significa a palavra "disposta", ou talvez saiba e apenas não está nem aí.

— Definitivamente, a segunda opção.

Ela me encara com aquela curiosidade felina. Glyndon acha que não está interessada em mim, mas, de vez em quando, ela me observa como se quisesse esfolar minha pele e me ver por dentro também.

É a primeira vez que alguém me olha por trás da máscara e se conecta com o que se esconde dentro de mim. Talvez seja porque ela já sabe que não posso ser contido.

Ou por já ter visto meus demônios.

E, embora tenha pavor deles, ainda está curiosa.

— Você faz isso com frequência? Sequestra garotas e leva para Deus-sabe-onde?

— Você concordou com o passeio, então não é um sequestro.

— Me deixa reformular a frase, então. Você persegue e aterroriza as garotas, e depois as manipula para que concordem com um passeio que com certeza não é um sequestro?

Um sorriso movimenta os meus lábios. Seu sarcasmo é adorável. Ainda é irritante, mas adorável mesmo assim.

— Você é a primeira, baby.

— E aquilo que aconteceu no penhasco?

— Foi a primeira também.

— Não sei se devo me sentir lisonjeada ou apavorada.

— Melhor a primeira opção. Como falei, você pode aproveitar em vez de ficar com medo de mim.

Ela solta um longo suspiro.

— Por que sou a primeira?

— As outras não seriam tão irritantes e brigariam o tempo todo. Na verdade, elas imploravam pela minha atenção.

— Bem, não sou *as outras*, então que tal dar atenção a elas e me deixar em paz?

— Não são as outras que estão atormentando minha mente com as diversas maneiras com que posso enfiar meu pau, vê-las se contorcendo debaixo de mim e depois enchê-las com a minha porra. É você.

Um tom de vermelho sobe por seu pescoço, apesar de suas tentativas de não se deixar afetar.

— Mesmo que eu não te queira?

— Considerando que você se desfez nos meus dedos e teve que abafar os gemidos, eu diria que você me quer. Você apenas odeia esse fato e talvez vá lutar com unhas e dentes antes de admitir isso em voz alta. Para sua sorte, entendo seus pensamentos íntimos. Não está contente por ser eu e não um idiota que fugiria depois do primeiro "não"?

Sua boca se abre, e esboço um sorriso de lado antes de voltar a olhar para a frente.

— Não fique tão surpresa. Falei que meu superpoder é ler mentes.

Ela solta um suspiro.

— Você só está dando desculpas.

— Não sou igual a você, baby. Não faço essas coisas. Tudo o que digo ou faço vem da minha assertividade.

Diminuo a velocidade do carro até parar, e sua atenção se volta para os arredores. Para a floresta que se estende até o horizonte, escura, vazia e perfeita para ser a cena de um crime.

Não que eu esteja pensando em cometer um crime.

Ou será que estou?

— Você ainda não respondeu à minha pergunta.

Ela se encolhe, embora minha voz esteja em um tom normal. Ok, talvez um pouco mais baixo. O que não é surpresa, considerando a quantidade de sangue que está correndo para o meu pau desde aquela hora.

Controlar impulsos é a minha especialidade, mas até mesmo as minhas habilidades divinas estão se mostrando insuficientes sempre que essa garota está por perto.

Ela nem sequer tem um cheiro especial, uma característica importante que em geral me faz querer transar com alguém ou riscá-la da minha lista.

Percebo que é tinta. Ela tem cheiro de tinta a óleo e algo frutado. Cerejas. Ou framboesas.

Muito doce, discreto e, com certeza, não é algo que normalmente me interessa.

Glyndon, como um todo, não é algo que normalmente me interessa.

— Onde estamos? — ela sussurra.

— Suas amigas patricinhas ainda não te trouxeram para passear nesta parte da ilha? É onde enterramos os corpos.

Ela engasga com a saliva, e começo a rir. *Caralho*. Eu poderia me acostumar a ver o sangue aflorando sob sua pele, a observá-la se debater com as bochechas ficando coradas e os olhos se arregalando. Ou a testemunhar a luz em sua íris oscilando entre o brilho e a sombra, e tudo o que há no meio.

Tenho estudado as emoções desde que percebi que era diferente, quando tive o incidente com os camundongos, e esta é a primeira vez que conheço alguém cujas emoções são tão transparentes, tão visíveis. É fascinante pra caralho.

Curioso, até.

Sinto-me tentado a explorá-la mais, a me aprofundar mais, a me prender em suas partes mais obscuras e expor tudo que há ali.

Tudo.

Quero ver o que há dentro dela.

Literal e figurativamente.

— Eu estava brincando — explico, depois que minha risada diminui.

— Você não é engraçado.

— E você não respondeu à minha pergunta. Se eu tiver que perguntar de novo, não será com palavras, Glyndon.

Ela me lança um olhar de nojo e um pouco altivo.

— Você se satisfaz ao ameaçar as pessoas?

— Não, e eu não teria que fazer isso se você não estivesse sendo difícil por causa de um assunto trivial.

— Então a minha privacidade é trivial agora?

— Não existe privacidade nos dias de hoje. Qualquer forma de privacidade é uma cortina de fumaça codificada por números e algoritmos. Além disso, sua virgindade não é mais algo privado, já que sei sobre ela.

— Você é inacreditável.

— E você está enrolando.

Ela solta um longo suspiro. Se é de frustração ou de resignação, não tenho certeza. Mas ela permanece em silêncio por um tempo enquanto o som do motor preenche a atmosfera.

— Eu só não estava com vontade de fazer sexo. Feliz agora?

— Minha felicidade não tem nada a ver com isso. Por que não teve vontade de fazer sexo?

— Essa é outra pergunta.

— Eu nunca disse que havia um limite para o número de perguntas que eu faria.

— E, deixe eu adivinhar, preciso responder ou você vai me ameaçar com algo pior e, se eu continuar me negando, a ameaça aumentará até você levar a situação longe demais.

Não consigo evitar o sorriso que se abre em meus lábios.

— Sabia que você aprendia rápido.

Ela me encara por um instante, e outro, e outro, sem quebrar o contato visual.

Ah. Entendi.

Foi isso que me atraiu a ela desde o início. A maneira como ela sustentou meu olhar enquanto muitos acham impossível me encarar por tanto tempo, inclusive meu irmão e minha mãe.

Se eles se sentem desconfortáveis ou intimidados por mim, não sei.

Jeremy disse uma vez que tenho uma aparência que faz as pessoas se sentirem constrangidas consigo mesmas, então em geral preferem ficar longe de mim.

Não a Glyndon.

Ela nunca desviou o olhar do meu. É como se precisasse me ver o tempo todo.

Nem *eu* preciso me ver o tempo todo.

Meu ser é uma condensação de átomos e moléculas, uma combinação heterogênea e perfeita dos genes dos meus pais que formou um ser humano incapaz de se relacionar com a humanidade.

Portanto, o fato de ela estar interessada em ver essa entidade, mesmo que por medo, é outra ocorrência rara.

O acúmulo de todas essas características arbitrárias e divergentes em uma pessoa deveria causar aversão.

Com outro suspiro, com certeza resignado desta vez, ela deixa a voz calma preencher o ambiente.

— Não encontrei ninguém com quem eu quisesse fazer sexo.

— Por que não? Com certeza você já recebeu alguma atenção.

— Só não tive vontade. Tem mais alguma pergunta, Vossa Majestade?

— Por enquanto, não. Eu te avisarei quando tiver.

Ela estreita os olhos.

— É sério? Você não vai dizer mais nada sobre o assunto?

— Tipo, que vou acabar te comendo? Ficaria feliz em falar sobre isso, mas acho que você não está pronta para essa conversa.

— Nunca vou deixar.

— Nunca diga nunca, baby.

— Eu gostava mais quando você estava exigindo respostas.

Pego em sua coxa.

— Quer que eu faça mais perguntas enquanto fico por cima dessa vez?

— Não! Só estou comentando.

Ela, distraidamente, coloca uma mecha de cabelo atrás da orelha. Uma mecha loira, porque é claro que essa combinação de elementos estranhos tem mechas loiras em seu cabelo cor de mel.

Ela me olha com seus cílios compridos.

— Podemos ir embora? Tenho aula amanhã cedo.

— Ainda não. Você ainda não viu o motivo de estarmos aqui.

Suas pupilas se dilatam um pouco, mas ela permanece calma.

Hum.

Deve ser por causa de sua criação. Alguém a ensinou a não recuar, mesmo quando estiver assustada. A manter a coluna ereta e o olhar à frente.

A ser a definição de seu sobrenome.

— Achei que fôssemos dar um passeio. Já não fizemos isso?

— Um passeio precisa de um propósito. — Eu saio do carro.

Ela não sai.

Então vou até seu lado e abro a porta.

Glyndon — inocente, doce e exuberante como seu perfume — acha que consegue escapar ficando colada no banco.

— Vamos, baby.

Ela balança a cabeça.

— E se você estiver me levando para onde vai me enterrar? Talvez não estivesse brincando, e este seja mesmo o lugar onde você enterra os corpos. Ou pior, talvez alguns de seus subordinados estejam esperando na floresta para me violentar em um estupro coletivo.

— Se eu quisesse te enterrar, teria te matado cerca de uma hora atrás, antes de apanhar por causa da sua falta de confiança. E ninguém vai tocar em você antes de eu cobrir meu pau com seu sangue.

Ela franze os lábios.

— Era para isso me tranquilizar?

— Tranquilizar, não. É uma mera constatação de fatos.

— Você é tão cruel que chega a ser nojento.

— E você é tão repetitiva que está começando a me irritar. — Inclino a cabeça. — Saia.

Ao ver que ela hesita, tiro seu cinto de segurança e agarro seu pulso. Ela tenta lutar e seu corpo fica rígido, provavelmente permitindo que o pânico assuma o controle.

Eu a arrasto para trás do carro com facilidade. Ela é pequena, eu poderia esmagá-la com uma única mão, sem usar toda a minha força.

Sua pele parece ficar azul-claro na escuridão, como a dos cadáveres frescos. Se, por alguma razão, ela começar a sangrar e o vermelho for adicionado a essa mistura, sua pele parecerá etérea sob a luz da lua.

O fato de eu preferir não realizar minhas fantasias com esta garota é uma manifestação maravilhosa do meu controle de impulsos.

Reprima-se, filho da puta.

— Eu consigo andar sozinha. — Sua voz treme quando tenta se soltar e falha miseravelmente. Inúmeras vezes.

Ela é irritante o suficiente para continuar tentando, tenho que admitir.

— Você não andou quando te dei a chance, então a bola está no meu campo agora.

— Pare com isso, Killian.

Faço uma pausa ao ouvir meu nome em sua voz baixinha, que não soa muito diferente de uma canção de ninar. Na maioria das vezes, nem gosto da voz das pessoas. Algumas são agudas, outras são graves, e a maioria é irritante pra caramba.

Mas a dela é doce e melódica na medida certa. Tem a quantidade certa de suavidade e terror.

Eu olho para ela.

— Parar com o quê?

— Com o que quer que esteja fazendo.

— Mesmo que vá gostar do que estou fazendo?

— Duvido que eu goste de qualquer coisa que você faça.

— Tem certeza?

Paramos perto de um pequeno lago, e Glyndon fica imóvel.

Suas tentativas de lutar são esquecidas quando ela vê a cena à nossa frente.

Centenas de minúsculos pontos amarelos iluminam as árvores e brilham na superfície da água com a eficácia de pequenas lâmpadas.

Enquanto ela observa os vaga-lumes, eu a observo.

Fico preso na maneira como seus ombros relaxam e seus lábios se abrem. E em como seus olhos refletem as luzes amarelas como um espelho.

Eles estão brilhando mais intensa e rapidamente, e não penso duas vezes antes de pegar o celular e tirar uma foto.

Celebrar este momento é mais uma necessidade do que um mero desejo. Também não é impulso; é algo muito pior.

Ela nem sequer liga para o flash, ainda absorta nos vaga-lumes.

— São tão bonitos. Não acredito que eu não conhecia este lugar.

— É propriedade da nossa faculdade.

— Você traz muitas das suas vítimas aqui?

— Então é o que você é agora, minha vítima? Gostei. E não, é para cá que venho quando quero ficar sozinho, então você é a primeira.

— Sou a primeira de muitas coisas.

— Também estou surpreso com isso. Você gostou?

— Adorei.

— Eu disse que ia gostar. Achei que uma artista apreciaria a beleza sombria da natureza.

Ela enfim me olha.

— Você lembra que sou uma artista?

— Sei muitas coisas sobre você, Glyndon.

— Por quê? O que você quer de fato?

— Quero muitas coisas. De que contexto estamos falando?

— Deste. De me trazer aqui. Você deve ter algum objetivo.

— Já te falei, você precisa confiar em mim. Achei que este lugar te agradaria.

Seus olhos se transformam em pequenas fendas.

— É só isso? Você não vai tentar fazer nenhuma gracinha?

— Defina "gracinha".

— O fato de você estar perguntando significa que sim.

— Estou apenas considerando minhas opções. — Sento-me na borda do cais, deixando meus pés balançarem sobre o lago, então pego um cigarro e o acendo.

Glyndon se aproxima de mim, mas para e afasta a fumaça.

— Por que não me surpreende que você seja viciado em veneno?

— Não sou viciado em nada.

— O cigarro pendurado em seus lábios mostra o contrário.

Eu o tiro dos lábios e seguro sob a luz vaga-lumes.

— É um hábito que criei para manter as mãos ocupadas.

— Significa que você consegue parar se quiser?

— Eu paro se você tomar o lugar dele e mantiver meus lábios e mãos ocupados.

— Não, obrigada.

Dou de ombros e dou um tapinha no chão ao meu lado.

— Fica melhor deste ângulo.

— O quê? — ela pergunta em um tom assustado.

E, caralho, por que estou ficando ainda mais duro?

— Os vaga-lumes ou os corpos, o que aparecer primeiro.

— Seu senso de humor sombrio é mesmo de outro nível. — Ela se aproxima lentamente. E, antes de se acomodar, hesita.

Esse seu hábito de questionar tudo o que ofereço acabará em breve.

— Não se preocupe. Não vou transar com você esta noite.

— Uau. Obrigada. — Ela se joga ao meu lado, e seu perfume frutado fica mais forte. Ou meu olfato o encontra mais rápido.

— De nada.

— Não era um agradecimento.

— Então por que você disse?

— Sarcasmo. Já ouviu falar?

— Eu sei. Só estou brincando com você.

Coloco aquela mecha loira atrás de sua orelha, que fica vermelha junto com seu pescoço.

— Você gosta de brincar com as pessoas?

— Não com todo mundo. Só com algumas.

— Então, agora sou VIP?

— Se quiser ser.

— Sério, falar com você é como falar com um robô do mal.

— Robô do mal?

— É, sabe, aqueles que são destruídos no final dos filmes de ficção científica.

— Você quer dizer aqueles cujos olhos vermelhos piscam no último segundo do filme, indicando que vão retornar?

— Você não deveria se orgulhar de ser perverso.

— Esse é o problema, baby. Não me considero perverso.

— Por favor, não me diga que você se considera um herói. — Ela parece ainda mais assustada do que antes.

— Não, não considero. Apenas me considero neutro. Em vez de ser preto, branco ou cinza, sou incolor.

— Você é uma entidade. Não pode ser incolor. — Ela bufa. — Você é preto puro.

— Preto?

— É, dou cores às pessoas, e você é definitivamente preto, como a sua alma, o seu coração e essa sua mente perturbada.

Eu a encaro por um instante e depois sorrio. *Porra.*

Esta garota está se metendo em um grande problema.

Porque quero continuar conversando com ela.

E não gosto de conversar com as pessoas.

Quero ser seu dono, embora não tenha a menor ideia do que seja ser dono de uma pessoa.

Não deve ser diferente de ter animais de estimação e querer vê-los por dentro, certo?

CAPÍTULO 11
KILLIAN

— Que porra é essa? Hoje é dia de foder comigo?

Não paro ao ouvir a voz de Nikolai quando entro na mansão. Em vez disso, vou até a geladeira e pego uma garrafa de água.

Ele joga o objeto mais próximo que consegue encontrar em mim, um Zippo, e inclino a cabeça para o lado, deixando o isqueiro colidir com a garrafa de vodca, que se estilhaça no balcão em uma chuva de vidro e bebida.

— Espero que você limpe isso e substitua a minha vodca — diz Jeremy do pé da escada, com os braços cruzados.

— A vodca é minha. Não enche. — Meu primo coloca uma bolsa de gelo no maxilar inchado e apoia o pé no braço do sofá.

Encostado no balcão, cruzo as pernas na altura do tornozelo.

— Está de mau humor?

— Você não está? Aquele idiota ganhou de você.

Dou de ombros.

— Ganhei algo melhor do que uma luta qualquer.

A companhia de Glyndon. E até mesmo uma trégua temporária de suas brigas enquanto ela observava os vaga-lumes, e eu não toquei nela.

Ela acabou relaxando quando deixei minha mão imóvel. Algo que, na prática, se mostrou bem mais difícil do que na teoria. Transformar isso em um hábito está fora de cogitação. Afinal, só preciso que ela baixe a guarda um pouco, deixe eu me aproximar o suficiente para que eu possa decifrá-la por completo e, em retrospecto, entender as razões por trás do meu interesse nela.

Estou disposto a ir até o fim com isso? Pra caralho.

Considerando o tanto que sua testa estava franzida quando a levei de volta ao dormitório, eu diria que ainda tenho um longo caminho a percorrer.

Ela é uma teimosa cabeça-quente do caralho, e gosto de cada maldito segundo com ela.

Glyndon pode ser a rocha sólida e imponente, mas eu sou a água. E, no começo, a água pode se chocar contra a rocha, mas, com o tempo, ela sempre a atravessa.

— E o que é melhor do que vencer, filho da puta? — Nikolai grunhe. — Da próxima vez, não pegue a minha luta se você vai perder. Minha imagem está em jogo, herdeiro de Satanás.

Pego meu maço de cigarros e o observo por um instante, lembrando das palavras de Glyndon sobre ser um veneno. Depois, balanço a cabeça e coloco um entre os lábios.

— Presumo que ganhou a luta seguinte, não é?

— Por pouco — Jeremy responde em seu lugar, depois vai até o frigobar e pega uma bebida. — Um estudante de arte quase o espancou até a morte primeiro.

— Merda nenhuma! — Nikolai se levanta e aponta seu saco de gelo para Jeremy. — Eu só estava pegando leve com ele no começo. E aquele cara não é um estudante de arte qualquer. É óbvio que ele malha.

Levanto uma sobrancelha e solto uma baforada.

— Estudante de arte sobre-humano?

— Talvez um daqueles super-heróis dos quadrinhos, hein? — Jeremy começa a inventar. — Um playboy rico durante o dia e um vigilante à noite.

— Com uma máscara, uma capa e um carro de morcego.

— Talvez uma fantasia também?

— Vão se foder vocês dois. — Nikolai se joga de novo no sofá. — Para a sua informação, o Landon foi o rei em todos os campeonatos de que participou *e* é o atual líder do Elites.

Jeremy apoia o cotovelo no balcão ao meu lado e toma um gole de sua bebida.

— Nosso Niko sabe informações como essas? Desde quando?

— Desde que o Gareth começou a sussurrar no meu ouvido. E que porra é essa? Eu sei todas as informações.

— ... que são necessárias para você usar a violência.

— Claro. E eu preciso encher a cabeça com alguma outra idiotice?

Bato o cigarro na garrafa de água, deixando as cinzas mancharem o líquido puro.

— Landon?

— Landon King — Nikolai responde. — Primo do Creighton, ou primo de segundo grau, ou seja lá que porra for. Se o irmão gêmeo dele desaparecesse, ele lutaria a noite inteira. Aquele desgraçado sorri quando apanha, igual a você, herdeiro de Satanás. — Ele chuta a mesa, que cai com um estrondo, e os cacos de vidro se espalham em pedaços minúsculos. — Vamos lutar, Killer. Ainda tenho energia pra queimar.

— Dispenso. — Ele não apenas vai ficar nisso por horas a fio, como também estou de bom humor e não quero lutar.

De qualquer maneira, esse não é meu método preferido de gastar energia.

— Controle seu temperamento. — Jeremy se senta ao lado dele e oferece sua bebida. — Isso vai acabar te matando um dia.

— Um dia, não hoje. — Niko engole o líquido do copo de uma só vez. — E não é temperamento, é energia, Jer. Vai até o meu pau. Eu deveria ter comido alguém esta noite.

— Então o Landon e o irmão gêmeo estragaram a sua noite? — Volto ao assunto em questão.

— Aqueles playboyzinhos que se fodam, principalmente o mais delicado, que parecia uma florzinha. Ele é igual ao Landon, mas tem a aura de um fracote.

— Sem contar que ele acabou com a sua diversão — Jeremy destaca e Nikolai estala a língua.

— Como assim?

— Bom, primo, assim que a florzinha delicada apareceu, o Landon aumentou a agressividade e veio com tudo. Mas quando ele foi embora, o Landon perdeu. Sem mais nem menos. Pensa numa parada bizarra de gêmeos.

Ele provavelmente queria assustar o irmão.

Ah, merda.

Talvez Glyndon esteja certa e seu irmão esteja no espectro de transtorno de personalidade antissocial, ou TPAS. Eu sei que Eli King está, com certeza. Nós nos conhecemos quando éramos crianças por causa de nossos pais, e ele era o único que tinha um olhar parecido com o meu, irrevogavelmente entediado.

Agora a questão é se devo eliminar Landon ou não. Vou esperar para ver se ele será um obstáculo nos meus planos com a Glyndon primeiro.

— Juro que não aguento mais essas palhaçadas de gêmeos depois de ter que lidar com a Mia e a Maya mudando de lugar. E por falar nas minhas irmãs, vou ver se as duas estão no dormitório ou se fugiram para fazer com que alguém perca a vida. — Nikolai pega o celular e digita uma mensagem, provavelmente para seus seguranças. Fazer parte da *Bratva* dá a Jeremy e Nikolai seguranças especiais que nem mesmo o campus pode interferir.

— Peça para reforçarem a segurança. — A sobrancelha de Jeremy se franze. — Peguei a Anoushka se esgueirando pelo clube de luta com as *novas* amigas.

— Não deveria ter deixado ela ir para o território do inimigo — afirma Nikolai de modo distraído. — Agora ela vai começar a desenvolver certos hábitos, como confraternizar com aquelas patricinhas.

— Só por cima do meu cadáver. — Jeremy dá um longo gole. — Não gosto das amigas dela. Principalmente da barulhenta de cabelo prateado.

— Cecily Knight — digo a ele. — O pai dela é dono de uma empresa de investimentos, e a mãe é uma pessoa de alto escalão nos serviços sociais.

— E você sabe disso por quê? — pergunta Jeremy.

— Ando pesquisando sobre os nossos vizinhos. Além disso, te disse que Aiden e Elsa King, os pais do Creighton e do Eli, são amigos dos meus pais. E Cole e Silver Nash, os pais da Ava, também.

Nikolai afasta a bolsa de gelo do rosto, revelando um hematoma roxo perto da têmpora.

— E os pais da Florzinha e do Landon?

— Nunca os conheci. Mas já ouvi falar. O pai tem metade da fortuna dos King. A outra metade pertence a Aiden. A mãe deles é uma artista renomada. — Digito o nome dela na barra de pesquisa do meu celular e lhes mostro as pinturas de rabiscos de pessoas, lugares e memórias.

Nikolai assobia.

— Não entendo nada de arte, mas essas dariam tatuagens insanas. — Ele pega o celular e olha uma foto de família tirada na inauguração de uma galeria. Levi segura a cintura de Astrid enquanto ela sorri para a câmera, parecendo estar feliz, realizada, assim como minha mãe faz sempre que eu e o Gareth comparecemos a seus eventos filantrópicos.

Landon está ao lado da mãe, segurando seu ombro. Brandon está ao lado do pai, segurando o ombro de Glyndon.

Entre todos, o sorriso de Landon é o mais falso. Ninguém perceberia isso, nem mesmo seus pais, mas ele está fazendo uma grande performance, de modo que talvez até ele acredite que está feliz por estar ali.

Já estive nessa, já fiz isso e tenho as fotos para provar.

O sorriso de Glyn, no entanto, é o mais triste. Ela não quer sorrir e parece estar um pouco desconfortável em seu vestidinho formal azul-escuro que combina com o terninho da mãe.

Ela está fazendo uma performance, mas de uma maneira bem diferente do irmão. Ambos estão fingindo estar felizes, mas ela é a única que está se sentindo mal por isso.

— Eu os vi apenas uma vez, e consigo te dizer que este é a Florzinha. — Nikolai dá um tapinha no rosto de Brandon. — Olhando mais de perto, ele é bem gostoso. Não sei se eu comeria ele ou a irmã. Talvez os dois ao mesmo tempo, se não se importarem de se verem nus.

Arranco meu celular de sua mão e vou para a escada sem dizer uma palavra. Então, pego meu Zippo e jogo nele em um piscar de olhos. Ele atinge Nikolai na lateral da cabeça, no lado machucado.

Bom. Minhas habilidades como *quarterback* não desapareceram por completo.

Nikolai bate a mão na têmpora e grita:

— Por que caralhos você fez isso, seu filho da puta?

Jeremy encosta a cabeça no sofá e ri, e o som me acompanha quando chego ao topo da escada.

Meus passos estão despreocupados, normais, mas a temperatura do meu corpo não está. Talvez eu deveria bater em Nikolai até a tia Rai não conseguir reconhecê-lo da próxima vez que o vir.

A porta de Gareth se abre e ele sai segurando o celular na frente do rosto, com um sorriso nos lábios.

— Olha ele aqui.

Ele se aproxima e fica ao meu lado, colocando o celular na nossa frente. Nossos pais estão na tela e parecem estar no jardim.

Lá, o sol se põe atrás deles, formando um pano de fundo encantador.

Reina Ellis é uma loira linda, do tipo que você encontra nas capas de revistas e se pergunta como caralhos ela aparenta ter trinta e poucos anos quando já está no fim dos quarenta. Ela tem um brilho natural nos olhos azuis, um brilho que nem eu nem o Gareth herdamos.

Meu pai, no entanto, tem uma aparência mais séria, e isso provavelmente tem a ver com sua linha de trabalho e sua tendência a seguir a "lei do mais forte". Digamos que o tempo também fez bem para Asher Carson. Ele tem traços marcantes que tanto meu irmão quanto eu recebemos em nossos genes, e passou seus olhos verdes para o Gareth. De certa forma, meu irmão é uma cópia dele, tanto na aparência quanto na personalidade.

Sou a versão mais sombria de ambos.

A ovelha negra da família.

Um sorriso automático surge em meus lábios.

— Oi, mãe. Está linda, como sempre.

— Não me venha com essa, seu filho ingrato. Você não me liga há dois dias.

— Estava ocupado estudando. Você sabe como a faculdade de medicina é difícil. Além disso — puxo meu irmão pelo ombro —, tenho certeza de que o Gareth te contou tudo sobre mim.

Seu sorriso permanece igual e ele sequer enrijece o corpo. Temos uma regra tácita de sermos os irmãos perfeitos na frente dos nossos pais.

Eu quebro essa regra quando tenho vontade, mas Gareth nunca o faz.

Ele se importa.

— Tenho certeza de que você está ocupado, mas dê notícias de vez em quando. — Ela suspira. — Sinto falta de ver o rosto de vocês o tempo todo. Você virá me visitar, Kill? Não te vejo desde o verão.

— Vou ver como as coisas vão estar na faculdade.

— Arranje um tempo e venha nos visitar no próximo feriado — meu pai me pede, ou melhor, me informa.

Rebato sua energia hostil com um sorriso ainda maior.

— Oi, pai. Também está com saudades?

Eu esperava que ele caísse na provocação, mas ele sorri ao acariciar o ombro da minha mãe.

— É claro que sinto sua falta, meu filho. Eu e sua mãe adoraríamos receber você e seu irmão da próxima vez.

— Vou garantir que ele vá comigo — afirma Gareth, como o menino de ouro que é.

— Espere um pouco. — Minha mãe se aproxima da câmera, olhando para mim. — Ai, meu Deus! Isso é um corte no seu lábio? Killian Patrick Carson, você brigou com alguém?

O hábito da minha mãe de usar meu nome do meio quando está chateada é um subproduto de seu status de quem me deu a vida e o nome.

Não consigo deixar de me divertir com isso todas as vezes.

Gareth se enrijece, completamente surpreso, mas, quando ele abre a boca, já estou sorrindo.

— A não ser que pegar alguém seja considerado brigar, acho que não.

Sua boca se abre.

— Não precisava pôr essa imagem na minha cabeça.

— Foi você quem perguntou, mãe. Sem contar que estou no meu melhor momento. Você não achou que eu estaria apenas estudando, certo?

— Abaixe o tom — meu pai adverte.

Ele tem um sexto sentido para descobrir quando já está ficando demais para minha mãe lidar e corta o assunto. Com o tempo, comecei a desenvolver esse sentido também.

Só que eu o uso para levar as pessoas até seu limite. Não a minha mãe. Os outros.

Essa é a única coisa em que eu e meu pai combinamos.

— Bem, acho que não tem problema, desde que não esteja se metendo em problemas. — Sua voz se suaviza. — Cuidem um do outro, está bem, meus filhos? Amo vocês.

— Também te amo, mãe — diz Gareth.

— Te amo, mãe — falo com o mesmo nível de sinceridade que o meu irmão.

Ela desliga com um enorme sorriso no rosto.

Assim que ambos somem, Gareth se afasta de mim como se eu estivesse com uma doença contagiosa.

— Cuidado com a repulsa, meu irmão. Faz você parecer mais fraco.

Ele me mostra o dedo do meio e volta para o quarto.

Vou até o meu e verifico o celular. Inúmeros flertes e mensagens não lidas estão em minhas notificações. Algumas são de pragas irritantes e pegajosas que não sabem apenas recuperar sua dignidade e se afastar.

Meus pés se detêm no meio do cômodo conforme desço a tela para ver as fotos desta noite.

São várias.

A primeira foi de longe, quando vi a Glyndon pela primeira vez com a Annika e suas amigas. Eu a observei por exatamente quinze minutos antes de contar a Jeremy sobre a presença de sua irmã e conseguir uma abertura para me aproximar dela.

Nas fotos que tirei, Glyndon está ouvindo ou rindo de algo que elas disseram. Ela não é de falar muito nesse grupo, nem em sua família, e isso é perceptível.

As outras fotos eram com os vaga-lumes. Dou zoom em seu rosto, depois desço o dedo até chegar à mão fechada sobre o short.

Quase consigo sentir o cheiro de framboesas e tinta enquanto traço os contornos de suas bochechas, pescoço e lábios.

Meu polegar toca seu rosto, e enfim consigo enxergar o que Devlin amava nela, pelo que ele lutava.

Porque ele se debateu, chorou e implorou de joelhos por ela.

E, ainda assim, ele não transou com ela.

Ela não quis, foi o que ela disse.

O filho da puta ficou na amizade até morrer. Literalmente.

Eu sentiria pena dele se soubesse como fazer isso. Mas, como não sei, não tenho problema algum em terminar de fazer o que ele não pôde.

CAPÍTULO 12
GLYNDON

— Onde foi que você se meteu?

Inquieta, eu me remexo na entrada do apartamento que divido com Cecily, Ava e, mais recentemente, Annika.

Ela ia ficar em um dormitório particular e seguro que sua família providenciou, mas como nós três gostamos dela e temos um quarto vago, então a convidamos para ficar conosco. Ao que parece, seu irmão foi contra, mas Anni conseguiu a aprovação diretamente do pai, com a ajuda da mãe.

Alguns dias atrás, conversamos com sua mãe por chamada de vídeo, e ela é a mulher mais doce e deslumbrante que já vi. Ok, talvez esteja no top 5, junto à minha mãe, à tia Elsa e à minha avó.

De qualquer maneira, a mãe de Annika não parece alguém que é casada com um mafioso. Mas, por outro lado, Anni também não parece uma princesa da máfia, então talvez seja hereditário.

Nosso apartamento é aconchegante, com uma espaçosa sala de estar, quatro quartos e uma cozinha com bancadas pretas.

A pergunta que me foi feita assim que entrei veio de Ava. Ela está usando um pijama fofo e um roupão com penas pretas e rosas. Seu cabelo está preso em um coque bagunçado e uma máscara branca cobre seu rosto.

Cecily sai do quarto, com os óculos de armação preta apoiados no nariz e usando um moletom que diz *"Quando eu morrer, escrevam na minha lápide: aguentou e foi muito"*.

— Você enfim voltou. Estávamos muito preocupadas.

Desço as mãos e as esfrego no short. Como vou dizer a elas onde estive?

Bem, meninas, meio que fui sequestrada por alguém que tenho certeza ser um serial killer, mas esqueci disso quando nos sentamos para observar vaga-lumes.

Ah, e ele me fez gozar enquanto acelerava o carro, e gostei.

Isso soa absurdo até na minha própria cabeça.

— Fui dar uma volta para clarear a mente — digo, esperando que todas acreditem.

Ava estreita os olhos por trás da máscara e me observa.

— Então por que está toda corada?

— Subi de escada. Para me exercitar, sabe?

— Sei...

— Onde está a Anni? — Tento distraí-las. — Ela está bem?

— Ela disse que está treinando, e você não vai mudar de assunto, Glyn. — Ava coloca uma mão no quadril. — Estou esperando por uma resposta adequada em vez de apenas desculpas.

Mordo o lábio inferior e depois solto. Vixe. Até a Cecily está me observando como uma professora severa, o que não combina com a bandana rosa, que definitivamente é um presente da Ava, em seu cabelo prateado.

— Eu estava mesmo só dando uma passeada. — Não há nenhuma mentira nisso, então consigo falar de forma convincente.

— É mesmo? — Ava me circunda com a expressão de uma mãe coruja.

Balanço a cabeça positivamente, um pouco apressada demais.

— Por que você saiu logo quando a luta do Lan começou? Quase destruímos os babacas da King's U, mas o Nikolai venceu no último segundo. — Ela conta, decepcionada, como se fosse muito fã do esporte.

Não digo nada porque simplesmente não me importo nem um pouco se Lan perdeu ou ganhou. Se eu estivesse lá, não teria ficado para assistir à luta de qualquer maneira.

Ver meu irmão em ação é muito nauseante para mim. Sou muito covarde.

— Até o Bran apareceu — continua Ava. — Deixa eu te falar, a plateia foi ao delírio. O campeonato deste ano vai conseguir uma fortuna com as apostas. E com certeza vou participar delas.

— Espere. Repita. — Minha garganta seca. — O Bran foi ao clube?

— Sim.

— Enquanto o Lan estava lutando?

— Sim. Mas ele saiu bem no meio.

Meu coração se agita com a ideia de Bran ter visto toda aquela violência. Ainda mais vindo de Lan.

Talvez eu não goste de violência, mas Bran é completamente averso a isso.

Depois de bater no bolso de trás da minha calça, pego o celular e começo a digitar uma mensagem para ele. A campainha toca.

— Eu atendo. — Cecily vai abrir a porta.

— Espere. — Ava corre de volta para o quarto, provavelmente para tirar a máscara. Ela se recusa a parecer menos do que perfeita na frente de pessoas de fora.

Glyndon: Você está bem?
Bran: Você pode me perguntar pessoalmente, princesinha.

Eu me viro ao ouvir um barulho e, claro, Remi chega empurrando Creigh, que está com uma expressão indecifrável e segura uma caixa de cerveja; Remi tem uma embalagem de comida nas mãos.

Brandon está logo atrás com um bloco de desenho.

— Senhoras, a Vossa favorita Senhoria lhes agraciou com sua presença divina. Não precisam insistir, tenho atenção suficiente para dividir por igual entre todas vocês. Ignorem esses dois, ambos imploraram para vir junto.

— Você forçou a gente a vir — pontua Creigh sem rodeios.

— Vamos, cale-se, Cray Cray. Só porque você deu uma surra naquele marginal não quer dizer que esteja à minha altura no nível dos deuses.

Cecily cruza os braços e bate o pé no chão.

— Não está se esquecendo de nada?

Remi olha para si mesmo.

— Estou tão bonito quanto as divindades em seus dias de sacrifício e tão elegante quanto. Acho que não me esqueci de nada.

— De que temos aula amanhã, seu gênio. Tem gente aqui que leva a universidade a sério.

— Não seja chata, Ces. Juro que um dia você vai morrer no meio de um desses seus livros. Não venha pedir um lugar no meu cantinho feliz na vida após a morte. — Ele passa por ela, joga o recipiente de comida na mesa de centro e se larga no sofá, sentindo-se em casa.

Creigh acena em nossa direção, com um hematoma vermelho cobrindo a mandíbula. Engulo em seco ao me lembrar de quem o fez e não consigo deixar de apontar para ele.

— Você está bem?

Meu primo nem encosta nele.

— Já sobrevivi a coisas piores.

— Você precisa continuar lutando, Creigh? A tia Elsa ficaria tão preocupada.

— Ela não vai se preocupar com algo que não sabe que está acontecendo. — Suas palavras são ditas de forma casual, mas entendo o aviso por trás delas. — Por falar nisso, por que ele estava olhando para você?

— Q-quem?

— O mais novo dos Carson. Ele estava olhando para você durante a luta.

— Imaginação sua.

Ele me encara com um olhar desconfiado, mas felizmente não insiste.

— Venha cá, cria. Use sua força bruta para levantar essa merda — diz Remi do outro lado da sala, chutando uma pesada cadeira antiga.

— Para de mudar nossa decoração, Remi! — Cecily corre para tentar impedi-lo, mas Creigh já está ao lado dele.

— Não tenho culpa se sua decoração é tão entediante quanto os seus livros, nerd.

— Vá se foder, seu puto.

— Não me interesso por essas coisas. Seria entediante também.

— Argh, vou te estrangular um dia.

— Também não tenho interesse. Jesus, você é assustadora, mulher. Não é à toa que dizem que as quietas são as mais safadas. — Ele agarra Creighton e o utiliza como escudo. — Proteja minha senhoria dessas garras venenosas, cria. Essa perua vai me matar na minha melhor época.

Creigh não se move, mas inclina a cabeça para trás.

— E isso é uma má ideia porque...

— Que porra é essa? Que caralho de porra é essa? Você me trocaria pela Cecily? Jesus, minha senhoria está tendo uma crise existencial. Escute aqui, cria. Se você não tiver mais a mim, ninguém vai conseguir entender suas esquisitices.

— Ah — solta Creigh.

— Isso mesmo. Você precisa de minha senhoria.

— Ele tem razão — confirma Creigh a Cecily, então começa a mover a cadeira.

— Que barulheira é essa? — Ava sai do quarto, sem máscara facial e com o cabelo solto.

No mesmo instante, ela entende a situação e vai socorrer Cecily, mas Creigh já está movendo a cadeira, e Remi rindo como um senhor das trevas.

Deixo o tumulto de lado e vou em direção a Bran e toco seu braço.

— Você está bem?

Ele sorri ao observar a cena. Adoro ver o Bran sorrir, talvez porque ele quase nunca consegue. Pelo menos, não genuinamente.

Então aceito suportar aquele barulho se for para vê-lo feliz.

— Agora estou — ele me diz.

— Ouvi falar que você esteve no clube de luta. Por que foi até lá, Bran? Você não gosta dessas coisas.

— Não tive escolha.

Ele pega o celular, abre algumas coisas e me mostra a última parte da conversa que teve com o Lan.

Ele está salvo como "Órgãos Extras". Isso começou quando ambos estavam na adolescência. Naquela época, Bran salvou o número de Lan como "Outra Metade", mas Landon zombou e disse que iria salvá-lo como "Órgãos Extras". Então, por puro despeito, Bran também o salvou como "Órgãos Extras".

Minha mãe preferiu considerar aquilo uma piada, mas meu pai ficou muito irritado.

Durante a conversa, Lan enviou a Bran uma foto minha no meio plateia. O zoom mostra que estou com os punhos cerrados e minha expressão está alarmada.

Isso tinha sido no meio da luta de Creigh e Killian.

Órgãos Extras: Nossa princesinha está em perigo. Se importa de vir salvá-la?

Fecho os olhos por um instante e suspiro.

— Desculpe, Bran.

— Não. A culpa não é sua. Além disso, consegui vê-lo ser destruído pelo outro lutador, então não foi um desastre completo. — Ele me observa com atenção. — Mas você está bem de verdade? Parece desesperada na foto.

Limpo a garganta e coloco uma mecha de cabelo loiro atrás da orelha.

— Você sabe como fico em situações violentas.

— Então não vá mais lá, Glyn. Não consigo te proteger do Lan no habitat natural dele.

— Não preciso de proteção contra o Lan. Não tenho medo dele — declaro, com segurança dessa vez.

Lidar com o Killian me ensinou que sempre há monstros piores do que aqueles que a gente conhece.

Até mesmo os monstros têm diferentes níveis de depravação. E Killian está no patamar mais alto.

Bran me lança um olhar de preocupação.

— Só tome cuidado.

— Não se preocupe, vou tomar.

Parecendo satisfeito com a minha resposta, ele me puxa para perto e nos juntamos aos outros. Sentamo-nos ao lado de Remi, que já moveu todos os nossos sofás e até mesmo os abajures para criar um círculo que lembra um ritual satânico.

Creigh está comendo alguns petiscos sentado no chão, com as pernas cruzadas.

Ava e Cecily, que perderam a batalha, estão sentadas lado a lado, com os braços cruzados e olhares irritados.

O único que está rindo é o Remi. Ele mistura algumas bebidas e joga um salgado na direção de Creigh. Depois, pega a embalagem que trouxe e sorri.

— Adivinhem o que tenho aqui, vadias?

— Se não for seu pênis amputado, não estamos interessadas — diz Cecily.

— Não mesmo — Ava concorda. — E, puta merda, a nossa puritana de carteirinha acabou de dizer "pênis"? Por favor, me diga que alguém gravou.

— Cale a boca. Você está tirando a graça da minha resposta — Cecily a cutuca.

Ava solta uma risada e depois para.

— Tá bom, tá bom, não estamos nem um pouco interessadas, Rems.

— Tem certeza? — No rosto dele, há uma mistura de malícia com triunfo ao abrir o pote lentamente, revelando várias embalagens menores. — Porque eu trouxe peixe com fritas!

O silêncio preenche a sala antes de Creigh pular para pegar uma embalagem. Ou melhor, duas.

— Você ganha uma por ser a mais fofa de todas, Glyn. — Remi me dá um pote e depois outro a Bran.

— E você por ser gente boa pra caralho, cara.

Em seguida, ele sorri para Cecily e Ava, que estão observando os potes com os lábios entreabertos, quase babando.

— Vocês duas, no entanto, precisarão implorar à minha senhoria.

Creigh já abriu seu pote, e o cheiro se espalha pelo ar. Ava engole em seco.

— Esta é a nossa casa. O mínimo que você pode fazer é nos compensar por ter interrompido nossa noite.

— Posso pagar em dinheiro, mas não em peixe com fritas. Agora, diga "Por favor, vossa senhoria ilustríssima".

— Vá bater punheta para um cavalo, vossa senhoria. — Ava o encara com raiva.

Ele faz um som de resposta errada, como em um programa de TV.

— Você tem mais duas tentativas.

— Só me dê. — Cecily pega uma embalagem, e Ava pula em suas costas para impedi-lo de lutar.

— Cray Cray, me salve dessas peruas loucas!

Meu primo, no entanto, não presta atenção em nada ao seu redor conforme está comendo, apenas se concentra em devorar as batatas fritas.

Bran e eu rimos e começamos a comer. Eu começo, pelo menos. Bran coloca o dele no chão e começa a desenhar.

Algumas pessoas presumiriam que ele iria desenhar nosso grupo, mas como não desenha seres humanos, ele traduz a cena em um caos de linhas e tons de cinza.

— Isso é incrivelmente lindo! Por favor, me diga que você tem alguma rede social que eu possa seguir.

Bran e eu olhamos para trás e encontramos Annika observando o desenho. O sorriso em seu rosto é tão largo que até contagia.

Ela está usando um collant roxo sobre uma meia-calça, provavelmente por ter saído no meio do treino.

— Oi, sou a Annika. Você deve ser o irmão da Glyn. Ela fala de você o tempo todo. Na verdade, não, ela não é de falar muito. Mas a Ava fala.

— Sou o Brandon.

— Prazer em te conhecer. — Ela pega o celular. — Qual é o seu Insta? TikTok? Snapchat? WeChat? WhatsApp?

— Só tenho Instagram.

— Ah, sem problemas. — Ela conversa alegremente e admira o trabalho que ele postou.

Isso deixa Bran feliz. Tão feliz que consigo sentir sua alegria irradiar. Ele definitivamente não fica incomodado com a energia de Annika.

— Ah, oi para você também. — Remi espanta Ava e Cecily e desliza para o lado de Anni. — Estou sonhando ou encontrei um anjo com sotaque americano?

Todos nós, exceto Creigh, ficamos com vergonha alheia.

Anni dá uma risadinha.

— Você é tão fofo!

— Prefiro "gostoso", mas podemos ficar no "fofo" por enquanto. Sou Remington. Filho de um lorde, neto de um conde e atualmente detentor de um título de nobreza. Ocupo a posição de número cento e noventa e cinco na linha de sucessão ao trono do Reino Unido, e tenho a aparência e a riqueza perfeitas para acompanhar esse status.

— Uau, que impressionante. Sou a Annika. Mas não sou da realeza.

— Ela é da realeza da máfia. — Cecily desliza pelo chão e fica ao seu lado, segurando uma embalagem.

Ava se posiciona do outro lado:

— Fique longe dela.

— Você é muito linda e pura, e preciso alertá-la para que se afaste desse covil de víboras, Anni.

Os três começam a discutir de novo. Annika consegue escapar para perto de Creighton.

— Olá.

Ele não responde, pois está comendo. Creigh leva comida a sério.

Muito a sério.

— Sou a Annika. E você?

Sem resposta. É como se ela não estivesse na frente dele. Ela balança uma mão e, ao ver que ele não dá um pingo de confiança, imagino que vá desistir. É o que a maioria das pessoas faria.

Porém Annika sorri e se senta ao seu lado.

— A comida deve estar deliciosa para você estar tão concentrado. Posso experimentar?

— Pegue um para você — ele murmura depois de engolir.

— Não consigo comer um pote inteiro. Parece que é fritura, então uma mordida seria suficiente.

— Não — ele responde sem rodeios.

— Só um pouquinho...

Em um segundo, ela estava pegando a embalagem dele e, no outro, ele a estava prendendo contra o encosto do sofá com um braço ao redor da clavícula dela, e ainda comendo com a mão livre.

— Falei não.

— Está bem. — Seu sorriso vacila. — Você pode me soltar?

— Não confio que você não vá tentar roubar minha comida de novo. Ou você fica presa aí ou vai embora.

— Entendi.

Ela permanece imóvel, observando-o comer.

— Cray Cray! — Remi grita e puxa Anni de debaixo de seu braço. — Por que você está sendo rude com o anjo americano que acabamos de conhecer? Não te dei educação?

— Está tudo bem. — Anni ri. — Acho que ele não gosta de dividir comida.

— Sim, ele é esquisito assim mesmo. — Remi empurra uma embalagem em sua direção. — Você pode ficar com este.

— Como isso chama?

Todos a encaramos, atônitos.

Até Creighton solta um *pfft* entre uma mordida e outra e se vira para ela.

— O quê? Falei algo errado?

— Ela é americana, pessoal — explica Ava.

— Sim. — Eu concordo.

— Sim, americana — Cecily repete, como se fosse um insulto.

— Na verdade, sou metade russa.

Annika olha para nós com um sorriso constrangido.

— É peixe e fritas, amor — começa Remi. — É como se fosse o prato nacional inglês, a revolução da Era Moderna e a fonte da felicidade. Até mesmo minha senhoria gosta desse prato simples mais do que de transar. Ok, talvez eles estejam no mesmo nível. Veja, até a Glyn, que é super seletiva, está comendo.

— Não sou super seletiva. — Olhei para ele enquanto mastigava uma batata frita. — Não me obrigue a ficar do lado da Ava e da Cecily e te chutar pra fora.

— Tentar é grátis. Conseguir custa caro, plebeia.

Estou pronta para voar em seu pescoço, mas meu celular vibra.

— Espere aí, Remi.

Deixo uma batata frita entre os lábios e pego o celular. O texto que aparece na tela me faz parar.

Número desconhecido: Está fazendo o quê?

Meu primeiro pensamento é que esse poderia ser o número desconhecido por trás das mensagens ambíguas, mas em geral ele não pergunta o que estou fazendo; apenas manda algo desagradável e some.

Minhas dúvidas desaparecem com a mensagem seguinte.

Número desconhecido: Não me diga que está dormindo? Mas é claro que estaria depois daquele orgasmo. Eu é que fiquei com o pau tão duro que só consigo pensar em você quicando nele.

Engasgo com a batata frita que comi pela metade; Bran bate nas minhas costas e me passa uma lata de refrigerante.

— Você está bem?

Minhas bochechas devem estar vermelhas. A ideia de Bran ou de qualquer outra pessoa ver essa imagem me dá calafrios.

— Estou ótima. Já volto.

Praticamente voo até o quarto, entro correndo, bato a porta e desabo atrás dela. Dou um pulo quando meu celular vibra de novo em minha mão.

Número desconhecido: Visualizar e não responder é falta de etiqueta, baby. Eu sei que você está aí.
Glyndon: Que inferno, como você conseguiu o meu número?

Número desconhecido: É muito mais fácil do que você pensa. Mas isso não é importante. O que importa é que o meu pau está insatisfeito. E não sou do tipo que faz caridade.

Glyndon: Ninguém te pediu para dar nada.

Número desconhecido: Não é o que sua boceta diria. Ainda posso senti-la se apertando contra meus dedos com a ânsia de uma ninfomaníaca. Sem falar que ainda tenho seu gosto neles. Ainda não lavei as mãos. Acho que vou bater uma em sua homenagem enquanto imagino seu corpo se contorcendo embaixo de mim e seu sangue cobrindo meu pau.

Meu peito se aperta conforme um formigamento se espalha por toda a minha pele. Fecho os olhos lentamente, desejando que passe, mas não acontece.

Nem de longe.

Sento-me na beirada da cama, com os dedos um pouco trêmulos.

Pensando de maneira lógica, sei que isso é apenas uma fixação doentia dele por minha virgindade. Que ele não vai mesmo parar enquanto não a tiver.

Seu interesse deturpado por mim pode ter sido despertado no topo daquele penhasco, mas foi totalmente ativado quando ele descobriu que eu era virgem. Até seus olhos brilharam de uma forma diferente. Seu corpo ficou mais tenso, e pude ver o demônio nele. Desmascarado.

Desequilibrado.

Descontrolado.

Ele é uma raça especial de monstro que não tem freio nenhum. E o fato de eu ser o objeto de seu fetiche doentio é aterrorizante.

Considerando que é provável que ele não tenha limites, fico absolutamente aterrorizada só de imaginar até onde ele iria para conseguir o que quer.

No entanto, não consigo evitar que suas palavras me afetem.

Mas... o que há de errado comigo?

Será que sou tão depravada quanto ele?

Meu coração bate forte quando outra mensagem aparece na tela.

Número desconhecido: Mas a realidade é melhor do que minha imaginação. Quais são as chances de você abrir as pernas se eu for até aí agora?

Glyndon: Zero.

Número desconhecido: E se eu pedir com jeitinho?

Glyndon: Zero também.

Número desconhecido: Você deveria ter dito 50%. Porque há uma opção de 100% se eu, de alguma forma, entrar no seu quarto enquanto você estiver dormindo.

Glyndon: Minhas amigas não vão deixar.

Número desconhecido: Eles não vão descobrir. Mas, se descobrirem, posso amarrá-las na cama com fita adesiva.

Glyndon: Até a Annika?

Número desconhecido: Principalmente ela. Ela fala pra caralho. E não para nunca.

Glyndon: Jeremy vai te matar.

Número desconhecido: Não se eu disser que ela estava se colocando em perigo e que eu a amarrei para o próprio bem dela. E ah que fofo, está preocupada comigo, baby?

Glyndon: Se, por preocupação, você quer dizer que estou encomendando um boneco de vodu com o seu nome para esfaquear, enforcar e ver os tendões se romperem, com certeza estou morrendo de preocupação.

Número desconhecido: Gosto de sua imaginação violenta e de sua atenção aos detalhes. Você deveria me mostrar suas pinturas algum dia. Quero ver sua cabeça por dentro.

Glyndon: Nunca.

Número desconhecido: Nunca diga nunca.

Glyndon: Vou dormir.

Número desconhecido: Durma bem e sonhe comigo. E quem sabe? Talvez se realize.

CAPÍTULO 13
GLYNDON

Algo se move entre minhas pernas, e solto um gemido abafado.

A sensação se intensifica, e desperto, assustada. No início, estou desorientada, minha mente enevoada pelo sono e minha reação mais lenta do que um trem antigo.

Mas não tenho tempo de reagir.

Uma sombra se ergue sobre mim, grande e ameaçadora. Ele abre minhas pernas com uma mão forte, e abro a boca para gritar, mas ele a cobre com a outra mão.

Terror percorre todo o meu corpo, e começo a hiperventilar. Meu coração dispara com uma intensidade assustadora.

Tento gritar, mas o único som que sai é um gemido abafado e fantasmagórico.

Ele remove minha calcinha com precisão, e tento chutá-lo, mas ele bate em minhas pernas, me forçando a ficar parada. Seus dedos deslizam pelos meus contornos, e fecho os olhos de vergonha.

— Humm. Eu sabia que você estaria encharcada, baby. Estava sonhando comigo entrando pela janela e arrombando essa bocetinha virgem?

Balanço a cabeça, mas mal consigo me mover devido à sua força bruta. Meu Deus, não acredito que estou excitada por estar sendo atacada.

Por Killian.

O psicopata do Killian.

O monstro do Killian.

O predador do Killian, que vai me devorar viva e espalhar meus ossos no lago de vaga-lumes.

Na penumbra, seu rosto é apenas uma sombra gigantesca prestes a me engolir.

— Você está encharcando meus dedos e ainda se atreve a mentir para mim?

A voz dele se torna mais sombria, fundindo-se com a noite.

— Talvez você pare com as mentiras quando eu estiver metendo nessa boceta. Não vai conseguir mentir com o seu sangue cobrindo o meu pau. Pode até gritar, mas adivinha: ninguém vai ouvir.

Ele se posiciona entre minhas pernas e solta uma risada baixa e absolutamente aterrorizante.

— Olhe só para você, pingando no colchão só com a expectativa de ser fodida como uma putinha safada, e não como uma virgem inocente. Lá no fundo, você gosta disso, não é? Quer ser forçada a perder o controle. Assim pode se confortar com o fato de que não queria. É a forma que sua mente encontrou de fingir que não é uma pervertida, e que essa não é a sua fantasia. Mas tudo bem. Eu serei seu vilão, baby.

Arregalo os olhos. Que inferno, como ele sabe dessas fantasias?

— Humm. Você está se esfregando nos meus dedos de novo. Gosto quando você fica excitada para mim.

A voz dele fica mais baixa.

— Mas só eu, ninguém mais vai ver essa sua versão sensual. Não é mesmo, baby?

Congelo ao perceber que estou, de fato, me esfregando em seus dedos, buscando um tipo de fricção proibida.

Não, não...

Fecho os olhos com força e respiro ofegante, repetindo na minha mente: *Isso é um pesadelo, apenas um pesadelo. Respire. Inspire, expire. Não deixe isso te consumir...*

O peso que me prendia desaparece aos poucos, e o cheiro de âmbar amadeirado também se dissipa.

Ouço vozes sussurrando, mas solto um suspiro aliviado. É um pesadelo. Estou bem.

Está tudo bem.

— Ela está mesmo dormindo? — A voz de Bran.

Franzo a testa. Ele não deveria estar nos meus pesadelos.

— Sim — Cecily sussurra de volta.

— Sabe, ela mal tem dormido ultimamente e fica olhando para o nada ou sonhando acordada, sei lá. Estava piorando até... bom, até uns dias atrás. Ela está sempre olhando por cima do ombro, mas não está mais aérea.

— Eu estava muito preocupada. Você não faz ideia — diz Ava.

— Fale baixo ou ela vai acordar — Cecily sussurra com intensidade. — Já é um milagre que esteja dormindo.

— Você vai esconder dela? — Bran parece um pouco distante, um pouco severo, não como o Bran que conheço.

— Sim, fique tranquilo, ela não vai encontrar essa merda.

As vozes se misturam, tornando-se um eco, como um alto-falante distante.

Um calafrio percorre minha espinha. O que é a "merda" que Cecily mencionou?

E isso é mesmo um pesadelo?

Não consigo me concentrar durante a aula, no ateliê, nem quando falo com o dr. Ferrell pelo telefone.

De alguma forma, não consigo decidir se aquela lembrança foi real ou não. Ava e Cecily disseram que foram dormir logo depois de expulsarem Remi e os outros, então talvez não tenha sido?

Mas acordei com a calcinha encharcada. Real ou não, eu não deveria estar excitada com a ideia de ser estuprada.

Qual é o meu problema?

Talvez o Killian do pesadelo, por mais aterrorizante que fosse, esteja certo e eu goste disso secretamente?

Não, não. Não posso pensar nisso de jeito nenhum.

— Dá para acreditar?

Levanto a cabeça ao ouvir a voz de Annika. É meio-dia, e estamos sentadas perto da fonte com duas estátuas de anjos despejando água. O plano era aproveitar o sol, mas ele está brincando de esconde-esconde com as nuvens, então, de tempos em tempos, uma sombra interrompe o calor.

Os estudantes ao redor vestem todo tipo de roupa, e os cabelos são coloridos como um arco-íris. Annika e eu provavelmente somos as únicas que nunca pintaram o cabelo.

Rabisco distraidamente com uma canetinha vermelha no bloco de desenho enquanto como meu sanduíche com a outra mão. Sou péssima em ter refeições de verdade, e minha mãe vai me dar um sermão interminável se descobrir que estou sobrevivendo de sanduíches, hambúrgueres e qualquer outra coisa que não exija esforço da minha parte.

Annika tem uma embalagem de comida saudável, cheia de saladas e coisas integrais, o que encaixa em sua estética. Até o garfo e a faca são roxos.

Enquanto mastiga, ela enfia o celular na minha cara. Está na busca do Instagram: Creighton King.

Várias contas aparecem, mas nenhuma pertence ao meu primo.

— Ele não tem mesmo rede social. Tipo, nenhuma. É a mesma coisa em todas.

— Ele não liga muito para isso.

— Ele é um homem das cavernas? Prefiro acreditar que ele viajou no tempo do que aceitar que não tem rede social.

— Sendo sincera? Ele poderia muito bem ser.

Ela se aproxima um pouco mais.

— O que mais pode me contar sobre ele?

— Está interessada? — Lanço um olhar sugestivo.

— Nem vem com essa. Só acho que ele tem uma mentalidade da Era do Gelo, e é meu dever trazê-lo para os tempos modernos.

— O Remi já faz isso muito bem. Ele é extrovertido e já o adotou, tipo um pai substituto.

— Ele precisa é de pelo menos dois extrovertidos cuidando dele. Por que ele é tão... calado? Não importa quantas perguntas eu faça, ele só me ignora.

— Ele não é muito de falar. A gente o vê bastante, mas não o ouve.

— Ahh, isso é tão triste.

— Ser quieto não é triste, Anni. Alguns de nós apenas... preferem o silêncio.

— Está dizendo que eu falo demais?

— Não. Bem, um pouco. — Eu suspiro. — Mas estou acostumada com isso por causa da Ava, então pode falar o quanto quiser.

— Nossa, me sinto honrada. Não acredito que estou sendo julgada por ser empolgada.

— Bem, você acabou de julgar o Cray Cray por ser calado.

— Owwn, vocês o chamam de "Cray Cray"? Isso é muito fofo para alguém tão gostoso.

Eu sorrio.

— Você acha que meu primo é gostoso?

— Bem, é óbvio que ele é. Você é cega?

— Você é tão direta. Se joga.

Ela solta um longo suspiro e depois dá uma mordida na salada.

— Só posso admirar de longe. A menos que eu queira que a pessoa por quem me interesso seja morta pelo meu irmão e pelo meu pai. Além disso, meu casamento provavelmente já está decidido. Então estou apenas vivendo a vida enquanto posso.

— Sinto muito, Anni.

Ser uma princesa da máfia também deve ser uma pressão imensa. Apenas diferente do tipo de peso que nossos sobrenomes e as conquistas de nossos pais colocam sobre nós.

Ela faz um gesto displicente com a mão.

— Vou pensar nisso quando a hora chegar. Por enquanto, só quero ser uma estudante universitária normal.

— Mas é melhor você ficar longe do Creigh. Ele é exatamente como você viu ontem. Não tem uma porta escondida nem um caminho secreto.

Um brilho travesso passa por seus olhos.

— Ou é o que você acha. Sempre há algo para descobrir.

— E se o que você descobrir te decepcionar? E se for bem diferente do que você imaginava?

Não tenho certeza se estou perguntando por ela ou por mim mesma.

— É o que torna tudo ainda mais divertido!

— Você quem sabe.

— Você pode chamá-los para virem depois? Ou, espere, posso pedir para o Remi.

Ela digita uma mensagem em uma conversa que parece infinita. Uau. Esses dois não começaram a se falar ontem? Isso é quase o tamanho das minhas conversas com pessoas que conheço desde sempre.

Anni para digitar de súbito, desanimada.

— Esqueci que tenho de ir para casa do Jer hoje à noite.

— Jeremy te convidou por vontade própria? Achei que ele estivesse ativamente te mantendo longe do clube dele.

— Ele está, mas dessa vez é diferente. Ele precisa me manter sob vigilância na mansão onde moram, porque os guardas do meu pai têm acesso total lá.

— O que vai acontecer hoje à noite?

Ela observa ao redor.

— A cerimônia de iniciação dos Hereges. Acontece duas vezes por ano. Fizeram tipo um teste no fim do semestre passado, e a presença foi enorme. É brutal pra caralho, só falo isso.

Meus dedos tremem com a menção dos amigos de Jeremy, e os forço a ficarem quietos.

É claro que Killian será o primeiro da fila para assistir a qualquer coisa violenta.

— De que nível de brutalidade estamos falando?

— O que puder imaginar. Deixe sua vida e sua dignidade em casa se for assistir. Também precisa receber o convite por mensagem, ou pode esquecer.

— Então eles escolhem os membros em potencial?

— Claro que sim. Caso contrário, estariam perdendo tempo com os fracos. É por isso que a maioria dos participantes são os mais durões da King's U. Ouvi dizer que estão enviando alguns convites para estudantes da UER este ano, mas provavelmente é só para usá-los como espiões. Não tenho certeza.

— Acha que chega a ficar perigoso?

— Com certeza. Os membros originais usam aquelas máscaras neon, iguais às do filme *Uma noite de crime*, e aterrorizam os candidatos para que fiquem apenas os mais fortes. Ouvi dizer que um estudante jogou o carro de um penhasco depois da última cerimônia.

O sanduíche fica suspenso perto da minha boca conforme meu rosto perde todo o sangue.

— O-o que você disse?

Annika está completamente alheia ao meu estado e continua mexendo na salada, o barulho amplificado na minha mente já sobrecarregada.

— Não sei os detalhes do que aconteceu. Ouvi dizer que ele quase entrou no clube, mas não conseguiu, e, no dia seguinte, se jogou de um penhasco.

Disseram que foi suicídio, mas nunca se sabe com casos assim. Tipo, é tão fácil fazer parecer que foi qualquer outra coisa quando você tem os recursos certos. Talvez tenham assassinado o cara, mexido nos freios, ou talvez tenha sido só suicídio mesmo. Não dá para descartar nenhuma possibilidade... Meu Deus, por que você está chorando?

Enxugo os olhos com as costas da mão.

Annika se aproxima e dá tapinhas no meu ombro.

— Você está bem? Você o conhecia?

Devagar, faço que sim com a cabeça.

— Ele era meu amigo.

Sua expressão se transforma em horror antes de ela fazer uma careta.

— Sinto muito, Glyn.

— Não se preocupe.

Quem fez Dev se jogar do penhasco é que deveria se preocupar.

Sempre me perguntei o que o levou a tomar uma decisão tão drástica, mas agora que sei que ele participou da cerimônia de iniciação de um clube satânico, tudo faz sentido.

Mãos ocultas o empurraram do penhasco.

E talvez descobrir exatamente quem está por trás de sua morte enfim me traga o que venho buscando.

Mas que caralho, como eu conseguiria um convite?

Uma sombra se projeta sobre nós, mais escura do que a de uma nuvem passageira. O cheiro é o suficiente para eu saber quem está atrás de mim, e ergo os olhos para Killian.

O sol joga um brilho sobre seu rosto e cabelo escuro, que parece azulado. Os contornos rígidos de sua face são uma sinfonia de supremacia física. E a camisa e a calça social pretas intensificam seu carisma imortal.

Odeio o quanto ele é bonito, mas odeio ainda mais a batida forte no meu peito ao vê-lo.

E a lembrança de seus dedos entre minhas pernas.

E o quão molhada eu estava.

Não, não. Não é o pensamento certo para se ter na frente de um monstro que sente o cheiro dessas emoções do outro lado do planeta.

Reunindo meu juízo, pergunto:

— O que está fazendo aqui?

— Parece até que você não me quer aqui.

— Uau, é tão óbvio assim?

Ele estreita os olhos.

— Consigo acesso ao que eu quiser.

Então desvia a atenção para Annika.

— Hora de ir, princesa.

Ela ficou tensa assim que Killian apareceu, provavelmente por causa da relação dele com o irmão dela.

— Tenho aula à tarde.

— Que você não vai assistir.

— Aff. — Ela revira os olhos. — E por que *você* veio me buscar?

— Me ofereci.

Ele sorri para mim, e eu queria me afundar no chão.

— Posso deixar você ficar mais um pouco, se me convidar para o piquenique.

— Você pode ficar...

Annika nem termina a frase antes de Killian se enfiar entre nós e roubar uma azeitona dela.

— Isso é uma homenagem a mim? Até o vermelho que usou.

Ele aponta para o que eu estava rabiscando: um retrato inacabado no meu bloco de desenho.

— O mundo não gira ao seu redor.

— Pode ser que não. Mas o seu? Não teria tanta certeza.

— Eu tenho q... — começo a murmurar uma desculpa para ir embora.

— Não seja uma estraga-prazeres. — Ele acena na direção de Annika. — Ela só tem o tempo que eu permitir, e depois vai ficar presa na torre de marfim até amanhã. Quer mesmo acabar com o pouco tempo que ela tem?

Faço careta, mas acabo ficando. Não por esse desgraçado. É pela Annika, que já está parecendo infeliz, com os ombros curvados e os movimentos lentos.

— Ela não pode ficar no nosso apartamento hoje? — pergunto.

— Não, não pode.

— Vocês são uns ditadores.

Um sorriso preguiçoso ergue seus lábios.

— É mesmo?

— Sim, os piores. Você deveria checar esse ego com um terapeuta. Posso te indicar para o meu, se quiser.

— Hum. Você faz terapia?

A pergunta soa inocente, mas me faz perceber que falei demais.

Talvez ele pense que sou louca. Talvez ele seja uma daquelas pessoas ignorantes que acham que terapia é só para quem é *doido*.

Não que eu me importe.

Caramba.

Levanto o queixo.

— Sim, faço.

— Me indica.

Encaro-o por um segundo a mais do que deveria. *Confusa* é pouco para me descrever no momento.

— Você tá falando sério?

— Já menti para você?

— Inúmeras vezes.

— Não estava mentindo. Estava te dando opções. Não tenho culpa se você escolhe as mais difíceis. — Ele cutuca meu ombro com o dele, e juro que quase pego fogo no lugar em que me toca. — Estou falando sério sobre a indicação.

— Você iria a um terapeuta de boa vontade?

— Por que não iria?

Porque ele é seguro demais da própria loucura, só por isso. As pessoas que vão a um terapeuta esperam se tornar melhores, mas tenho certeza de que Killian acredita que essa já é a melhor versão de si mesmo.

— Você entende que é doente e que precisa de terapia? — Tento alfinetá-lo.

— Não. Só quero ver a cara da pessoa para quem você conta seus segredos mais profundos e sombrios.

É claro que esse desgraçado só quer me tirar do sério.

— Por que aqueles esquisitões estão te encarando desse jeito?

Annika interrompe nosso contato visual intenso, e me viro para onde a cabeça dela está apontando.

— Ignore. O pessoal da minha turma não gosta muito de mim porque acham que recebo tratamento especial por causa da minha mãe. Mas, ironicamente, o professor gosta de me criticar mais do que critica os outros. Já me acostumei — resmungo.

Killian murmura por um tempo, depois me encara.

— Qual é o nome do professor?

— Skies. Por quê?

— Curiosidade.

Ele sorri, e se eu estivesse vendo-o na TV pela primeira vez, talvez achasse o sorriso encantador, até digno de uma quedinha. Mas, infelizmente, sei muito bem o que se esconde por trás desse sorriso.

— A propósito, você devia dormir cedo hoje. Nada de perambular por lugares esquisitos.

— Virou meu pai agora?

— Isso não deveria ser contra o seu código moral, considerando que pretendo transar com você?

Engasgo com minha própria saliva, e Annika sorri como uma idiota.

— Não liguem para mim, gente. Finjam que sou só parte da decoração.

Killian parece não se importar com o fato de ela estar ali.

— Estou falando sério. Nada de sair por aí.

Ele afasta uma mecha de cabelo do meu rosto.

— Comporte-se.

Um arrepio percorre meu corpo. Não consigo evitar. *Sério*, não consigo evitar. E odeio o fato de me sentir vulnerável.

Mesmo quando me afasto dele. Mesmo quando olho para o horizonte e tento ignorá-lo.

Mas ele usa Annika para me fazer falar, faz perguntas sobre a faculdade, sobre arte, sobre meus professores. E sempre que me recuso a responder, ele começa a agir como um babaca.

É assustador a rapidez com que ele consegue mudar da versão amigável para a insuportável.

Quando Jeremy liga para ele, Killian enfim se levanta, levando Annika consigo.

— Comporte-se.

Ele sussurra contra minha testa antes de beijá-la de modo casto, fazendo meus dedos dos pés se curvarem. Meu celular vibra, e tento me recompor enquanto Annika me dá um abraço triste e diz que vai sentir nossa falta hoje à noite.

Então ela se vira e vai embora com Killian.

Relaxo a respiração que estava segurando desde que ele apareceu e pego o celular para ver a mensagem.

Hereges: Parabéns! Você foi convidada para a cerimônia de iniciação dos Hereges. Apresente este QR code na entrada do complexo do clube às 16h em ponto.

CAPÍTULO 14
GLYNDON

—Como está a minha neta favorita?

Abro um sorriso enorme enquanto levanto o tablet um pouco mais para conseguir uma visão melhor do rosto do meu avô.

Tecnicamente, ele é tio do meu pai, mas o criou como filho depois que os pais dele morreram e, por isso, virou meu avô.

Ou melhor, a minha pessoa favorita no mundo.

Amo meus pais, mas nada se compara à adoração completa e à conexão que compartilho com o meu avô. Passei quase a infância inteira vivendo com ele e com a vovó Aurora. Sempre que meus pais me levavam para casa, ele aparecia para me "roubar".

É um fato conhecido que, entre todos os netos, sou a favorita. Ele gosta do Creigh e do Bran e tem grandes expectativas para o Eli e o Lan, mas sou a única que ele mima como uma princesa.

Afinal, sou a única descendente mulher da linhagem dos King em algumas gerações.

Posso me sentir inútil diante do talento da minha mãe e dos meus irmãos, posso me considerar indigna de estar no mesmo quadro que eles, mas esses sentimentos não existem quando estou com o meu avô.

E, para ser sincera, deveria ser o contrário. Jonathan King é um empresário implacável com um império que alcança todas as partes do mundo. Ele tem uma reputação que faz as pessoas tremerem em sua presença.

Mas eu? Fico toda empolgada. Não o vejo como o homem frio e impiedoso que as pessoas descrevem. Vejo o homem que me ensinou a dar meus primeiros passos, a andar de bicicleta e que comprou para a minha avó um estojo novinho de maquiagens edição especial quando fiquei doida e usei toda a maquiagem dela para pintar a porta da casa.

Ele ainda parece estar na casa dos cinquenta anos, embora seja bem mais velho. Duas mechas brancas decoram as laterais de seu cabelo, acrescentando um toque de sabedoria às suas feições duras, feições que vão se suavizando enquanto ele conversa comigo, sentado em seu escritório com estantes de livros ao fundo.

— Estou ótima, vô. Estudando e tentando convencer meu professor de que nem todas as minhas pinturas são horríveis. — Dou uma risada para disfarçar o constrangimento.

Ele é o único com quem me permito compartilhar minhas inseguranças.

— Posso mandar esse professor para outro planeta, onde ele vai desejar nunca ter incomodado minha princesa.

— Não, vô, não faça isso. Quero muito convencê-lo por conta própria.

Achei que estivesse perto disso hoje, quando o professor Skies me chamou para conversar a sós, mas foi só para perguntar se a minha mãe poderia comparecer à inauguração da galeria que ele está organizando.

Não que isso tenha me ofendido nem nada.

Tá, talvez um pouco, quando o ouvi comentar com o professor assistente: *Não acredito que a Glyndon seja filha da Astrid C. King e irmã do Landon e do Brandon King. A técnica dela é infantil, no máximo, e tão caótica que chega a dar vergonha de compará-la a eles.*

Aprendi há muito tempo que ser artista significa estar pronta para receber críticas. Minha mãe e meus irmãos recebem sua cota também, mas acho que não sou tão forte quanto eles. Nem confiante o suficiente para ignorar esse tipo de julgamento.

Por isso, precisava falar com o meu avô logo depois. Ele faz com que eu me sinta melhor. Minha mãe também faz, mas evito falar com ela sobre a faculdade de arte, porque sinto que ela simplesmente não entenderia.

Ela é a melhor.

E não luta contra a baixa autoestima e outros pensamentos sombrios.

— Se ele não reconhecer seu talento, eu resolvo isso. É óbvio que esse professor é um charlatão se não consegue enxergar seu valor.

— Só porque ele não gosta do meu trabalho não significa que seja um charlatão, vô. Ele é mundialmente renomado.

— Ele poderia ser aplaudido pelo próprio Picasso e ainda assim seria um vigarista se não entendesse que você é uma pessoa diferente da sua mãe e dos seus irmãos. — Ele faz uma pausa. — Mais alguém tem te incomodado?

— Não, estou bem. As meninas e eu fizemos uma nova amiga. Mas chega de falar de mim, me conte sobre você! Tem caminhado mais e trabalhado menos?

Ele me dá um olhar divertido.

— Sim, doutora.

— Bom, eu não teria perguntado se você estivesse seguindo as orientações do médico. Quero você vivo quando eu estiver velha e grisalha.

— Se eu colocar isso na cabeça, nada vai me impedir.

Ele olha para cima, e seus traços se suavizam ainda mais quando a minha avó aparece no vídeo. Ela se posiciona ao lado da cadeira dele, envolve o rosto dele com as mãos e o beija nos lábios antes de se afastar.

Minha avó tem uma beleza serena e cativante, com seus cabelos negros, traços delicados e corpo esguio. Ela é uns dez anos mais velha que meus pais e uma empresária bem-sucedida. Sempre ganhamos relógios de luxo personalizados de sua marca, e os guardo como verdadeiros tesouros.

Meu avô a encara por um momento, os olhos suavizando nos cantos. Sempre adorei o jeito como ele a olha. Como se fosse a única que pode derreter o gelo dentro dele. A única que o compreende de um jeito que mais ninguém consegue.

Minha avó sorri e o abraça de lado.

— Glyndon! Sinto sua falta, querida. Esta mansão fica vazia demais sem você.

— Também sinto sua falta, vó! Vou passar o próximo feriado com vocês.

— Como pode estar vazia se estou bem aqui, sua selvagem? — Meu avô ergue uma sobrancelha.

— Não tenha ciúmes da própria neta, Jonathan. — Ela dá uma risadinha. — Além disso, você também disse que sente falta da energia dela.

— Sinto, sim. Volte logo para casa, princesa.

— Pode deixar!

Continuamos conversando por um tempo, e então lhe dou um relatório sobre meus irmãos e primos, fazendo-os parecer santos.

Às vezes, me sinto como a espiã do meu avô, mas, ah, pelo menos não conto todos os problemas em que os meninos se metem, os clubes perigosos, as lutas clandestinas.

Quando desligo, estou cheia de energia. Eu sabia que o meu avô me daria a motivação de que eu precisava.

Sempre fui a que segue as regras.

A que nunca mais entrou no mar depois de ser atingida por uma onda.

A pacificadora nos jantares de família.

De certa forma, sempre fui alguém que não chamava atenção e não se atrevia a correr nenhum risco. Tudo o que eu queria era aprimorar minha arte e ser reconhecida por ela.

Mas a brutalidade do mundo me esmagou de tal forma que entrei numa espiral e me fechei cada vez mais. Às vezes, sinto falta da versão mais travessa de mim, como quando usei as maquiagens da minha avó como paleta de tinta anos atrás.

Naquela época, tudo era mais simples, mais inocente. Eu apenas amava pintar, e era isso. Não sabia das expectativas do mundo e nem que falharia em atender a todas elas.

Então conheci Devlin no primeiro semestre. Estávamos em momentos semelhantes na vida e nos entendíamos muito bem.

Até que não mais.

Até que ele foi tirado de mim.

E agora preciso colocar um ponto-final nisso tudo. Por ele e por mim.

Então, calço os sapatos mais confortáveis e saio de fininho do apartamento, grata pelo fato de as meninas estarem ocupadas. Cecily está estudando na biblioteca, e Ava, praticando no violoncelo. A melodia sinistra que ela está tocando ecoa atrás de mim, ou talvez seja apenas o meu nervosismo que a faz soar dessa maneira.

O ar frio me dá calafrios, e puxo minha jaqueta jeans com mais força para me aquecer.

Chego ao campus da King's U, e a segurança me deixa entrar assim que mostro a mensagem de texto. Só quando estou dentro do perímetro é que começo a hesitar.

Mas continuo andando, sem ter certeza de qual direção devo seguir. Alguns estudantes seguem para a torre leste do campus, conversando entre si. Presumo que estejam indo para o clube, já que todos têm expressões ansiosas, e ouço a palavra *iniciação*.

Meus passos são leves enquanto sigo logo atrás deles.

Depois de algum tempo, eles chegam a um portão de metal preto situado na extremidade direita do campus. O prédio é separado do resto da King's U por cercas de arame em torno dos muros impossivelmente altos da propriedade. Eles se estendem até onde a vista alcança, e a névoa cobre o restante da paisagem, como uma cena sombria saída de um filme de terror.

Corvos e pardais se alinham no topo do portão e gritam em uníssono antes de voarem para longe.

Ok, nota máxima no quesito *assustador*.

O grupo de estudantes que segui se junta ao fim de uma longa fila de cerca de trinta pessoas.

Diante do portão, há dois homens vestindo ternos pretos e máscaras de coelho assustadoras, cujos lábios estão manchados de sangue.

Espero que seja falso.

Um dos coelhos parece estar conferindo os QR codes dos estudantes. Então, ao ver algo no dispositivo, ele confisca os celulares e revista os participantes mecanicamente em busca de outros celulares, câmeras e dispositivos eletrônicos.

Todos esses itens vão para uma cesta com uma etiqueta numerada. O outro coelho, então, prende uma máscara branca com um número no rosto de cada participante e amarra uma pulseira com o mesmo número no punho antes de deixá-los entrar.

Quando chega a minha vez, meu corpo inteiro começa a tremer. Dúvidas invadem minha mente, e olho para trás, apenas para ver outras pessoas esperando sua vez.

Se eu for embora agora, nada vai acontecer.

Se eu for embora agora...

Não.

Eu me recuso a voltar a ser só uma covarde. A morte do Dev me atingiu de modo profundo, e não consegui lidar com isso por um longo tempo. Esta é a primeira oportunidade real que tenho para superar isso.

E daí se for perigoso? Eu aguento.

Não tenho certeza de como recebi o convite, mas talvez seja um sinal para estar aqui e enfim superar aquilo tudo.

Chega a minha vez de apresentar o QR code para o coelhinho assustador. Seus olhos escuros me analisam antes de pegar meu celular e me revistar de modo mecânico. Quando tem certeza de que não estou carregando nada, ele faz um gesto para o amigo, e o outro coelho enfia uma máscara no meu rosto, uma pulseira no meu pulso e aponta para dentro.

Sessenta e nove.

É o meu número. Puta merda. Que coincidência desagradável.

Meus passos são cuidadosos enquanto me dirijo ao que parece ser o jardim de entrada de uma mansão. A enorme construção fica ao longe, com a presença imponente de uma capela gótica. Estamos todos alinhados de frente para ela, como se estivéssemos esperando por uma grande inauguração ou algo assim. Os estudantes conversam, alguns falando com sotaques americanos, outros em russo e italiano. Alguns até mesmo em japonês.

Sem dúvidas, são todos da King's U. Não ouso falar nada, ou serei detectada como uma fracote da UER, como Anni tão eloquentemente colocou.

Em vez disso, me concentro nos outros estudantes que continuam entrando pelos portões. Com as máscaras, todos aqui são anônimos, como em uma festa à fantasia bizarra.

Passa-se um tempo até que o último participante entre. Cem.

É o número de alunos que participam desta cerimônia insana.

O portão range em uníssono com os corvos ao se fechar lentamente. Fico olhando para ele o tempo todo, e também para os coelhinhos assustadores que ficaram do lado de fora com os nossos pertences.

— Enfim vai começar — sussurra um homem tonto, número sessenta e sete, para seu amigo, número sessenta e seis, em um sotaque americano. Ambos estão de pé ao meu lado e, ao contrário de mim, estão concentrados apenas nas portas fechadas do primeiro andar da mansão.

— Não conseguimos da última vez, mas desta vez vamos entrar — afirma o Sessenta e Seis. — Qual você acha que será o desafio agora?

— Contanto que não seja encarar o Máscara Vermelha ou o Máscara Laranja, vai dar certo.

— Você tem razão. Esses dois são brutais. — Sessenta e Sete faz uma pausa. — Mas até mesmo o Máscara Branca pode ser complicado se ele quiser.

— Espero que seja algo físico desta vez, mesmo que isso nos coloque frente a frente com aquele monstro. Só de aparecer aqui, demos consentimento total para ele nos usar como saco de pancadas.

Saco de *quê*?

Volto a olhar para o portão fechado e me arrependo de não ter saído quando tive a chance. Com certeza vão nos dar uma oportunidade de desistir, né?

Porque definitivamente não vou participar de nenhum fetiche violento desses riquinhos entediados.

Além disso, não era o clube de luta que era o lugar da violência?

O silêncio cai sobre os participantes quando as portas superiores se abrem com um barulho cerimonial. Então as inferiores também se abrem, e inúmeros homens com máscaras assustadoras de coelho nos cercam.

E eles são homens. Recuso-me a acreditar que estudantes universitários possam ter o porte físico comparável ao de estátuas da Grécia antiga.

Cinco figuras, com máscaras no estilo *Uma noite de crime*, saem pelas portas superiores. As roupas e máscaras são pretas, sendo diferenciados apenas pelas cores do neon que costura seus rostos.

O Máscara Laranja ocupa o centro, o Máscara Verde fica à direita e o Máscara Vermelha à esquerda. O Máscara Branca e o Máscara Amarela ocupam as laterais.

Como todos os presentes, não consigo tirar os olhos das figuras. Eles não fizeram nem disseram nada, mas sua aura é suficiente para espalhar medo e apreensão em qualquer um que os observe.

Tenho quase certeza de que são Jeremy, Killian, Nikolai e Gareth. Mas quem é o quinto?

Há outro membro no clube que esqueceram de mencionar?

Não que isso importe agora. Ver Killian nesta posição, estar à mercê de seus joguinhos, literal e completamente, me faz suar frio.

O som de estática preenche o ar antes que uma voz alta e modulada ecoe ao nosso redor.

— Parabéns por terem chegado até a tão competitiva cerimônia de iniciação dos Hereges. Vocês foram selecionados como a elite que os líderes do clube consideram digna de ingressar em seu mundo de poder e conexões. O preço a pagar por tais privilégios é maior que dinheiro, status e nome. O motivo pelo qual todos usam máscaras é porque, aos olhos dos fundadores do clube, vocês são todos iguais.

Pessoas começam a murmurar. Provavelmente, os riquinhos não estão acostumados a ouvir que são iguais a todo mundo.

— O preço para se tornar um Herege é entregar a vida. No sentido literal da palavra. Se não estiver disposto a pagar esse preço, por favor, saia pela pequena porta à esquerda. Assim que sair, perderá qualquer chance de se juntar a nós de novo.

Minha cabeça gira na direção da porta e posso sentir minhas pernas se contorcendo, me implorando para sair correndo daqui.

Alguns participantes, não mais que dez, hesitam, abaixam a cabeça e saem. Os coelhos do lado de fora devolvem seus celulares e pegam de volta as máscaras e pulseiras. Momentos depois, a porta se fecha com um rangido baixo, e a voz do homem no alto-falante ressoa de novo.

— Parabéns mais uma vez, senhoras e senhores. Agora podemos começar nossa cerimônia.

O ar se enche de silêncio e expectativa enquanto ele continua.

— O jogo desta noite é caçador e presa. Vocês serão caçados pelos membros fundadores do clube. Serão cinco contra noventa, então vocês têm a vantagem numérica. Quem conseguir chegar ao limite da propriedade antes de se tornar presa, se tornará um Herege. Caso contrário, serão eliminados e escoltados para fora.

Caçados?

Que porra é essa? Eles acham que somos animais?

— Os membros fundadores têm o direito de usar quaisquer métodos para caçá-los, inclusive a violência. Se a arma de um dos membros fundadores acertá-lo, você será eliminado de imediato. Lesões corporais podem e vão acontecer. Você também tem permissão para atacar fisicamente os membros fundadores, se conseguir. A única regra é não matar. Não intencionalmente, pelo menos. Não vamos responder a perguntas e nem teremos piedade. Não há lugar para os fracos em nossa organização.

Espere. Armas? Como assim *armas*?

Talvez eu devesse mesmo é ter ido embora.

— Vocês terão uma vantagem de dez minutos. Sugiro que corram. Declaro a cerimônia de iniciação oficialmente aberta.

Muitos ao meu redor disparam em todas as direções. Eu, porém, permaneço presa ao chão, a gravidade da situação enfim pesando sobre mim.

Ergo os olhos para os homens mascarados, que continuam imóveis em suas posições, apenas observando o caos, a correria e os gritos eufóricos.

Meus dedos se contorcem, mas me viro e faço o que nunca fiz antes.

Deixo meu instinto assumir o controle.

E corro.

CAPÍTULO 15
KILLIAN

— Olhe para eles agindo como gado — murmuro.

Nós cinco ficamos parados, observando o caos das presas se dispersando.

O ar fede a ganância, medo e crime em potencial. Os sabores favoritos dos meus demônios.

Todo o conceito por trás do clube não significa nada para mim. Ocasiões como esta são a única razão pela qual participo.

— "Salivando pra caralho" é a expressão que você está procurando, Kill. Vou quebrar alguns ossos e arrastar os filhos da puta pelo chão. Se alguém se atrever a me impedir, vai tomar também. — Nikolai abre e fecha os punhos com força, incapaz de esconder o entusiasmo pela caçada.

Quando discutimos a cerimônia de iniciação pela primeira vez, sugeri esse jogo. Jeremy colocou em votação e a aprovação foi unânime, até o mala do meu irmão votou a favor.

Pelo arco e flechas preso às suas costas, talvez ele não seja tão avesso à violência quanto eu imaginava. Apenas prefere praticá-la em círculos fechados.

Como quando costumávamos caçar com o nosso pai, muito tempo atrás.

— E essa borracha na ponta, Gaz? — Nikolai cutuca uma flecha. — Talvez nem vá doer tanto. Escolha outra coisa.

— Vai servir. — Meu irmão examina Nikolai dos pés à cabeça. — Onde está sua arma?

— Prefiro usar os punhos. — Ele dá um soco no ar.

— Você não vai ganhar usando só os punhos.

Jeremy balança o taco de golfe, aponta para o meu taco de beisebol e depois faz um gesto para a corrente que o Máscara Branca está segurando.

— Vamos conseguir abater muito mais gente do que você.

— É o que você pensa. — Ele agarra o parapeito, enfia a cara em uma das câmeras e grita para os seguranças que estão vigiando cada canto do terreno. — É melhor vocês manterem a contagem correta para cada um de nós, filhos da puta, ou vou comer suas bolas no jantar.

— Hannibal Lecter, é você? — Gareth comenta sem expressão.

A cabeça de Nikolai gira na direção dele.

— Você! Nem pense em interferir ou bancar o pacifista hoje à noite, primo. Tô falando sério.

Jogo o taco sobre o ombro e caminho em direção à porta.

— Aonde você vai? — Jeremy pergunta atrás de mim. — Os dez minutos ainda não acabaram.

Sorrio por baixo da minha máscara, mas não olho para trás.

— Desde quando estamos jogando limpo?

O riso baixo de Jeremy e os gritos de Nikolai sobre pular lá embaixo desaparecem.

Meus ouvidos se enchem com o furor da caça.

Quando eu era criança, meu pai percebeu que eu tinha um "problema". Então me levou para caçar, talvez achando que isso ajudaria a suavizar os meus impulsos.

Ele me ensinou a perseguir presas e focar energia em me tornar um farejador humano. Mas, com o passar dos anos, a empolgação de caçar animais foi se esvaindo e se tornando monótona.

No entanto, com pessoas é diferente.

Esta noite é uma das poucas ocasiões em que não preciso reprimir minhas compulsões e posso permitir que meus desejos rompam seus limites e fiquem à vontade.

Em geral, emoções monótonas e um círculo interminável de tédio me prendem em suas garras. Meus demônios cantam em coro, se agitam e se contorcem, me incitando a fazer qualquer merda para acalmá-los.

Mas hoje, não.

Hoje, eles não precisam gritar, fazer barulho ou agonizar miseravelmente. Hoje, meus demônios têm controle total para agir de acordo com sua natureza.

Minha natureza.

O fim de tarde reivindica o seu domínio sobre os jardins. Com o sol encoberto por uma nuvem escura, a floresta escurece, e meu cheiro favorito paira no ar.

Medo.

Apesar da natureza "lúdica" desta caça, as presas sabem muito bem que estão sendo caçadas por predadores. Seus poros estão abertos, transbordando suor, adrenalina e terror puro e cru.

Paro no meio do jardim de entrada, fecho os olhos e inspiro fundo esse cheiro para dentro dos pulmões.

Uma sensação indescritível corre pelas minhas veias, saber que sou a razão desse medo me deixa inebriado. As doses ocasionais de depravação me permitem ter equilíbrio suficiente para me integrar à sociedade sem me transformar em um *serial killer*.

É o que evita que eu acabe matando alguém: caçando e planejando a caça.

E, ultimamente, a promessa de possuir uma certa garota.

Meus músculos se contraem e um pensamento profano se forma aos poucos em minha mente. Como se eu devesse entrar sorrateiramente no quarto de Glyndon em vez de caçar aspirantes.

Não.

Esperei meses por esta noite e não vou permitir distrações.

Meu olhar desce até o caminho de terra e sigo para o norte. Abro um sorriso de lado quando encontro inúmeras marcas de sapatos na terra, levando à floresta que circunda a propriedade.

As pessoas são biologicamente projetadas para seguir a direção de sua bússola interna, o norte. Aqueles que fazem escolhas diferentes têm um péssimo senso de direção ou apenas vão contra o fluxo para se sentirem inteligentes.

O alto-falante ressoa ao longe.

— Número setenta e quatro eliminado. Número dezoito eliminado.

Humm.

Parece que os outros já começaram.

Isso não me afeta em nada. Vencer é apenas um bônus. O propósito real é caçada.

Sigo o rastro de um grupo de idiotas que achou que formar um bando era uma boa ideia.

Rastrear pegadas é algo natural para mim desde que comecei a caçar quando era criança. O segredo é procurar as presas mais vulneráveis. Aquelas cujos sapatos deixam as marcas mais profundas no chão porque estão tão assustadas que correm com toda a força que têm.

Com minha respiração natural, regulada, corro na direção que eles foram, como se eu nem me esforçasse. Ouço um farfalhar na árvore à frente; balanço o taco e acerto em cheio.

Uma voz masculina solta um guincho de dor, em seguida o baque de um corpo caindo no chão, segurando o ombro. O estalo do osso se partindo ecoa no ar, fazendo meu sangue correr e um surto de endorfina tomar conta de mim.

Ele continua chorando como uma menininha. Apenas piso nele e sigo correndo.

— Número cinquenta e um eliminado — anuncia o alto-falante.

Paro ao chegar a uma clareira com poucas árvores. Cravo meu taco na terra, e inclino a cabeça, analisando.

As pegadas formam um círculo e depois explodem em diferentes direções.

Espere.

Não.

É um truque. A julgar pelas pegadas exageradas, eles sabiam que alguns de nós poderiam rastreá-los, então criaram pegadas para me fazer acreditar que se separaram.

Ah, eles são bons. Devem ter participado de outras cerimônias de iniciação.

A julgar pelas pegadas semicobertas e na direção oposta das demais, eles devem estar...

Um baque ecoa no meu ouvido, e em seguida uma dor lancinante explode em meu crânio. Um líquido quente escorre pela minha testa, tingindo minha visão de vermelho antes de escorrer pelo meu queixo e pingar no chão.

Viro-me lentamente e encaro um grupo de cinco alunos com máscaras brancas. Um deles segura a pedra com a qual me acertou, respirando pesado como um porco a caminho do abate.

— Mandou bem. — Sorrio por trás da máscara. Eles não podem ver, mas com certeza podem ouvir a loucura na minha voz.

Levanto o taco, e todos recuam, mas o uso para apontar para a minha nuca.

— Você deveria ter batido aqui e com mais força, para ter pelo menos setenta por cento de chance de me fazer desmaiar. Ah, e precisa estabilizar a mão. Tremendo assim, um golpe certeiro é impossível.

O número doze olha para a própria mão, enquanto levanto o taco e o acerto na cabeça, jogando-o para o lado.

— Desse jeito.

Ele apaga na hora, e os amigos correm todos ao mesmo tempo, como o estouro de uma manada.

Golpeio em arco com o taco, mirando em suas pernas, e caem todos ao mesmo tempo em uma pilha no chão.

Um deles consegue escapar, mas, em vez de correr, se vira e balbucia:

— Eu me rendo! Eu me rendo! Você pode me dar um tapinha.

— Por que eu faria isso? Você se inscreveu para a caçada, não? É seu dever garantir a nossa diversão.

Arrasto o taco no chão, para que ele ouça o estalar da madeira batendo nas pedrinhas enquanto me aproximo até ficarmos cara a cara. Eu o acerto no peito.

— Sonso do caralho.

— Números onze, doze, treze, quatorze e quinze foram eliminados — anuncia o alto-falantes.

Olho para o céu cinzento e estalo a língua.

— Tsc, tsc, tsc... Vamos lá, me dê um desafio de verdade.

Um vulto passa por mim, e arremesso o taco como se fosse uma lança, acertando-o nas costas.

Sério? Suspiro, ainda olhando para o céu. *Pedi um desafio, não um coelho perdido.*

O aspirante que acertei não caiu. Espero o alto-falante anunciar seu número, mas nada acontece.

Olho para ele de novo, mas percebo que usou um dos corpos inconscientes como escudo. O taco atingiu o número quinze e caiu no chão.

O participante não olha para trás e continua correndo, desaparecendo logo entre as árvores.

Nem sequer consegui dar uma boa olhada nele. Bem, que se dane.

Aqui está. Um desafio.

Recolho o taco do chão e analiso os arredores, em busca de pegadas.

São pegadas... fracas. Quase imperceptíveis.

Ou é uma mulher ou um homem muito magro.

E com certeza é alguém que sabe correr.

Agacho-me para estudar o padrão de seus tênis. Tênis de corrida Nike.

Ora, ora... E não é que se prepararam bem para a ocasião?

Mesmo assim, sorrio lentamente ao seguir na direção da presa. Logo começo a correr, com a adrenalina enrijecendo meus músculos. A promessa de uma presa verdadeiramente deliciosa faz meu sangue correr.

Minha respiração vem em longos intervalos, em sincronia com meu batimento cardíaco regulado.

As pessoas perdem o controle quando estão agitadas. Corpo e mente disparam em padrões caóticos, os batimentos cardíacos aceleram e a atividade nervosa atinge o pico.

Eu não.

A empolgação me traz um nível de calma que nada mais consegue alcançar.

A sensação mais próxima que tenho de... paz.

É exatamente a mesma sensação que tive quando dissequei aqueles camundongos e quando fui à minha primeira caçada. Foi quando comecei a tirar fotos para documentar esses momentos de êxtase total.

E quando tenho a Glydon por completo à minha mercê, e ela não desvia o olhar.

É a sensação de não precisar reprimir nenhuma parte da minha verdadeira natureza, de permitir que ela se solte como uma fumaça avassaladora.

Quando você a vê, é tarde demais.

Um grito vem de trás de mim e outro do meu lado, misturando-se como uma sinfonia de violência. Os números das eliminações se misturam até se sobreporem.

O diabo trabalha rápido, mas os Hereges trabalham mais rápido ainda.

Mas nada disso me interessa. Continuo minha busca pela coisinha astuta que ainda está correndo em zigue-zague entre as árvores.

Quanto mais persigo, mais forte meu sangue bombeia e minha respiração se regula.

Espere só eu te pegar. Vamos nos divertir bastante.

Uma figura cruza meu caminho, e paro de imediato, apesar da minha alta velocidade, evitando uma colisão. O participante número oitenta e nove também congela.

Homem, a julgar pelo porte físico. Ele permanece plantado no chão como uma estátua, mas tremendo como uma vara verde.

Nikolai aparece por trás, com a máscara amarela neon um pouco torta, com sangue manchando as linhas sorridentes costuradas e os xis em seus olhos. Suas mãos também estão vermelhas, indicando que se divertiu bastante.

O Oitenta e Nove olha para trás e, por um momento, comete o erro de dar um passo em minha direção, talvez pensando que sou o menor dos males.

— Olhe só, achei um coelhinho perdido — Nikolai solta com um leve tom maníaco. Ele está definitivamente em seu ponto alto. — Ele não parava de correr, você sabe, e tem um temperamento difícil. Jogou a porra de um galho na minha cara e quase me nocauteou. Adoro os atrevidos, quebrá-los é muito mais divertido.

Nenhuma novidade aqui.

Analiso bem o Oitenta e Nove e depois seus sapatos. Não é Nike. Não é o que escapou mais cedo.

E meu trabalho aqui está concluído.

Levanto o bastão para derrubá-lo conforme ele recua para o meu lado, mas Nikolai pula em cima da presa, o prende com um mata-leão e o arrasta de volta para a escuridão entre as árvores.

Oitenta e Nove tenta se debater com cotoveladas e mordidas no braço de Nikolai. Tem espírito de lutador, preciso admitir, mas apenas não é páreo para a força insana do meu primo.

Nikolai o arrasta sem esforço; as pernas de Oitenta e Nove deixam um longo rastro na terra e seus gritos são logo abafados.

Balançando a cabeça, continuo o caminho em busca do meu próprio coelhinho. Não dou nem dois passos quando um assovio quebra o silêncio. Agacho-me e uma flecha atinge uma árvore bem acima de mim.

Olho para o lado, mas não vejo nada. Quando removo a flecha da árvore, vejo que é de verdade, não as de borracha que Gareth está usando para a caçada.

Quem diria? Parece que meu irmão mais velho está querendo me matar.

Se é que foi ele mesmo quem atirou, o que duvido. Ele é covarde demais para isso.

Quebro a ponta da flecha e a guardo no bolso para investigar mais tarde, isto é, se quem quer que tenha mirado em mim não voltar para terminar o serviço.

Meus passos são precisos, com um único propósito: encontrar meu coelhinho perdido. Tentativas de assassinato podem esperar.

Jeremy e eu nos encontramos enquanto corremos em sentidos opostos. Juntos, abatemos cerca de seis participantes.

Então vislumbro Gareth caminhando com um dos participantes, atirando em qualquer um que cruze o caminho deles.

Mas ele nem tenta eliminar esse participante. Na verdade, é como se o estivesse... protegendo.

Ou melhor: o escoltando.

Humm. Quem será que prendeu a atenção do meu irmão assim?

Guardo essa questão para depois e continuo minha caçada.

Por alguma razão, sinto que o coelho perdido está fugindo na área paralela a mim.

Então sigo meus instintos e me aprofundo na floresta. É um caminho mais longo, mas alguém que acredita que um caminho mais longo e seguro é melhor do que um curto e perigoso, com certeza viria nesta direção.

Sigo as pegadas com cuidado, minha visão ficando mais nítida a cada segundo que passa.

Meus pés param lentamente entre três árvores. Os tênis fizeram um círculo aqui, mas, ao contrário dos amadores de antes, é evidente que este não sabe que sigo pegadas, então não tentou escondê-las.

Rodou em círculos, de novo e de novo e de novo, e...

Encaro o caminho à frente. A explicação mais lógica é que ele pulou na rocha logo à frente e escolheu os arbustos.

Caminho naquela direção com um sorriso de lado no rosto, deixando que a presa acredite que caí no truque.

É hora de esfolar o coelho vivo.

CAPÍTULO 16
GLYNDON

Desde que a cerimônia de iniciação idiota começou, estou me sentindo como Alice no País das Maravilhas.

É impressionante a quantidade de merda que testemunhei enquanto tentava passar despercebida.

Já suspeitava, mas agora tenho certeza: os Hereges são completamente malucos.

Vi o de máscara amarela espancar sozinho dez pessoas, sem nenhuma arma. Além disso, ele ria de um modo insano quando alguém tentava bater nele.

Então alguém vestido todo de preto, incluindo a máscara, inclinou a cabeça para mim e acenou lentamente, parecia um maluco, e juro que nunca corri tão rápido na minha vida.

Pensei que esse seria o auge da loucura, mas me provaram que eu estava errada. Enquanto me escondia atrás de uma pedra, vi o Máscara Branca chicotear três pessoas com uma corrente enquanto elas choravam e imploravam por misericórdia.

E aí o mais perturbado dos mascarados derrubou cinco pessoas com um taco de beisebol. E ainda cometi o erro de achar que correr naquele momento seria melhor do que ficar parada e torcer para ele não me notar.

Quando ele jogou o taco em minha direção com a precisão de um franco-atirador, não tenho a menor ideia de como, pensei rápido o suficiente para usar um dos alunos inconscientes como escudo e depois continuar a fuga.

Definitivamente, trabalho melhor sob pressão, droga. Porque nem reparei no quanto meus músculos queimavam de dor enquanto corria, pulava e gastava mais energia do que costumo gastar em meses.

Ao contrário do que se espera de uma aluna de artes, sou uma boa corredora e adoro correr. Então pelo menos posso confiar em mim mesma para continuar correndo, mesmo quando os outros não aguentam mais.

Como o Devlin, sendo tão delicado, sobreviveu a esse inferno? Provavelmente não teve uma caçada assim na cerimônia de iniciação dele.

E a pior parte de tudo? Não, não são os gritos, os gemidos de dor nem os sons abafados, embora esses ainda me façam tremer todas as vezes. Não é o alto-falante que anuncia a eliminação dos participantes de forma impessoal e monótona.

É o fato de me sentir uma presa. Uma presa para aquela porra de máscara vermelha, que segue todos os meus passos como um caçador profissional. Peguei atalhos, corri em círculos, tentei até uma rota mais caótica... Mas ele ficou na minha cola o tempo inteiro.

Minha última opção foi escolher um caminho rochoso e deserto, repleta de árvores altas. Quando senti que ele estava perto, encontrei meu esconderijo atual.

A árvore.

Escalei, fingindo que era a casa da árvore lá de casa, a mesma que o Landon me ensinou a escalar por esporte.

Mas esse pinheiro é gigantesco. É tão alto que, quando olho para baixo, sinto uma leve acrofobia.

Mas racionalizo que não tenho medo de altura e que é apenas a minha ansiedade assumindo o controle.

Respiro fundo e espero. Então solto o ar devagar. O Máscara Vermelha segue o caminho de pedras, talvez pensando que segui para a linha de chegada.

Estou muito feliz por ter decidido parar e me esconder aqui por enquanto. Ouvindo todas as eliminações, duvido que ainda restem muitos participantes. Então prefiro ir devagar a me precipitar e ser eliminada.

E, sério, eu não teria chance nenhuma de chegar ao final com esse desgraçado me perseguindo. Ele não deveria caçar os outros em vez de focar só em mim?!

O mais importante é que ele se foi agora. Observo-o desaparecer atrás das árvores e estreito os olhos. Tenho noventa por cento de certeza de que é o Killian, ainda mais pela cor da máscara, mas ele não podia saber que eu estaria aqui e escolher justamente a mim como alvo, certo?

Estremeço só de pensar no que ele fará se descobrir que vim para a cerimônia de iniciação de seu clube.

Ele me disse para ser boazinha, e definitivamente não dei ouvidos. Se meu histórico com ele for algum indício, isso vai acabar mal.

Sinto um frio repentino e esfrego uma mão na lateral da bermuda, enquanto a outra segura o galho com toda a força.

Esqueça. Recuso-me a pensar em Killian agora.

Espero alguns minutos, até meus pés e mãos começarem a doer por causa da posição. Quando tenho certeza de que ele foi embora, desço devagar. É fácil subir e descer de árvores. Só precisa manter os pés firmes e escolher os galhos mais fortes para se agarrar.

Quando estou na metade do caminho, dou uma olhada para baixo a fim de medir a distância e dou um grito quando encontro uma máscara vermelha neon olhando para mim com uma calma sinistra.

Merda.

Merda.

Esse arrombado devia estar esperando que eu saísse do meu esconderijo. Ele não caiu no meu truque, sabia onde eu estava o tempo todo. E ainda conseguiu me enganar fingindo ter ido embora.

No calor do momento, decido subir de novo. Não me importo se tiver que ficar nesta árvore a noite inteira, desde que eu fique longe desse maluco.

Não subo nem um metro quando algo bate no galho em que estou me segurando. O taco de beisebol.

Ele jogou o bastão no galho, fazendo com que se partisse em dois. Meu pé escorrega, e tento em vão me agarrar a outro galho. A queda acontece em câmera lenta, sinto o meu corpo quebrando a resistência do ar e a velocidade aterrorizante da queda.

Fecho bem os olhos antecipando o impacto no chão. Com certeza vou quebrar alguns ossos.

No entanto, em vez do chão de terra, meu corpo é envolvido por braços fortes. O casulo que me prende reage ao impacto do meu corpo, mas continua firme.

Sinto o ar frio no rosto, e percebo que minha máscara foi removida.

— Então é você. Tive um pressentimento quando vi sua calcinha branca através do short, mas não tive certeza. — Sua voz escurece até um tom gélido. — Achei que tivesse mandado você ser boazinha e ficar quieta esta noite.

Abro meus olhos lentamente e me vejo envolvida por completo nos braços de Killian. A máscara vermelha neon com um sorriso costurado faz com que ele pareça mais assustador, ainda mais insano.

Seus músculos se contraem ao redor do meu corpo até quase me sufocar, e odeio o quanto estou feliz por ele ter me segurado. E o quão caloroso seu abraço me parece. Não deveria ser assim.

Pelo simples fato de ele ser a pessoa mais fria que já conheci.

— Que ideia imbecil foi essa de jogar o taco no galho? — Respiro com dificuldade, ainda sob a sensação aterrorizante da queda. — Eu poderia ter caído na pedra.

— Mas não caiu, porque te peguei. Agora me diga, Glyndon. Que caralhos você está fazendo aqui?

— Fui convidada.

Ele permanece em silêncio, mas posso vê-lo estreitar os olhos através da máscara.

— Mentira.

— Não é! Você pode conferir no meu celular, que seus coelhos bizarros confiscaram. Sério, por que tinham que ser coelhos? Coelhos foram feitos para serem fofos, mas vocês os transformaram em criaturas horrendas.

— A fofa aqui é você, quando fica nervosa. Não consegue ficar calada, né?

— Cale a boca e me ponha no chão.

— Não posso só te soltar. Você precisa pagar por ter me desobedecido.

— E... por que tenho de pagar alguma coisa?

— Repita isso, mas menos assustada porque seu nervosismo me excita.

— Você é doente.

— E você é um disco arranhado.

Ele encosta o rosto na lateral do meu pescoço, de modo que está literalmente respirando na minha pele. O calor da sua respiração faz com que a minha acelere.

— Por que você veio, Glyndon?

— Já disse, recebi um convite.

Tento falar de maneira normal, mas minha voz sai mais baixa.

— Você vai a todo evento perigoso para que te convidam?

— Eu só... fiquei curiosa. — Sem chance de falar sobre o Devlin, ele pode estar envolvido nisso tudo.

Seus olhos escurecem por trás da máscara e, com o vermelho neon, são absolutamente aterrorizantes. Como se estivesse levando a sério demais esse papel de predador.

Ou talvez não seja um papel para ele. Talvez este seja o verdadeiro Killian, e o que ele mostra para o resto do mundo seja um personagem. Sua voz ecoa no silêncio ao nosso redor como uma melodia distorcida.

— Ou talvez... você não estivesse apenas curiosa. Talvez tenha desejado o perigo e sentido vontade de descobrir o que é uma explosão de adrenalina de verdade. Talvez você só quisesse ser caçada como um animal, capturada e esfolada viva da maneira mais bárbara. Era o que você queria, coelhinha?

Balanço a cabeça de maneira frenética, me recusando a aceitar os calafrios que cobrem meu corpo e a sensação entre minhas pernas que se intensifica a cada palavra dele.

— Você está me dizendo que, se eu arrancar o seu short e tocar sua boceta, não a encontrarei encharcada como quando entrei pela sua janela na noite passada?

Congelo.

Espere... o quê?

Ele acabou de dizer que entrou pela minha janela ontem à noite? Ou seja, aquele pesadelo era realidade?

Ele me coloca de pé no chão, e algumas pedrinhas se esfarelam sob meus pés, enquanto tento recobrar o equilíbrio, tanto pelo choque da constatação quanto pela falta do seu calor.

Juro por Deus, esse desgraçado está brincando com a minha cabeça.

Ele tem que estar.

Certo?

Ele me encara de cima, a máscara tornando sua presença ainda mais assustadora.

— Seu corpinho se contorcendo por baixo do meu... Você estava quase cavalgando na minha mão, lembra?

— Isso não é verdade — sussurro mais para mim mesma do que para ele. — Não fiz isso.

— Você odeia isso, né? O quanto quer o que tenho a oferecer. Como você anseia pela sensação de se soltar e ser devorada por inteiro. Você quer parar de ser a garotinha comportada e liberar o que está escondido aí dentro, nem que seja só por um tempinho, não é?

— Não quero você. — Balanço a cabeça várias vezes, dando um passo para trás. — Não quero. Eu me recuso. Não.

— Olhe para você, sendo adorável. — Sua voz oscila entre a ameaça e o divertimento. — Não falei que seu nervosismo me excita? Saiba que a sua recusa também.

Meu olhar desce automaticamente para sua calça e quase engasgo ao ver o volume no tecido.

— Não, Killian.

— Humm. Adoro o jeito que você fala meu nome com essa voz delicada.

Continuo me afastando, mas ele acompanha meus passos com facilidade.

— Você para com isso se eu implorar?

— Não.

— E se eu gritar?

— Eu tapo sua boca.

— E se eu bater em você?

— Isso só vai me deixar puto, e posso tomar medidas mais drásticas. Não recomendo.

Tropeço em uma pedra e solto um gritinho, mas ele agarra meu cotovelo, mantendo-me de pé.

— Pare de fingir que não quer, Glyn. Esse drama todo está esgotando minha paciência.

— Por favor — sussurro.

— Suas súplicas não têm o menor valor para mim.

— Então o que tem valor para você?

— Neste minuto? Você e essa bocetinha virgem.

Quero gritar, tanto de frustração quanto de raiva pelo que sinto ao ouvir suas palavras. Como posso desejar alguém que odeio? Alguém que, sem a menor sombra de dúvida, me assusta pra caralho?

No fundo, sei que ele não vai parar até tirar minha virgindade. É uma conquista. E ele é um predador.

Sem nenhum limite.

Respiro fundo e tento uma abordagem diferente.

— E se eu dissesse que preciso de mais tempo?

— Humm. — Ele bate o dedo na lateral do meu cotovelo. — Pensa que não sei o que está fazendo? Está enrolando para ganhar tempo e achar uma solução para se livrar de mim, mas vou te avisar logo: não vai funcionar.

— Eu só... quero mais tempo, por favor.

Posso ver a impaciência em seus olhos, talvez ele esteja acostumado demais a sempre conseguir o que quer para ser contrariado por mim. E quase tenho certeza de que ele vai apenas me curvar e me foder assim mesmo. Mas, em vez disso, ele solta meu cotovelo.

— Já que pediu com jeitinho... tudo bem.

— Sério?

— Quer que eu mude de ideia?

— Não. — Sorrio. — Obrigada.

— Está vendo? Posso ser legal.

Dou uma risadinha curta, solto um suspiro e sussurro:

— Legal o caralho.

— Eu ouvi isso.

Sorrio, tentando quebrar a tensão.

— Por que você faz isso?

— Isso o quê?

— Parte dos Hereges, caça pessoas. Isto.

— Por que quer saber?

Apesar de tentar evitar, meu corpo relaxa um pouco.

— Você fica me perseguindo, mas não sei quase nada sobre você além do fato de estar nos Hereges e estudar medicina.

Um brilho perpassa seus olhos.

— Você tem pesquisado sobre mim, baby?

— Não precisei. Annika não para de falar quando alguém dá corda.

— Então você deu corda. — O tom presunçoso dele me irrita.

— E o que que tem?

— Achei que não queria saber de mim.

É óbvio que algo nele me atrai, de um jeito que não entendo, mas o inferno vai congelar antes que eu admita isso.

— Ou talvez você só não queira admitir em voz alta. — Sua postura fica mais relaxada, como se estivesse se divertindo.

— Você vai responder à minha pergunta?

— Sobre o quê?

— Estudantes de medicina não deveriam ter mais cuidado com as próprias mãos? Mas você luta, caça e se mete em todo tipo de merda que pode te machucar.

Ele levanta as mãos e as observa sob a luz fraca, como se fosse a primeira vez que as visse.

— O mundo pode ser pintado de cores diferentes, dependendo do ângulo por que se olhe. Qualquer ideal pode se tornar monstruoso quando levado ao extremo. Eu sou esse extremo. Sou o limite que as pessoas não querem cruzar, mas pelo qual se sentem atraídas mesmo assim, por ser diferente daquilo que conhecem. E por viver sempre no extremo, preciso de estímulos constantes para continuar funcionando. Lutar, caçar e me tornar médico são alguns desses estímulos.

Então essa é a sua obsessão. A forma que encontrou de preencher o vazio que sente não é nada convencional. Entendo o motivo que o leva a fazer a tais ações, embora não concorde com seus métodos.

A visão que ele tem do mundo é fascinante, e, se eu não quisesse tanto fugir dele, poderia ouvi-lo falar o dia todo.

— Por que medicina, então? O código da profissão inclui salvar pessoas.

— E eu salvo, depois de vê-las por dentro. — Seus lábios se curvam em um sorriso cruel. — Olhe só o seu rosto horrorizado. Eu te assusto, baby?

— Não. — Ergo meu queixo. — Sou uma King. Não nascemos para temer pessoas.

— Humm. Gostei dessa coisa de lema da família. Vocês são próximos? Você e sua família?

— E se formos?

— Eles sabem que você estava planejando se jogar daquele penhasco?

Eu me assusto, meu corpo inteiro fica tenso.

— E-eu não sei do que você está falando.

— Naquela noite, seus olhos pareciam sem vida, como se estivesse cansada… não entediada, só exausta pra caralho. — Ele se aproxima, e recuo, mantendo a distância entre nós. — Você pensou em como seria a sensação de estar no fundo do oceano depois de ter a cabeça rachada em duas pelas pedras?

Em como seria se afogar? A morte por afogamento é a mais difícil. Você vai abrir a boca, o ar vai sair em bolhas, mas tudo o que vai entrar nos seus pulmões é água. Você acha que quer morrer, mas, quanto mais se engasgar tentando respirar, mais vai se arrepender. Então me diga, Glyndon, parou para pensar em como tudo acabaria se você apenas... desistisse?

Ele é... um psicopata completo, não é?

Uma pessoa normal não falaria sobre um assunto desses com tamanha naturalidade, nem pensaria em todos os detalhes.

Empurro o peito dele com as duas mãos.

— Pare com isso.

— Você está tremendo, baby. Toquei num ponto sensível?

Eu o encaro furiosa.

— Você não tem o direito de me julgar.

— Não estou julgando. Só estou tentando te conhecer melhor, do mesmo jeito que você fez comigo.

Esse desgraçado está escalando a situação. Ele não gostou das minhas perguntas, então decidiu ir direto na jugular para me dar uma lição.

Azar o dele. Não vou recuar.

— Você não poderia só perguntar qual é a minha cor, banda ou filme favorito?

— Você não tem uma cor favorita, já que usa todas igualmente. Sua banda favorita é Nirvana, já que tem músicas deles em todos os seus *stories* do Instagram. Seu filme favorito é *A origem*, porque você postou uma pintura há um ano com a legenda: "Inspirada no meu filme favorito, *A origem*". Outras coisas que você ama incluem sorvete de chocolate com cereja, seu avô paterno e usar shorts com regata. Você tem um complexo de inferioridade devido ao talento da sua mãe e dos seus irmãos, o que te faz parecer cada vez mais desconfortável nas fotos de família. É provável que isso começou quando você era mais nova e foi se acumulando ao longo dos anos, até te levar àquele penhasco.

Cravo as unhas em seu peito, com o objetivo de machucá-lo. Ou melhor, com a necessidade de machucá-lo.

— Como... caralhos você sabe isso tudo?

— Sou bom em observar padrões e conectá-los.

— Você é um *stalker*, isso sim!

— Se você preferir esse rótulo.

Ele envolve minha mão com a dele, prendendo-a contra seu peito.

— Você ainda está tremendo. Quer mudar de assunto e voltar para sua zona de conforto, como se fosse uma avestruzinha?

— Eu não queria me matar. — Eu o interrompo. — Sim, já pensei nisso várias vezes, quando a dor fica insuportável e só quero que pare, mas, ainda assim, não faria. Me arrependeria. Me sentiria uma merda por fazer minha família e meus amigos passarem por isso. E se a dor não acabasse? E se ficasse dez vezes pior?

— Você não vai sentir nada após a morte.

Dou um riso seco, me sentindo estranhamente aliviada por falar disso com um monstro sem coração, em vez de alguém que ficaria magoado com minhas palavras.

— Era para me consolar?

— Não sei consolar, mas o que sei é o seguinte. — Ele acaricia minha mão que está sob a sua. — Vou garantir que você nunca mais tenha esses pensamentos.

— Falou o mesmo cara que pediu para eu me jogar do penhasco para tirar uma foto da minha queda.

— Mas você não se jogou. Como disse, você não quer se matar. E acredito em você.

Minha boca se entreabre. Ele... o quê?

Por que ele acreditaria em mim? Nem eu mesma acredito às vezes. Há um narrador não confiável na minha cabeça, me jogando para todos os lados.

Deixe para lá.

Apenas não vou cair na teia que Killian está tecendo.

Tentando manter a indiferença, solto minha mão da dele.

— Posso terminar a cerimônia de iniciação agora?

Ele bate um dedo contra sua coxa.

— Por que você está tão interessada em entrar para o nosso clube?

— Não é onde a *galerinha descolada* está?

— Boa tentativa, mas, não, obviamente não é sua praia.

— É porque sou mulher?

— E nerd. E medrosa. E introvertida. Pode escolher.

— Eu... posso mudar.

— Por quê?

— Como assim "por quê"?

— Por que você mudaria? Você está bem do jeito que é.

Meu fôlego fica agarrado no fundo da garganta. Tenho certeza de que não foi um elogio, e talvez por isso soe ainda mais como um elogio. Droga. O efeito que ele tem sobre mim não tem mais graça.

— Só quero entrar no clube e adicionar um pouco mais de diversão à minha vida.

— Vou ser toda a diversão de que você precisa.

— Babaca arrogante.

— Já ouvi pior.

— Vai, me deixe entrar.

— Não.

— Por que não?

— Porque não quero. Além disso... — Ele me empurra contra a árvore, e seus braços me prendem dos dois lados. — Você me deve uma por ter sido gentil.

O braço dele envolve minha cintura, e ele pressiona a ereção contra minha barriga. O ar crepita com a tensão enquanto seu pau desliza para cima e para baixo contra as minhas partes mais sensíveis.

Camadas de roupa nos separam, mas sinto cada movimento no fundo do meu ser.

— Você... disse que me daria um tempo. — Minha voz falha, tão baixa e grave que mal a reconheço.

— E vou. Uma coisa não tem nada a ver com a outra. — Ele puxa a alça da minha blusa, revelando a renda do meu sutiã. — Vermelho. Você estava pensando em mim quando cobriu esses peitinhos com a minha cor favorita? Se tocou na frente do espelho e gozou com o meu nome nos lábios?

— N-não... — Meus dedos trêmulos batem no peito dele, tão absurdamente fracos. — E como não tem nada a ver, se você está me tocando?

— Nunca disse que não te tocaria. Só disse que não tiraria sua virgindade... por enquanto. — Ele puxa a outra alça para baixo e desliza os dedos pelo meu sutiã até encontrar meus mamilos. — Olhe só esses mamilos duros antes mesmo de eu tocar neles.

Ele puxa o sutiã com força até a minha barriga, e fecho os olhos por um momento enquanto meus seios saltam para fora. Meus mamilos doem de desejo, estão duros e latejantes.

Talvez ele esteja certo e eu seja muito pior do que imaginava.

Seu polegar e indicador envolvem um mamilo e o torcem. Estremeço e prendo um gemido nos lábios quando uma onda de prazer percorre minha barriga até minha boceta.

— Seus peitos são lindos, baby. Macios e rosados. Sem falar que cabem perfeitamente em minhas mãos. — Ele os segura, cada um em uma palma forte, como se quisesse pôr sua teoria à prova. — Humm. Tão empinadinhos e lindos que me dá vontade de torturá-los um pouco.

Ele belisca um mamilo, e solto um gemido abafado, fingindo empurrá-lo para longe. Mas então ele aperta de novo, com mais força.

Eu grito, minhas costas batem na aspereza da árvore. Ele acaricia o mamilo, murmurando com aquela voz sombria:

— Tão sensível, minha coelhinha. Gosto disso.

Ele aperta e puxa com brutalidade, depois massageia o local como um amante carinhoso. A alternância entre dor e prazer me deixa zonza, e minhas pernas trêmulas ameaçam me derrubar.

— Aposto que você está encharcada. — Ele enfia a mão em meu short, e mordo o lábio quando ele encontra minha calcinha. — Tão molhada, baby. Talvez seja melhor apresentar sua boceta ao meu pau. Está bem claro que eles precisam se conhecer.

Meus músculos ficam tensos e meu coração dispara.

— Você disse que me daria tempo.

— *Tempo* é proporcional e inexato. Na verdade, o tempo pode ser de quinze minutos.

Meu peito se aperta com uma pontada de decepção que se espalha até meu estômago se afundar.

Eu nunca deveria ter acreditado nele. *Realmente* não deveria ter acreditado. Apesar do medo correndo pelas minhas veias, eu o encaro com fúria.

— Faça o que quiser, foda-se. Só saiba que nunca mais vou confiar em você. Nunca.

— Relaxe. — Sua voz é casual, mansa, ao esfregar os dedos e a ereção na minha boceta. — Vou manter minha palavra.

Por alguma razão, ele soa sincero, mas sei que não posso confiar cegamente nesse maluco desgraçado.

— Em troca, sua boca vai ser minha.

— Quê?

Ele aponta para minha máscara que está no chão.

— Sessenta e nove é um belo número. É o destino, você não acha?

Sinto meu rosto ficando vermelho e o encaro.

— Está mais para uma coincidência infeliz.

Ele ri e me empurra lentamente para o chão.

Olho ao redor enquanto sinto meu coração martelar mais forte do que o usual.

— E se alguém aparecer?

— Arranco os olhos deles por olharem para você nua.

Eu queria achar que ele está brincando, mas já sei que Killian é o pior tipo de monstro que existe.

Um monstro maravilhoso.

Um monstro aterrorizante, que, de alguma forma misteriosa, faz meu corpo ganhar vida.

Minhas costas encontram a grama. Quando olho para cima, vejo a máscara neon me encarar. Cada um de seus joelhos ao lado do meu rosto.

Desse ângulo, parece um personagem de filmes de terror. Um diabo hedonista sem alma.

Killian desabotoa a calça e puxa para fora seu pau duro, com veias roxas pulsando por todo o comprimento. Fico zonza e só consigo pensar na primeira vez no penhasco, em como ele deslizou para dentro, como assumiu o controle e fodeu minha boca.

Parece que foi há uma eternidade.

Talvez eu possa admitir que aquela estranha excitação foi causada por estar sob ameaça de morte caso eu não fizesse o que ele queria.

Ainda é o mesmo Killian de antes, o Killian sombrio e instável. Agora que estou familiarizada com sua natureza, sei o quão perturbado ele pode ser, então por que não estou mais tão apreensiva?

Pelo contrário, minhas coxas tremem e se contraem com a promessa do que está por vir.

Ele está fazendo lavagem cerebral em mim?

Ou talvez o ambiente sombrio e assustador esteja mexendo com minha cabeça.

— Não pode tirar a máscara?

— Por quê? Está te assustando?

Se eu disser que sim, ele com certeza não vai tirar. Se eu disser que não, então ele não terá motivo para remover.

— Quero ver seu rosto — murmuro.

Até porque, por mais assustador que seu rosto seja, ainda é melhor do que uma máscara.

— Vou pensar no seu caso, vai depender do seu desempenho. Agora abra. Preciso dos seus lábios no meu pau, baby.

Começo lentamente, com o coração pulando no peito. Ele desliza para dentro, centímetro por centímetro, e começo a lamber. Ainda não tenho a menor ideia de como pagar um boquete, mas acho que é o que estou fazendo, não é?

Ele recua estalando a língua em reprovação.

— *Tsc, tsc!* Não fique lambendo como se fosse um picolé.

Killian enfia três dedos em minha boca e vai fundo na minha garganta, agarra minha língua e a torce com um movimento dos dedos. Minhas pernas tremem e juro que nunca fiquei tão excitada em minha vida.

— Esfregue a língua com mais força e acelere o ritmo. Não se preocupe se achar que está indo rápido demais. Você não vai me machucar. — Ele retira a mão, deixando um rastro de saliva entre seus dedos e minha boca, mas antes que eu possa dizer qualquer coisa, ele enfia o pau de volta.

Desta vez, com mais firmeza.

Com mais força.

O que me faz me engasgar, mas respiro e continuo, girando a língua como ele me mostrou, repetidamente, até minha mandíbula doer, mas não paro. Chupo com tudo o que há em mim.

— Caralho, baby, assim... Humm... Você está indo muito bem. — Seus dedos se perdem no meu cabelo e ele os crava no meu couro cabeludo. Ele me mantém imóvel enquanto soca em minha boca, cada vez mais fundo.

Levo a mão para segurar melhor sua enorme ereção, mas ele estala a língua de novo.

— *Tsc!* Nada de mãos, só a boca.

Minha testa se franze, e deixo as mãos caírem ao meu lado. Satisfeito por eu ter abandonado da ideia de tocá-lo, Killian ergue a máscara e a joga longe.

E me arrependo das minhas palavras.

Um fio de sangue escorre de sua têmpora, passando pelas pálpebras, pela bochecha e pelo maxilar, dando-lhe um aspecto de perigo absoluto.

Provavelmente se machucou durante a caçada, mas não é o que me faz lamentar ter pedido para ver seu rosto, é a própria visão dele.

Absurdamente lindo.

Se antes ele parecia assustador, agora é um monstro cruel e belo fodendo com brutalidade a minha boca.

Sem dúvidas, ele não é do tipo que termina rápido, mesmo com o ritmo enlouquecedor que está mantendo.

Ele segura meu queixo e passa um dedo pelo meu lábio inferior.

— Amo a sua boca quando está cheia do meu pau. Você é meu buraquinho perfeito para gozar, não é?

É óbvio, eu deveria me sentir ofendida, mas acontece o exato oposto. Minha boceta se contrai, e esfrego as pernas uma na outra, chocada e constrangida.

— Essa boca agora é minha, e você vai me deixar usá-la sempre que eu quiser, não vai? — Ele aperta meu queixo e me força a concordar com a cabeça. — Isso significa "sim, Killian, minha boca e todos os meus outros buracos são seus para usar e encher de porra".

Acho que vou gozar só com as putarias que ele fala.

Ele precisa mesmo comentar tudo? Embora eu definitivamente esteja à beira do orgasmo com a forma casual, obscura e erótica com que ele diz essas coisas.

Killian parece pertencer a uma categoria à parte, só dele.

Minha mandíbula dói do tempo que passei chupando. E é evidente que está adorando, a julgar pelos gemidos e pelos ocasionais "isso, baby". Mas não há nenhum sinal de que vá gozar tão cedo.

O ritmo dele é insano, e não consigo evitar o fascínio, ficando ainda mais molhada só de observar seu prazer. É normal que a ideia de ele gozar seja o suficiente para me fazer chegar perto de gozar também?

Killian sai da minha boca, e acho que ele vai gozar, mas então nos reposiciona para que nos deitar de lado. E enfia de novo. Minha mandíbula ainda dói, de forma que faço uma careta instintiva e quase o mordo.

Paro de imediato, com os olhos arregalados.

— Sem dentes. Faça do jeito certo, coelhinha. A menos que queira que eu troque para sua boceta?

Balanço a cabeça em negativa e retomo o ritmo.

Ele geme, e começo a esboçar um suspiro cansado… mas o engulo no meio do caminho quando Killian abaixa meus shorts e minha calcinha.

Só percebo o que está acontecendo quando um estalo molhado ecoa no ar. Perco o fôlego em volta do pau dele e meu corpo inteiro pega fogo.

— Se você parar, também paro — ele sussurra entre minhas pernas. — Detesto pensar que essa bocetinha pode ficar sem receber atenção.

Reúno todas as minhas forças e chupo com o máximo de entusiasmo que meu corpo permite.

Ele distribui pequenos beijos pelos meus lábios, depois os chupa com a perícia de um deus perverso do sexo. Ainda não tive tempo de me acostumar quando ele dá uma lambida demorada, de cima para baixo em um amplo movimento, até que volta para cima. Contra minha pele mais sensível, ele sussurra:

— Minha Glyndon aprende rápido.

Então passa a língua por dentro de mim e belisca levemente meu clitóris. Não sei se foi isso ou o fato de ele ter me chamado de "minha Glyndon", mas gozo incontrolavelmente, sem um pingo de vergonha.

O espasmo involuntário faz com que meus quadris se choquem contra sua boca diabólica. Ele continua a empurrar para dentro e para fora, abafando os meus gemidos, me dando tanto tesão que não consigo parar de lamber para gemer.

Acho que ele também está gostando, porque o sinto engrossar dentro da minha boca a cada gemido.

Enquanto Killian desliza a língua para fora de mim, me contraio como se estivesse tentando segurá-lo ali.

— Descobri minha nova refeição favorita. — Ele sai do meio das minhas pernas, me agarra pelos cabelos e me puxa para uma posição sentada. Meus olhos se arregalam quando ele fica de pé e enfia o pau na minha boca de novo com uma crueldade que me deixa sem fôlego.

— Isso é bom pra caralho — ele murmura entre investidas impiedosas. — Até que não foi má ideia te fazer gozar primeiro. Você está transbordando de tesão e se parece cada vez mais com meu novo brinquedinho favorito. A garotinha inocente que nunca tinha chupado uma rola, que nunca fez sexo antes, agora está me engolindo inteiro. Você adora a forma como te domino e te uso para o meu próprio prazer. Na verdade, gosta tanto que já está esfregando as coxas para gozar de novo.

Congelo, percebendo o movimento que estava fazendo, e a risada sombria de Killian ecoa no ar.

— Olha só você, sendo adorável de novo.

Com uma mão em meu cabelo, ele soca uma última vez, e posso senti-lo enrijecer antes que um gosto salgado exploda no fundo da minha garganta.

Killian mantém o pau inteiro dentro de mim enquanto tento engolir tudo.

— Assim! Até a última gota. — ele me encoraja. — Senão vamos começar tudo de novo.

Os olhos dele brilham com sadismo e uma satisfação estranha conforme faço o que ele manda, em parte porque desta vez não me importo.

Em parte porque, na verdade, não tenho escolha.

Ele pega o celular e limpa um resto de porra do meu queixo com os dedos, antes de os enfiar na minha boca novamente. Em seguida sussurra:

— Você pode se esconder do mundo inteiro, mas não precisa se esconder de mim, baby.

Flash.

CAPÍTULO 17
GLYNDON

Demoro alguns momentos para juntar minhas roupas. Meus dedos tremem, e a minha temperatura corporal não parece ter entendido que a diversão acabou.

Killian já se arrumou, está impecável como o diabo e tão hedonista quanto.

Percebendo minha luta, ele sutilmente empurra minha mão para o lado e desliza o sutiã sobre os meus seios.

— Devo dizer que prefiro despir você.

— Por que não estou surpresa?

— Porque você está começando a me conhecer melhor.

— Você diz como se fosse um privilégio.

— E não é?

— Não. Estou aprendendo sobre você para saber como lidar com você.

— Que coelhinha esperta. — Ele deixa as alças estalarem em meus ombros, abaixando o tom de voz. — Maldito vermelho.

Meu estômago se contrai, reagindo de imediato à mudança em seu tom.

Eu o encaro por baixo dos cílios enquanto ele desliza a camiseta por minha cabeça. Mas não importa o quanto eu olhe, realmente não consigo ler sua expressão. Ele é o maior enigma do planeta, e me pego questionando o que está pensando em momentos como este.

Com certeza não é nas implicações emocionais de suas ações, considerando que ele não tem emoções e parece estar feliz com isso.

Killian assume esse seu lado, tem orgulho e usa disso para realizar atos depravados, como a caçada de hoje à noite.

Ou fazer aquelas pessoas desmaiarem e me rastrear como se eu fosse um animal.

Algum dia vou me sentir mais do que um animal em sua presença? E o que posso fazer para que ele perca o interesse? Se for como o Eli e o Lan, então o tipo dele tem uma atenção curta para tudo.

A menos que estejamos falando de Eli quando se trata de Ava. Ou Lan, quando se trata de esculpir.

Mas essas obsessões começaram bem cedo, tanto para Eli quanto para Lan. Ambas basicamente cresceram com a personalidade deles, portanto não podem ser comparadas à súbita fixação de Killian por mim.

Ele acabará ficando entediado e passará para outra pobre alma.

Ele tem que fazer isso.

Caso contrário, estarei completa e totalmente condenada.

— No que está pensando?

Sua voz suave me envolve enquanto ele prende os dedos na borda da minha blusa e me puxa mais para perto. Estou começando a perceber que, de alguma forma, ele gosta de estar sempre me tocando.

— Sobre um efeito que Cecily falou um dia.

— Que efeito?

— Já ouviu falar no efeito da ponte suspensa? É quando as pessoas experimentam respostas psicológicas relacionadas ao medo, mas as interpretam de modo errado, como excitação romântica. O termo técnico é "atribuição errônea de excitação", acho.

Seus dedos traçam círculos lentos na minha barriga, e ele solta um som afirmativo.

— Deixe-me adivinhar, esse seu cérebro inquieto estava pensando nisso como uma forma de negar o fato de que me deseja?

— Tenho quase certeza de que não desejo você. Já disse. Minha reação talvez seja apenas eu confundindo medo e ansiedade com atração. Pense bem. Todas as vezes que você me tocou, eu estava assustada de alguma forma.

Quanto mais falo sobre isso, mais faz sentido. Não há como eu gostar, por vontade própria, de um desgraçado desses que não tem um pingo de humanidade.

— Olha só como você é esperta. — Ele puxa minha blusa, me fazendo soltar um gritinho quando caio contra o seu peito. Sua outra mão sobe até meu rosto, e ele afasta uma mecha de cabelo da minha bochecha. O gesto parece afetuoso, mas carrega uma ameaça velada. — E daí se for medo? O importante é que você me quer.

— Não é real. É uma ilusão.

— Se isso te ajuda a dormir melhor à noite, tudo bem.

— Eu poderia sentir atração por outra pessoa se me assustasse na presença dela ou se a visse depois de um momento de medo.

— Acredite, coelhinha, isso não vai acontecer. A menos que queira ver o sangue da pessoa espirrado nessa pele perfeita. Aposto que ficaria bonito, o que acha?

Estremeço, tentando evitar que essa imagem se forme em minha cabeça, mas não adianta. Esse desgraçado sabe bem quais botões apertar.

— Você realmente não se importa que eu não te queira por quem você é como pessoa?

Percebo que o estou provocando, e não sei por quê. Só sei que hoje fui tomada por um estranho senso de coragem.

Não sou mais a Glyn medrosa. Medo não me levou a lugar algum, portanto, devo aceitar a mudança.

— Você não me quer como pessoa, é?

— Não. Você não é meu tipo.

Ele faz uma pausa antes de acariciar minha barriga de novo.

— E qual é o seu tipo?

— Alguém legal.

— Posso ser legal.

— Sim, claro. — respondo com sarcasmo.

Sua voz abaixa até um tom que causa arrepios.

— Eu te dei tempo, como pediu, e foi um grande esforço da minha parte, já que, e repito, não sou do tipo caridoso. Então, se isso não conta como ser legal, talvez eu devesse retirar minha promessa e ser o exato oposto de legal.

— Não...

Esse desgraçado é um pesadelo ambulante. Nunca consigo ganhar dele.

— Isso significa que sou legal?

— Você consegue ser — murmuro.

— Veja só. De repente, virei seu tipo.

Eu o encaro com raiva, e sou recebida por uma risada baixa.

— Você é tão bonitinha que eu poderia te devorar.

— Não sou comestível.

— A julgar pelo gosto da sua bocetinha, você é a definição de comestível.

Sinto meu rosto queimar e uso toda a minha força de vontade para não desviar os olhos. O desgraçado está se divertindo com isso. Talvez até demais.

— Não sei como ainda não te mataram por ser tão irritante — bufo.

Ele beija o topo da minha cabeça.

— É porque sei como lutar.

— Podemos ir?

Começo a me afastar dele e, para minha surpresa, ele me deixa ir.

Acelero o passo pela trilha, e ele logo me alcança, a máscara pendurada no pescoço, pega o taco de beisebol do chão e o apoia no ombro.

Meu estômago revira ao notar as manchas de sangue na madeira.

— Você sabe se as pessoas que machucou estão bem?

— Devem estar.

— Isso significa que elas podem *não* estar?

— Provavelmente.

— E... você não vai fazer nada para ter certeza?

— Por que eu deveria? Os guardas do Jeremy e do Nikolai vão cuidar disso.

— Você... não se importaria mesmo se tivesse machucado alguém de verdade?

— Repito, por quê? Eles escolheram participar de espontânea vontade.

— E se tivesse sido eu a pessoa que você acertou com o taco?

— Mas não foi.

— Mas e se fosse?

Ele inclina a cabeça para o lado e seus olhos de súbito se tornam vazios.

— Você quer mesmo saber a resposta para essa pergunta?

A possibilidade de não significar absolutamente nada para ele faz meu sangue gelar. Mas, ao mesmo tempo, talvez seja melhor, certo? Isso só me faria odiá-lo mais, e definitivamente preciso cimentar esse sentimento.

Então concordo com a cabeça.

— Em primeiro lugar, eu não teria te acertado, porque teria reconhecido você.

— E se tivesse acontecido por acidente? No meio do seu surto de violência?

— Usar violência não significa perder o controle, então eu ainda teria te reconhecido.

— E se um de seus amigos tivesse me acertado?

— Eu usaria meus conhecimentos de estudante de medicina para cuidar de você até que estivesse cem por cento saudável. Mas pode ser que depois a coisa tomasse um rumo mais... interessante. Como em um enredo de pornô barato.

— Tudo para você tem que girar em torno de sexo?

— Humm, boa pergunta. — Ele inclina a cabeça em minha direção. — Acho que esse é o caso apenas quando se trata de você.

— Pelo fato de você querer tirar minha virgindade?

— Tem isso também, mas esse não é o único motivo.

— Qual é, então?

— Você ainda não está pronta para saber.

Seu tom sugere que ele já encerrou o assunto e provavelmente ignorará quaisquer outras perguntas. Mas preciso mantê-lo falando.

Estamos chegando muito perto da linha de chegada, e ainda tenho uma chance de vencer.

— Você não vai mais caçar? — pergunto.

— Você me distraiu. Como pretende se responsabilizar pela minha derrota?

— Não pedi para você deixar todos os outros de lado e me seguir.

— Não podia simplesmente deixar uma coelhinha perdida vagando por aí. Além disso, o impulso passou.

— Impulso?

— Aquele que preciso saciar com algum estímulo. Em geral, eu estaria superdisposto para caçar, mas hoje... te encontrar foi surpresa suficiente. Interessante, não é?

Não, é absolutamente horrível. Não quero ser a fixação dele nem a catalisadora da sua loucura.

Apenas não quero.

Meus dedos tremem, e esfrego a mão na lateral do short.

— O que falei sobre esse hábito?

Meu movimento para no mesmo instante, e minhas mãos vão para o lado do corpo. A noite já caiu, e a escuridão reivindica seu domínio, lançando uma energia nefasta sobre a floresta. Em outras circunstâncias, isso poderia ser o cenário de um encontro dos sonhos.

Com Killian, no entanto, parece um episódio de *Hannibal*. Sempre há cinquenta por cento de chance de ele me atacar e acabar com a minha vida.

— Alguém já te disse que você é um tirano?

— Você é a primeira.

— Então acho que ninguém vê esse seu lado.

— Que lado?

— O lado controlador, opressor.

— Eles veem. Só que de forma mais sutil. Com você, não preciso fazer esse esforço.

— Por ser uma presa fácil?

— Por já estar familiarizada com o meu tipo. Seria um desperdício de recursos e energia tentar te enganar.

O significado por trás das palavras me atinge. Ele não precisa se esconder na minha presença.

Não sei se devo rir ou chorar. Ser especial para um psicopata é possivelmente a pior posição em que eu poderia estar.

E, no entanto, meu peito se enche com a ideia de que ele não sente necessidade de esconder nada de mim.

Posso confiar que sempre verei sua versão sem filtro. Por mais distorcida e vazia que seja, será sempre a verdadeira.

Mesmo quando ele estava usando a máscara vermelha, permaneceu exposto por completo, sem sequer tentar se esconder.

— Devo comemorar o fato de ser a única pessoa a quem não sente necessidade de enganar?

— Desde que a comemoração termine comigo entre suas pernas, fique à vontade.

— Escroto.

— Já não te disse que sua boca suja me excita? Melhor dar uma maneirada nisso, a menos que esteja no clima para um segundo round.

— Existe alguma coisa que não te excite?

— Você mentindo e inventando bobagens psicológicas para negar que o que temos com certeza não me excita. Na verdade, me irrita pra caralho.

Uma rajada de vento faz os pelos da minha nuca se arrepiarem. Essa versão sombria dele me deixa apreensiva de um jeito como nunca senti antes.

E sim, menti mais cedo. O lado sombrio e descontrolado de Killian me apavora completamente.

Ainda assim, consigo dizer:

— Não temos nada. Não estamos em um relacionamento.

Ele levanta um ombro.

— Se é um relacionamento ou não, não significa nada para mim. Esse rótulo não tem importância.

— Então o que tem importância?

— O fato de você ser minha.

— Eu nã... — A palavra morre na minha garganta quando ele bloqueia meu caminho de repente, seus olhos brilhando com intenção venenosa.

Ele balança a cabeça lentamente.

— Não termine a frase, a menos que esteja com vontade de me irritar.

Engulo a saliva que se acumulou em minha boca, mas mantenho o queixo erguido.

— Você não pode me forçar a ser sua.

— Quer apostar?

— Vou resistir a cada passo do caminho.

— Faça isso. Vai tornar o final ainda mais doce.

— Odeio você.

— Deixe eu pensar no quanto me importo com isso. — Ele finge pensar profundamente enquanto estuda os arredores. — É... Não me importo.

Passo por ele, empurrando seu ombro, e sigo em frente com passos firmes antes de forçar a mim mesma a desacelerar e caminhar normalmente.

O maldito Killian Carson me alcança, é claro, e pergunta, como quem não quer nada:

— Por que a pressa? Não deveria aproveitar nosso segundo encontro?

— Segundo *o quê*?

— Encontro. Poderia ser considerado o terceiro, mas tenho a sensação de que você não considera aquele primeiro no penhasco como um encontro.

— Sem dúvida que não.

— Então isso faz do lago dos vaga-lumes o primeiro encontro, e este o segundo.

— Um encontro acontece em um restaurante ou em um lugar divertido onde eu não me sinta tensa a cada segundo.

— Não são esses os encontros dos casais entediantes que têm que fingir orgasmos um para o outro? Além disso, você se divertiu nas duas vezes. Nem tente negar.

— Ah, claro, ser ameaçada o tempo todo é *tão* divertido.

— Eu não teria que fazer isso se você não fosse tão teimosa. Então talvez seja você mesma que está atrapalhando a própria diversão.

— Não acredito nisso. Quer dizer que agora a culpa é minha?

— Não foi o que falei. — Ele sorri. — Você que disse.

A audácia desse desgraçado é de outro mundo. Estou prestes a pensar no melhor insulto para rebater quando chegamos a uma clareira. Um vasto pedaço de terra coberto de grama surge à nossa frente e, ao longe, há um pequeno prédio.

O prédio da segurança; se chegarmos até ele, vencemos.

Killian não parece focado nisso, e engulo o desespero conforme caminhamos a um ritmo constante.

Tenho certeza de que ele pode sentir qualquer mudança de emoções como um cão farejador. Só porque ele não sente emoções como o resto de nós não significa que não possa reconhecê-las ou até compreendê-las.

Se há algo que aprendi sobre Killian, é o fato de que ele é um psicopata bastante funcional. Ele tem um controle imenso sobre seus impulsos e é absurdamente calculista.

Pode ter havido um tempo em seu passado em que ele perdia esse controle, como Lan às vezes perde, mas ambos se adaptam às circunstâncias e se integram à sociedade como se pertencessem a ela.

E, quanto mais vivem, mais difícil é alcançar o interior de suas bolhas. É quase impossível fazê-los perder o controle depois que o dominaram.

Já que estão sempre no controle, observam tudo. Killian pode parecer indiferente, mas tem uma percepção afiada como a de um predador. Nada lhe escapa.

Então faço o meu melhor para parecer indiferente e ignorar os sons dos números eliminados sendo anunciados ao nosso redor.

— Quem é o dono deste lugar? — pergunto, me esforçando para soar natural.

— Todos nós. Foi um presente do campus porque nossos pais doam uma quantia absurda de dinheiro para a instituição.

— O "nós" inclui você, Jeremy, Nikolai e Gareth?

— Correto.

— Quem era a pessoa por trás da quinta máscara?

— Alguém com quem não deveria se preocupar.

— Você sempre foge do assunto quando não quer responder a uma pergunta?

— Talvez.

— Isso não é justo.

— A vida não é justa, então por que eu deveria ser?

Dou uma olhada no prédio à nossa frente. Dois metros. Não, talvez um metro e meio.

Killian para, mas finjo não perceber e continuo em frente. Sim, os membros desse grupo são monstruosos, pelo que testemunhei hoje, mas estou cansada de ter medo e de me esconder.

Se eu estiver em seu círculo interno, poderei descobrir o que aconteceu com Devlin e...

Algo toca meu ombro, e congelo quando o alto-falante ecoa ao nosso redor:

— Número sessenta e nove eliminado.

Volto a olhar para Killian, que acabou de bater em mim com seu taco.

— Você acha que não descobri o que você está tramando, coelhinha?

— Por que... você... *você*...

— Respire fundo. — O tanto que ele parece estar se divertindo me irrita pra caralho. — É isso aí. Não queremos que você tenha um derrame tão jovem.

— Por que esperou até agora para me eliminar?

Ele dá de ombros.

— Foi divertido ver você tentando me distrair e agindo como uma amadora em um filme ruim de espionagem. Você devia ver a carinha adorável que está fazendo. — Ele pega o celular do bolso e tira uma foto. — Agora vou guardar essa expressão comigo para sempre.

— Vou matar você.

— Enquanto não morro, vou te beijar.

Estou prestes a pegar o maldito taco dele e lançá-lo em sua cabeça quando a porta do prédio da segurança se abre atrás de mim.

— Killer!

Espera, o quê? Um *assassino*?

Levo um segundo para perceber que a voz feminina estava chamando Killian pelo apelido.

Uma figura alta e esguia sai, usando a máscara branca de número um. O cabelo loiro e liso cai sobre os ombros nus, e ela veste um top tomara que caia justo, que acentua sua cintura fina.

Ela retira a máscara do rosto, e congelo ao ver o quão deslumbrante ela é. Parece uma modelo, ou uma atriz, ou os dois.

E quando ela sorri, é tão ofuscante que tenho dificuldade em encará-la.

Ela me empurra sutilmente para o lado e se joga nos braços de Killian, envolvendo-os ao redor do pescoço dele com a facilidade de quem já fez isso inúmeras vezes.

— Senti sua falta — ela sussurra, e então seus lábios encontram os dele.

CAPÍTULO 18
GLYNDON

Fico olhando para a cena, atônita.

Sabe aquele momento em que você apenas congela e não tem ideia se pode se mover ou até mesmo respirar?

Na verdade, que se dane.

A emoção mais forte rasgando meu peito não é constrangimento por estar de vela na cena, nem irritação por levar uma demonstração pública de afeto na cara, é algo pior.

Uma onda de energia me atravessa as veias, parecida com... raiva.

Juro que não sou ciumenta.

No colégio, peguei meu namorado aos beijos com uma colega de classe e só virei as costas e terminei com ele por mensagem.

Não tenho nenhum ressentimento do Bran por ser o filho favorito da nossa mãe, nem por ter herdado o talento dela. Nem pelo fato de que ela faz de tudo para protegê-lo do Lan.

Também não guardo rancor do Lan por receber toda a atenção restante da família. Nem da Ava por parecer uma deusa e ser perfeita em tudo que faz. Nem da Cecily por ser a pessoa mais equilibrada que conheço.

Resumindo, não sou do tipo que sente ciúmes.

Então, por que caralhos sinto a necessidade de cavar um buraco no chão e desaparecer nele?

Não é ciúme. Eu me recuso a classificar assim. Porque, se estou com ciúme, significa que me importo, e isso não é possível, nem de longe.

Tenho até a explicação perfeita para o sentimento: a teoria do efeito da ponte suspensa.

Ela faz sentido. Essa situação toda não faz.

A loira de pernas quilométricas praticamente esfrega a língua nos lábios do Killian. Sei disso porque dá para ver que ele está com os lábios fechados, tensionados em uma linha fina.

Se fosse comigo, e eu estivesse sendo rejeitada assim, teria cavado um buraco mais fundo ainda e me enterrado viva nele. Mas a loira não para e ainda morde o lábio inferior dele.

Em vez de pedir um beijo, ela está exigindo.

Incapaz de continuar olhando, abaixo a cabeça, a visão turva e as orelhas tão quentes que sinto que vão explodir. Será que tem alguma saída por aqui? Talvez do outro lado da casa?

Pelo canto do olho, vejo a mão de Killian disparar, agarrando a garota pelos cabelos e afastando-a com força. Então ele dá um passo para trás, deixando a mão cair ao lado do corpo.

Acho que não é só comigo que ele é bruto.

Eu esperava que ela choramingasse ou gritasse, com certeza eu teria gritado de tão doloroso que pareceu, mas ela apenas lambe os lábios, mostrando um piercing na língua.

— Adoro quando você fica agressivo. *Rawr*.

Ela é louca? Que tipo de pessoa gosta da violência desse desgraçado?

Ah, espere.

Não existem pessoas que têm esse fetiche? Como o próprio Killian, por exemplo.

Levanto a cabeça e passo a observá-los abertamente, sem a menor intenção de disfarçar.

— O que está fazendo aqui, Cherry?

É claro que seu nome é Cherry. Ela tem toda a cara de Cherry.

Um sorriso sedutor curva os lábios dela.

— Sempre tive curiosidade sobre o seu clube secreto, então achei que podia participar. Olhe, eu venci.

Meu estômago afunda com a lembrança de que não venci e que esse desgraçado me eliminou no último segundo. Já essa Cherry... ela já é um membro.

A expressão de Killian permanece impassível, então ela se aproxima, rebolando e mordendo o canto do lábio inferior.

— Que tal uma foda para comemorar? Um presente de boas-vindas aos Hereges? Você pode me enforcar.

Dou um passo para trás como se tivesse levado um tapa. Não posso mais ficar aqui. Meu peito dói só de pensar que ele fez comigo o que faz com outras pessoas.

Ele também as enforcou.

E provavelmente as emboscou e fez com que se sentissem vivas apenas para abandoná-las quando se cansou.

Eu já sabia disso, sabia, então por que estou com vontade de chorar, porra?

Uma coisa é certa: com certeza não vou ficar para assistir a esses dois se pegando.

— Eu... vou embora. — Meu sussurro é quase inaudível.

Recusando-me a abaixar a cabeça, viro de costas e começo a andar pelo caminho por onde vim.

Ou talvez eu possa entrar na casa e ver se há uma saída.

Uma mão forte se fecha ao redor do meu cotovelo, me puxando de volta. Encaro Killian, que praticamente me funde ao seu lado.

— Já tenho alguém para a foda de comemoração. Quem sabe na próxima, Cherry.

Quero dizer que não, que não vai ter foda nenhuma, muito menos comemoração, mas, por algum motivo, fico calada.

Talvez por causa da mudança no rosto de Cherry, que passa do flerte para algo muito assustador calculista.

— E quem é a ovelhinha perdida?

— Está mais para coelhinha. Ela corre rápido.

Em vez de deboche, há um toque de... orgulho em seu tom. Mas, antes que eu possa comentar, ele desliza a palma da mão do meu cotovelo para envolvê-la em minha cintura. De forma possessiva.

— A porta fica à sua esquerda. E os paus que você pode ir chupar também.

— Ainda está puto por causa daquilo? Não éramos exclusivos, Killer.

— Talvez ficasse puto se eu me importasse.

Cherry desfila em nossa direção até ficar colada do outro lado de Killian.

— Você acha mesmo que vai conseguir me substituir por essa... ovelhinha sem graça? Ela é tão comum quanto uma avó de conto de fadas e nunca vai conseguir manter sua mente e seu corpo estimulados. Ela nunca vai te entender como eu entendo, nem te dar a adrenalina que eu dou. Então não perc. seu tempo precioso com uma neurotípica qualquer que não é digna da sua atenção. E você... — Ela se vira para mim com um olhar venenoso. — Pare de correr atrás dele. Você não está no nível dele.

— Quem te disse que sou eu quem corre atrás dele? — Estou surpresa com a calma na minha voz. — Na verdade, é ele que vive no meu pé, mesmo depois de eu dizer incontáveis vezes pra me deixar em paz. — Enfio o cotovelo nas costelas dele e tento me desvencilhar. — Agora, se me derem licença, esta *neurotípica* está indo embora.

O calor da respiração dele acaricia meu ouvido e um arrepio me percorre. Congelo quando Killian sussurra:

— Se você for embora, vou transar com ela.

— Não me importo! Você pode ir para o inferno, e não vai significar nada para mim! — grito.

Então, com uma força sobre-humana, que provavelmente é resultado da adrenalina, eu o empurro para longe e vou em direção à casa.

Meus dedos tremem e esfrego a mão no short enquanto entro apressada no saguão.

O Máscara Verde está encostado em um canto, aparentemente observando a cena lá fora. Já o Máscara Amarela está sentado em um sofá, com um dos participantes no colo.

Sem brincadeira. O número oitenta e nove está usando o Máscara Amarela como cadeira.

A julgar pela silhueta, ele é definitivamente um homem e... me parece um pouco familiar. Tento olhar em seus olhos, mas ele abaixa a cabeça, permanecendo imóvel.

O Máscara Amarela, que o estava observando o tempo todo, volta a atenção para mim. Engulo um grito ao ver o sangue em sua máscara e nas mãos que usa para agarrar a cintura do Oitenta e Nove com um aperto firme e ameaçador.

— Perdida?

Dou um pulo com a voz por trás de mim e me viro, encontrando o Máscara Verde me encarando de cima.

— Hã, sim. Pode me dizer onde fica a saída?

— Siga-me.

Ele vai na frente, e hesito por um instante, mas, diante do olhar intimidador do Máscara Amarela, acabo seguindo o Máscara Verde.

Os Hereges são um verdadeiro show de horrores, e ninguém vai me convencer do contrário. Um calafrio atravessa meu corpo ao imaginar o que podem fazer às escondidas.

Enquanto deixo o saguão para trás, não consigo evitar de me sentir culpada pelo Oitenta e Nove. Ele vai ficar bem, né?

Talvez Devlin tenha se sentido encurralado nas mãos desses caras antes de decidir dirigir direto para o penhasco.

Ele não era do tipo combativo, e, se o fizeram se envolver em violência ou em joguinhos mentais, isso pode tê-lo destruído por dentro.

— Você não deveria estar aqui.

Sou arrancada dos meus pensamentos pela voz da Máscara Verde, que me guia por um corredor mal iluminado, coberto por um papel de parede gótico vermelho.

Por algum motivo, fico esperando uma mão surgir de repente e me puxar para dentro de um dos quartos, bem no estilo filme de terror.

O Máscara Verde é alto, mas magro, e sua presença transmite uma calma estranha, definitivamente não é ameaçador como o Máscara Amarela.

— Por que não? — pergunto.

— Você foi eliminada, e este saguão é exclusivo para membros.

Oitenta e Nove é um membro? Não pode ser. O Máscara Amarela parecia ser capaz de eliminá-lo com facilidade.

— Eu não sabia, mas agora só quero sair daqui — digo, torcendo para que ele largue o assunto.

Estou tentando, e talvez falhando, em não pensar na cena que deixei para trás.

O Máscara Verde para perto de um armário, abre e olha para o meu pulso. Permaneço imóvel enquanto ele revira algumas coisas lá dentro e, em seguida, pega meu celular. Está embalado em um saco plástico com o número sessenta e nove.

— Valeu — murmuro enquanto o guardo no bolso.

O Máscara Verde apenas assente com a cabeça e segue seu caminho em silêncio. Chegamos a portas duplas que dão para um pátio com uma escada. Um pouco mais adiante, vejo um portão preto, menor que o da frente, talvez uma saída lateral.

Ele para na minha frente e, devagar, retira a máscara, deixando-a cair ao redor do pescoço.

O rosto por trás dela não é ninguém menos que Gareth. Sim, o irmão mais velho de Killian, Gareth.

Enquanto Killian tem cabelo escuro, expressão sombria e tudo mais, Gareth é loiro, com olhos verde-claros e uma presença bem mais amena.

Ainda assim, há alguns traços que deixam claro que ele é irmão de Killian. Só que ele parece mais... confiável. Provavelmente por causa da calma que transmite.

— Obrigada — sussurro.

— Você devia manter distância do Kill. Ele não é flor que se cheire.

—Todo mundo vive me dizendo isso, mas é ele que não me deixa em paz.

Sua expressão se suaviza e ele solta um longo suspiro.

— Então meus pêsames.

— Por quê?

—Porque ele não para até conseguir o que quer. E o que ele quer quase nunca é óbvio.

— Ele não vai mais chegar perto de mim agora que tem outra pessoa. — Faço um gesto vago com as mãos. — A tal da Cherry.

Ele vai transar com ela, como prometeu. E nunca mais vou deixar que se aproxime de mim.

Nem que eu tenha que sofrer por isso.

Nem que eu tenha que soltar o Lan em cima dele.

Na verdade, tanto o Lan quanto o Eli. E o Creighton, se me der na telha. Não quis envolvê-los antes porque tinha medo de causar mais confusão, mas vou contra minha natureza desta vez e pedir ajuda.

Gareth solta a máscara do pescoço e acaricia o sorriso sinistro de neon.

— Eu não teria tanta certeza se fosse você. Conheço o Kill desde que ele nasceu, e até hoje não consigo entender que merda se passa na cabeça dele.

Minha curiosidade desperta.

— Como... você lida com ele? Se não se importar que eu pergunte, é claro.

Ele esboça um sorriso triste, me lembrando os tons do outono. É o que combina com ele, uma mistura de cores quentes e melancólicas.

— Meu jeito de lidar com ele não tem nada de impressionante. Tem certeza de que quer ouvir?

— Sim, por favor.

— Apenas evito ser o foco da diversão dele.

— Você tem medo dele?

— Não, mas tenho medo da falta de empatia dele. Também tenho medo de que ele acabe machucando nossos pais de uma forma irreversível, e é por isso que tento monitorá-lo o máximo possível... ao mesmo tempo em que fico fora do caminho.

— Tipo um irmão mais velho.

— Não, tipo um advogado. — Ele solta um suspiro. — Killian é um criminoso em potencial, e só porque nossos pais se recusam a enxergar isso, não significa que eu também não veja. Ele começou matando camundongos, depois passou a machucar colegas de classe, me machucar. Então se envolveu com a máfia para presenciar a brutalidade de perto. Sem falar nessas iniciações, que ele torna mais intensas a cada temporada. Em algum momento, nenhum desses estímulos será o bastante para a mente dele, que vai acabar matando alguém. É uma questão de *quando*, não *se*. E, quando isso acontecer, ele não conseguirá ficar sem o gosto de acabar com uma vida. E continuará fazendo de novo e de novo, apenas para experimentar a emoção inebriante, até que por fim seja pego. Portanto, estou apenas esperando que meu irmão caia nesse buraco.

— Isso não é verdade. — Eu franzo a testa.

— Qual parte?

— Esse destino que você já traçou para Killian. Ele tem mais autocontrole do que qualquer um que conheço.

— Ou é só o que ele quer que todos pensem. O Kill não está totalmente no controle, está apenas reprimindo os verdadeiros desejos, e um dia eles vão dominá-lo.

Não.

Gareth o enxerga apenas pelo lado sombrio, talvez por causa do passado dos dois. Há mais em Killian do que sua sede por violência.

E não, não o estou defendendo. Só estou tentando enxergar a situação como faço com o Lan.

Embora meu irmão seja um pouco diferente. *Acho*. Ele ama a nossa família. Ou talvez finja tão bem que nos engane completamente.

— Se cuide. — Gareth aponta para a porta.

Entendo isso como minha deixa para ir embora.

Quando estou do lado de fora, não consigo deixar de dar uma olhada para trás. Gareth está com as duas mãos nos bolsos enquanto me observa com uma expressão vazia que me deixa inquieta.

Saio dali com imagens de Cherry e Killian me assombrando a cabeça. Mesmo me obrigando a acreditar que não me importo.

Não me importo.

Certo?

Talvez eu me importe um pouco.

Ou muito.

Considerando que não tenho conseguido dormir.

Depois de entrar sorrateiramente no apartamento, acho que ouço gemidos de dor. Mas, ao inspecionar melhor, percebo que é apenas o violoncelo da Ava. A luz de Cecily está apagada, então ela deve estar dormindo.

Eu? Viro de um lado para o outro na cama por meia hora, imaginando Killian em cima daquela loira. Em minha imaginação, ele está metendo fundo nela, pegando-a com brutalidade, do jeito que ela gosta e...

Afundo o rosto no travesseiro, tentando expulsar a imagem da minha mente.

Depois me viro de barriga para cima e abro o Instagram. A primeira imagem que aparece é uma selfie de Annika fazendo biquinho enquanto apoia o rosto em uma das mãos, com a luz do sol entrando pelas enormes portas francesas atrás dela.

Existe a beleza e existe a beleza fotogênica como a da Anni.

A legenda da foto diz: Entediada. Me conte algo sobre você.

O primeiro comentário é de lorde-remington-astor.

Minha falta de conhecimento sobre literatura grega sempre foi meu cotovelo de Aquiles.

Annika responde com uma sequência de emojis de gargalhadas. Depois, ela e Remi seguem conversando por uns vinte comentários, no meio dos quais marcam o Creigh cinco vezes, mas ele, claro, não se dá ao trabalho de responder.

Espere. Esses dois realmente criaram uma conta no Instagram para o Creighton?

Continuo rolando para baixo e encontro o comentário de um nome familiar.

nikolai_sokolov: Melhor apagar antes que o Jeremy faça sua patrulha noturna.

Clico no perfil dele e vejo que tem dezenas de milhares de seguidores. Sem brincadeira.

O perfil de Nikolai tem uma *vibe* toda sombria e underground. Cheio de fotos esfumaçadas, imagens de lutas e, no meio disso tudo, algumas estranhas fotos de família, que destoam completamente. Numa delas, ele está cercado por duas loiras idênticas e deslumbrantes, que sorriem para a câmera enquanto ele faz cara de poucos amigos.

Ainda estão tentando me enganar, mas sei que a da esquerda é a Maya... Não é?

Em outro post, há um *print* de um grupo no WhatsApp, com uma legenda interessante.

Cercado por idiotas.

Gareth: Grupo de estudos?
Nikolai: Tenho uma ideia melhor. Sexo em grupo.
Gareth: Que nojo.
Jeremy: Tente novamente daqui a cem anos.
Killian: Estou bloqueando você.

Consigo até ouvir a voz monótona do Killian dizendo isso, e meu estômago revira, mas saio do *print* e continuo rolando pelo perfil do Nikolai.

Na última foto que ele postou, Nikolai está segurando Gareth e Killian em um mata-leão, com Gareth tentando escapar e Killian parecendo entediado.

Preso a esses filhos da puta para o resto da vida. Não que eu esteja reclamando... ok, talvez um pouco.

Meus dedos tremem enquanto toco no ícone de "marcados" e clico em killian.carson.

Meu coração quase sai pela minha boca quando me deparo com o botão Seguir de volta.

Quando foi que ele me seguiu?

Pensando bem, ele mencionou que viu minha pintura inspirada em *A origem* e meus *stories* antes.

Vou nas minhas notificações e descubro que ele curtiu muitas das minhas fotos. Deslizo a tela para baixo e para baixo e, caramba, o maluco curtiu todas as quinhentas fotos que publiquei no Instagram.

Cada uma delas. Há uma hora.

Foi mais ou menos na hora que cheguei ao apartamento. Isso significa que ele desistiu dos planos? Ou será que estou só me iludindo?

Volto ao perfil dele.

Se eu esperava que ele tivesse mais ou menos a mesma quantidade de seguidores do Nikolai, estava terrivelmente enganada, são duzentos mil a mais.

Óbvio que esse desgraçado é popular. Não é nenhuma surpresa.

Na *bio*, ele escreveu:

Estudante de medicina. Apreciador de coisas belas.

A conta de Killian é menos caótica que a de Nikolai. Na verdade, é esteticamente agradável, com cores quentes e muita energia positiva. Festas. Reuniões de estudantes de medicina. Amigos. Família. Pessoas.

Muitas e muitas pessoas, rostos, sorrisos e vida.

A fachada perfeita para esconder sua podridão interior.

Em cada uma das fotos, ele está feliz, gargalhando ou dando um sorriso de lado. Algumas são tiradas em lugares exóticos, outras, em mansões. Sua família não apenas tem dinheiro, mas também gosta de exibi-lo.

Quanto mais desço a tela, mais tenho certeza de que Killian é a versão masculina de borboletas sociais como Ava e Annika, mas sem a sinceridade delas.

Killian imita perfeitamente a obsessão da juventude por redes sociais. E faz isso melhor do que todo mundo, já que o carisma lhe é natural.

Mas sei que cada um desses sorrisos é uma mentira deslavada.

Conforme vou analisando o seu perfil, fica evidente o motivo de tantas pessoas se sentirem atraídas por ele. Existem muitos homens bonitos por aí, mas poucos têm esse magnetismo. Ele não precisa se esforçar.

As pessoas se aproximam de Killian como mariposas em direção ao fogo, sem saber que vão se queimar se chegarem perto demais.

Ou se ele resolver se aproximar delas.

Clico numa foto de família em que uma mulher vestida de forma elegante, que suponho ser a mãe dele, está sentada em uma cadeira barroca de encosto alto. Ela exala uma aura de rainha implacável, segurando a mão de um homem que repousa em seu ombro. O marido, imagino, dada a semelhança entre ele, Gareth e Killian. Ele está de pé logo atrás da esposa, dando um sorriso de lado com um ar de superioridade. Mas o mais interessante é a expressão de puro horror no rosto do Gareth e do Killian.

Deslizo para o lado para ver outra foto. Agora, a mulher está rindo, o marido está sério, Gareth parece aliviado, e Killian joga a cabeça para trás, gargalhando.

Ao contrário da primeira foto, essa risada não parece completamente falsa. Também não é genuína, está bem no meio.

Minha atenção se volta para a legenda.

A diferença entre "Talvez eu dê uma irmãzinha pra vocês" e "Brincadeira, olha a cara de vocês."

Percebo um padrão: Killian posta mais fotos com a mãe e a tia; a mãe tem uma irmã gêmea idêntica, que também é mãe de Nikolai, do que com o pai e Gareth.

Na verdade, ele nunca postou uma única foto em que o pai apareça sem ser ao lado da esposa.

E houve apenas uma vez em que ele postou uma foto só do Gareth, que estava saindo para correr na chuva.

O treino de pernas do meu irmão mais velho pode se transformar em um dia de natação com esse clima. Se controle, Inglaterra.

Por outro lado, existem toneladas de fotos da mãe. Na mais recente, há uma selfie em que ela está tentando dar biscoito na boca dele, enquanto Killian faz careta.

Disse pra minha mulher favorita que deixei de ter seis anos faz mais de uma década, e ela respondeu "Só por cima do meu cadáver" enquanto enfiava um biscoito na minha boca. Alguma dica de como convencer sua mãe de que você cresceu?

Em outra, ele aparece entre a mãe e a tia. A mãe está beliscando a bochecha dele, rindo, e a tia apenas sorri ao lado.

Adivinha quem vai escolher as rainhas essa noite? Fique puto @nikolai_sokolov.

Meus olhos começam a embaçar com tantas imagens semelhantes. A vida dele parece tão normal, tão vibrante, tão absolutamente hipnotizante.
Ah, ele é bom.
E disfarça tão bem que até eu estou começando a questionar se tudo isso é real.
Volto para a última foto que ele postou, cinco horas atrás, mostrando as cinco máscaras.

Noite de travessuras.

Rolei a tela para cima e travei quando o perfil atualizou. Enquanto eu bisbilhotava, ele postou outra foto.

É em preto e branco, mostrando o dedo médio e o anelar dentro de uma boca.

Minha boca.

Esta é a foto que ele tirou antes, quando eu estava embaixo dele, quando ele me disse que eu poderia me esconder do mundo inteiro, mas não dele.

Não há nada visível além do meu pescoço e dos meus lábios, mas sei que sou eu.

Desgraçado.

Filho da puta.

Minhas mãos tremem quando leio a legenda.

Capturei um coelhinho hoje à noite e decidi ficar com ele pra mim.

"Ficar pra mim" o cacete.

Meu sangue ferve, e os comentários cheios de "sexy" e "puta merda" não ajudam em nada. Fecho o aplicativo e jogo o celular na cama.

Depois, penso melhor. Como esse desgraçado tem a ousadia de postar essa foto depois daquele showzinho com a Cherry?

Ele quer jogar?

Eu vou jogar.

Levo cinco minutos para encontrar o esboço com o qual estava brincando mais cedo no almoço. Coloco ao lado de uma tela em branco e pego minhas cores quentes.

Tenho apenas uma vaga ideia de onde isso vai dar, mas, com cada pincelada, a imagem começa a tomar forma.

Pela primeira vez, fico grata por não ter dificuldades em pintar figuras humanas, e faço isso com maestria.

Minha criação olha para mim com uma expressão suave. É um homem imaginário que, ao contrário de Killian, tem cabelos loiros, olhos cor de avelã e um sorriso com covinhas. Há suavidade em seu olhar, e ele parece tão agradável que o admiro com um sorriso enorme no rosto.

Depois de ajustar as luzes, tiro uma foto da pintura e posto no Instagram com a legenda: Meu tipo.

Annika é a primeira a comentar.

annika-volkov: Que fofo.

a-ava-nash: Amiga, como assim? COMO ASSIM? Onde esse belo exemplar estava escondido e por que ainda não o interrogamos?

cecily-knight: O que a Ava disse.

ariella-jailbait-nash: Isso aí, amiga!

lorde-remington-astor: Nada disso! Apaga! Exijo direito de veto sobre esse babaca com cara de trambiqueiro.

Cecily e Ava se unem contra Remi, Ariella o defende. Annika não para de babar na pintura e ainda abre um *thread* separado para fofocar com a Ava. Sorrio, satisfeita comigo mesma. Missão cumprida.

Assim que me sento, meu celular vibra.

Dou um pulo ao ver a mensagem na tela:

Psicopata: Seu tipo porra nenhuma.

CAPÍTULO 19
KILLIAN

Chuto um dos caras que o Nikolai trouxe até aqui para fora do meu caminho.

Na verdade, faço isso com dois caras *e* uma garota aleatória.

Meu primo em geral tem mais mulheres do que homens ao redor, mas ele está se comportando de um jeito estranho desde a cerimônia de iniciação de ontem à noite.

Os caras estão bêbados, provavelmente chapados, e nem reclamam quando eu os empurro com o pé.

Nikolai, por outro lado, não está entre eles, presenteando a casa com um show pornô logo de manhã. Exibicionismo é a base de sua alma, e, embora voyeurismo não seja algo que eu condene, é irritante quando todo mundo começa a gritar e incomodar minha audição sensível com essa barulheira.

Depois que a cerimônia de iniciação terminou, o Máscara Branca saiu sem se preocupar em ver quem tinha sido aprovado. Não é nenhuma surpresa, já que ele só se interessa pela parte do jogo, não pela parte administrativa. Igual a mim.

Gareth e Jeremy ficaram para receber os dois novos membros. A primeira é a Cherry. Tenho a forte impressão de que ela é a pessoa que meu irmão escoltou até o casarão e ficou seguindo como um cachorrinho.

O segundo é um daqueles riquinhos metidos da UER. Nós convidamos exatamente cinco, sem contar com a presença inesperada da Glyndon. Não permitimos que os alunos da UER se juntem a nós, mas abrimos uma exceção dessa vez para um esquema que Jeremy e eu estamos planejando.

Todos os cinco recusaram o convite simplesmente não aparecendo. Já esperávamos por isso, considerando a relação próxima deles com os Elites. Mas o participante que foi aceito não faz parte desse grupo; é alguém que Nikolai convidou pessoalmente, depois emboscou e colocou num mata-leão no meio da floresta. O mesmo cara que achei que ele fosse matar pela insolência, mas cujo número nunca foi anunciado pelo locutor. Como Nikolai só usou os punhos, ele tinha que reportar verbalmente à central sobre qualquer eliminação.

Ao que parece, ele não fez isso com o Oitenta e Nove e ainda o escoltou de volta até o casarão para anunciá-lo como novo membro. Jeremy não gostou daquilo, então avisou Nikolai e os guardas para ficarem de olho nele, caso fosse um espião, e depois passou a antagonizá-lo.

Oitenta e Nove saiu logo depois da confusão, mesmo com Nikolai tentando segurá-lo para a comemoração.

Cherry, por outro lado, teve a audácia de se enfiar em um dos quartos para passar a noite, provavelmente o do Gareth. Ela tentou entrar no meu, mas a expulsei, pois estava ocupado olhando meu celular por horas a fio, esperando uma resposta da coelhinha.

Sem sucesso.

Não tenho dúvidas de que ela viu minha postagem no Instagram e decidiu responder com a pintura sem graça de "meu tipo". Desde então, estou pensando em criar milhares de contas no Instagram só para poder denunciar e ver a publicação ser derrubada.

Ela não tem ideia mesmo de com quem está lidando, não é?

Pelo resto da noite, fiquei na sala de controle assistindo às filmagens de segurança. Vi cada movimento da minha coelhinha, desde quando chegou à mansão parecendo um gato assustado, até como foi ganhando coragem aos poucos.

Não havia filmagens da parte em que a devorei no jantar, porque fiz questão de levá-la para onde não há câmeras. Se algum dos guardas a tivesse visto ou registrado o seu lado sensual, já estariam tendo uma conversa com o Criador neste momento.

Estou sendo muito possessivo? Sim. Até eu reconheço, já que nunca dei a mínima para as minhas parceiras sexuais.

Mas percebi uma coisa.

Não se trata apenas de sexo com a Glyndon. Tenho a sensação de que ainda sentirei essa necessidade de possuí-la muito depois de ela abrir as pernas para mim.

Durante a minha maratona de arquivos de segurança, confirmei que o convite dela para a cerimônia de fato foi enviado dos nossos servidores.

Não há vestígios de invasão nem de manipulação do sistema.

Jeremy não está nem aí para esses detalhes e deixa sua equipe de segurança cuidar disso. Nikolai é mais desligado ainda, a menos que haja um lutador que ele queira desafiar.

O culpado mais provável é ninguém menos que o meu irmão. O mesmo que escoltou a Glyndon para fora como se fosse um cavaleiro medieval imbecil.

Se eu o confrontar agora, ele vai negar até a morte. Então vou procurar provas e bater na cabeça dele com elas. Logicamente, ele não teria motivos para envolvê-la. Exceto para me provocar.

O fato é que o Gareth é um menino comportado e não gosta de usar as pessoas.

Tem também o incidente com a flecha, que ainda não consegui explicar. Quem quer que tenha tentado me atingir fez isso de um ângulo impossível de ser captado pelas câmeras.

É alguém que conhece bem o funcionamento dos nossos sistemas internos.

Alguém… próximo.

Depois de passar a noite inteira assistindo a gravações e grudado no celular como um adolescente, enfim desço as escadas.

No caminho, chuto os amigos de farra do Nikolai para longe e continuo andando. Acabo pisando em algo escuro… Espere, é uma pessoa. Paro e cutuco com o pé. Será que aconteceu um assassinato enquanto eu estava dormindo, ou tentando dormir?

Que blasfêmia é essa? Exijo uma reprise.

Fico balançando a figura com o pé por um tempinho até que ela rola de costas com um gemido, revelando ninguém menos que o lunático do meu primo.

As mãos dele ainda estão cobertas de sangue seco, que vai ser um inferno para limpar, e ele está com a testa franzida, parecendo uma puta sonhando com um trepada sem graça.

Dou outro chute.

— Tem camas por aqui, sabia?

— Vá se foder, seu puto filho da puta. — Ele murmura e não soa sonolento, mas como se estivesse perdido em pensamentos. — Estou te incomodando dormindo no chão da minha própria casa? Me deixe pensar em paz.

Dou mais um chute, só de sacanagem.

— Desde quando você usa a palavra "pensar"? Bateu a cabeça em algum lugar? Melhor te levar pro hospital pra uma tomografia. Quem sabe descobrimos se você tem mesmo um cérebro.

Ele solta um gemido alto e se senta com a letargia de um monstro imortal. Quando abre os olhos vermelhos, dá para ver as olheiras escuras ao redor. Alguém teve uma noite difícil.

— Vá se foder antes que eu te mate e abrace a tia Reina no seu funeral enquanto ela chora pelo filho inútil.

— Tá nervosinho assim por que, Niko? Noite de sexo ruim?

— Está mais pra noite sem sexo nenhum.

— Sério? — Inclino a cabeça na direção dos três drogados desmaiados. — Opções não faltaram. Qual é o problema? Disfunção erétil?

Ele rosna em resposta.

— Porra. É sério?

— Vá se foder, herdeiro de Satanás. O nome disso é "falta de interesse".

— O nome disso é "impotência". Nosso pobre Niko. Será que eu deveria te arrumar umas pílulas azuis? Não se preocupe, vai ser o nosso segredinho.

Nikolai fica em pé e baixa as calças e a cueca, revelando o pênis duro e ornamentado.

— Eu já disse, é falta de interesse. Agora vá se foder antes que eu bata com ele na sua cara.

— Recomendo fortemente que evite isso, você pode acabar quebrando seu bastão da alegria. — Lanço um olhar entediado para seus companheiros de noite. — Nenhum deles servia?

Ele puxa a calça para cima, bate a mão no bolso, pega um cigarro amassado e fala ao seu redor enquanto tenta acendê-lo, mas seu Zippo não funciona.

— Todos são tão sedutores quanto putas cheias de doenças. Nenhum sabe chupar um pau direito.

Pego meu Zippo e acendo seu cigarro, depois pego um pra mim.

— Então arrume alguém que saiba.

Ele faz uma pausa com o cigarro pendurado e passa o braço em volta dos meus ombros, praticamente me espremendo.

— Você é um gênio do caralho, Kill.

— E você só descobriu isso agora?

Ele continua na missão de ser um grudento.

— Você tem razão, eu deveria mudar de ares. Quer umas aulas de tiro? Aquela instrutora é boa em ficar de joelhos.

— Não posso. Estou ocupado. — Solto-me de sua mão de polvo e o empurro para longe.

— Búú. Vou com meu primo favorito, Gaz. Você pode gentilmente ir se foder pra lá.

Eu o ignoro enquanto vou embora. Então, em vez de acender meu cigarro, eu o jogo fora.

Estou com um gosto estranho na boca.

• • •

Depois de assistir à minha primeira aula, faço um simulado que meus colegas basicamente surtam ao ver. Com as olheiras e o drama todo, dá até para duvidar de que eles têm capacidade pra ser a elite da elite.

Se esses idiotas não conseguem se controlar por causa de uma prova, como é que vão lidar com uma emergência no meio de uma cirurgia?

E daí que eu mesmo não estudei para essa prova? Meus neurônios geniais deram conta de metade das questões, e a professora cuidou da outra metade quando resolvi ativar meu charme.

Melhor ser esperto do que esforçado. Ou, Deus me livre, ser mais emocional.

O que tem de tão bom nas emoções, afinal? Minha vida inteira, só as vi atrapalhar mais do que ajudar. Se as pessoas não fossem tão viciadas em emoções, não precisariam de outras drogas para lidar com elas.

Assim que o primeiro horário termina, pego o celular e ignoro todas as notificações inúteis, menos uma.

Mãe: Bom dia, bebê! Espero que esteja tendo um ótimo dia.
Mamãe te ama até Netuno e de volta.

Solto uma risada curta. Acho que a minha mãe simplesmente se recusa a acreditar que crescemos.

Quando éramos pequenos, as pessoas diziam para os filhos que os amavam até a lua e de volta, mas ela escolheu o planeta mais distante do sistema solar e disse que nos amava até lá.

Rabisco algumas coisas na folha de rascunho que normalmente não uso, mas finjo que uso para o bem da minha mãe. Pelo menos assim, ela pensará que seu filho é normal e tem dificuldades como qualquer um.

Isso não é cem por cento eficaz, mas com certeza ajuda a diminuir sua preocupação.

Depois, tiro uma foto e envio.

Killian: Fiz uma prova hoje de manhã. Acha que fui bem?
Mãe: Certeza que foi. Mesmo que o mundo deixasse de acreditar no seu potencial, eu nunca duvidaria.

Inclino a cabeça para o lado, lendo e relendo a mensagem. Acho que ela é obrigada pela natureza a me amar incondicionalmente, mesmo que uma parte dela sempre tenha medo de mim.

Pelo menos ela tenta, e respeito isso na minha mãe.

Também respeito a necessidade do meu pai de estabelecer limites claros.

Talvez eu fizesse o mesmo se estivesse em seu lugar.

A única diferença é que não quero estar no mesmo lugar que ele.

Não depois daquele dia.

— Deveríamos ter tido apenas o Gareth. — Eu o ouvi dizer à minha mãe quando dei um soco em um dos meus colegas de classe porque ele estava fazendo bullying com meu primo.

Minha mãe chorou muito.

— Ash! Se você me ama, nunca mais diga uma coisa dessas. Killian também é nosso filho.

— Um problemático.

É o que eu era. O problemático.

Não ouvi o que minha mãe disse depois disso, até porque, de certa forma, as palavras do meu pai faziam sentido. Sou o que veio com defeito em comparação ao Gareth, e até mesmo ao Nikolai.

Ainda assim sou superior, só para constar.

Verifico minhas outras notificações, mas não há resposta da minha maldita coelhinha irritante.

Vou nas fotos em que ela foi marcada e encontro uma que Annika postou logo cedo, provavelmente depois que Jeremy a escoltou de volta para a UER.

É uma selfie no apartamento delas. Ava está encostada em um violoncelo enorme, fazendo sinais de V com os dedos e sorrindo com os olhos meio fechados.

Annika basicamente espelha a pose dela. E tem uma garota de cabelo prateado meio escondida atrás da Ava, deixando os fios cobrirem parte do rosto. Só dá para ver o corpo e os livros que ela abraça junto ao peito.

Minha atenção se volta para Glyndon, que foi flagrada jogando a mochila sobre o ombro e sorrindo sem jeito. Ela é a pessoa menos espontânea e mais antissocial que conheço.

Mas é tão verdadeira que me irrita pra caralho.

É evidente que está viva e decidiu ignorar minha mensagem por escolha própria.

annika-volkov: Vários cursos. Um só coração. Amo muito essas garotas. bjinhos

Espere aí, tem outra marcação para a Glyndon, postada há quinze minutos. Dessa vez, ela nem percebe que tiraram a foto. Remington está mostrando metade do rosto fazendo um bico, enquanto Glyndon e Creighton aparecem ao fundo, com livros no colo.

Ela está franzindo a testa de concentração, como se o mundo ao redor não existisse.

lorde-remington-astor: Em minha defesa, quando falei que talvez devêssemos estudar, eu estava meio inconsciente e não falava sério. Agora estou preso com esses nerds. Socorro.

Bato o dedo na parte de trás do celular uma vez, então abandono minha segunda aula e dirijo até o outro campus.

Leva um tempo até chegar à Faculdade de Artes, já que a UER basicamente jogou o prédio lá no fim do mundo.

Quando chego, Creighton e Remington não estão em lugar nenhum. Em vez disso, um cara loiro, de olhos castanhos brilhantes, está sentado ao lado de Glyndon na beira da fonte. O cabelo dele está penteado para trás como se tivesse ido a algum evento formal. Ah, e ele está usando cardigã e calça cáqui.

Dá vontade de vomitar.

Mas tudo isso perde a importância no momento em que vejo Glyndon rindo. Não apenas sorrindo, não fingindo ser simpática como os King a educaram para ser, mas rindo de verdade.

Quais são as chances de eu afogar esse idiota na fonte sem ninguém perceber? Talvez zero, já que demora para alguém morrer afogado. Ele desesperado tentando escapar, o sufocamento, a morte lenta... Talvez valha a pena ser preso por isso.

Escolhas. Escolhas.

A visão dela radiante, vestindo regata, short e jaqueta jeans, desperta um sentimento estranho em mim.

Pode ser vontade de destruir algo, de preferência a cara dele, ou um tipo de enjoo de ciúmes ao qual não estou acostumado.

Pode ser ambos.

Caminho lentamente na direção dos dois e me sento ao lado da Glyndon, envolvendo um braço ao redor de seus ombros. Quando ela percebe minha presença, já é tarde demais.

Agora que coloquei minhas garras nela, não há nada neste mundo que me faça soltá-la.

Exceto o tédio eventual.

E isso simplesmente não está nos meus planos por enquanto.

Seus lábios se entreabrem, hoje pintados de rosa, um tom que lembra o perfume de framboesa de que ela gosta. Um fio loiro escapa do restante do cabelo, e o coloco atrás de sua orelha devagar, deixando meus dedos roçarem em sua pele pálida.

Meu pau endurece quando suas bochechas ficam vermelhas.

Porra.

Eu sabia que o vermelho era minha cor favorita.

— O que... você está fazendo aqui?

É uma voz que eu poderia ouvir o dia inteiro. Doce, baixa, definitivamente não está no espectro irritante de forma alguma.

— O que parece que estou fazendo? Vim te ver, baby. Não vai me apresentar à sua companhia?

O fogo que brilha em seus olhos, e claro, já sem surpresa, endurece meu pau ainda mais.

Talvez ela tenha razão e tudo o que faz realmente consiga atiçar minha libido. Glyndon me dá uma cotovelada, e eu deixo, fingindo que doeu.

— Não — ela sussurra.

— Você sabe que essa palavra não tem nenhum significado para mim — murmuro de volta, antes de encarar o almofadinha que com certeza não faz o tipo dela.

Jeremy e Nikolai dizem que minha cara de *"chega pra lá"* é assustadora, e a uso por completo enquanto abaixo minha voz.

— Killian Carson, namorado da Glyndon. E você?

— Você não é…

Aperto o braço ao redor dela, fazendo-a se encolher e calar a boca.

O-obviamente-não-tipo-dela pigarreia, a expressão vacilante.

— Stuart. Eu e a Glyn estudamos juntos.

Stuart. Pfft. É claro que o nome dele é *Stuart*.

É com esforço que reprimo o riso.

— Prazer em te conhecer, Stuart. Que nome… bonito. Como estão seus pais?

— Uh, bem. Eu acho?

— Seria bom ver se eles estão bem. Não sei se dá pra confiar em quem tem um gosto tão duvidoso pra nomes.

Dessa vez, a Glyndon me dá uma cotovelada com força suficiente para me arrancar um grunhido, e sorri para ele.

— Não liga para o Killian. Ele tem um senso de humor deturpado.

— Tudo bem, Glyn.

— Glyndon. — Meu humor desaparece. — O nome dela é Glyndon.

— Hum, certo. — Stuart-que-ainda-não-é-o-tipo-dela pega sua bolsa e se levanta. — Eu… uh, tenho um trabalho pra entregar. Vejo você por aí, Glyn… don.

O idiota foge como se estivesse pegando fogo, e continuo observando até que ele desapareça dentro do prédio, ao mesmo tempo que penso em maneiras eficazes de impedir que ele respire perto dela de novo.

Glyndon tenta se livrar de mim e falha miseravelmente, soltando um suspiro irritado. Até isso é bonitinho.

O que que ela tem de diferente?

Esse mistério está começando a me irritar pra caralho.

— Você tem merda na cabeça? Por que assustou o Stuart? Ele é um pouco delicado.

Dou uma risadinha e balanço a cabeça.

— Claro que ele é delicado. Eu ficaria surpreso se não fosse uma florzinha frágil com um nome desses. Deviam mandar prender os pais dele.

— Você é um babaca. Me deixe em paz.

— Você não ficou sabendo? Agora somos namorados. Não posso simplesmente te deixar em paz.

— Não quero ser sua namorada. Na verdade, não quero ser nada sua.

— Ainda bem que não é você quem decide isso. Além do mais, você me deixou no vácuo.

— Não estava com vontade de falar com você enquanto você e a sua namorada de verdade transavam.

— Você fica fofa com crise de ciúmes. Ficou chateada por eu ter rasgado a boceta dela com o meu pau? Me imaginou comendo a boceta dela e fazendo Cherry engasgar com a minha porra igual fiz com você? Ficou magoada?

Ela vira o rosto para mim num golpe rápido, os lábios pressionados numa linha fina.

— Vá se foder.

— Não, na verdade você me disse para ir foder a Cherry. — Pego o celular e vou até meus contatos. — Em geral só preciso chamar que ela vem. Se ela vier, dessa vez você vai ficar para assistir ou vai fugir como uma coelhinha assustada de novo?

Ela me empurra, mais forte agora, e mesmo colocando toda a força, ainda a seguro no lugar, minha voz perdendo qualquer resquício de casualidade.

— Sente essa bunda aí. A gente ainda não terminou de conversar.

Seu rosto se contorce e uma lágrima se agarra à sua pálpebra esquerda.

— Você já tem seu brinquedinho. Por que não me deixa em paz?

— A Cherry não é meu brinquedinho, *você* que é. Se continuar dificultando as coisas e fingindo que não se importa que eu transe com ela, juro que te forço a me assistir fodendo ela até enjoar. E aí vou ser obrigado a abandonar o meu lado bonzinho e arrancar sua virgindade na mesma hora.

Os lábios dela se entreabrem, começando a desistir de lutar.

— Você... não dormiu com ela?

— Não. Quer que eu faça isso?

Ela desvia o olhar, focando o chão. Em qualquer coisa, menos em mim. Mas vejo seu pescoço se movendo quando engole em seco.

Uso a mão em seu ombro para chamar sua atenção de volta para mim.

— Me responda. Quer que eu chame a Cherry?

— Não. — Sua voz é apenas um sussurro, quase consumida pela comoção ao nosso redor, mas eu escuto.

É a primeira vez que ela se liberta das algemas da moral e se deixa levar.

Será que é cedo demais para fodê-la bem aqui, na beirada dessa fonte? Depois pensar em uma maneira rápida e eficaz de eliminar as testemunhas?

Não.

Controle-se.

Não quero assustá-la agora que ela enfim está sendo sincera.

— Como é? — Eu me faço de bobo. — Não escutei.

Ela me encara, mais firme agora.

— Não quero que transe com a Cherry.

— Está sendo possessiva comigo, baby?

— Não. É por mim. Se você não for me deixar em paz, então me recuso a ser sua segunda opção.

— Se você diz...

— Estou falando sério.

— Aham, claro.

— Se você tocar em qualquer outra mulher, vou procurar o meu tipo.

— Tipo o Stuart? Tenho certeza de que sua família contrataria alguém para matá-lo antes de permitir que um nome desses entrasse na árvore genealógica. Talvez eu possa fazer esse favor.

Ela bufa, os olhos brilhando de pura provocação.

— Aí que você se engana. Minha família sempre quis que eu encontrasse um príncipe encantado. Aposto que aprovariam o Stuart.

Minha mandíbula se contrai.

— Não se ele acabar... desfigurado.

— Você precisa sempre usar violência?

— Nem sempre. Só para remover obstáculos do meu caminho. — Acaricio sua bochecha. — Não seja assim, baby. Ok?

— Não tenho medo de você.

Abro um sorriso de lado quando me vejo refletido em seus olhos brilhantes e determinados. É a primeira vez que ansiei por ver meu próprio reflexo.

— É disso que gosto em você, minha coelhinha.

Os lábios dela formam um "o" surpreso antes de se fecharem. Então ela abre a bolsa e pega um sanduíche.

Eu o pego de sua mão e o empurro para o lado. Ela resmunga:

— Estou com fome.

— E isso é lixo.

— Melhor do que passar fome.

— Eu desconfiava que você era do tipo que não cuida direito da saúde. Aposto que passa a noite em claro com algum projeto, dorme duas horas e depois aparece na aula com olheiras.

— Que caralh... como você sabe disso? — Ela estreita os olhos. — Você lê pensamentos?

— Os seus? Sempre.

Abro minha mochila, pego a comida que preparei de manhã cedo e a posiciono em seu colo.

Ela olha para a vasilha desconfiada.

— Vou encontrar um rato morto aqui dentro?

— Shh. Era para ser surpresa.

— Você não é engraçado.

— Você sempre diz isso, mas juro que não tento ser engraçado. Agora, abra.

Ela me lança um olhar desconfiado, mas, devagar, levanta a tampa. Então congela. Passei um tempo extra preparando arroz, camarão, dois tipos de salada e alguns ovos.

— Uau. — Seus lábios se entreabrem. — Você... fez isso?

— Sim. Veja, até fiz uma carinha feliz com os vegetais no arroz.

Os ombros dela começam a tremer em uma risada contida.

— Esse sorriso é meio assustador.

— Pelo menos tentei. — Eu lhe passo os talheres. — Coma.

Ela pega um pouco de arroz, fazendo o possível para não estragar a carinha sorridente, depois come a salada e o camarão.

— Está uma delícia. Não como uma refeição caseira desde a última vez que visitei meus pais.

— Porque você é péssima em cuidar das próprias necessidades.

— Ei, não precisa ser um babaca também. — Ela engole uma colherada de arroz. — Além disso, você deve ter torturado seu cozinheiro para preparar isso para você.

— Não, na verdade, eu que cozinhei.

Ela se engasga, e pego uma garrafa de água, destampo e entrego para ela. Dou tapinhas em suas costas enquanto ela bebe.

— Sei que está emocionada, mas tem que se controlar, baby.

Glyndon termina de beber e me olha por baixo dos cílios.

— Você... cozinhou tudo?

— Foi o que eu disse.

— Mas está tão delicioso.

— E alguém como eu não pode fazer algo delicioso?

— Não foi o que eu quis dizer. Só estou surpresa.

— Por eu prestar atenção às suas necessidades físicas?

— E que você saiba cozinhar.

— Não sei cozinhar. Essa foi a primeira vez que tentei.

— O quê? — Ela quase se engasga de novo, e mantenho a garrafa de água por perto. — Como assim? Como conseguiu fazer algo tão gostoso na primeira tentativa?

— Receitas na internet. Já ouviu falar?

— Minhas tentativas com receitas da internet foram desastres completos, a ponto de a minha mãe me expulsar da cozinha. *Depois* que coloquei fogo no fogão.

— Sorte sua que sou um cozinheiro razoável.

— Você está tentando me irritar sendo modesto? Você é, tipo, um gênio.

— Todo mundo está me falando isso hoje como se fosse novidade. Nasci um gênio, baby.

— Não seja arrogante.

— Mas é o meu charme.

Ela revira os olhos, mas continua comendo, soltando um som satisfeito de vez em quando. Algo parecido com um gemido, mas não exatamente.

Eu poderia observá-la o dia todo.

A Glyndon é graciosa, mesmo quando está comendo. Há uma elegância nos seus movimentos e uma aura real em sua presença. Parte de mim anseia por corrompê-la das piores formas possíveis.

E protegê-la também.

— Não acredito que essa foi sua primeira vez. — Ela murmura, depois de engolir a comida.

— Minha coelhinha está com inveja, é?

Sua cabeça se inclina na minha direção, fazendo com que os fios loiros e cor de mel camuflem metade de seu rosto.

— Por falar nisso, que história é essa de coelhinha?

— Você estava correndo rápido ontem. Eu gostei.

— Bem, não gostei do que você fez depois. Por que caralhos postou aquela foto no Instagram?

— Nossa, baby. Está me stalkeando? — Sorrio. — Mamãe, venha me buscar. Estou com medo.

Ela sorri e depois esconde o sorriso.

— Eu é que devia dizer isso, babaca.

Em tom de brincadeira, bato meu ombro no seu.

— Preciso marcar território para ninguém se atrever a chegar perto do que é meu. Como o nosso querido *Stuart*.

— Pare de rir da cara dele. Você é inacreditável.

— Inacreditável é a sua pintura "meu tipo". Apague aquilo.

— Não.

— Vamos ter que fazer do jeito difícil?

Seus lábios se abrem, e ela para de mexer na salada para olhar ao redor.

— Você não pode fazer nada. Estamos em público.

— Tem certeza? — Pego o celular de seu colo e coloco na frente de seu rosto, desbloqueando-o. Quando ela percebe o que está acontecendo, já estou no Instagram dela e apago a foto.

— Já ouviu falar em privacidade?

— Não acredito nessa palavra quando se trata de você.

Já que estou aqui, vou para seus contatos e vejo como salvou meu nome.

— "Psicopata" é bonitinho. — Dou um beijo em sua bochecha, e ela congela quando tiro uma selfie e a coloco como tela de bloqueio. — Pronto. Muito melhor. Pra você olhar quando sentir minha falta.

— Até parece!

Dou uma risada enquanto ela tenta pegar o celular de volta e não consegue. Várias vezes.

Até que enfim desiste e me lança um olhar mortal.

— Imbecil.

— Vejo que seu repertório de insultos está aumentando.

— Aprendi com o melhor.

— Fico feliz em ajudar. Como você vai me pagar? Eu voto em um boquete.

— Vá sonhando.

— Nos meus sonhos, meu pau está sujo com o seu sangue, então, a menos que esteja disposta a torná-lo realidade, sugiro que mude de assunto. — Pego sua mão e a coloco sobre o volume na minha calça.

Suas bochechas ficam vermelhas enquanto ela tira a mão rapidamente.

— Pervertido.

— Isso não é o insulto todo que você imagina.

Ela solta um suspiro, mas escolhe continuar comendo.

Então eu a provoco:

— A propósito, aonde vamos mais tarde?

— Por que iríamos a algum lugar?

— Porque estamos namorando. Ou qualquer que seja o rótulo que queira usar. Em essência, significa que você é minha.

Ela solta um suspiro exasperado.

— Venha para a mansão. Niko está dando uma festa.

— Passo. Não é meu tipo de ambiente.

— Humm. Então qual é seu tipo ambiente?

— Noites tranquilas. Cobertores aconchegantes e um filme que me faça pensar. Esse tipo de coisa.

— Seu conceito de diversão é ainda pior que seu gosto para homens.

— Que pena que não pedi a sua opinião.

— Que pena que você está recebendo mesmo assim. Que filme vamos assistir hoje à noite? Eu levo a comida.

— Não vamos assistir a nada.

— Então venha para a festa.

— Não.

— Não estou pedindo, Glyndon. Ou noite de filme ou noite de festa. — Inclino a cabeça para o lado. — Ah, e se me deixar no vácuo de novo, pulo na sua varanda e abandono meu lado bonzinho.

CAPÍTULO 20
GLYNDON

— Ah, por favor, essa é uma fantasia tão boba.

Paro na entrada do apartamento ao ouvir a voz de Ava. Depois de uma inspeção mais detalhada, encontro as três reunidas na sala, com *Orgulho e preconceito*, a versão de 2005, passando na TV.

A obsessão de Annika, além de Tchaikovsky.

Deixo minha bolsa no canto mais próximo e me junto a elas. Cecily se levanta, alisa os vincos da minha bolsa e a pendura antes de voltar com uma xícara de chá na mão.

A camiseta dela hoje diz "Manifestando a habilidade de socar pessoas na internet".

— Glyn! — Ava se inclina contra mim porque não tem nenhum senso de limites. — Preciso da sua ajuda!

— Do que estamos falando?

— Fantasias — explica Annika. — Cecily disse que a fantasia dela é encontrar um homem legal e bacana, já que isso é tão raro hoje em dia.

— E é mesmo. — Cecily toma um gole de seu chá. — Desculpe, sou chata.

— Você está mentindo. — Ava cruza os braços sobre seu pijama felpudo. — Ano passado, você disse que sua fantasia era ser encurralada em um lugar escuro e ser pega contra sua vontade.

A xícara de chá treme na mão de Cecily, e ela fica branca.

— Ei… — Eu me aproximo de Cecily e coloco a mão em seu ombro, depois lanço um olhar mortal para Ava. — Combinamos de nunca mais tocar nesse assunto.

— Não vem bancar a moralista. Você também disse algo parecido. O que foi mesmo? Ah, queria lutar e ser forçada a aceitar, mesmo dizendo não. Não é possível que só eu me lembre disso.

Meu rosto pega fogo enquanto as lembranças voltam. Falei isso sim, na festa de aniversário do Remi, quando nós três ficamos bêbadas e falamos sobre nossas fantasias proibidas.

Depois percebemos o quão perturbadoras elas soavam e concordamos em nunca mais tocar no assunto. Antes de Ava desaparecer no meio da noite.

Será que eu estava prevendo essa situação toda com o Killian?

Não acredito que estou presa numa situação clássica de cuidado com o que deseja.

Cecily ainda está tremendo. Ela não é do tipo que se abala. Agora que penso nisso, ela está mais pálida do que o normal, como se estivesse vendo um fantasma em cada canto.

Aperto meu braço em volta de seu ombro.

— Estávamos bêbadas, Ava.

— Foi a coisa mais sincera que vocês duas puritanas já falaram. — Ela dá de ombros e depois sorri. — Qual é a sua fantasia, Anni?

— Ahm... Eu deveria ter uma?

— Claro que sim. Qual foi a primeira coisa que pensou quando era mais nova e disse para si mesma: "Merda, meus pais nunca deveriam conhecer esse lado meu"?

— Ah. Você quer dizer isso. — Annika desliza os dedos pela capa roxa e brilhante do celular. — Acho que sempre quis ser sequestrada.

Ficamos todas boquiabertas.

Ava é a única que dá uma risadinha.

— Caramba, amiga, é isso aí. "Se for pra ter uma fantasia, faça direito".

— Não é no sentido que está pensando. Não quero ser levada da minha vida e da minha família para sempre. Eu só... queria ser sequestrada no dia do meu casamento. Sabe, como nos filmes? Sim, sei que é esquisito, mas, hã, acho que, na minha cabeça, isso é melhor do que um casamento arranjado.

— Tadinha — sussurro.

— Está tudo bem. É o meu destino. — Ela ergue a mão, dispensando o assunto. — Mas vamos falar de coisa boa? Quem anima ir para uma festa?

— Você precisa perguntar? — Ava salta do sofá, e as duas desaparecem para o quarto dela.

Cecily ainda está tremendo.

— Ces? — Sorrio para ela. — Tá tudo bem?

— Oi? Sim. Tudo bem. Totalmente bem.

— "Totalmente bem"? Tem certeza de que está tudo certo?

Ela acena com a cabeça.

— Você sabe que pode falar comigo, né?

Seus olhos brilham quando me encara, um momento a mais do que o comum. Acho que ela vai dizer algo, mas balança a cabeça.

— Você é uma fofa, sabia disso?

— E você está escondendo alguma coisa.

— Todos nós estamos, Glyn — ela responde com um tom de tristeza.

— Eu não escondo nada de vocês.

— Sim, claro. Acho que perdi a conversa sobre um tal de Killian se tornar o centro da sua atenção.

— Isso… não é verdade.

— Então a Anni deve ter sonhado com toda a paquera que rolou no almoço de ontem.

— Ah, Anni.

— Pois é. A Anni só sabia falar disso.

— Não significa nada, Ces.

— Tudo bem se significar. — Sua expressão se suaviza. — Fico feliz em ver você melhor, mesmo que seja por causa de um babaca da King's U.

— Por que odeia tanto eles?

— Porque eles são uns babacas?!

Afasto-me dela, pensando no pesadelo de dois dias atrás. Estou querendo falar com ela e com Ava sobre isso desde que percebi que talvez não tenha sido só um pesadelo.

— Ei, Ces.

— Humm? — Ela murmura sobre a borda da xícara.

— Você acha que estou dormindo melhor ultimamente?

— Com certeza.

— Ouvi você dizendo isso para o Bran e a Ava na noite em que Remi trouxe peixe com batata frita.

Sua xícara congela no meio do caminho até a boca, então ela toma um gole.

— Hã? Não lembro disso.

— Cecily.

— O quê?

— Olhe para mim.

Ela me lança um olhar fugaz, depois volta a se concentrar na xícara.

— Conheço seu rosto e o adoro, Glyn. Não preciso ficar olhando o tempo todo pra ele.

— Você está escondendo alguma coisa.

Ela solta uma risada incômoda.

— Você deve ter confundido.

— Eu ouvi. Tem alguma "merda" que você, Ava e Bran estão escondendo de mim. O que é?

Ela permanece em silêncio.

— Ces, por favor. Não sou criança.

Minha amiga solta um suspiro, coloca a xícara na mesa e segura minhas mãos.

— Você tem razão. Não deveríamos ter escondido, mas todos achamos que você estava em um estado mental frágil depois... do Devlin.

— O que foi?

— Jogamos fora essa merda, mas tirei uma foto. — Ela pega o celular e rola até uma imagem tirada algumas semanas atrás.

Meu coração dispara ao ver uma tela em branco caoticamente manchada de tinta vermelha. As palavras estão quase ilegíveis, mas as vejo com clareza.

Por que ainda está respirando, Glyndon?

Minha boca se abre em um grito mudo, e olho entre a foto e Cecily.

— Onde... você encontrou isso?

— Na frente do nosso apartamento. Chamamos o Bran, e ele disse para se livrar disso porque, bem, teria acabado com você.

E teria mesmo.

— Por que alguém faria isso? — Cecily respira com severidade. — Você é a pessoa mais tranquila do mundo. Não faz sentido que alguém queira te atacar.

Não faz mesmo.

A menos que eu tenha me metido em um problema maior do que imaginava.

Estou em uma festa.

E não é uma qualquer.

É a festa.

A festa para a qual Killian me chamou, e que me recusei veementemente a comparecer.

Agora, tenho uma boa desculpa para ter mudado de ideia.

Eu não estava pensando direito quando ele estava por perto; sua presença me desestabiliza demais.

Mas, assim que ele foi embora, ou melhor, assim que fui para a aula e ficamos longe, refleti melhor sobre isso enquanto prestava metade da atenção ao que o professor dizia.

Ainda não superei a amargura de ser eliminada na cerimônia de iniciação no último segundo apenas por ter chamado a atenção do psicopata. Mas não significa que eu não possa me aproximar do círculo interno e investigar o envolvimento de Devlin no clube.

Minhas chances de me livrar de Killian estão começando a parecer impossíveis, então posso muito bem usá-lo. Se fosse qualquer outra pessoa, minha criação interferiria, e eu me sentiria mal por usá-lo, mas ele não é uma pessoa normal.

Killian é um monstro descontrolado e sem limites e me atacou primeiro, então nada mais justo do que lhe dar um gostinho do próprio veneno.

— Não acredito que conseguimos entrar aqui! Isso é, tipo, o máximo! — O grito empolgado de Ava mal chega até mim por causa da música alta e da conversa incessante ao nosso redor.

Incontáveis estudantes cercam a piscina enorme, e alguns estão relaxando na jacuzzi enquanto cantam, gritam e produzem todo tipo de barulho.

Dizer que estou chegando ao limite da sobrecarga sensorial em dez minutos seria um eufemismo.

Por precaução, vim com minhas parceiras no crime: Ava, Cecily e Annika.

Na verdade, essa nem é a festa para a qual Annika e Ava planejavam ir antes, considerando o receio de Anni de desafiar o irmão. Foi Ava quem implorou, suplicou e a subornou com um batom de edição especial para que nos trouxesse para cá. Como estudantes da UER normalmente não são permitidos no campus da King's U ou no complexo dos Hereges, tivemos que usar Annika como ingresso.

Se eu tivesse dito ao Killian que estava vindo, ele teria me deixado entrar, mas não vou pedir nada a esse imbecil.

A única pessoa que não quis vir foi Cecily, que tivemos de arrastar conosco. Ela não apenas odeia os alunos da King's U com fervor, mas também prefere noites tranquilas, como eu.

Todas estamos de vestido, ou melhor, Ava me forçou a escolher um dos dela. Acabei pegando um vermelho-escuro que se molda ao meu corpo e acaba logo acima dos joelhos. Depois, Anni fez minha maquiagem, criando um efeito esfumaçado nos olhos e combinando o batom com o vestido, antes de alisar meu cabelo para cair reto até o meio das minhas costas meio nuas.

As duas definitivamente pareciam orgulhosas de sua criação, enquanto eu estava meio horrorizada, meio duvidosa se a pessoa no espelho de fato era eu.

Cecily, por outro lado, não pôde ser forçada a usar um vestido. Ela está de jeans e uma camiseta que diz "Desculpe pela cara de cu. Eu não queria ter vindo".

Seu cabelo está preso em um rabo de cavalo, e os lábios estão cerrados. Ela está muito mal-humorada hoje, e tenho a sensação de que não é por causa das provas, como ela disse.

— Quem vai ser a adulta responsável quando essas duas borboletas sociais ficarem bêbadas e tivermos que levá-las para casa? — Foi o que argumentei para convencê-la a vir conosco.

Sou uma hipócrita, porque, na verdade, eu preciso delas por perto. Cecily sempre foi nossa rocha. A garota do pense primeiro, aja depois. A amiga do estou aqui para ouvir.

Ela é como uma figura materna, e tê-la por perto me dá uma grande dose de confiança.

— Anni! Por que nunca me disse que este é o tipo de lugar que você frequenta? — Ava agarra Annika pelo ombro. — Acabei de ter um crush em você.

Elas estão com vestidos de tule combinando. O de Ava é rosa-coral, e o de Annika, lilás pastel. Juro que elas têm algo para comprar a cada hora.

— Não é bem assim. — Anni lança um olhar em volta. — Normalmente, não sou bem-vinda nas festas do Jer. E por "normalmente" quero dizer "nunca". O segurança nos deixou entrar porque meio que implorei.

— Não se preocupe, protegemos você. — Ava cutuca Cecily. — Não é, Ces?

Cecily pega um copo vermelho da mesa ao nosso lado e solta um som ininteligível.

— Viu? A Ces sempre está do seu lado — Ava diz a Annika com uma risada.

Eu me aproximo de Cecily, que tem observado a escada quase com obsessão. Ontem, achei a mansão enorme por fora, mas por dentro é um verdadeiro castelo.

Ela tem um ar majestoso misturado com toques góticos. Sem dúvida, é antiga, provavelmente mais antiga do que os séculos de idade de ambas as universidades.

Ouvi dizer que as três mansões espalhadas pela ilha eram castelos usados como linhas de defesa em guerras medievais. Agora, são usadas como complexos para ordens secretas, organizações ilegais e juventudes perturbadas.

Os Elites, o único clube da UER que pertence a essa união profana, provavelmente são mais inofensivos que os clubes da King's U.

Embora eu não tenha tanta certeza, considerando que o Lan os lidera.

— Você está bem? — pergunto a Cecily.

Ela vira a cabeça em minha direção, e um pouco de álcool cai na sua mão.

— O quê? Por quê?

— Só estou perguntando.

Ela força um sorriso largo, falhando miseravelmente em esconder seu desconforto.

— Estou bem, sério. Não se preocupe, Glyn.

— Isso só me faz me preocupar mais.

— Sou adulta. Posso cuidar de mim. Sério, não se preocupe comigo.

Meu peito aperta, e engulo em seco.

Não se importe comigo, Glyn. Pessoas como eu não são importantes.

As palavras de Devlin voltam à minha mente com a força de uma tempestade. O vermelho lentamente se infiltra na minha visão.

Pingando.

Pingando.

Pingando.

— Você importa, Ces — digo com a voz embargada. — Você não faz ideia do quanto é importante.

Uma sombra de incredulidade passa por seu rosto antes de sua expressão suavizar.

— Obrigada, Glyn. Você é um doce.

— Que traição é essa? Eu sou a doce aqui! — Ava se intromete, piscando exageradamente. — Glyn é a bonequinha.

Cecily levanta uma sobrancelha.

— Não, você é a que xinga como um pirata.

— E me sinto tão excluído que estou revogando os direitos de amizade de todas vocês, suas vacas.

Nós nos viramos ao ouvir a voz inconfundível de Remi.

Ele nos encara com aquele ar aristocrático enquanto joga o cabelo para trás de forma teatral.

Creigh, também conhecido como sua sombra involuntária, está um pouco atrás, as mãos nos bolsos.

— Como vocês conseguiram entrar na King's U? — Cecily pergunta.

— Anni é a melhor e deixou nosso nome com os seguranças. — O tom de Remi se torna dramaticamente ofendido. — Desde quando vocês vão a festas sem mim?

— Desde, ahh, sei lá, sempre? Você vai a festas sem a gente o tempo todo. — Ava aponta um dedo para o peito dele. — Mas a gente nunca revogou seus direitos de amizade, né?

— Não acredito nisso. Então a culpa é minha se vocês não vêm quando eu convido?

— Óbvio. Caso tenha esquecido, você sempre acaba sumindo para transar com qualquer coisa que use saia.

— Porra, Ava, aí não. É claro que eu escolheria transar em vez de ouvir seus lamentos bêbados sobre um certo psicopata. Sexo é o propósito dessas festas, não os seus sentimentos mal resolvidos!

— Vá se foder, Vossa Graça.

— Na verdade, é "Vossa Senhoria", mas aceito a promoção do título. — Ele sorri. — Agora, quem está a fim de uma orgia?

— Eca! — exclamam Ava, Cecily e eu em uníssono. Creigh levanta uma mão.

Annika faz careta.

— Não sei o que vocês veem nessa festa. Podemos sair daqui? Estou disposta a qualquer plano que o Remi sugerir.

— Anni, querida — Ava a agarra pelos ombros. — Você nunca, nunca deve concordar com os planos do Remi. Ele vai te largar em um lugar desconhecido com pessoas desconhecidas e sumir para afogar o ganso.

— Não te deixei em um lugar desconhecido com pessoas desconhecidas! — Remi grita. — Fui expulso da minha própria casa por aquele desgraç...

Ava tapa a boca dele com a mão, cortando sua frase no meio, e lança um olhar fulminante, mas ele apenas ergue as sobrancelhas. Depois que Ava o solta, Annika sorri e desliza para o lado de Creigh, cutucando seu ombro com o dela.

— Não sabia que você vinha. Eu teria escolhido um vestido melhor.

— Por quê? — A expressão dele permanece impassível.

Ela revira os olhos e puxa um pouco da saia de tule.

— Você gostou desse?

Ele não responde, focado em assistir Remi discutir com Cecily e Ava, como sempre.

Sem parecer incomodada com o fato de Creighton a estar ignorando descaradamente, Annika continua:

— Não sabia que gostava de orgias.

— Não gosto — ele responde, ainda sem olhar para ela.

— Mas você levantou a mão quando o Remi sugeriu.

— Ele me pagou.

— Ah, então você não gosta de orgias. Haha. E eu aqui pensando em como chamar sua atenção.

Ele enfim inclina a cabeça na direção dela.

— Por quê?

O sorriso de Anni se alarga agora que ele está a olhando.

— Porque vou conseguir tirar você da sua concha, já que é óbvio que o Remi está falhando. Será que ele tem uma lista de todas as táticas que já tentou? Talvez eu possa reduzir as opções infinitas que tenho em mente.

— Você fala demais — Creigh simplesmente se vira e sai.

Annika encolhe os ombros, mas logo se recupera.

— Gente, preciso sair daqui antes que Jer me veja. Ou, pelo menos, me esconder.

Seguro o riso ao observar os dois, mas a vontade desaparece aos poucos quando vejo Gareth subindo as escadas.

Por instinto, saio furtivamente de perto do meu grupo e sigo atrás dele.

Com tantas pessoas e tanto caos ao redor, consigo me misturar sem problemas.

No entanto, conforme subo as escadas, um frio inquietante percorre minha espinha. Tento ignorá-lo e continuo seguindo Gareth, que se move de forma discreta, sem chamar atenção.

Ele tem uma presença silenciosa, quase inexistente quando está ao lado de homens como Jeremy, Killian e Nikolai.

Porém, quando está sozinho, ele parece... ameaçador. Um tanto imprevisível. Mas, afinal, não se pode esperar que o único irmão de Killian seja completamente normal.

Quanto mais ele avança pelo corredor, menos pessoas há por perto. Ele vira em um canto, e sigo atrás, mas, num piscar de olhos, percebo algo estranho nas pessoas encostadas nas paredes.

Elas são diferentes.

Enquanto lá embaixo está cheio de universitários, aqui a faixa etária é nitidamente mais velha.

Além disso, eles têm traços angulares e olhares ameaçadores.

Em um instante, percebo que estou cercada por aqueles mesmos guardas-coelho da cerimônia de iniciação. E não é menos assustador agora que estão sem as máscaras.

— Está procurando alguma coisa?

Dou um pulo ao sentir uma mão pousar no meu ombro. Viro-me depressa e dou de cara com Gareth, que me encara de cima.

Como...?

Olho para o corredor adiante. Tenho certeza de que o vi dobrar ao final dele. Como ele apareceu atrás de mim?

Será que há alguma passagem secreta por aqui?

— Ah, não — respondo à pergunta, tentando controlar a reação.

— Se perder uma vez pode ser coincidência, mas duas vezes já é demais. Que tal me dizer por que estava me seguindo?

Não deixo de notar como os guardas começam a se aproximar, me cercando como predadores em volta da presa.

— Não é que eu estivesse te seguindo. — Agradeço internamente pelo meu tom de voz parecer normal.

— Não?

— Não.

Ele faz uma pausa, me observando sem mudar a expressão.

— Há um dilema que os especialistas em vida selvagem enfrentam. Alguns animais voltam várias vezes para a mesma armadilha porque sabem que encontrarão comida. Então continuam se deixando capturar, de novo e de novo... — Ele se aproxima mais. — E de novo.

— O que isso quer dizer?

— Não sei, Glyndon. Me diga você. Afinal, você é quem me seguiu dentro da minha própria casa.

A ideia maluca que venho considerando desde esta tarde se torna mais concreta, e engulo em seco.

— Que tal uma troca?

— Que tipo de troca?

— Você... não gosta do Killian. Ou melhor, odeia seu irmão e a necessidade constante dele de transformar sua vida em um inferno. Posso te ajudar a mantê-lo fora do seu caminho.

Ele levanta uma sobrancelha.

— E como pretende fazer isso?

— Mantendo-o ocupado.

Gareth solta uma gargalhada, o som ecoa ao nosso redor como um cântico assombrado.

— Ou você está brincando, ou não faz a menor ideia de com quem está lidando.

— Na verdade, faço sim. Tenho sido atormentada com frequência por ele desde a primeira vez que nos conhecemos.

A expressão de Gareth endurece.

— E acha que isso significa alguma coisa no fim das contas? Há quanto tempo você o conhece? Uma semana? Um mês? Isso não tem valor nem credibilidade.

— Ele está obcecado por mim ou por algo em mim, e, enquanto essa fixação durar, tenho poder sobre ele. — Ergo o queixo. — Você pode me descredibilizar o quanto quiser, mas nós dois sabemos que Killian não é do tipo que deixa as coisas pela metade.

O leve estreitamento dos olhos de Gareth é a única mudança em seu semblante, mas sei que consegui uma brecha em sua armadura quando ele pergunta:

— E o que você quer em troca?

— Vou direto ao ponto.

— Por favor.

— Estou investigando a morte de um amigo e me disseram que ele participou da primeira cerimônia de iniciação dos Hereges deste ano. Você é um dos líderes e, com certeza, tem acesso a registros, filmagens e coisas do tipo.

— E daí se eu tiver?

— Se me fornecer essas informações, serei sua aliada contra Killian.

— Como posso ter certeza de que não vai se voltar contra mim? Na verdade, como posso saber que isso não é só mais um dos joguinhos do Killer?

— Eu nunca usaria a vida do meu amigo para fazer joguinhos mentais. — Mexo no bolso e pego o celular, deslizando até uma das últimas fotos que tirei com Devlin. Uma selfie no carro. Eu estou sorrindo. Ele, não. Então mostro a Gareth. — Com certeza você se lembra dele.

Ele pausa, os lábios se contraindo em uma linha fina.

— Devlin.

— Sim — suspiro. — Ele morreu depois da cerimônia de iniciação.

— A polícia considerou suicídio, certo?

— Sim, mas...

— Você não acredita nisso.

Balanço a cabeça lentamente:

— Assim como você, não acredito na existência de coincidências demais.

— Tudo bem.

— Sério? — pergunto.

— Sim. Vou te ajudar a reunir o que tivermos sobre a noite anterior à morte dele.

— Obrigada. Serei eternamente grata.

— Sua gratidão não tem valor para mim. Em troca, você será minha arma contra o Killer.

— Eu não me consideraria uma arma...

— Acredite. — Um sorriso de lado se forma em seus lábios. — Você é.

Isso com certeza não é verdade, mas deixo passar quando percebo os homens, talvez guardas, lentamente se retirando para as sombras.

— Quanto você conhecia seu amigo? — Gareth pergunta de repente.

— Melhor do que ninguém.

— Ele já mencionou a gente?

— Não... na verdade não. — Apenas em conversas casuais e fofocas, como a forma que todo mundo no campus glorifica, glamouriza e idolatra os clubes exclusivos da King's U.

— Então duvido que você o conhecesse de verdade — Gareth afirma.

— Você pode parar de falar em enigmas?

— Digamos apenas que Devlin era muito mais do que você imagina. Eu o conhecia pessoalmente, e não conheço muitas pessoas pessoalmente.

— Isso é impossível. Ele era tímido e introvertido.

— Não é verdade. Mas ele era um gênio do caralho, tenho que admitir. — Gareth desvia o olhar para o lado e então sorri. — Agora, vamos à sua parte do acordo.

Ele invade meu espaço em um piscar de olhos. Seus dedos levantam meu queixo, e meus olhos se arregalam quando ele abaixa a cabeça.

No momento que seus lábios tocam os meus, ele é arrancado de mim mais rápido do que se aproximou.

Fico completamente perplexa ao ver Killian arremessar o próprio irmão contra a parede.

CAPÍTULO 21
GLYNDON

A cena se desenrola em câmera lenta.

Num momento, Gareth está parado à minha frente, e no seguinte, ele é jogado contra a parede, com Killian indo atrás.

A força bruta emana dele como no despertar de um vulcão. Daqueles que ficaram dormentes por séculos e decidiram entrar em erupção em uma fração de segundo.

Já vi Killian como um demônio sem alma, um monstro impiedoso e um deus erótico, mas é a primeira vez que o vejo assim, tão furioso.

E a parte mais aterrorizante é que sua expressão continua impassível, até mesmo vazia. Apesar de seu exterior frio, uma coisa revela o estado de sua raiva: os olhos sem vida.

Eles já não são mais azuis, e sim pretos, quase da mesma cor de suas pupilas estreitas. Minha mãe me disse uma vez que algumas pessoas têm um olhar de "fique longe" e que isso nunca deve ser ignorado.

Esse olhar é pior que um simples fique longe. É uma declaração de guerra e uma sede incontrolável por sangue.

A intensidade do momento me faz estremecer até os ossos, mesmo que a fúria dele não seja direcionada a mim.

Gareth, no entanto, sorri, e é o sorriso mais largo que já vi em seu rosto em geral contido.

— O que temos aqui? O grandioso Killer ficando todo emotivo? Devíamos fazer uma chamada de vídeo com o papai para contar a novidade.

— Escute aqui, seu filho da puta. — A voz de Killian, cortante como uma lâmina, faz meu estômago despencar. — Não dou a mínima para todas as suas boas ações de garoto de ouro, mas toque no que é meu de novo e farei você pagar o preço dez vezes mais. Você sabe disso, eu sei disso, e os seus poucos neurônios ainda funcionando também saberão antes que eu os apague de vez. Sei exatamente o que está tentando fazer, e não vai funcionar, então que tal enfiar o rabo onde ele pertence, hein?

— Eu diria que está funcionando com perfeição. Olhe só essa raiva, esse fogo, essa energia destrutiva. Como se sente ao perder a máscara, irmãozinho? Você quer me matar, não é? Lutou contra sua natureza por dezenove anos. Dezenove anos inteiros se camuflando, enganando a mamãe e o papai, o vovô, a tia. Todo mundo. Você se saiu muito bem e se misturou na multidão sem esforço. Até se tornou um bom moço. Um maldito ícone das redes sociais que todos querem copiar ou foder, mas nada disso importa se você não passa de uma casca vazia, não é?

Minha boca se entreabre, tremendo e, sem dúvidas, não é por causa da violência de instantes atrás. Aquilo parece brincadeira de criança em comparação a isso.

É como se eu estivesse presenciando dois titãs disputando um lugar ao sol. Gareth provocou Killian de propósito, como se estivesse esperando há muito tempo para dizer isso.

E o pior de tudo é que Gareth não deveria ser assim. Ele não nasceu mau, porém anos convivendo com alguém como Killian devem tê-lo ensinado uma coisa ou outra. Mas neste exato momento? Ele está usando as palavras certas para machucar o irmão.

No entanto, ao mesmo tempo, será que é certo usar a fraqueza de alguém contra ele? Como podemos ser melhores que os manipuladores e os narcisistas se agimos da mesma forma?

O lábio superior de Killian se ergue num rosnado antes de se transformar em um sorriso de lado cruel.

— E daí se sou uma casca vazia? O que tem de tão grandioso aí dentro, afinal? Devo tentar ser igual a você? Facilmente machucado, quebrado e descartado? Facilmente... esquecido?

Durante todo esse tempo, Gareth manteve as mãos soltas ao lado do corpo, mas agora ele agarra a camisa de Killian com força suficiente para fazer seus bíceps saltarem.

— Você é o único que é facilmente esquecido. Afinal, sua namorada me prefere.

— Não é verdade — digo, com uma voz firme que me surpreende. — Não sou namorada de ninguém e não prefiro nenhum de vocês.

Pensando bem, eu nunca deveria ter me metido entre irmãos, nem mesmo por causa do Devlin. Ficar entre irmãos nunca traz coisa boa.

—Tem certeza, Glyn? — Gareth fala comigo, mas toda sua atenção está em Killian. — Você não me disse que queria saber qual era o gosto dos meus lábios?

Meu rosto esquenta, mas, antes que eu possa dizer qualquer coisa, Killian acerta um soco no rosto de Gareth com tanta força que sangue espirra na parede.

Eu grito, ainda incapaz de me mover, mas olho para os lados à procura dos seguranças de antes. Nenhum deles está à vista; talvez já saibam, por experiência, que não devem interferir nas brigas desses dois.

— Encoste um dedo nela de novo, e vou te matar, Gareth. Vou fazer parecer um acidente e segurar a mão da mamãe enquanto ela chora no seu funeral. Vou até virar o filho favorito do papai e fazê-lo esquecer que você um dia existiu. Em alguns anos, ninguém mais visitará seu túmulo, e eu serei filho único. Você será apagado de forma tão completa que nem uma memória sua restará. Então pense bem nesse fim patético antes de cogitar tocar no que é meu.

Quero acreditar que essa é apenas uma ameaça vazia, como as que Remi faz o tempo todo, mas não há nenhum tom de brincadeira na voz de Killian.

Não há um pingo de... hesitação.

O fato de ele provavelmente ter falado cada palavra com seriedade me força a dar um passo para trás no automático, depois outro.

Não olho para trás, com medo de que um simples piscar de olhos baste para que eu seja decapitada.

Depois de alguns passos, dou meia-volta e corro.

Não faço ideia de para onde estou indo, isso não importa, desde que seja para longe daqui. Corro e corro, talvez parecendo uma lunática, mas ainda assim, não consigo ir rápido o suficiente.

Ou longe o suficiente.

Eu deveria verificar se Gareth está bem, mas não é como se Killian fosse de fato matá-lo neste exato momento. Além disso, ele sobreviveu a Killian todos esses anos; com certeza essa briga também vai passar.

Certo?

Minhas pernas enfim param assim que viro em um corredor. Não há a menor chance de eu voltar lá para dentro, mas talvez eu possa encontrar Jeremy ou Nikolai e pedir para separarem a briga.

Não dou nem mais um passo antes de uma mão impiedosa envolver meu pescoço e me empurrar para trás com tanta força que o ar se esvai dos meus pulmões.

Minha coluna atinge uma superfície sólida, uma porta, antes de ser empurrada para trás e eu ser arremessada para dentro de um quarto.

— Onde pensa que está indo, minha coelhinha?

Olhos azul-escuros colidem com os meus com a letalidade de um desastre natural, um acidente de trem e uma guerra. Tudo ao mesmo tempo.

Não há outra palavra para descrever Killian a não ser intenso, e estou bem no meio de sua loucura. No epicentro da tempestade.

Tento cravar as unhas em seu punho, mesmo que ele não esteja apertando com força. Só não quero depender da sua misericórdia, ou da falta dela.

— Você quer lutar? Vou te dar um motivo para lutar.

Seu aperto se intensifica e ele enfia o joelho entre minhas pernas me forçando a abri-las, esfregando a coxa contra meu ventre.

— Eu poderia sufocá-la agora mesmo, e não há nada que poderia fazer a respeito. É o que você quer, hein?

Tento sacudir a cabeça, mas não sei se ela se move. A falta de oxigênio me deixa tonta. Mas de um jeito bom. Do tipo que lateja em meu âmago e contra seu jeans.

Merda.

Por favor, não me diga que é o que eu acho que é.

Meus sentidos estão aguçados de uma forma como nunca senti antes. Minha cabeça lateja em um ritmo irregular, fazendo com que minhas pálpebras pesem, mas posso sentir o cheiro dele no fundo dos meus ossos. O cheiro de âmbar amadeirado não é muito diferente de uma substância intoxicante. Como o álcool.

Ou drogas.

Não, talvez pior.

Meu estômago estremece ao inalar cada tragada dolorosa, de novo e de novo. Minha barriga desce, enche e esvazia em um ritmo que não consigo acompanhar.

No entanto, o pior de tudo é que minhas mãos estão arranhando qualquer parte dele que eu possa alcançar, mas acho que não é mais para afastá-lo de mim. Só quero sentir meus dedos em sua pele, minhas unhas como facas cegas deixando marcas nele como ele faz em mim.

— Talvez seja exatamente isto que você queira. — Ele pressiona dois dedos contra minha pulsação com a brutalidade de um animal selvagem. — Talvez ser sufocada te excite o mesmo tanto que te sufocar me deixa de pau duro.

Eu deveria ficar horrorizada com a sugestão, deveria tentar arrancar seus olhos, mas algo completamente diferente sai da minha boca.

Um gemido.

Quero achar desculpas, dizer que é um gemido de dor ou desconforto, mas não consigo pensar direito, muito menos tentar enganar meu cérebro.

Os lábios de Killian formam um sorriso de lado cruel. Ele não está feliz com isso, pelo contrário, a raiva de antes está se acumulando lentamente no azul tempestuoso de seus olhos.

Agora eles estão um pouco mais escuros.

Carvão, preto e todos os tons frios que nunca foram tocados pela luz do sol.

— Eu sabia que você era mais do que sua aparência sugeria. Você tem essa aura limpa, inocente e tão bonita, mas na verdade você não passa de uma putinha safada, não é? Toda essa resistência, essas fugas e desobediência eram apenas uma forma de me provocar para que eu a jogasse no chão e te fodesse de quatro como um animal. Ou talvez para que eu a enfiasse de cabeça contra a superfície mais próxima, como esta parede, e te enchesse de porra.

Sua mão livre desliza sobre um de meus seios doloridos e o agarra com violência.

— Me diga, você estava pensando em mim quando escolheu este vestido vermelho ou foi para o Gareth?

O prazer começa onde sua mão está tocando meus seios e termina no meu ventre, e tudo o que posso fazer é me concentrar nisso.

— Responda à porra da pergunta, Glyndon. Era ele que você queria que apalpasse esses peitinhos lindos e deixasse esses mamilos bem firmes e duros? — Ele belisca um mamilo, e me engasgo. — Você sempre quis o cara legal, pena que ficou com a porra do vilão.

— Não era ele... — consigo balbuciar.

— Como? — Ele afrouxa a mão para que eu possa respirar direito.

— O vestido era para... você — admito em um suspiro.

Acho que vai gostar da resposta, mas ele ainda está no limite.

— Foi para mim, não foi? — Sua mão desliza do meu peito para o meu quadril. Em seguida, ele empurra a barra do meu vestido até a cintura, expondo minhas coxas e minha calcinha. — Você até colocou uma calcinha de renda e veio preparada para ser fodida. — Ele passa os dedos sobre ela, e não consigo fingir que fechei os olhos só por medo. — Tem certeza de que era para mim? Ou está dizendo isso para me agradar?

Balanço a cabeça.

— A ideia de você se arrumar para seduzir meu irmão me deixa puto. Só de pensar que imaginou os dedos dele na sua boceta, que me pertence, enquanto tomava banho e se vestia, me faz perder a cabeça.

Seus dedos apertam meu pescoço, e é como se eu estivesse respirando por um canudo de novo.

A parte mais constrangedora é que minha calcinha está completamente encharcada, e acho que ele sente isso. Acho que sabe bem o efeito que tem sobre mim.

— Você achou que eu o deixaria tocar no que é meu e viver para contar a história?

Ele me puxa pelo pescoço e inclina a cabeça para baixo até que seus lábios quase toquem os meus, e posso ver meu reflexo em seus olhos selvagens.

Realmente pareço tão excitada?

Grito quando ele puxa minha calcinha para baixo e enfia três dedos dentro de mim de uma só vez.

Um soluço estrangulado rasga minha garganta, e, embora devesse ser por dor ou desconforto, na verdade é por alívio. Estou excitada desde que ele começou a me enforcar, e meu tesão só aumentou desde então.

— Está sentindo? É a sua boceta dando boas-vindas aos meus dedos. É sua boceta entendendo que quem chegou é o dono dela, o único que pode tocar nela e te dar prazer. Se alguém se atrever a olhar para ela, quanto mais pensar em tocá-la, vai virar estatística, está me ouvindo?

Um gemido sai de mim, e é doentio.

Eu sou doentia.

Ele está claramente ameaçando machucar pessoas, mas parece que isso não importa para mim, enquanto me encharco ao redor de seus dedos, movendo os quadris de maneira inconsciente a princípio, depois com intenção.

Ele enfia os dedos com força a cada frase:

— Esta boceta é minha. Me pertence. Minha, porra!

Um suspiro estrangulado sai de minha garganta à medida que me sinto pulsando à beira do orgasmo.

Mas quando estou prestes a gritar, ele tira os dedos.

Meus olhos se arregalam, e encaro Killian, confusa, depois o lugar que ele definitivamente não satisfez.

— Você não vai gozar depois daquele showzinho. Isso aqui não é uma recompensa.

Um som frustrado ecoa no ar, e percebo que é meu quando ele me pega e me joga na cama.

Posso respirar pela primeira vez, mas não me concentro nos sons animalescos que escapam de mim nem na dor entre minhas pernas.

Há algo muito pior.

Killian.

Ele puxa a camisa sobre a cabeça, revelando os músculos rígidos e bem definidos do peito e abdômen. Sob a tensão do momento, seu físico parece colossal, uma arma que pode infligir tanto prazer quanto dor.

Até mesmo os pássaros voando com asas quebradas, tatuados na lateral do seu torso, parecem sombrios. Destrutivos.

Killian continua tirando a calça e a cueca com uma facilidade infinita. Ele realmente aproveita o tempo enquanto executa a tarefa, como se soubesse bem quanto estou nervosa com sua calma metódica.

Deslizo para trás contra a cabeceira.

— O que acha que está fazendo?

— O que parece que estou fazendo? — Ele se aproxima de mim com a graça de uma pantera negra. — Terminando o que comecei.

— Killian...

— Sim, Glyndon?

— Espere... Quer dizer, vamos conversar sobre isso.

— Já falei o que eu queria falar.

— Eu vou gritar.

— Fique à vontade para fazer o que quiser. Ninguém vai ouvir você, e, se ouvirem, podemos foder sobre o sangue deles, se você não tiver nojo.

Acho que vou vomitar. Queria que isso fosse apenas uma tentativa de me assustar e que, no fundo, as palavras fossem vazias, mas este é o Killian, afinal.

Ele está sobre mim agora, a mão fechando em punho no tecido da minha roupa. Tento detê-lo enquanto ele puxa o vestido por cima da minha cabeça e o joga longe. Tento lutar quando ele abre o fecho do meu sutiã e o lança ao chão. E, no meio das minhas tentativas, não penso no que estou fazendo, minhas mãos voam para todos os lados até que estou nua em seus braços.

É pânico, acho.

Se eu não me controlar, vou perder antes mesmo de começar.

Killian está por cima de mim, e seus dedos roçam meus mamilos até que ambos endurecem em picos sensíveis.

— Nunca vou me cansar dessas delícias que são seus peitos.

Coloco uma mão trêmula em seu peito, na perfeição física de seu abdômen definido e músculos esculpidos, e tento tornar minha voz o mais firme possível.

— Você disse que me daria tempo.

Ele não afasta minha mão, mas também não me empurra para baixo nem força minhas pernas a se abrirem. Seus dedos continuam provocando meu mamilo, para a frente e para trás, para a frente e para trás, em um ritmo agonizante.

— Isso foi antes de você achar que era uma boa ideia seduzir meu irmão.

— Eu não o seduzi.

— Os lábios dele estavam nos seus.

— Assim como os lábios e a língua da Cherry estavam nos seus.

— O seu ciúme me deixa duro pra caralho, mas não beijei a Cherry. Ela me beijou.

— E não beijei o Gareth.

— Humm... — Ele belisca meu mamilo com força, e solto um gemido. — É mesmo?

— Sim, juro. Eu não queria beijá-lo.

— Nem saber qual era o gosto dos lábios dele?

— Nem isso. — Suavizo minha voz.

— Boa escolha. Deve ser horrível. — Agora ele acaricia meus mamilos, causando mais prazer do que dor. Porém é aquele prazer leve, o tipo que não é suficiente para me estimular de verdade, mas que consigo suportar. Se isso significar que posso domar a fera.

— Killian, por favor. — Testo as águas e o empurro.

Para minha surpresa, ele deixa. Então faço de novo, até que ele está quase deitado de costas. Mas, antes que possa se deitar, ele fica duro como pedra.

— Bela tentativa, baby. Você quase me enganou agora. Estou orgulhoso pra caralho de ver essa sua natureza sagaz transparecendo.

Minha respiração trava quando ele abre minhas pernas e se encaixa entre elas.

— Mas temos uma questão para resolver. Veja bem, todo tipo de parasita continua flutuando ao seu redor porque ainda não marquei o meu território, e isso precisa mudar.

Fecho os olhos devagar, admitindo a derrota. E, no momento que faço isso, um sentimento que nunca achei que experimentaria nessas circunstâncias me invade.

Alívio.

Alívio completo, total e inigualável.

— Você vai me machucar? — murmuro.

— Você quer que eu te machuque?

— Sim. — Minha palavra é apenas um murmúrio, mas parece tão certa, tão libertadora.

— Vou tentar não te machucar... demais.

Não tente, quero dizer, mas guardo isso para mim.

— Olhe pra mim enquanto te fodo, baby.

Não quero.

Isso só vai me lembrar do que sou. Do tipo depravado em que me tornei.

Killian é o pior monstro que conheço, mas é a única pessoa que desperta em mim essa depravação distorcida.

A única pessoa que arranca essa parte oculta das sombras e me obriga a encará-la sob a luz.

No começo é desconfortável, mas, conforme o tempo passa, é... tão pacífico.

— Eu disse... — Seus dedos apertam meu pescoço ao mesmo tempo que ele ergue minha perna e investe dentro de mim de uma vez só, impiedoso. — Olhe pra mim.

Meus olhos se arregalam, encontrando os dele no instante em que uma dor lancinante me rasga por dentro.

— Porra. — Ele grunhe. — Eu sabia que você seria apertada e perfeita assim para mim, baby.

Eu grito, tanto pela dor quanto por algo que não sei explicar. Meu Deus, estou mais molhada do que jamais estive na vida, mas ainda assim dói.

Dói tanto que as lágrimas escorrem pelo meu rosto.

Dói tanto que o prazer se acumula entre minhas pernas.

A pressão dos dedos dele contra o meu pescoço adiciona um tipo primitivo de estímulo que rouba meu fôlego e meus pensamentos.

É como uma experiência fora do corpo, em que flutuo num universo paralelo que só minha mente pode alcançar.

— Seu sangue está sujando os lençóis. — Killian geme. — Está vendo a cerimônia de boas-vindas que a sua bocetinha está fazendo pra mim?

Balanço a cabeça, mas ele me puxa pelo pescoço e me força a olhar as manchas de sangue sobre os lençóis brancos. Ele me obriga a ver seu pau deslizando para dentro e para fora, coberto tanto de sangue quanto da minha excitação, enquanto me arrebenta.

Sua intensidade aumenta a cada segundo, assim como o aperto firme em meu pescoço.

— Humm. Eu sabia que vermelho era minha cor favorita. — Ele me empurra de volta contra o colchão e me mantém presa com tanta facilidade que meu corpo inteiro estremece.

Uma emoção estranha cresce dentro de mim conforme ele assume mais e mais o controle, mais me domina, tornando-me completamente indefesa.

Sem dizer uma única palavra, ele deixa claro que minha vontade não tem peso algum nisso. Que, se ele quiser me destruir, ele vai. Que, se quiser me quebrar, ele vai.

Mas que, em vez de me machucar, ele está escolhendo me foder.

Não de um jeito gentil, sem um pingo de gentileza, claro, mas pude sentir que ele se segurou quando me penetrou pela primeira vez.

Posso sentir que isso não veio naturalmente para ele, que talvez foi difícil conter a sua besta interior.

Sei disso porque o ritmo de seus quadris aumenta. Meu corpo desliza pelo colchão e, se não fosse pela forma como ele segura minha perna e pelo aperto em meu pescoço, eu já teria caído da cama.

Ele me toca com uma dominância inegociável, e a única coisa que posso fazer é me render e apenas me soltar.

A cada estocada, ele vai mais fundo, mais forte. O som do meu tesão misturado ao controle calculado de seus movimentos me deixa tonta, insana.

Ninguém me avisou que tantas emoções diferentes explodiriam dentro de mim de uma só vez.

Ninguém me disse que seria assim... sobrenatural.

O prazer lateja entre minhas coxas, e a dor cortante diminui. Ainda há um incômodo, provavelmente pelo tamanho dele, mas é abafado pela fricção sensual pulsante que vem logo depois.

Então ele atinge um ponto secreto, uma vez, duas. Minha boca se abre em um grito mudo antes que todo tipo de som escape de mim.

— Olhe só a bagunça que você está fazendo, coelhinha. Tem certeza de que não queria que eu te fodesse até pouco tempo atrás? Porque você foi feita pro meu pau. — Ele se ajoelha e joga meu pé em seu ombro. — Mantenha ele aí, baby, e talvez você queira se segurar aos lençóis.

Não entendo o que ele quer fazer até que desliza quase todo para fora, e mete fundo de novo. O ângulo diferente permite que ele vá ainda mais fundo, e minha boca se escancara.

O ritmo do meu coração dispara tanto que juro que ele vai acabar no chão.

Não consigo conter os sons que saem da minha boca, e, mesmo quando agarro os lençóis, é impossível me segurar no meio do ritmo animalesco que só se intensifica.

— Killian... mais devagar...

Os olhos dele queimam em um tom que nunca vi antes, um azul mais claro, vivo. Um azul tão brilhante que é quase impossível imaginar em alguém como ele.

Ele estoca de novo, mais fundo.

— Acho que não vou conseguir manter minha promessa de não te machucar muito, baby.

Rebolo os quadris e solto os lençóis para pousar a palma trêmula em seu peito enquanto me ergo um pouco. Acho que ele vai afastar minha mão, já que ontem não gostou que eu o tocasse. Mas ele me deixa subir um pouco, afrouxando o aperto no meu pescoço, embora não me solte. Mudamos de posição até que estou envolta por seus braços, mais para sentada.

— Tudo bem… — sussurro, tentando acompanhar seus movimentos.

— Se você acha que isso vai me fazer gozar mais rápido e te deixar em paz… — O ritmo dele hesita por um instante quando deslizo minha mão de seu peito para o pescoço e, então, até seu rosto. — Que porra é essa agora?

— Conexão, já ouviu falar?

— Não seja estúpida. Se você se apaixonar por mim, só vai se machucar.

— O fato de você se preocupar se vou ou não me machucar já é o suficiente.

— Não me preocupo. Eu penso.

— Pelo menos você está pensando em mim. — Minha voz falha.

— Não me romantize, ou vai ser devorada viva.

— Você já não está me comendo?

— Isso não é devorar. É só o aperitivo.

Acredito em cada palavra que ele diz. Sei que o que está por vir talvez seja pior, mas ainda assim diminuo a distância entre nós e roço meus lábios nos dele. São surpreendentemente macios, embora finos e um pouco cruéis, como ele.

— E isso, então? — sussurro contra sua boca.

— Ainda não é devorar.

Ele me empurra para baixo, sentando-me em seu colo, e me fode de baixo para cima.

— Abra a boca.

Quando obedeço, ele segura meu queixo com o polegar, angulando-o para cima.

— Língua para fora.

Eu a coloco lentamente para fora, e ele a suga para dentro de sua boca, mordendo-a e me beijando de boca aberta, seus lábios se chocando contra os meus no mesmo ritmo em que me golpeia por dentro.

Não tem como eu aguentar muito.

E não aguento.

Meu corpo inteiro entra em transe, sendo completa e brutalmente devastada por um monstro.

Completa e brutalmente saciada.

Gozo com um grito que ele engole entre os lábios, permitindo-me apenas fragmentos de ar.

Mas ele continua, e continua, e continua, até que acho que ele nunca vai gozar.

Ele para a cada poucos minutos para mudar de posição. Primeiro, estou de lado. Depois, de bruços, com ele por cima de mim. Em seguida, de quatro, e ele por trás. O tempo inteiro, ele me morde: nos seios, nos ombros, nos quadris, nas coxas... qualquer parte do meu corpo que sua boca puder alcançar.

Por fim, ele me coloca de volta em seu colo e endireita as costas. Sua mão aperta meu pescoço enquanto os lábios sugam os meus, deixando-os machucados.

— Porra — ele grunhe quando seus quadris estremecem. — Puta merda, eu podia ficar dentro da sua boceta pra sempre.

Então sinto seu pau pulsar e derramar-se fundo dentro de mim. Ele se retira, mas logo desliza os dedos para pegar seu gozo e me preenche com ele de novo. Várias vezes. Até eu achar que vou gozar outra vez.

— Não podemos permitir que você desperdice nem uma gota.

Estou meio atordoada, incapaz de perceber meu entorno, mas sinto quando ele me acomoda no colchão.

Sinto também seu calor desaparecer, e então voltar com algo macio sendo colocado entre minhas pernas.

Um espasmo percorre meu corpo inteiro quando ele me beija lá embaixo e sussurra:

— Você guardou essa boceta pra mim porque sou o único que pode possuí-la, baby.

CAPÍTULO 22
KILLIAN

Toc.

Toc.

Toc.

O som dos meus dedos tamborilando no braço da cadeira flui em um ritmo constante.

Mas não há um lampejo de serenidade em meus ossos. Na verdade, a tempestade furiosa de antes se intensificou para um nível que eu nunca tinha sentido.

O caos da casa diminuiu quando todos saíram ou se espalharam pela propriedade como ratos.

E eu estou aqui.

À meia-penumbra, meu habitat natural, olhando para garota que está desgraçando a minha normalidade.

Glyndon está dormindo profundamente desde que a enchi de porra. Quando saí de dentro dela, havia sangue por todo o meu pau e pelos lençóis. Aquela cena me deixou duro de novo, mas como ela é uma estraga-prazeres, apagou.

Não troquei os lençóis. Deixei que ela ficasse ali, nua, com as pernas abertas e com um pouco de sangue seco entre as coxas. É essa a cena que observo sentado na cadeira em frente à cama, conforme acendo um cigarro após o outro.

Glyndon não sabe da irritante mudança que está acontecendo dentro de mim, que não tem nada a ver com meu pau estar ficando meia-bomba, pois ela continua dormindo. Seus lábios inchados estão um pouco separados, as bochechas têm um leve tom de vermelho e marcas violetas cobrem seus seios, quadris, pescoço, barriga e coxas.

Todas as partes.

Ela é um mapa da minha criação. Uma obra-prima em potencial, e, ainda assim, aquilo não é... suficiente.

Descobri bem cedo que precisava de estímulos constantes para apaziguar minha necessidade de ter sempre mais.

E mais.

E muito mais.

Meu pai percebeu logo minhas tendências agressivas. Ele me colocou em esportes competitivos e me levou para caçar. Essas foram suas soluções para satisfazer minha necessidade desumana por euforia.

Porém, aquilo não durou muito tempo, e o desejo logo se tornou ainda maior. Então comecei a lutar e a transar com qualquer humano que aparecesse. Levei isso a extremos que só existem em filmes, com exceção da matança.

Mas o sexo era apenas uma solução temporária. Um curativo. Um analgésico que perdia o efeito logo após o término do ato. Às vezes, durante ele.

Eu perdia o interesse, e a única razão pela qual continuava a transar era para que aquilo terminasse, esperando por, e me decepcionando com, uma gozada medíocre.

Muitas vezes, o sexo quase me fazia chorar de tédio, mesmo com chicotes, mordaças e cordas.

Muitas vezes, eu passava semanas sem fazê-lo, porque o incômodo e o drama relacionados a encontrar um buraco que pudesse ser fodido não valiam a pena.

Foi só naquela noite, no penhasco, que senti minha maior e mais rápida satisfação desde... uma eternidade.

Eu já imaginava que a transa em si seria mais satisfatória, mas não tinha ideia de que entraria em um território desconhecido. Tenho habilidades de dedução boas o suficiente para saber o quanto Glyndon me excita sem nem tentar, ainda não consigo identificar o motivo, mas, sem dúvidas, há muita atração entre nós.

O que eu não sabia, porém, era o nível de satisfação ao qual chegaria com ela. É semelhante à primeira vez que abri camundongos e vi o que havia dentro deles. É a emoção de possuir a vida de alguém entre meus dedos. Literalmente.

Eu poderia ter quebrado seu frágil pescoço com um movimento de mão e a enviado para um universo diferente. Mas, em vez de lutar como de costume, ela se rendeu e até mesmo gozou por causa disso.

Glyndon confiou que eu não quebraria seu pescoço.

Mas não deveria.

Não costumo asfixiar alguém com minhas próprias mãos porque nem mesmo eu confio na minha força e sede de sangue. Meus demônios poderiam assumir o controle a qualquer momento e me fazer matar alguém por acidente. E depois haveria o incômodo de esconder o crime e blá-blá-blá.

Sou bom em controlar meus impulsos, mas não consegui quando estava dentro dessa garota. Meu autocontrole se perdeu, e sei disso porque pensei em asfixiá-la até a morte enquanto ela se desmanchava em meu pau.

Mas ela fez uma coisa.

Algo que normalmente não permito, porque me tira o controle.

Glyndon, a coelhinha aparentemente inocente e absolutamente sem noção, me tocou.

De novo e de novo.

E mais uma vez.

No início, ela estava hesitante, tremendo como uma folha frágil, mas, quando lhe dei a mão, ela quis o corpo inteiro.

Sua palma tocava meu peito, meu pescoço e todo o meu rosto. Ela não parou de me tocar conforme eu a beijava, mordia seus lábios e sentia o gosto de seu sangue.

Ela não parou de me tocar, de se agarrar a mim, de injetar seu veneno em minhas veias até que tudo que eu conseguia sentir era sua excitação e seu maldito perfume frutado.

Solto uma longa baforada de fumaça e inclino a cabeça conforme ela rola de barriga para cima, com as pernas ligeiramente abertas. Sua boceta rosada está à vista, lançando um feitiço silencioso para me atrair.

Só de pensar em alguém que não seja a mim vendo-a nesta posição, meus músculos se contraem pedindo por violência.

Meu sangue ferve com a lembrança dos lábios de Gareth tocando, massageando, provando os dela antes que eu tivesse a chance.

Talvez eu deva incapacitá-lo no fim das contas, rebaixá-lo um pouco. Ou talvez eu precise usar seu orgulho inútil e seu ego frágil para que ele não pense em tocar no que é meu de novo.

Pensamentos violentos se espalham por todo o meu sistema, e apago o cigarro, depois me levanto lentamente da cadeira.

Preciso confessar que o desconforto causado pela minha ereção está incomodando, mas consigo reprimir o desejo de penetrar sua boceta com tudo.

Se ela fosse qualquer outra pessoa, eu não daria a mínima. Na verdade, não iria desejá-la de novo logo depois de transar com ela.

Mas, por alguma razão, não quero machucá-la ainda mais... por enquanto. Ela estava me implorando para ir mais devagar no início, chorando no travesseiro e me dizendo com aquela vozinha doce que não aguentava mais.

E, embora isso tenha me excitado e feito com que ela gozasse mais vezes do que deu para contar, talvez eu tenha ultrapassado seus limites.

Ajoelho-me aos pés da cama e agarro seus tornozelos, puxando-a em minha direção.

Um gemido baixo escapa de seus lábios, mas ela não se move conforme eu coloco suas pernas em meus ombros.

As pontas dos meus dedos afundam suavemente na carne de suas pernas, abrindo-as antes de lamber a parte interna de sua coxa.

Eu a limpei mais cedo — mais uma vez, algo que não costumo fazer, mas quis fazer por ela —, mas ainda há um pouco de sangue seco. Aproveitei para lambê-lo também, enquanto minha língua se delicia com o sabor de sua excitação.

A imagem do meu gozo misturado com seus fluídos me enche de uma possessividade furiosa, e deslizo a mão até a entrada de sua boceta.

Os gemidos de Glyndon ecoam no ar, e pequenos dedos se enroscam em meu cabelo. Levanto a cabeça e, com certeza, seus olhos ainda estão fechados, mas seus seios sobem e descem em um ritmo crescente. A visão de seus mamilos rosados e inchados é suficiente para me fazer querer fodê-los.

Guardo esse pensamento para outro dia e provoco suas dobras com meus dedos livres. Ela arqueia as costas e sua temperatura aumenta. Quando a sinto perto do clímax, enfio a língua dentro dela.

Glyndon se mexe em minha mão e geme. Meus movimentos ficam mais controlados à medida que entro e saio de sua boceta como se estivesse usando meu pau. Depois, eu a devoro até ela estremecer e seus dedos puxarem meu cabelo.

Quando sinto que a onda está diminuindo, levanto a cabeça e encontro seus olhos entreabertos.

— Meu Deus — ela suspira.

— É isso mesmo, seu deus. Me adore em meu altar, baby.

Lambo os lábios, fazendo questão de passar a língua por fora para pegar cada gota de sua excitação inebriante. Eu nunca tinha ligado para comer bocetas, mas poderia me deliciar com a dela por toda a eternidade.

— Você enfim acordou, linda. Eu estava ficando entediado. Embora o show de nudez tenha sido uma boa distração. Já mencionei que amo quando você está nua? Mas só para mim, porque, se mais alguém te vir nua, teremos que lidar com um homicídio, o que seria trágico e complicado.

Seu estômago e seus seios ainda sobem e descem em um ritmo irregular enquanto ela engole em seco.

— Você... não fez isso.

— O quê? Cometer um homicídio? Ainda não, mas meu irmão acha que é mais uma questão de "quando" do que de "se".

— Estou falando disso. — Ela tenta se afastar, mas meu aperto em suas coxas a mantém presa no mesmo lugar. — Você acabou de me chupar enquanto eu estava dormindo?

Um sorriso ergue meus lábios.

— Se você estivesse dormindo mesmo não teria gozado tanto na minha língua. Além disso, já te disse que essa sua boca suja e bonita me excita, portanto, a menos que esteja querendo a vigésima rodada, é melhor se conter um pouco.

Um tom avermelhado cobre suas bochechas, e ela vira a cabeça para o lado, com os dedos cravados nos lençóis. E então, como gosta de me provocar por esporte, ela tenta soltar a perna das minhas mãos novamente.

— Não faça isso. — Belisco seu clitóris e ela suspira, soltando um som que me afeta mais do que deveria. — Se você tentar se afastar de mim novamente, isso só vai me irritar.

— Ah, me desculpe. Devo comemorar por ser tocada por você? Dar uma festa ou algo assim?

— Cuidado. — Minha mandíbula se contrai.

— Por quê? Você vai me comer? — Ela bufa. — Você já tirou o fetiche da virgindade do seu sistema.

— É apenas o começo, não o fim, baby.

Deixo suas pernas caírem no colchão e rastejo sobre seu corpo até que meu peito cubra o dela. Então, quando percebo que talvez a esteja esmagando, viro para que minhas costas toquem o colchão e ela fique em cima de mim.

Para ter certeza de que ela não tentará fazer nenhuma gracinha, prendo suas pernas entre as minhas. Depois, deixo meus dedos se perderem em seu cabelo, bagunçando-o um pouco.

Bagunçando-a um pouco.

Às vezes, ela é tão perfeita que me irrita pra caralho.

Porque, embora as palavras de Gareth não signifiquem nada para mim, ele está certo sobre a parte da casca. Ela tem algo por dentro. Eu não.

O fato de que nossas diferenças sempre serão um muro entre nós me enche de mais raiva.

Ela se apoia nas mãos que estão em meu peito e levanta a cabeça para me encarar com a sobrancelha franzida.

— O começo, não o fim? O que isso quer dizer?

— Sei lá — respondo distraidamente, observando o caminho que meus dedos traçam por seu cabelo loiro-mel, descendo pelo pescoço. No momento, meus sentidos estão obcecados com a pulsação que quase salta de sua veia esverdeada.

Pergunto-me como ela é por dentro, em meio a todo o sangue. O que mais eu encontraria lá?

Mas para descobrir eu teria que abri-la, como todos aqueles pacientes pós-morte, e a ideia me causa uma inquietação no estômago.

Se a vir por dentro, perderei sua voz, seu calor, seu temperamento e até mesmo suas brigas irritantes. Tudo.

Não quero que ela morra.

Merda.

Não quero mesmo que ela morra, e estou pronto para lutar contra os meus demônios para que eles abandonem o desejo de ver o que há dentro dela.

— Você queria minha virgindade e a conseguiu. O que mais você quer?
— Sua voz assustada me deixa com muito tesão, o que é um inconveniente, considerando minhas tentativas de ir com calma com ela.

— Eu nunca disse que queria só sua virgindade. Essa é uma suposição sua, e não tenho nenhuma responsabilidade sobre isso. Inclusive, agora que o hímen está fora do caminho, posso transar com você quando e como quiser, sem ter que lidar com seu lado dramático.

Ela solta um suspiro trêmulo.

— Tenho que ficar com as pernas abertas por quanto tempo para você se fartar?

— Ainda não decidi. E pare de agir como se não estivesse gostando, enquanto seu gosto ainda está na minha língua e seus gritos de prazer estão ecoando em meus ouvidos. Posso parecer calmo, mas sua atitude está me irritando até o último nervo.

Seu olhar permanece no lugar, e sei que ela está fazendo um grande esforço porque está tremendo contra o meu corpo, obviamente assustada, mas ainda se recusando a recuar.

— Olhe só, agora você sabe como me sinto o tempo todo.

— Seu sarcasmo evoluiu.

— Aprendi com o melhor. — Talvez descobrindo que não tem para onde ir, ela relaxa e apoia a cabeça nas mãos. — Este é o seu quarto?

Faço um som afirmativo, e ela passa o olhar por todos os móveis, cortinas e escrivaninha em preto e branco. A única coisa colorida é um carrinho de brinquedo vermelho que tenho desde criança.

— Não tem... personalidade — ela sussurra.

— Personalidade é algo superestimado.

— Você pode não ser tão pragmático por um segundo?

— De que outra forma vou fazer você corar como uma virgem? Ah, desculpe, você não é mais uma.

— Muito engraçado.

Sorrio, prendendo uma mecha loira entre meus dedos.

— Servindo bem para servir sempre.

Ela estreita os olhos para mim.

— Você parece tão satisfeito consigo mesmo.

— É porque estou. — Esfrego minha ereção semidura contra sua barriga. — Você descansou o suficiente para outra rodada?

— Por favor, não faça isso. Estou tão dolorida que mal consigo respirar sem sentir desconforto.

— Você quer dizer sem sentir meu pau dentro de você.

Sorrio quando ela cora de novo e agarro sua bunda com uma mão, fazendo-a gemer.

— O que está fazendo?

— Relaxe. Não vou transar com você.

Ela me olha com desconfiança.

— Não vai mesmo?

— Não se você está com tanta dor. Afinal de contas, você disse "por favor".

Acaricio sua bunda, depois deslizo minha mão para seu quadril e a sinto relaxar.

Mas ela continua me observando com uma ponta de desconfiança.

— O quê?

— Não consigo acreditar que você realmente pararia por causa de um "por favor". Se eu soubesse, teria implorado mais cedo.

— Isso não teria me impedido. Se eu decidir foder a minha boceta, ninguém, incluindo você, poderá me impedir.

— Está dizendo que não quer me comer agora?

— Quero, mas também não quero te machucar.

— Você me machucou naquela noite no penhasco. — Sua voz soa de forma suave.

— Sei que você não está pronta para admitir, mas senti algo vindo de você, senão não teria continuado.

— Algo como o quê?

— Seu desejo.

— De forma alguma eu sentiria desejo por você naquelas circunstâncias. Você está apenas inventando desculpas.

— Não, só estou te contando o meu lado da história.

— Então você não está nem um pouco arrependido?

— Você sabe que não sinto isso. E não vou me desculpar por algo de que nós dois gostamos.

— Eu não gostei.

Seus ombros tremem com a força que ela usa para tentar suprimir sua natureza.

Quero pressioná-la mais, fazê-la admitir seu verdadeiro eu, mas que merda vou fazer se ela começar a chorar?

Suas lágrimas, fora do sexo, acabam comigo. Acabam do jeito ruim.

Permaneço em silêncio e ela se mexe em meu abraço. Para minha surpresa, não é para se afastar, mas para encontrar uma posição melhor.

— Além disso, você não usou camisinha agora há pouco.

— E daí? Eu sei que você usa um método contraceptivo.

— Como você sabe? Tenho certeza de que não postei isso no Instagram.

— Mas você fez a inserção do DIU no hospital em que sou interno. Tenho acesso aos registros.

— Já ouviu falar em privacidade do paciente?

— Sim. Os professores reclamam disso o tempo todo.

— E mesmo assim você a violou. Isso é ilegal, sabe.

— Algo que nunca me impediu antes.

— E... e as ISTs? Você não é, tipo, o Senhor Putão ou algo assim?

— Não, Senhorita Ex-Virgem. Não sou um putão. Na verdade, não transei nos últimos dois meses e já fiz exames. Sempre uso camisinha.

— Não comigo.

— Não com você — repito. — Como eu teria sentido seu sangue no meu pau?

— Você pode parar de falar como um depravado?

— Um depravado gostoso.

— Um depravado é um depravado. — Ela limpa a garganta. — Não acredito que você ficou em celibato por dois meses inteiros.

— Milagres acontecem.

— Por quê?

— Porque o sexo começou a ficar monótono, e preferi não me matar de tédio.

— Acho difícil acreditar nisso, considerando sua persistência em me comer.

— Você é diferente.

Posso sentir o momento em que seus batimentos cardíacos se aceleram contra meu peito, mesmo que seu rosto permaneça o mesmo.

Nova resolução: estar sempre em condições de sentir sua pulsação, porque essa belezinha nunca mente.

Ao contrário dela.

— É por isso que está me dando tempo? Porque sou diferente?

— Eu disse que consigo ser gentil.

Ela bufa.

— Você deveria parar de se referir à sua versão controlada como "gentil" quando na verdade ela é apenas uma fase calma.

— Versão controlada?

— Você tem momentos em que está levemente amigável, mas em geral esses momentos são abafados pelo seu lado diabólico.

— Porque você provoca.

— Então a culpa é minha que sua natureza seja diabólica?

— Não. Mas você pode despertar meu lado gentil, se quiser. É necessário um esforço, pois isso não é natural para mim, mas dá para acontecer.

— E como faço isso?

— Às vezes, nem precisa tentar. Como agora. Só de tê-la assim tão dócil em meus braços já é o bastante.

Seus lábios se abrem no que é uma indicação de surpresa ou sentimentalismo... ou ambos. Espero que seja ambos.

Gosto de tocar algo dentro dela. É o mais próximo que posso chegar de ver seu interior sem que seu sangue enfeite meu carpete.

Ela limpa a garganta.

— Posso te perguntar uma coisa?

— Você já perguntou.

Ela revira os olhos.

— Posso fazer outra pergunta?

— Você não precisa pedir permissão para me perguntar alguma coisa.

Sua garganta se movimenta quando ela engole em seco, e mal consigo resistir à necessidade de envolver seu pescoço com os meus dedos.

Isso não é bom.

Em geral não gosto de estrangulamento fora do sexo. Mas talvez a nudez de nossos corpos esteja provocando isso.

Ou eu prefiro acreditar nisso.

— Mais cedo, se eu tivesse dito "não" e pedido para você parar, você teria parado?

— Por que você está fazendo uma pergunta hipotética depois que tudo já aconteceu?

— Porque sim.

— Mentira. Você se sente culpada por me querer, e está tentando se convencer de que não conseguiria impedir aquilo, mesmo que tivesse tentado.

— Eu conseguiria impedir? — ela sussurra.

— Talvez sim, talvez não.

— Isso não é uma resposta.

— É a única que você terá.

Ela solta um som de frustração e depois fica em silêncio, talvez pensando em métodos para conseguir o que quer ou para me irritar. Ela parece ter um talento especial para isso.

Depois de um tempo de silêncio, ela estende a mão. A princípio, hesita, mas depois fica mais ousada e desliza os dedos sobre a minha pele.

— Por que você tatuou corvos?

— São gralhas, não corvos.

— Não tem muita diferença.

— Pelo contrário. Corvos estão ligados a maus presságios e destinos sombrios, algo em que não acredito.

— E as gralhas não têm o mesmo simbolismo?

— Não. As gralhas têm tudo a ver com a morte, mais espiritual do que física. Fiz as tatuagens depois que matei o Killian impulsivo, sem autocontrole e abertamente agressivo. Ele era uma vergonha para o meu eu equilibrado do presente.

— Ou ele só queria ser compreendido. — Seu murmúrio suave ecoa no ar. Ela franze os lábios como se se arrependesse do que disse.

Meu corpo fica rígido. É a primeira vez que alguém diz isso sobre minha versão menos sofisticada.

E não sei se devo estrangulá-la por isso.

Envolvo sua cintura com os braços e a levanto comigo enquanto fico de pé.

Ela se assusta e automaticamente se agarra a mim quando vou para o banheiro.

— O que está fazendo?

— Vou cuidar dessa sua dor incômoda antes de transar com você de novo.

CAPÍTULO 23
GLYNDON

— Eu esperava traição de qualquer pessoa no mundo, mas não de você, Glyn. Você está mesmo me abandonando?

Meus olhos se abrem e um som gutural ecoa no ar. É a minha respiração, percebo, enquanto engulo a saliva que se acumulou em minha boca.

Tento me levantar, mas um peso me prende no lugar.

Killian.

Ou melhor, seu corpo enorme.

Pisco para tirar a sonolência dos olhos e sinto sua pele nua sobre a minha. Ainda estou em cima de seu peito, minha maciez envolta por sua dureza. Sinto-me tão pequena em seus braços, mas também... tão protegida.

Nem sequer pensei em sua natureza monstruosa quando adormeci embrulhada por ele após o banho.

O que começou como uma cura para a minha dor acabou comigo sendo fodida na borda da banheira, com a bunda para o alto e os dedos apoiados na parede como se minha vida dependesse disso. Literalmente. Embora eu tenha gozado duas vezes, Killian demorou um pouco mais do que quando tirou minha virgindade, e, para ser sincera, achei que fosse desmaiar de tanto estímulo percorrendo meu corpo.

Quando ele enfim terminou, beijou minha testa como se fosse um amante apaixonado e me deixou de molho na água, meio atordoada, mais dolorida do que da primeira vez, mas completamente extasiada.

Em seguida, saiu do banheiro e voltou para me ajudar a me enxaguar, depois me carregou até a cama, com os lençóis já trocados.

Quando quis vestir minhas roupas, ele afastou minha mão.

— Não se vista. Quero ter acesso à minha boceta durante a noite.

— Melhor não, a menos que esteja com vontade de me levar ao pronto-socorro pela manhã.

Ele deu uma risadinha, murmurou "adorável" e me segurou em cima dele como se essa fosse a posição mais natural do mundo.

Sou do tipo que mal consegue dormir em lugares desconhecidos. É um mecanismo de defesa para que eu possa fugir sempre que possível.

Então, como eu dormiria nos braços do demônio?

Embora ele seja um demônio lindo com um corpo de aço. Mesmo enquanto dorme, sinto a rigidez de seu tórax e de seu peito contra meus seios e minha barriga, e seu... pau entre as minhas pernas. Ele está, sem dúvidas, semiduro e pronto para mais.

Será que ele nunca se cansa?

Na verdade, não. Não quero saber essa resposta.

Levanto a cabeça para olhar seu rosto. É quase como se ele estivesse acordado, pois está com a mesma expressão eterna, vazia, e com os traços rígidos de suas feições que parecem pertencer a um modelo.

Sua aparência atraente sempre foi uma arma em seus jogos destrutivos, por isso tentei ignorá-la, mas ele é tão bonito. Tão cruelmente belo. Eu poderia ficar observando-o o dia todo.

Estou começando a idealizar esse canalha.

Isso é perigoso.

Levo a mão às minhas costas e puxo a dele que está espalmada sobre mim, deixando-a cair lentamente no colchão.

Espero por um segundo, prendendo a respiração, para ver se ele vai se mexer.

Ao ver que não, coloco as mãos de cada lado de sua cabeça e me levanto. Seu pau desliza para fora das minhas coxas e um grunhido baixo sai de seus lábios.

Congelo, esperando ser imobilizada por seus olhos letais e seu peso, mas ele permanece onde está.

Ufa.

Por Deus, eu poderia matá-lo agora mesmo. Talvez sufocá-lo enquanto ele dorme e livrar o mundo de sua maldade.

Mas, apesar de curtir esse pensamento, sei que não sou assim.

Com muito desconforto e fisgadas doloridas, por fim consigo sair da cama aos tropeços. São necessárias algumas tentativas, entre respirações ofegantes e xingamentos mentais, para vestir minhas roupas — exceto pela calcinha, porque não consigo encontrá-la.

De qualquer forma, ela provavelmente está destruída.

Depois de pegar o celular no chão, me arrepio com as dezenas de mensagens dos meus amigos. Eu o coloco no sutiã e paro por um segundo quando percebo que estou exalando seu cheiro. Há uma nota amadeirada do gel de banho com que ele me ensaboou, mas também um odor de sexo.

Algo que estou começando a associar somente a ele.

Dou uma última olhada no cômodo.

Ele é tão frio quanto Killian. Tão sem personalidade que poderia ser o quarto de qualquer outra pessoa, se não fosse pelos livros de medicina nas prateleiras.

Dou um passo para trás, mantendo o foco nele. De forma alguma eu viraria as costas depois do que aconteceu mais cedo.

Aquilo me custou minha virgindade.

Não que eu a considerasse especial. Na verdade, eu nunca tinha encontrado ninguém que me fizesse querer abrir mão dela, mesmo que isso me tornasse uma esquisita na época da escola e entre os meus amigos.

Sem contar que todos os namorados que tive na época foram pessoalmente barrados por Landon, e algo me diz que ele ameaçava matá-los se me tocassem.

Isso me incomodava um pouco, mas não o suficiente para que eu fizesse birra.

A verdade é que eu era muito apática e, por mais que odeie admitir, nunca quis ninguém com o mesmo ardor que sinto por Killian.

Mas estou começando a perceber que ele não estava apenas atrás da minha virgindade, como eu pensava a princípio.

Killian continuará subindo o nível, como em uma guerra. Ele vai querer mais e mais até que eu esteja esgotada por completo.

Até que eu não tenha mais nada para dar.

Ele tem essa intensidade. Uma tempestade que você só sente quando já está te destruindo por dentro.

Literal e figurativamente.

Então tenho que tentar me afastar e me proteger. A distância vai me esgotar, e talvez vou me odiar por isso, mas tudo bem.

Vou conseguir.

Lentamente, abro a porta e saio descalça, segurando as sapatilhas na mão.

Quando estou a uma distância segura, eu as coloco e me dirijo para o local onde me lembro de estar a escada.

Passo por vários cômodos, com certeza muito mais do que quatro pessoas precisam. Essa mansão poderia facilmente abrigar um exército.

Ou talvez fantasmas.

As características góticas, com papel de parede barroco, mobília sombria e candelabros de aparência antiga, sem dúvidas dão a ela a atmosfera certa para haver reuniões do submundo.

A única luz vem dos lustres de cristal que pendem dos corredores e das escadas circulares.

Um silêncio assustador permeia o ar, e o fato de serem quatro da manhã não ajuda. Dou-me conta do turu, turu, turu do meu coração.

Acalme-se. Não estou fazendo nada errado. Só estou tentando ir embora.

Embora talvez eu possa bisbilhotar um pouco, para ver se tem algo sobre Devlin a ser descoberto.

Rapidamente, afasto a ideia. Serei pega, seja pelos guardas ou por Killian. E não posso me dar ao luxo de ser mantida em cativeiro por esse monstro de novo, depois de enfim conseguir escapar de sua órbita destrutiva.

Além disso, Gareth e eu temos um acordo. Ele já me beijou, me colocou em apuros com Killian e usou sua parte do acordo a seu bel-prazer.

— Como assim eles estão no meu território?

Meus pés param na base da escada quando ouço o que tenho certeza ser a voz de Jeremy.

Há uma aspereza distinta nela, uma rispidez que se esconde em silêncio sob a superfície.

Está tarde, mas Jeremy obviamente não se importa com isso, pois parece estar bem acordado.

— Tudo se encaixa na linha do tempo. — A voz de Gareth ecoa no ar com uma calma eterna.

Sinto-me como uma espiã amadora ao perceber o suor escorrendo pelas costas e prendo a respiração até ficar desesperada por inalar oxigênio de novo.

Pelo som da voz deles, os dois estão em um cômodo no andar de baixo, não muito longe da escada.

— É uma cobra que conhecemos? — pergunta Jeremy.

— Provavelmente.

— Essas baratas estão ficando ousadas, achando que podem invadir meu território como bem entendem.

Cobras?

Será que estão se referindo aos Serpentes? O outro clube secreto cheio de poder que é um completo mistério para todo mundo? Acho que eles não fazem rituais de iniciação como os Hereges ou os Elites.

A única coisa que se sabe sobre os Serpentes é que eles existem, e que se fazem conhecer por meio de atos de completa anarquia.

Quando as pessoas começam a se esquecer, chegam às manchetes notícias de incêndios criminosos, danos à propriedade e outros crimes.

— O que você vai fazer? — pergunta Gareth.

— Dar o que eles merecem, é claro.

— Seu pai não ficará feliz se souber que você machucou intencionalmente alguém da Bratva.

— É por isso que ele não saberá. Além do mais, ele, mais do que ninguém, sabe que se eu não matar, serei morto. A luta pelo poder começa agora mesmo, Gaz.

Espere...

Isso significa que os Serpentes também são da máfia russa? Eu imaginava que eles fossem de alguma máfia, mas por que estão competindo diretamente com Jeremy e Nikolai, que são da mesma organização?

Dou um passo à frente, dominada pela curiosidade. Talvez eu não devesse ter acesso a essas informações, mas algo me diz que isso é importante no panorama geral das coisas.

Meu pé tropeça em algo grande e duro, e grito enquanto caio para a frente, agarrando-me ao corrimão para me equilibrar e não bater de cara no chão.

Uma pessoa. Foi nisso que tropecei.

E ele está deitado no final da escada. Sem brincadeira. Está no carpete, de bruços.

Quando o acerto sem querer, ele resmunga:

— Será que ninguém consegue dormir na merda desta casa?

Agarro-me à grade com mais força, olhando para ninguém menos que Nikolai. Ele está de cueca. Nada mais.

Seu peito e suas costas são um mapa de tatuagens. Junte isso ao cabelo comprido bagunçado, às feições quadradas e às sobrancelhas franzidas, e ele tem tudo o que é preciso para causar medo na alma de qualquer um.

— Desculpa, não te vi aí — sussurro, e resisto à vontade de acrescentar que não esperava encontrar alguém dormindo aos pés da escada, considerando quantos cômodos tem no andar de cima.

Nikolai estreita um dos olhos. Então, em um salto rápido, fica de pé e se aproxima de mim.

Automaticamente, dou um passo para trás, mas meus sapatos batem no degrau, e fico presa sob seu olhar atento.

Sinto como se eu estivesse sendo avaliada como uma opção para o jantar, ou algo muito mais nefasto. Eu poderia jurar que há um brilho em seus olhos, como aquele que os caçadores têm quando avistam uma presa, mas ele logo desaparece.

— Nah, não é a certa. — A decepção em seu tom de voz me deixa imóvel.

Mas não tive tempo de pensar em suas palavras antes de Jeremy e Gareth chegarem de onde quer que estivessem.

Completamente vestidos, graças a Deus.

— Não sabia que tínhamos uma convidada — Jeremy diz casualmente, com a voz sem a tensão de um minuto atrás.

Gareth coloca a mão no bolso, sua expressão é indecifrável.

— Convidada do Killer.

Sinto minhas orelhas esquentarem. Talvez ele saiba o que estávamos fazendo.

Meu Deus, será que a terra pode se abrir e me engolir, por favor?

Jeremy me observa sem alterar a expressão.

— É a colega de quarto menos irritante da Anoushka.

— Minhas amigas não são irritantes — digo sem pensar, sendo muito mais ousada do que geralmente seria, ainda mais considerando que estou cercada por três predadores, com outro logo acima.

Sem contar que Nikolai ainda está próximo demais, me observando com o olhar maníaco.

— A loira tem um complexo de borboleta social, e a de cabelo prateado é... — Jeremy se perde por um momento. — Sem graça, para dizer o mínimo.

Também está ensinando hábitos ruins a Anoushka. Quando falei "irritante", estava sendo gentil.

Sério, qual é a desses babacas que se dizem legais, mas têm um comportamento tão antissocial?

Ainda assim, mantenho o queixo erguido.

— Se a Ava quer ser uma borboleta social ou não, é problema dela. Ela não passou por cima dos seus nem dos limites de ninguém para isso. Então você não tem direito de julgá-la. E a Cecily não é sem graça. Ela tem a alma mais pura e altruísta que já existiu.

— Um sinônimo de "sem graça" — ele responde, e sinto vontade de arrancar seus olhos.

E não tem problema se eu morrer enquanto faço isso.

Posso até não me importar quando me insultam, mas sou capaz de partir alguém no meio pelos meus amigos.

Quando abro a boca para cuspir uma palavra qualquer, Nikolai se aproxima e fica no mesmo degrau que eu.

Todas as palavras que eu tinha para dizer morrem em minha garganta enquanto o encaro. Ele é tão alto que meu pescoço quase se quebra ao olhá-lo. Seu peito nu praticamente roça no meu, e posso ver os poros de sua pele.

— Eu diria que há algumas semelhanças. Você acha que consigo desenhar um gatinho usando outro gatinho? — Ele abre a palma da mão em frente ao meu rosto, como se fosse encobri-lo e me bater contra o objeto mais próximo.

Antes que eu possa tentar me abaixar, algo atinge a testa de Nikolai. Sua cabeça é jogada para trás e ele voa em direção ao chão.

Ele cai de costas com um baque forte, e a arma do crime, uma bola de futebol americano, rola ao seu lado.

— E é gol! — Jeremy exclama, claramente se divertindo.

Um calafrio repentino percorre minha espinha, mas não tenho tempo de olhar para trás.

Não tenho tempo de me mover.

Uma presença opressora aparece ao meu lado. Detesto o calor que acompanha o aroma de âmbar amadeirado. É uma cortina de fumaça que faz parecer que tem uma pessoa por trás daquilo tudo, e já vi por mim mesma que é mentira.

Vislumbro seu peito nu, as tatuagens assombrosas e os músculos salientes quase anormais. Parece que ele está reprimindo algo.

Ou talvez não esteja preocupado em camuflar sua verdadeira natureza.

Mas, olhe só, pelo menos ele vestiu uma calça.

Não me atrevo a olhar para ele e permaneço concentrada em Nikolai, que se levanta com um pulo, como se não tivesse sido nocauteado.

— Que porra é essa, herdeiro de Satanás? Por que está jogando esses caralhos desses objetos em mim ultimamente? Tá cansado de viver?

Killian me agarra pelo pescoço, e grito quando ele me empurra contra o corrimão e beija meus lábios. Em seguida, aproveita minha perplexidade para enfiar a língua na minha boca, me dominando e me transformando em uma marionete em suas mãos.

Estou indefesa, mas ainda tento lutar. Coloco as mãos em seu peito para empurrá-lo, o que só faz com que sua brutalidade atinja novos níveis estimulantes.

Seus dedos se abrem em meu pescoço e ele me beija com um controle ardente. Ele me beija como se estivesse me fodendo, como se estivesse fazendo o que quer comigo de novo, e não tenho escolha a não ser aceitar.

Mas não sou seu brinquedo.

Mordo seu lábio e ele morde minha língua com mais força, fazendo um gosto metálico explodir em minha boca.

Se é dele ou meu, não faço ideia.

O que tenho certeza é que a guerra de línguas, lábios e dentes fica mais intensa a cada segundo que passa, até parecer que minha cabeça vai explodir.

Sua outra mão envolve possessivamente meu quadril e ele me puxa com força contra seu corpo.

Minhas curvas são esmagadas por sua brutalidade implacável e, pensando bem, nenhuma fortaleza que eu construísse seria capaz de resistir à guerra que é Killian Carson.

Ele sempre teve a intenção de me quebrar em pedaços e me forçar a aproveitar cada minuto.

Talvez seja inútil lutar.

Talvez eu deveria ter aceitado minha derrota logo no início. Porque, é óbvio, foi a minha resistência que o fez começar a se interessar por mim.

Como um animal com instintos aguçados, Killian deve ter sentido que desisti de lutar, porque se aprofunda mais e sua língua devora a minha, me fazendo gemer com seu poder feroz.

Seu beijo é a mais pura forma de perdição, e, por mais que eu tenha pensado que não o queria, talvez esse monstro seja exatamente do que preciso.

Quando sente que se fez entender, Killian se afasta, deixando meus lábios inchados, latejantes e, sem dúvida, com um corte que arde.

Então, devagar, ele solta meu pescoço e me puxa para o seu lado com um aperto firme no meu quadril, fazendo com que fiquemos de frente para os outros.

Meu rosto arde quando percebo que o show anterior aconteceu na frente de seus amigos.

Merda.

É tarde demais para desaparecer?

A sobrancelha de Gareth está franzida, Jeremy está sorrindo e a boca de Nikolai está aberta.

— Ela é minha e, portanto, está fora do jogo — anuncia Killian com uma voz calma e ameaçadora, encarando o irmão e o primo. — Fora da porra do jogo.

Depois, ele me joga sobre o ombro como um maldito homem das cavernas e me carrega de volta para o andar de cima.

Empurro suas costas enquanto sinto o sangue correr para a minha cabeça.

— O que está fazendo? Me solta!

— Não vai dar. É óbvio que você pensou que sair escondida da minha cama, como uma ladrazinha barata, era uma boa ideia, mas tenho que provar que não.

Tento chutar o ar.

Plaft.

Fico paralisada quando minha bunda registra a ardência. Ele acabou de me dar um tapa?

Meus olhos se arregalam e fico ali, estupefata, enquanto ele abre a porta do quarto e me joga na cama.

Não me concentro na dor nem na ardência quando o encaro.

— Você deveria começar um hobby de fingir ser um homem das cavernas.

Killian chuta a porta e avança em minha direção com uma expressão sombria.

— Cale a boca, Glyndon. Você não quer me provocar quando estou me segurando para não voltar lá e matar meu próprio irmão e meu primo por terem chegado tão perto de você.

Engulo em seco e meu coração dispara ao entender a gravidade da situação.

— Você não faria isso, né?

— Me diz você, já que achou que era uma ideia maravilhosa se exibir na frente deles.

— Eu só queria ir embora.

— Você não pode ir embora quando está dormindo em meus braços, Glyndon. Baixei a guarda porque você estava comigo, mas eu deveria saber que não podia confiar em uma coelhinha conivente. Talvez eu te acorrente a mim agora. Coloque um sino em seu pescoço para que eu possa te ouvir saindo. Ou talvez um taser para que ninguém toque em você enquanto eu não estiver por perto. — Ele passa a mão pelo cabelo. — Caralho. Vou voltar lá de qualquer jeito. O desgraçado do Nikolai não sangrou.

Ele se vira para sair e fazer o que prometeu.

E, embora eu não me importe muito com Gareth ou Nikolai, não quero o sangue de ninguém em minha consciência.

Além disso, é assim que ele fica quando perde o controle. É a primeira vez que o vejo fora de si, e saber que sou o motivo me enche de um poder estranho.

Ele é frio, calculista e não permite que emoções penetrem sua armadura, mas me deu esse poder sobre ele. Não foi intencional, mas, já que aconteceu, quero tê-lo.

— Killian, espere — sussurro, antes de pensar direito nas minhas palavras.

Ele inclina a cabeça em minha direção com a mão na maçaneta.

Dou um tapinha no colchão.

— Vamos voltar a dormir.

Ele estreita os olhos.

— O que está tentando fazer?

— Nada, só quero dormir.

— Você é mais legível do que um jornal, e quer que eu acredite que não há nenhum motivo secreto por trás do seu pedido incomum?

— Sim — respondo, e acredito nisso. — Por favor.

Ele me observa por um instante, com o corpo ainda voltado para a porta, e, quando acho que vai me ignorar e continuar com o plano violento, ele solta a maçaneta e vem em minha direção.

Meu coração quase despenca quando ele tira a calça e desliza para o meu lado, depois me puxa para cima dele.

— Saia de novo e vou te amarrar a mim — ele sussurra contra minha testa.

— Não vou — murmuro de volta e resisto ao impulso de beijar seu peito. Que merda é essa?

É só uma reação não natural ao fato de ele ter parado por minha causa. Não tem absolutamente nada além disso.

Certo?

Os lábios de Killian encontram minha testa, e tenho certeza de que algo se agita em meu coração quando ele diz:

— Essa é a minha garota.

CAPÍTULO 24
GLYNDON

—Você vai se atrasar de qualquer forma, então que tal se voltarmos para a minha ideia muito lógica de ficar na cama o dia todo?

Encaro Killian do banco do passageiro de seu carro.

— Você está brincando?

Ele bate com o dedo no volante.

— É engraçado que eu raramente brinco, mas você ainda continua achando isso. Precisamos resolver seus problemas com a negação.

Reviro os olhos e fico olhando pela janela.

— Você estava revirando os olhos?

— E o que é que tem? Precisamos resolver isso também?

— Sim. É um gesto bastante infantil.

— Uau. Olhe para você, sendo todo certinho. A rainha deve estar procurando seu professor de etiqueta.

— Duvido que ela ainda precise de um.

— Isso foi sarcasmo.

— Eu sei. — Ele me oferece um de seus raros sorrisos. — Também sei que você usa sarcasmo quando está nervosa. Não adianta ficar se preocupando com chegar atrasada na aula, porque você vai se atrasar de qualquer jeito.

Meus lábios se abrem.

Estou ciente de suas habilidades de observação e leitura de emoções, mas não estou pronta para vivenciá-las o tempo inteiro.

— Não sou como você. Não consigo deixar de me preocupar, gênio. Além disso, o professor Skies já me acha medíocre. Não quero dar a ele um motivo para me odiar ainda mais.

Ele bate o dedo indicador no volante de novo.

— É esse professor que incentiva que você sofra bullying?

— Ele não incentiva o bullying...

— Mas também não impede — ele conclui por mim.

Não falo nada, e é óbvio que ele entende isso como uma confirmação.

O silêncio incômodo no carro só torna mais evidente a pulsação entre as minhas pernas.

Mais cedo, acordei com o pau duro de Killian aninhado nas minhas coxas. Sem dúvidas ele pretendia me penetrar. Quando falei que ainda estava dolorida e que provavelmente não conseguiria me mexer hoje, ele disse:

— Esse é mais um motivo para ficar na cama o dia todo.

— Killian, não. Tenho aula. Sem falar que meus amigos devem estar muito preocupados comigo.

— Estraga-prazeres.

— Isso significa que você não vai transar comigo?

— Depende. Você vai colocar meu pau na sua boca e me chupar como uma vadiazinha safada?

Juro que minha boceta latejava com a facilidade com que ele dizia essas coisas imorais. Limpei a garganta.

— O que vou receber em troca?

— Não vou te foder.

— Não, eu quero outra coisa.

— Olhe para você, aprendendo a negociar. Vamos lá. O que você quer?

— Vou pensar.

— Pense enquanto estiver de joelhos, baby.

Acabei o chupando até a minha mandíbula doer. Ele me fez engolir até a última gota de seu gozo ao me olhar com aquela luxúria sombria e aparentemente calma.

Ele enfiou dois dedos na minha boca e fodeu minha língua com o resto de seu esperma.

— Isso. Engula tudo. Se deixar uma gota, talvez eu não consiga cumprir minha promessa de não te foder.

Depois, ele me trouxe café da manhã na cama. Sem brincadeira. Também foi ele quem o preparou e me fez comer tudo porque, ao que parece, sou péssima em atender às necessidades do meu corpo.

E agora que estou pensando em tudo isso, uma pulsação latejante se inicia dentro de mim e se recusa a ir embora.

Killian pega um cigarro e o coloca entre os lábios, depois procura seu Zippo. Torço o nariz.

— Você não disse que iria parar se eu mantivesse suas mãos e lábios ocupados?

Espero que ele ria, mas ele só joga o cigarro pela janela e abre a palma da mão.

— Mão.

Engolindo em seco, seguro a mão dele.

Um sorriso de lado se abre em sua boca.

— Agora os lábios. — Quando hesito, ele olha para mim. — Você não era tão tímida quando me beijou pela primeira vez na noite passada.

— Argh, cala a boca.

Beijo seus lábios e odeio o quanto gosto disso. Odeio o quanto gosto do toque de seus lábios, de como se abrem, sugam e mordiscam. Odeio perceber que eu nunca havia gostado tanto de beijar até agora.

Quando sinto que estou gostando demais, me afasto e limpo a garganta, desesperada para mudar de assunto.

— Você também não tem aula?

— Não preciso comparecer a todas, e com certeza não preciso me preocupar com um professor me colocando em sua lista de rejeição.

— Aposto que todos acham que você é um aluno exemplar.

— Eu sou um aluno exemplar. Como acha que entrei na faculdade de medicina?

— Manipulando uma ou duas pobres almas?

Ele dá uma risada de quem parece estar se divertindo de verdade, e é algo gostoso de ouvir. Não é uma de suas risadas sádicas habituais, que são uma manifestação de seu lado demoníaco.

— Não consigo manipular para entrar na faculdade de medicina.

— Você consegue roubar.

— Na verdade, não. Eu acabaria sendo descoberto. Além disso, pulei dois anos. É difícil atingir o nível de um deus.

— Sua arrogância é impressionante.

— Obrigado.

— Não foi um elogio.

— Eu e meus neurônios de gênio preferimos entender assim.

Eu me detenho antes de revirar os olhos de novo e fazer com que ele comece uma palestra irritante.

— É difícil mesmo ser um gênio?

— É fácil, na verdade. Não preciso pensar antes de agir. Tudo acontece de modo bem natural para mim.

— Então por que disse que é difícil atingir o nível de um deus?

— As pessoas tendem a se atrair pelas coisas difíceis e, claro, adoram uma boa cortina de fumaça, meias-verdades e mentiras bem contadas.

— Nem todas.

— Você diz isso agora. Mas seja atingida por uma verdade dura e veja se não vai desejar nunca tê-la ouvido.

— Eu ainda procuraria a verdade. Sim, pode doer, mas eu encontraria uma maneira de me conformar com isso. Ficar triste e lutar por um tempo é infinitamente melhor do que viver uma vida falsa.

— São só palavras.

— E digo cada uma delas com seriedade.

— Hum.

— O que significa esse "hum"?

— Apenas "hum".

— Uau, obrigado pelo esclarecimento.

— De nada.

— Você nasceu irritante assim ou foi ficando com o tempo?

— Um pouco dos dois. Meu pai tem traços irritantes, então talvez eu tenha o gene.

— Por que não me surpreende que você fale mal do seu pai?

— Não estou falando mal. Estou apenas repassando um fato.

Fico olhando para sua expressão imutável. Ele não parece incomodado em falar sobre o pai, e é a primeira vez que cita seus pais abertamente.

— Imagino que tenha um relacionamento difícil com ele.

— E me diga, por favor, como você chegou a essa conclusão?

— Você tinha dito que o Gareth é o menino de ouro do seu pai, o que significa que você não é. Você também disse que ele tem características irritantes. Ah, e você nunca postou uma foto só de vocês dois no Instagram.

— Que stalker! Não sabia que você tinha olhado todos os meus posts, baby.

Minhas bochechas ardem.

— Isso não importa.

— Então o que importa?

— Seu relacionamento com seu pai.

— Não há um relacionamento para falar sobre. Ele nunca gostou de mim nem do fato de eu existir.

— Você deve ter entendido errado.

— Não tem como entender errado quando ele mesmo disse à minha mãe que deveriam ter parado no meu querido irmão mais velho, também conhecido como "chato", porque vim com defeito.

Um calafrio me percorre. Embora o tom de Killian permaneça o mesmo, posso sentir a mudança em seu comportamento. O assunto o incomoda, e quero saber mais.

Quero cravar as unhas no lado desconfortável dele e arrancá-lo, porque sei que provavelmente é a única parte real que verei.

Agora estou começando a achar que Killian mantém Gareth em sua lista de futuras vítimas por causa de seu pai.

Quanto mais Gareth é favorecido pelo pai, mais Killian o vê como alvo. Não que isso seja correto, mas é um mecanismo de defesa.

Da mesma forma com que Lan se torna mais insuportável quanto mais minha mãe mima o Bran.

— Você deve ter tido uma impressão errada. A maioria dos pais não odeia os filhos.

— A palavra-chave aí é "maioria". Agora, deixe isso para lá.

— Mas...

— Eu disse: Deixe. Para. Lá. — Em seu tom sombrio não resta espaço para negociação e, antes que eu possa pensar em uma maneira de voltar ao assunto, ele pergunta com a voz indiferente: — Voltando ao assunto em questão. Você me admira?

— Por quê?

— Por ser um gênio de primeira classe.

Meu peito se aperta e odeio o fato de estar feliz por ele querer minha admiração.

Odeio que isso seja a primeira coisa que me vem à mente.

— É mais uma sensação de que você tentou ter minha admiração de uma forma sagaz. Desculpe por te dizer isso, mas você precisa se esforçar mais.

Um sorriso de lado esperto ergue seus lábios.

— Estou sempre pronto para um desafio.

— É o que eu sou para você? Um desafio?

— Talvez. Talvez não.

Eu resmungo.

— Você sabe que isso não é uma resposta. Está fazendo de propósito?

Ele sorri.

— Talvez. Talvez não.

— Argh. Você é um verdadeiro babaca.

— Ah. Não faça isso. Você sabe que fico excitado com essa sua boca suja. Principalmente com esse seu sotaquezinho sexy.

Aperto os lábios e olho para ele, o que só aumenta seu sorriso.

Chegamos em frente ao dormitório e ele estaciona, depois me encara.

— Ok, ok, vou ser gentil e responder à sua pergunta. Você é um desafio, coelhinha. O pior de todos, o mais irritante de todos, mas, acima de tudo, o mais divertido de todos.

Meu estômago afunda, e uma sensação horrível e amarga arranha minha garganta. Demoro um instante para eu tentar recuperar o fôlego.

Para tentar não me sentir afetada.

Para tentar não deixar que suas palavras pesem sobre mim.

Mas não adianta. Elas já criaram raízes e começaram a se ramificar em padrões caóticos.

— Fico feliz por poder ser seu entretenimento — falo rispidamente.

— Largue essa cara amarrada e esse sarcasmo. Quem é que estava discursando sobre sempre querer ouvir a verdade agora há pouco? Eu podia ter mentido, mas não menti.

Permaneço em silêncio e sua voz desce para um tom que nunca ouvi antes.

— Você quer que eu minta para você? Quer que eu use uma máscara perto de você, que finja ser alguém que será aceito por sua linda moral? É isso, Glyndon? Porque posso ser seu maldito príncipe encantado, seu cavaleiro de armadura brilhante e seu sonho fantástico, tudo de uma vez só, enquanto destruo sua vida.

— Não quero nada de você.

Abro a porta do carro e basicamente corro para dentro do prédio.

Ele chama meu nome uma vez, mas o ignoro, com a tranquilidade de saber que o porteiro não o deixará entrar sem autorização.

Meu coração bate mais rápido a cada passo. Ele bate, ruge e pulsa em meus ouvidos em um ritmo assustador.

Preciso me encostar na parede por um instante para recuperar o fôlego.

Maldito seja ele.

E maldita seja eu por permitir que ele cause esse efeito em mim.

Desafio divertido.

Ele que se foda.

Tiro o celular do sutiã para pegar o cartão que está lá e paro ao ver o número de notificações na tela.

Ava: Onde você está?
Cecily: Responde a gente.
Remi: Você está transando? Sim ou não. Ou manda um áudio gemendo e vamos entender como um sim e te deixar em paz.
Annika: Quais são os possíveis motivos pelos quais o Creighton leu minha mensagem e não me respondeu nas últimas... cinco vezes? A: ele me odeia muito. B: ele é assim com todo mundo.
Annika: Por favor, vote no B. Meu orgulho ainda está ferido por ele ter dito que falo demais. Eu falo demais?
Annika: Quer dizer, eu sei que sim, mas não tanto, né?
Annika: Onde você está, Glyn? Estamos preocupadas.
Bran: Me ligue quando ler isso.

Passo o cartão e paro quando uma mensagem aparece na minha tela.

Lan: Onde diabos você está?

Engulo em seco.

Embora Bran e eu conversemos e nos encontremos quase todos os dias, Lan e eu não temos o mesmo relacionamento. Se ele está me procurando, só pode ser má notícia.

— Ela chegou!

Eu me assusto quando sou cercada por três garotas de pijama na entrada, com certeza esperando para me pegar.

E lá se vai meu plano de entrar sorrateiramente, trocar de roupa, pegar meus livros e sair.

Lá vamos nós para a caminhada da vergonha.

— Oi — digo, constrangida o suficiente para provocar vergonha alheia.

— Nem vem com esse "oi". — Ava cola em mim, me observando com os olhos semicerrados. — Você saiu ontem à noite e nós mal dormimos, preocupadas com você. Agora descobrimos que você estava era na putaria.

Eu me engasgo com a saliva.

— O quê?

— Você está bem? — Cecily acaricia meu braço.

— Não sei. — Estou falando sério.

— Eu também não saberia dizer com o Kill. Ou você está vivendo a melhor montanha-russa da sua vida ou vamos acabar te encontrando em uma vala qualquer. Não tem meio-termo. — Annika me envolve em seus braços. — Um abraço. Estou aqui.

— Não fique a consolando. — Ava arranca Annika de mim. — Ela tem muitas explicações a dar.

— Alguém pode me dizer o que está acontecendo? — pergunto, pensando seriamente que estou enlouquecendo.

— Dê uma olhada no seu Instagram — diz Cecily em voz baixa, quase se desculpando.

Dou a elas um último olhar irônico e depois toco no aplicativo do Instagram. A primeira foto que aparece em meu feed foi publicada uma hora atrás e tem mais de cem mil curtidas e dezenas de milhares de comentários.

Meus dedos tremem quando olho para ela.

É de quando Killian me beijou contra o corrimão. Sua mão está em volta do meu pescoço, a outra no meu quadril, e ele está basicamente me engolindo.

Seu peito nu está colado ao meu, e a maneira como me toca é tão possessiva que nem é preciso dizer que tipo de relacionamento temos.

Uma pessoa de fora olharia e saberia que Killian não apenas está me comendo, como também é tão dominante e possessivo que ninguém deve ousar se aproximar.

Ele consolidou o fato com a legenda.

Fora. do. Jogo.

— Não, ele não fez isso — sussurro.
— Ele não só fez, como também marcou você! Foi por isso que vimos. — Annika toca na tela para mostrar o nome da minha conta na foto.
— Qualquer um pode ver isso. — Estou praticamente falando comigo mesma. — Tipo, qualquer um, inclusive...

Dou um pulo quando meu celular se acende com uma mensagem.

Lan: Vamos fazer isso do seu jeito, princesinha. Não chegue perto daquele desgraçado ou eu o matarei.

CAPÍTULO 25
KILLIAN

Desisto de assistir às aulas naquele dia exatamente duas horas depois de chegar à faculdade.

Sim, elas são importantes, e talvez eu deveria estar presente, aguentando a atmosfera cheia de ansiedade dos meus colegas e o ego dos professores que se acham especiais só porque são mais velhos e têm alguma experiência.

O problema é que estou muito distraído. Uma sensação que nunca experimentei antes. Em geral, sou focado até demais, sou metódico a ponto de eliminar qualquer necessidade de agir impulsivamente.

E, ainda assim, meu sistema, meus padrões e a própria estrutura da minha vida estão sendo perturbados por uma certa coelha maldita.

Passo a mão pelo cabelo enquanto ouço o barulho da chamada pela milésima vez nesta manhã.

Quando vai para a caixa postal, tiro o celular do ouvido e fico olhando para ele enquanto digito o número uma, duas, três vezes.

Talvez eu deveria ter mesmo a acorrentado a mim, para que pudesse esganá-la quando ela estivesse se fazendo de difícil sem motivo.

— Você não vem? — Stella, uma colega de sala com um cabelo ruivo obviamente falso pergunta ao sair da faculdade carregando seu jaleco branco.

Teríamos uma aula de patologia no necrotério, o que normalmente seria o ponto alto da minha semana, pois poderia ver pessoas mortas por dentro.

Mas hoje não, é claro.

— Tenho coisas mais importantes para fazer.

Ainda estou olhando para o celular e pensando seriamente se sacudi-lo forçará a pessoa do outro lado a enfim atender.

— E mais tarde? Posso te dar o código do meu dormitório.

Uma mão toca a minha, o que é o suficiente para me fazer perder o foco no celular.

Stella sorri, achando que chamar minha atenção é uma coisa boa.

A única que é inteligente é a maldita Glyndon King. Ela nunca quis minha atenção. Na verdade, tentou de tudo para escapar dela.

Ela ainda não sabe, mas um dia correrá em direção a mim, e não o contrário.

— Quando te dei permissão para me tocar? — pergunto em um tom fechado, sem me preocupar em mascarar minha verdadeira natureza.

Stella, com quem provavelmente já transei uma vez, e se transei ela é com certeza esquecível, se assusta e dá um passo para trás.

— Desculpe, achei que não tinha problema.

— Achou errado. — Passo por ela e me dirijo ao estacionamento.

Meus pés param quando vejo alguém encostado na frente do meu carro, com as pernas cruzadas e os dedos brincando com uma chave muito perto da pintura.

Não muito longe dele está uma réplica.

Landon e Brandon King.

Embora a aparência dos dois seja idêntica, o restante não é.

O que presumo ser Brandon se veste como um playboy, com calça cáqui e camisa polo. O cabelo está bem penteado e ele parece fazer parte de um time de lacrosse.

O cabelo de Landon está bagunçado, sem controle, e ele está usando calça e jaqueta jeans, sem falar que seu olhar é mais sem vida.

Mais vazio.

Talvez tão vazio quanto o meu.

Interessante.

— Belo carro — diz ele, ainda deixando a chave pairar a alguns centímetros de distância como uma forma de ameaça.

— Obrigado — respondo com indiferença. — É uma edição especial.

— Impressionante — diz ele sem nenhuma nota de interesse.

— Eu sei.

— Então você também deve saber que vou estragá-lo e depois estragar a sua vida se não ficar longe da minha irmã.

Então era por causa daquela foto do Instagram. Imaginei que ela iria irritar algumas pessoas, mas essa reação é muito mais rápida do que eu esperava.

— Eu adoraria te ajudar com isso, mas o que posso fazer? — Mostro meu sorriso de bom moço. — Você viu o quanto ela estava querendo aquilo. Quer dizer, a mim.

— Não é verdade. — Brandon vem em minha direção. — Glyn nunca escolheria alguém como você. Você deve tê-la coagido de alguma forma.

— Alguém como eu? — Inclino minha cabeça. — Você quer dizer um estudante do quarto ano de medicina aos dezenove anos, herdeiro de um império e líder em uma das faculdades mais prestigiadas do mundo? Ah, e namorado da sua irmã.

— Você *não* é — exclama Brandon.

— A negação é o primeiro estágio. — sorrio. — Tenho certeza de que você chegará na aceitação em algum momento.

Um aplauso lento me faz olhar para Landon, que está sorrindo de modo maníaco.

— Parabéns. Estou emocionado com a sua atuação. — Seu bom humor desaparece junto com as palmas. — Mas não vou me repetir. Largue a minha irmã ou vou ter que tomar medidas contra você, seu status de líder e seu pequeno império de merda. E quando eu terminar, você se olhará no espelho e não se reconhecerá. E aí talvez você perceba que não deveria ter se metido com a minha família.

Hum, interessante.

Ele é leal. Não, não é lealdade. É um senso de propriedade. Ele provavelmente pensa em Glyndon e Brandon como sendo seus. Uma propriedade que, quando tocada, pode sujar sua imagem.

— E se ela quiser ficar comigo? — pergunto. — O que vai fazer?

— Mudar a cabeça dela.

Eu sorrio.

— Receio que eu não seja fácil de esquecer.

— Eu também não sou.

Ficamos olhando um para o outro, sem piscar, em uma guerra de inteligência. Não é de se admirar que Glyndon tenha dito que seu irmão é como eu. Ele é, mas o fato de estar contra mim neste momento me incomoda.

Qual é a maneira mais fácil de fazer com que ele me aceite? Duvido que manipulação funcione. E provavelmente não vai esquecer esse assunto, já que considera que Glyndon está sob sua proteção.

— Só vá atrás de outra pessoa — diz Brandon em uma voz apaziguadora. — Tenho certeza de que você tem inúmeras opções à disposição.

Landon percebe bem para onde meu foco vai no momento que seu irmão fala. Sua chave cai no carro, e sorrio.

Bingo.

Ele não queria que Brandon viesse. Acha que o irmão é fraco, provavelmente bonzinho demais para seu próprio bem. Ele talvez não consiga nem se defender.

Diferentemente de como eu vejo Gareth, Landon vê Brandon como sua responsabilidade.

E, neste momento, Landon sabe que vou atrás de Brandon para que ele deixe a mim e a Glyndon em paz.

— Brandon, certo? — Eu lhe dou o sorriso mais brilhante e mais falso que consigo forçar.

Ele assente com cautela.

— Glyndon fala de você o tempo todo. Disse que é o irmão favorito dela. — Não é verdade, mas ela com certeza seguiria nessa direção se fosse necessário. Assim, acerto dois coelhos com uma cajadada só.

Brandon se sentirá especial e Landon será rejeitado da posição de favorito. Não que eu ache que ele se importe muito com isso, mas é uma questão de orgulho, e nós nos importamos com o nosso orgulho.

— Ela também disse que gostaria que vocês se dessem melhor — continuo com uma voz quase suave, imitando o tom que a minha mãe usa quando fala com a gente. — Ela fica de coração partido quando vocês brigam, e queria poder fazer mais para conectar vocês dois.

A postura de Brandon vai relaxando, e os cantos de seus olhos se suavizam.

— Recomponha-se — Landon ordena. — Ele está te manipulando, Bran.

— Por que eu faria isso? — continuo falando no mesmo tom. — Não estou te pedindo nada, estou? Estou apenas repassando o que a Glyndon me contou. Eu me senti mal quando ela disse que estava presa entre vocês dois, e que prefere jantar na casa do avô do que voltar para casa.

Isso é algo que percebi vendo seu Instagram. Ela tem mais fotos com os avós do que com os pais. E tem mais fotos com Bran do que com Lan.

Ela tem mais fotos com os amigos do que com os irmãos.

É engraçado como as pessoas narram a própria vida de maneira inconsciente por meio das redes sociais. É por isso que faço minha própria narrativa, que ninguém consegue decifrar.

Exceto pela maldita Glyndon, que percebeu a ausência parcial do meu pai no meu Instagram, claro.

A postura de Brandon perde toda a rigidez de antes, e o som assustador da chave passando no capô me faz parar. Mas não por muito tempo.

Sei que Landon veio com planos de arranhar meu carro e, por mais que eu esteja tentado a bater sua cabeça na lataria e encher os arranhões com seu sangue, há coisas mais importantes em jogo.

Como a aprovação de Brandon.

— É óbvio que não dá para conversar com seu irmão, mas tenho certeza de que você me entende. — Dou um passo à frente. — Estou do seu lado e do lado da Glyn.

— Chegue para trás — ordena Landon, ainda vandalizando meu carro.

A oficina pode consertar aquilo. Mas somente eu posso manter a vantagem da atual situação.

— Como sei que não está só usando a Glyn? — Brandon faz uma pergunta muito lógica.

— Se eu estivesse a usando, teria ficado entediado nos primeiros dois dias e teria deixado ela ir embora.

O que é verdade.

Caralho.

Se eu não estou usando a garota, o que estou fazendo exatamente?

Para mim, as pessoas se enquadram em apenas três categorias.

Vale a pena ser usada.

Não vale a pena ser usada.

Neutra.

Ela não está em nenhuma das opções acima.

Mas tenho certeza de que está em algum lugar, porque ela tem espaço suficiente na minha vida para estragar meu dia.

— Isso não é tão reconfortante quanto você gostaria — pontua Bran com uma sobrancelha levantada.

— Eu poderia ter mentido, mas preferi não mentir. A Glyn disse que gosta da minha sinceridade.

Antes de me dar um ghosting *por causa disso.*

Brandon sorri um pouco, provavelmente por saber que é verdade, e me esforço para esconder um sorriso de lado enquanto olho para o outro irmão.

Destrua meu carro como quiser, mas adivinhe quem está ganhando, Landon? Não é você.

Sim, Brandon pode não ficar do meu lado de imediato, mas vai chegar lá. A menos que Glyndon fale demais e estrague tudo.

Mas, mesmo que isso aconteça, vou recomeçar do zero para ter a aprovação do irmão legal.

Todo o esforço que estou fazendo por essa coelha maldita está começando a me irritar, mas, ainda assim, é divertido.

Estou prestes a ir um pouco mais longe, só porque sei que posso, mas uma figura minúscula se aproxima de nós em passos moderados, completamente alheia à tensão no ar.

Seu cabelo loiro está preso em um longo rabo de cavalo com uma tonelada de fitas que combinam com as de seu vestido preto, suas botas e bolsa.

Ela parece uma Barbie gótica, sem o cabelo preto, e uma versão 2.0 assustadora da minha mãe e da tia Rai.

Ah, e esse é o pior momento para ela vir me procurar.

Minha prima Mia, que é um ano mais nova do que eu, segura uma vasilha de comida e sorri para mim com alegria. E sei que não devo fazer pouco caso disso.

Sou uma das poucas pessoas para quem ela sorri.

Seus passos param quando ela vê o que Landon fez com meu carro. Ela o encara com a testa franzida, depois olha para a chave em sua mão e o desenho horrível na pintura vermelha.

Prepare-se para quando eu jogar seu carro de um penhasco, filho da puta.

Ela coloca a alça da bolsa térmica sobre o ombro, deixando-a pendurada ao lado do corpo, e sinaliza em língua de sinais:

"Por que esse idiota destruiu seu carro e por que ele ainda está respirando?"

Abro um sorriso de lado. *Boa pergunta, prima.*

No entanto, a resposta é algo que não quero admitir nem para mim mesmo.

Eu provavelmente entraria para a lista de rejeição de Glyn se machucasse o irmão dela, mesmo ele sendo um filho da puta nojento. Mas não significa que eu não vá tornar a vida desse babaca um inferno.

— E agora temos uma mudinha na discussão. — Landon sorri, sabendo muito bem que isso altera a dinâmica de poder de antes. — Maravilha.

— Lan, pare com isso — adverte Bran.

— Chame ela assim de novo e vou te esfolar vivo — respondo com um tom de ameaça que faz minha visão ficar vermelha.

Mia é a única pessoa no mundo que me disse, ou melhor, me sinalizou, que "não tem problema em ser diferente, Kill. Ainda amo você".

E eu mataria qualquer um por causa dela. Sem pensar duas vezes.

— Qual é o problema de chamar uma muda de muda? — Landon continua sorrindo, já tendo se esquecido de arranhar minha pintura. — Tenho certeza de que ela não se importaria.

"Diga a ele que não me importo nem um pouco, e também tenho certeza de que ele não se importaria com isso." Mia sinaliza para mim e, em seguida, mostra os dois dedos do meio ao sorrir docemente.

Ele estreita os olhos e seu sorriso desaparece.

Brandon sorri e se vira para mim.

— Por favor, peça desculpas a ela em nome do meu irmão.

— Ela consegue te ouvir — explico. — Ela só não fala.

Ela sinaliza para mim, e falo a Brandon:

— Ela disse para não pedir desculpas em nome de, abre aspas, um filho da puta de um idiota que está poluindo o ar com sua respiração, fecha aspas, porque você não é responsável pelas ações dele.

— Você tem razão. — Ele oferece a mão a ela. — Sou Brandon.

Ela o cumprimenta e olha para mim.

— Mia — eu digo. — Minha prima.

Eles sorriem um para o outro, parecendo já estar se dando bem. Não havia pensado nisso antes, mas é outra oportunidade de fazer com que Brandon fique do meu lado em relação à irmã.

Te devo uma, Mia.

Nota para mim mesmo: compre mais fitas para ela.

— Como se xinga em linguagem de sinais? — pergunta Landon, talvez querendo ser mais babaca, porque não consegue lidar com o fato de que todos neste cenário estão contra ele.

Ela mostra o dedo do meio novamente, sorrindo.

— Assim — acrescento por ela.

Brandon falha ao tentar esconder o sorriso.

"Vamos comer", ela sinaliza, ignorando Lan completamente. "Fiz panquecas para você. Tentei encontrar o Nikolai, mas aquele burro sumiu. E a Maya disse: 'Vadia, saia daqui antes que eu te esfaqueie'. Em letras maiúsculas. Aquela bostinha fica enlouquecida quando interrompem seu sono. Estou procurando terapia para resolver os problemas dela. É toda terça-feira, caso você esteja interessado em participar. Ah, e o Gareth não está respondendo às minhas mensagens, e vou contar para a tia Reina que ele está me ignorando".

— Então sou sua última opção? — Levanto uma sobrancelha.

Ela ri como uma diabinha, então dá um tapa no meu ombro e sinaliza: "Você sabe que é o meu favorito".

— Aham.

"Diga ao Brandon para vir também", ela sinaliza. "Com certeza ele é o gêmeo legal".

— Ela está te convidando para comer com a gente. — Faço um sinal para Brandon, que surpreendentemente assente e caminha em nossa direção.

Ótimo. Posso lhe perguntar sobre sua irmã difícil, que ainda não está me respondendo.

Juro que vou colocar um rastreador no celular dela na próxima vez que a vir.

— Você tem sete dias para cortar relações com Glyndon, ou faremos do meu jeito — anuncia Landon, acentuando as palavras com um último arranhão no meu carro antes de seguir na direção oposta.

"Deixe eu pegá-lo, Kill", sinaliza Mia. "Vou arrancar sua cabeça com uma mordida."

— Que porra é essa? Você não é um cachorro — rio e depois continuo mais seriamente: — Não se meta nisso. Estou falando sério. Essa briga é minha e não quero você entrando no meio.

Ela faz beicinho, mas depois solta um suspiro e assente.

Brandon coça a cabeça.

— Você deveria levar a ameaça dele a sério.

— Nah, ele não me assusta.

— Mas deveria. Não o subestime.

— Ah, não vou. Também não vou deixar que ele coloque o nariz onde não é chamado. — Eu sorrio. — Quem quer panquecas?

A coelhinha pode me ignorar o quanto quiser. Ela se recusa a falar comigo? Tudo bem.

Mas vou me certificar de que seja ela quem venha correndo atrás de mim, e não o contrário.

CAPÍTULO 26
GLYNDON

Hoje não é o meu dia mesmo.

As meninas não só me questionaram sobre todo o drama com Killian, como também levei uma bronca do professor Skies por estar atrasada. A cereja do bolo foi bater a cara em uma porta de vidro depois da aula.

Em minha defesa, a última coisa aconteceu por culpa de todas as pessoas que ficaram me observando como se eu fosse um animal exótico.

Não sou do tipo que gosta de chamar atenção, mas aquele idiota foi lá e me colocou no centro dos holofotes. Eles não paravam de falar de mim pelas costas, sussurrando e murmurando, fazendo com que minha ansiedade aumentasse.

Pensei em me esconder no banheiro por um tempo, mas depois decidi que não devia nada a ninguém e que não deveria me sentir envergonhada por aquele beijo.

Sim, aquele desgraçado está no topo da minha lista de rejeição, mas não significa que eu tenha que sentir vergonha.

Então mantive a cabeça erguida, relativamente, terminei minhas aulas e fui para o ateliê.

Era dia de pintar um nu artístico e havia um modelo para cerca de quinze alunos, mas percebi no meio do caminho que as características e as linhas do corpo em minha tela não eram as do modelo.

Nem de longe.

Meu senso de erotismo me levou ao pesadelo do qual tenho tentado, sem sucesso, escapar sempre. Fiz movimentos bruscos ao redor de dois olhos intensos e recriei cada parte de seu abdômen, as gralhas assombrosas e fragmentadas e até mesmo as leves sardas na parte superior de seus ombros.

Preciso de ajuda.

Quando meus colegas fazem uma pausa para fumar, aproveito a oportunidade para verificar meu celular.

Estou bem decidida a ignorar as ligações de Killian, simplesmente porque preciso de um tempo para mim mesma.

Mas então encontro uma mensagem dele.

Psicopata: Corra o quanto quiser. Vou ficar me distraindo com...

Em anexo está uma foto do meu irmão comendo, com a cabeça baixa, de modo que não consigo ver sua expressão.

Meu coração erra uma batida.

Por favor, não me diga que ele coagiu ou ameaçou Bran com alguma coisa?

Tento não pensar nisso enquanto tiro o macacão de pintura, pego a bolsa e dirijo até o complexo dos Hereges.

A julgar pela foto e pelo papel de parede atrás deles, os dois devem estar em algum lugar da mansão.

Paro o carro em frente ao portão fechado.

Na minha pressa de vir até aqui, esqueci que esta é uma área privada, protegida com seguranças suficientes para envergonhar a guarda real.

Nas outras duas vezes em que vim aqui, durante a cerimônia de iniciação e na festa de ontem à noite, o local estava aberto a todos. Bem, nem todos, mas os guardas não me impediram de entrar.

Antes que eu possa pensar em uma mentira plausível para conseguir acesso, o portão gigante se abre com um rangido assustador.

Minhas mãos suam no volante, mas opto por aproveitar a oportunidade e entrar com o carro. Posso pensar no resto depois de me certificar de que Brandon está seguro e fora do alcance daquela víbora.

Tentei ligar e enviar mensagens para Killian e para Bran, mas não obtive resposta. Ah, e o psicopata leu, mas não respondeu.

Quando chego à mansão, também encontro a porta da frente aberta. Dessa vez, procuro possíveis guardas ao meu redor.

A atmosfera gótica da casa, misturada ao vazio e ao silêncio, me enche de uma sensação assustadora que não consigo identificar.

Um sopro de ar joga meu cabelo em meus olhos, e posso jurar que uma sombra se aproxima por trás de mim.

Ou talvez eu esteja apenas paranoica.

Acelero os passos e resolvo me concentrar na missão.

Estou prestes a subir o primeiro degrau da escada quando ouço um grito vindo de um cômodo no andar de baixo.

Minha mão treme e a esfrego em meus shorts conforme caminho lentamente na direção do som.

Por favor, não me diga que cheguei tarde demais.

Mais uma vez.

Um soluço se prende em minha garganta e rouba minha capacidade de respirar direito.

Abro as enormes portas duplas, meio trêmula, meio nauseada.

De novo não, por favor...

Meus pensamentos são interrompidos ao ver o que está acontecendo. Não sei por que eu esperava encontrar uma câmara de tortura, mas o que está diante de mim está bem longe disso.

Na verdade, é... uma sala de jogos.

Papéis de parede dourado e vermelho decoram o ambiente e um tapete rubro tão denso quanto sangue se espalha pelo chão. Telas enormes ocupam a maior parte das paredes, todas com luzes led vermelhas atrás. Há uma elegante mesa de bilhar no centro e alguns jogos de tabuleiro estão dispostos nos cantos.

O motivo do barulho está nas telas.

— Desista logo — afirma Killian, sentado em uma luxuosa cadeira de couro vermelho-escuro, segurando um controle.

Ele está falando com uma garota sentada com as pernas cruzadas em outra enorme cadeira e batendo descontroladamente em seu controle. Seus lábios estão franzidos e sua pele clara está vermelha.

— Não dê ouvidos. Dá para você ganhar — diz Bran, sentando-se no braço da cadeira dela.

Minha respiração sai em um lento suspiro.

Ele está bem. Não cheguei tarde demais. Ele parece tranquilo e está... sorrindo.

Meu irmão quieto, que é mais antissocial do que eu, parece estar se divertindo.

Agora que sei que ele não corre perigo, me concentro no que está acontecendo à minha frente.

Eles estão mesmo jogando enquanto eu morro de preocupação?

E quem é a garota? Pelo pouco que vi, ela me parece familiar, mas não tenho certeza de onde a conheço.

Por que meu irmão está se divertindo com Killian e ela? *Era melhor me apunhalar pelas costas, Bran.*

Não que eu esteja com ciúmes.

Eu me recuso a acreditar que estou com ciúmes.

— Não a engane. — Killian aperta os botões com a mesma velocidade que a garota, mas parece indiferente, como se estivesse entediado, embora ainda jogando bem. — E acredite em mim, Sokolovinha, ele só está torcendo por você porque prefere te enfrentar na final e ganhar.

Dou um passo para dentro e tenho certeza de que ele me vê com sua visão periférica. Sua velocidade diminui um pouco, e a garota dá um pulo, batendo no controle várias vezes.

Então ela ri e abraça Bran.

— Eu sabia que você ia conseguir — afirma Bran quando os dois se soltam. Ela sacode o queixo na direção de Killian e gesticula em linguagem de sinais.

Ah. Ela não fala.

— Ela disse que você é o melhor torcedor de todos.

Meu irmão sorri.

— Não sei se devo me sentir honrado ou preocupado.

Killian levanta um ombro.

— Talvez os dois.

De repente, seus olhos encontram com os meus, mas agora estão sérios e escuros, sem a despreocupação que exibiam enquanto ele jogava.

Por alguma razão, sinto que ele acabou de perder de propósito. Bran e a garota provavelmente não notaram, mas eu vi como Killian diminuiu a velocidade de modo intencional para deixá-la ganhar.

Ele ainda está largado na cadeira, mas a postura ficou mais rígida, e há aquela tensão latente em sua expressão vazia, como uma tempestade se formando lenta e inevitavelmente. Com certeza, não é um bom sinal.

Mas quer saber? Ele que se foda.

Eu que deveria estar com raiva pelas merdas que ele tem feito desde cedo.

— Bran. — Deslizo para o lado do meu irmão e toco seu braço. — Você está bem?

— Ah, ei, princesinha. É claro que estou. Por que não estaria? — Ele aponta para a garota, que me observa atentamente. — Essa é a Mia, prima do Killian e minha nova mestre de jogos.

Ela acena com entusiasmo. Suas feições a fazem parecer bem jovem, muito mais jovem do que eu. Inúmeras fitas decoram seu cabelo, seu vestido, seus punhos e até mesmo suas botas gigantes. Ela merece um dez pelo bom gosto.

Neste momento, me sinto uma completa idiota por pensar que ela era um interesse romântico. Eu sabia que já a tinha visto em algum lugar: em fotos do Nikolai.

Depois de me observar por um instante, Mia sinaliza algo para Killian.

— O que ela disse? — pergunto sem olhar diretamente para ele, porque não estou pronta para enfrentar esse demônio agora.

— Ela está me perguntando se você é má como o seu irmão Landon.

— Ela... ela o conheceu? — Minha voz treme, e Bran segura meu braço. Killian estreita os olhos.

— Mais cedo, quando ele apareceu na *minha* faculdade, vandalizou *meu* carro e ameaçou que se eu não terminasse com você ele faria algo pior.

É... É algo que meu irmão faria.

Mia sinaliza para Killian de novo e ele traduz.

— Ela falou que Landon é o maior idiota que ela viu nos últimos anos. E isso diz muita coisa, porque ela está acostumada a encontrar vários tipos de idiotas. Ah, e é uma pena que ele compartilhe a aparência com uma pessoa tão querida como o Bran. Se não fosse por isso, ela cortaria o rosto dele enquanto ele dorme.

Bran solta uma gargalhada genuína, e sorrio também. Essa garota não tem medo de Lan. Isso me agrada.

— Essa é a Glyn, Mia — diz Bran, segurando meu ombro. — Ela com certeza é mais parecida comigo do que com o Lan.

— Prazer em te conhecer — Killian traduz, com a voz rouca próxima ao meu ouvido. Depois, diminui o volume até que somente eu possa ouvi-lo. — É bom você tratar o meu primo, ou seja, eu, muito bem.

Eu o encaro.

— Tem certeza de que ela disse a última parte?

— Ela diria se pudesse.

— Vamos voltar, Bran. — Agarro seu braço e tento sair da situação antes que ela fique ainda mais complicada.

— Mia e eu vamos disputar a final agora. Espere só um pouco.

— Mas...

Mia balança a cabeça para mim com pura determinação, pega seu controle e joga o outro para Bran.

Ele o segura e olha para mim.

— Podemos ir embora se você não estiver se sentindo bem.

Eu quero ir embora, mas, se eu disser isso, vou estragar todo o clima.

— Você está bem? — Bran me observa com atenção.

— Estou.

— Tem certeza? Porque você tem muitas explicações a dar, princesinha.

Eu me encolho.

— Eu sei. Conversaremos mais tarde. Vá logo e termine seu jogo.

Fazia muito tempo que eu não via Brandon se divertindo sem se sentir tão... triste.

Mia sinaliza algo para Killian, que a encara com a expressão neutra.

— Não vou falar isso.

Sua sobrancelha se franze e ela gesticula de novo, agora com raiva.

— O quê? — pergunto.

— Ela disse que seu sotaque é sexy. E vá se foder você também, Sokolovinha. — Ele vai para o lado do meu irmão. — Acho que estou torcendo pelo Bran nesta rodada.

Desde quando ele chama meu irmão de *Bran*? E como estão tão íntimos se ficaram juntos tão pouco tempo hoje?

Talvez eu esteja subestimando a capacidade do Killian de encantar as pessoas.

— Volto já — anuncio, embora não tenha certeza se alguém está ouvindo, pois o videogame está alto e todos estão discutindo.

Mais um motivo para fugir neste momento.

Vou me esconder no banheiro até que Bran termine o jogo e possamos ir embora.

Caminho rapidamente até o banheiro de visitas no andar inferior, que fica ao lado da sala de jogos.

Ouço passos atrás de mim e um súbito arrepio percorre minha espinha.

— Se você correr, vou te perseguir. — A voz grave de Killian permeia o ar como uma fumaça. — E se eu te perseguir, vou te pegar. — Sua voz se aproxima. — E se eu te pegar, vou te foder, baby.

Não me permito pensar nisso enquanto corro a curta distância até o banheiro e fecho a porta com toda a força.

Mas uma mão aparece na fresta e, junto ao susto e o grito de medo, sinto que estou em uma cena de filme de terror.

Tento empurrar a porta para fechá-la, mas meu esforço não se compara à sua força bruta.

Ao poder que a permeia.

À intenção perversa impregnada em cada movimento.

Sou arremessada para trás quando ele escancara a porta, aparecendo despreocupado, impassível, como se não tivesse feito nenhum esforço para eliminar um obstáculo em seu caminho.

E, sendo sincera, acho que ele não fez.

Ele entra no banheiro e deixa a porta se fechar com uma lentidão assustadora.

Estou presa com um monstro.

Um com traços lindamente cruéis, um físico pecaminoso e sem máscaras.

Ele não vai nem fingir que vai pegar leve comigo agora, né? Sem promessas de que *não vou te machucar muito* ou que *não vou transar com você se me chupar*.

Este é ele de verdade.

Eu gostaria que fosse apenas uma máscara, que, se eu tentasse retirá-la, se desmancharia. Mas é sua verdadeira face. Não há cicatrizes a serem descobertas nem realidade alternativa a ser encontrada.

É preciso ficar fora de seu alcance.

Agora.

Viro para ir até o reservado; meu último recurso é me trancar lá dentro.

Dois passos são tudo o que dou antes de ser arrastada para trás com um puxão impiedoso de cabelo.

Eu grito, mas o som é abafado por uma mão firme em minha boca conforme minhas costas batem em seu peito.

— Shhh. — Seus lábios roçam minha orelha, tão pecaminosos e obscuros que meu estômago se contrai. — Você não quer que seu irmão chegue e veja a irmã dele sendo fodida com força, quer?

Balanço a cabeça freneticamente, mas não é para concordar com ele. É para que ele pare com essas perguntas perturbadoras.

— Como foi que ele te chamou? — Sua voz soa casual, embora não esteja de verdade. É como a lava jorrando de um vulcão. Um furacão que está virando o oceano do avesso. — Ah é, "princesinha". Acha que ele ainda vai te ver assim quando encontrar a irmãzinha coberta com a minha porra?

Meu estômago se revira e tento me afastar, mas, quanto mais tento, mais firme fica seu aperto em meu cabelo. Está doendo mesmo, e algumas lágrimas brotam em meus olhos.

— Aposto que está toda molhada como uma vadiazinha safada. — Ele desce meu short com facilidade, que cai em volta dos meus tornozelos, e desliza uma mão obstinada para dentro da minha calcinha, me tocando. — Eu sabia que você estaria encharcada por mim, baby. Você gosta de ser manipulada até perder o fôlego. Gosta de como te deixo sem opção. É o que te deixa muito excitada, não é? Admita: você não gosta do meu lado bom. Você é uma puta que quer o meu lado diabólico.

Grito "não", mas o som sai de maneira sinistra contra sua mão. Como uma grande mentira em que não sei se ainda acredito.

Killian puxa minha calcinha para o lado e enfia três dedos ao mesmo tempo. Meus olhos se arregalam pela força e pelo prazer que pulsa dentro de mim. O fato de ele estar abafando minha voz e minha respiração torna tudo ainda pior.

Pura luxúria e pecado.

Killian usa a mão sobre a minha boca para me puxar para a frente.

— Olha como a sua boceta está excitada com os meus dedos. Você queria que eu te encontrasse, te prendesse e te forçasse a gozar. Queria que eu deixasse sua bucetinha mais dolorida para sentir meu pau a cada passo. Você *me* quer, baby.

Balanço a cabeça várias vezes.

Ele simplesmente dá de ombros.

— Cabe a você acreditar ou não, e cabe a mim foder minha boceta sempre que eu quiser. Viu como você está escorrendo pela minha mão, sua vagabunda safada?

Ele me faz observar a entrada e a saída de seus dedos e a minha excitação constrangedora. Ele me faz ver cada movimento, cada depravação, adicionando mais estímulos ao ato.

— Isso, engula tudo. — Ele acrescenta um quarto dedo, juntando-o aos outros, e, para falar a verdade, acho que ele vai me rasgar ou algo assim. — Relaxe, você aguentou meu pau, então consegue aguentar isso.

Ele os enfia em mim de uma vez, em posições diferentes, entrelaçando-os, enfiando mais fundo.

Minhas pálpebras pesam, e, por um instante, sinto que estou enlouquecendo com a onda avassaladora de prazer.

— Acha que consigo colocar meu punho inteiro aí dentro? — ele sussurra com uma luxúria sombria. Meus olhos se arregalam e sacudo a cabeça. Ele apenas dá uma risadinha. — Não desmaie, coelhinha. Ainda tenho que te punir por muita coisa. — Ele passa o polegar em meu clitóris, me fazendo ver estrelas no mesmo instante.

É constrangedor a rapidez com que gozo com a estimulação do clitóris.

— Você não merecia essa gozada depois das façanhas de hoje. — Ele tira os dedos de dentro de mim, e me recuso a reconhecer o vazio que se instala ali.

Eu me recuso a reconhecer a necessidade de tê-lo pulsando dentro de mim.

— Se você gritar ou pedir ajuda, farei com que seu irmão veja você sendo fodida. Está me ouvindo?

Lágrimas amargas ardem meus olhos, mas me recuso a liberá-las. Ele solta minha boca, mas puxa meu cabelo.

— Vá se foder — rosno.

— Essa sua boca suja só deixa meu pau mais duro, baby. Então, se quiser pôr mais alguns insultos para fora, fique à vontade.

— Foi você quem começou, postando aquela foto.

— O mundo precisava saber que você é minha. Não vou me desculpar por ter feito isso. Na verdade, eu faria de novo e mais cedo, para que ninguém sequer cogitasse ter você.

— Deixa eu adivinhar, porque só você pode?

— Adivinhou.

— Eu nunca, jamais, escolheria ficar com você.

— Tenho uma notícia, você já está ficando.

— Não por opção.

— Não me importo. — Ele puxa meu cabelo. — E você está passando dos limites. Sua boceta vai pagar o preço.

— Ah, me desculpe. Você não gosta de ouvir verdades difíceis?

— É você quem não gosta. Já estava irritada antes de descobrir sobre a foto porque eu te disse alguns fatos que sua pequena bússola moral não aprova. — Ele me empurra contra o balcão, e me contorço, mas ele me imobiliza pela nuca, me deixando sem escolha a não ser agarrar a borda de mármore. — Mas o negócio é o seguinte: não vou mentir para proteger seus frágeis sentimentos. Afinal, o que tem de tão especial neles? Você se acha incrível por tê-los? Você me vê, e continuará me vendo como sou, Glyndon. Oco, demoníaco e tudo mais.

Ele está bravo. Não, talvez enfurecido.

Tenho notado que ele só me chama pelo nome quando está com raiva.

O som do seu zíper ecoa no banheiro, seguido de um tapa na minha bunda. Resmungo, mas o som é abafado por um gemido quando ele me penetra por trás.

Eu deveria estar dolorida, mas, quando ele já está todo dentro de mim, solto um gemido de prazer.

— Porra, nunca vou me cansar disso — ele murmura com luxúria evidente e, em seguida, dá estocadas em um ritmo louco.

Preferia que a terra me engolisse a ter que suportar essa tempestade de prazer e dor.

De repente, ele levanta minha cabeça pelos cabelos e me faz olhar para o estranho que está no espelho.

Killian está atrás de mim, alto tal qual um deus e sinistro como o demônio. Seu rosto está fechado, com traços sombrios de luxúria e dominação.

E eu?

Estou curvada, sendo usada, abusada e dominada por completo, mas, em vez de dor, meus olhos brilham de luxúria. Meus lábios estão entreabertos, e minhas narinas, dilatadas. O fato de ele segurar meu cabelo torna a cena ainda mais perturbadora. Errada.

Carnal.

— Olhe o quanto você quer isso, baby. Está prestes a chorar de vontade. — Ele diminui o ritmo, mas se aprofunda até que o osso do meu quadril bata na borda do balcão. — Da próxima vez, não questione se você é minha, não desapareça por conta disso e, com certeza, não me afaste. Está claro?

Enfio as unhas no mármore, sentindo cada golpe, cada explosão de prazer em meu interior.

Seus dentes encontram a carne do meu pescoço, e ele morde com tanta força que grito.

— Está claro, Glyndon?

— Não... — Eu o encaro pelo espelho, e ele morde ao lado de onde já estava marcado.

Dessa vez, soluço, mas a fisgada de dor aumenta a sensação que seu pau causa.

— Vamos tentar de novo. Está claro, porra?

— Não quero ser sua.

— A escolha não é sua.

— Não quero me perder — admito, com lágrimas nos olhos.

— Você não vai.

— E como vou saber disso? Você está fazendo o que quer comigo.

— Cabe a você escolher se te castigo e você não gosta, ou se realmente te dou prazer. — Ele rebola e atinge um ponto dentro de mim que embranquece minha visão por um breve segundo. — Diga que você é minha, baby.

Aperto os lábios, mas já perdi essa luta há muito tempo.

— Nunca serei sua.

— Está errada pra caralho.

Seu ritmo se torna violento e tão intenso que eu choro.

Tão intenso que eu gostaria de poder morrer e ter um orgasmo ao mesmo tempo.

Mas ele me faz gozar de novo e de novo, exigindo que eu diga as palavras. Não digo.

Ele poderia me matar, mas eu não falaria.

Essa é a última parte que guardei de mim mesma e me recuso veementemente a entregá-la.

Ele disse que não mentiria para mim.

Eu mentirei.

Até que ele enfim me deixe ir embora.

CAPÍTULO 27
GLYNDON

Nunca imaginei que a vida pudesse ficar tão caótica, estranha e completamente... surreal.

Já faz uma semana que o Killian me fodeu contra o balcão do banheiro. Ou melhor, me *castigou*.

Ele tem me castigado desde então.

Sim, ele me faz gozar, chega até a me fazer implorar por um orgasmo e, embora sinta prazer ao me satisfazer, ele também gosta de mostrar seu domínio e o fato de que tem todas as cartas nas mãos.

Ele me levanta e me joga no chão, com os dedos em meu pescoço e seu pau causando um estrago dentro de mim. Ele morde e dá tapas e deixa todos os tipos de chupões e hematomas, em especial em locais que todos podem ver.

Killian tem como objetivo estar sempre me tocando de alguma forma em público, seja com o braço em volta da minha cintura, ou dos meus ombros, ou com a minha mão entrelaçada à sua. Qualquer coisa que faça com que o mundo saiba que pertenço a ele.

Para que ninguém se atreva a *olhar para o que é dele*, como ele me disse com tanta eloquência.

Porém, ao contrário do que eu imaginava, ele não tentou forçar que meus amigos o aceitassem. Em vez disso, usou uma abordagem manipuladora, como fez para trazer Bran para o seu lado.

Ele se infiltrou em nosso grupo sem pedir permissão, e sempre se senta conosco na hora do almoço, que ele cozinha para mim todos os dias. Killian demonstra interesse no que meus amigos gostam e vai aos poucos fazendo com que eles saiam do casulo e o aceitem.

Em nenhum momento ele usou violência ou os ameaçou. Isso, é claro, está reservado só para mim.

Quanto às reações deles, cada uma é diferente. Ava é totalmente a favor de eu transar com ele; Cecily ainda não confia nele; Annika parece sentir mais pena de mim do que qualquer outra coisa; Remi meio que descobriu por último e fez draminha e Creighton simplesmente não liga.

Quando contei a Killian que Remi é a pessoa mais engraçada que conheço, ele não pareceu feliz.

Se antes eu achava Killian autoritário, agora descobri que ele é nada menos que um ditador. Não apenas quer que todas as suas ordens sejam cumpridas, mas também não tolera oposição.

Quanto mais digo não, mais implacável ele fica. Quanto mais luto, mais severo é o meu "castigo", que pode acontecer a qualquer hora, em qualquer lugar. Seja no seu carro, que foi consertado em tempo recorde, no seu quarto, no meu quarto, depois que ele entra sorrateiramente pela varanda, ou no lago de vaga-lumes, que se tornou nosso ponto de encontro.

O ponto principal é que estou ficando cada vez mais presa na rede que ele está criando exclusivamente para mim e não sei qual é a saída.

Será que quero mesmo uma saída?

Killian não é um demônio completo e consegue até ser gentil. Ele prepara todas as minhas refeições e se certifica de que eu coma e beba água. Inclusive, ele soou mesmo como um médico quando me deu essa ordem.

Outro dia, o vi assistindo ao filme *A origem*, e ele falou que queria vê-lo de novo e me imaginar assistindo pela primeira vez. Porém ele não gostou muito quando contei que Leonardo DiCaprio é meu *crush* famoso.

De qualquer forma, ele parece interessado nas coisas de que gosto, assinou uma tonelada de revistas de arte e comprou um godê premium para mim sem motivo algum.

Depois, me falou para usá-lo para pintar ele me fodendo. Babaca.

Como se isso não bastasse, ele sempre me faz falar sobre a minha arte, os meus amigos e a minha família. Ele até prefere perguntar quando minha guarda está baixa, depois do sexo, porque sabe que fico mais aberta nesse momento.

Lenta mas certamente, ele está se instaurando em mim de uma forma que não sei se é boa ou ruim.

Esta semana tem sido marcada por uma sensação de… liberdade. Sim, aquela liberdade assustadora, na qual preciso estar amarrada e sem saída para conseguir gozar, mas ainda assim é uma liberdade.

É a primeira vez que sinto que posso me soltar e não pensar demais, nem ter ataques de pânico por causa disso, nem me olhar no espelho e sentir nojo.

Essa última parte se deve ao fato de que Killian costuma transar comigo na frente de um espelho e me faz ver meu rosto cheio de prazer. Ele também me faz dizer seu nome repetidas vezes, até virar apenas um canto rouco.

Mas ele ainda não consegue me fazer admitir que sou dele, algo que sempre o enfurece. E aí ele me mostra exatamente o quanto isso o enfurece.

Mas ele que se dane.

Vou guardar esse último pedacinho de mim mesmo que me custe a vida.

Talvez seja só orgulho besta, mas sei, simplesmente sei, que se eu abrir mão dessa parte, precisarei estar pronta para aceitar ser controlada por ele por inteiro.

E um dia vou acordar e não me reconhecer, porque terei me transformado em seu brinquedinho sexual.

E essa não sou eu.

Então, a minha resistência não é uma manifestação boba de ego. É meu único modo de sobreviver.

Caminhando até a aula, vejo as mensagens que recebi esta manhã.

Gareth: O vídeo que enviei da última vez é o único que temos do Devlin. A última pessoa que viu ele vivo, além de você, foi o Máscara Vermelha, e tenho certeza de que você sabe quem ele é.

Meus dedos tremem no que leio e releio a mensagem.

Nos últimos dois dias, Gareth cumpriu sua parte do acordo e me enviou os vídeos das câmeras de segurança que mostram Devlin entrando na mansão uma noite antes de morrer. E no vídeo ao qual ele se refere é possível ver Devlin sendo conduzido ao porão por um daqueles coelhos assustadores. Quem o esperava lá era o Máscara Vermelha.

Killian.

E então o vídeo termina.

Durante a cerimônia de iniciação, ouvi os participantes mencionarem que a última etapa envolvia jogos mentais. E não há ninguém melhor nesses jogos do que o Killian.

Mas por que Devlin decidiu se jogar do penhasco de carro logo em seguida?

A única pessoa capaz de responder a essa pergunta talvez seja o Killian, mas, ultimamente, sempre que quero algo dele, ele diz: "Primeiro, diga que você é minha".

Quando nego, ele dá de ombros e me deixa na mão.

Com isso não vai ser diferente. Na verdade, é capaz de ele agir como um idiota só porque quer.

Guardo o celular e meus pensamentos ao entrar na sala do professor Skies. Estou pronta para ser repreendida por chegar quinze segundos atrasada, mas ele apenas me olha e não diz nada.

Espere aí. Ele deixou para lá?

Sento-me no fundo da sala com movimentos lentos e desajeitados, grata por poder me esconder atrás da tela.

E percebo que a pintura que fiz da última vez não está ali. No lugar, há uma tela em branco.

Então algo muito inesperado acontece. O professor Skies pega uma pintura, mas não uma pintura qualquer, a *minha* pintura, e a mostra para todo mundo.

Minhas orelhas esquentam, prontas para o ataque de suas palavras, que desta vez serão para me envergonhar na frente da sala.

Mas não consigo desviar o olhar das sombras pretas e vermelhas que se entrelaçam, se misturam e se chocam umas com as outras como forças da natureza. Estou orgulhosa da pintura e do meu estado de espírito quando a criei, mas agora o professor com certeza vai me humilhar de novo.

Talvez seja melhor fugir antes de as críticas começarem.

Não. Não sou mais uma garotinha. Consigo lidar com isso.

— A combinação do estilo impressionista frio, melancólico, escuro, plano e intensamente exagerado pode se manifestar de diversas maneiras. — Ele aponta para a pintura. — Esta é uma delas. Sem dúvidas não é a melhor, nem a primeira, mas tem um toque único que vale a pena analisar pelo valor emocional. Bom trabalho, senhorita King.

Toda a atenção da classe se volta para mim, mas o máximo que consigo fazer é encará-lo com incredulidade, como se estivesse tendo um derrame.

Talvez eu *esteja* tendo um derrame.

Se isso for um sonho, é muito cruel. *Me acorde, por favor.*

Belisco minha coxa, e sem dúvidas sinto a dor.

— Continuando... — anuncia o professor. Ele comenta sobre a aula de hoje, mas mantém a pintura ali.

A *minha* pintura.

Muito tempo depois do fim da aula, ainda estou atordoada. Continuo acreditando de verdade que ele vai me chamar na frente da sala e dizer que não passou de uma piada de mau gosto, mas ele apenas vai embora.

E todos os alunos também.

Somente Stuart fica para trás e sorri para mim, um pouco sem jeito. Ele está levando a sério as ameaças de Killian e mantém uma distância de três pessoas entre nós.

— Parabéns, Glyn. Isso já deveria ter acontecido há muito tempo.

— Obrigada... acho que... ainda não estou conseguindo acreditar. Você sabe o quanto ele me odeia e acha que minha arte é um lixo e uma imitação pobre da arte da minha mãe. Ele até disse que eu não sou digna de ser filha dela, nem irmã de Landon.

Stuart coça os fios de cabelo loiros da nuca.

— Ele é meio esnobe.

— Meio?

— Bom, um completo esnobe, mas veja pelo lado positivo. Ele enfim reconheceu seu valor. — Ele sorri. — E se serve de alguma coisa, acho que a sua arte é mais provocativa do que a da sua mãe e até mesmo que a do Landon. Gosto dela.

— Obrigada. — Não consigo evitar o sorriso que surge em meus lábios.

É a primeira vez que alguém me diz isso, além da minha mãe. Ela tentou amenizar minhas inseguranças desde o início, mas ela é a minha mãe. Costuma tratar os filhos da mesma forma, mas acho que, no fundo, gosta mais do Bran e sem dúvidas acredita que Landon é um gênio artístico que supera até mesmo ela.

E isso a deixa orgulhosa.

Stuart e eu vamos à cafeteria para injetar cafeína em nosso sistema, mas somos parados no corredor por uma garota muito familiar, muito loira e muito colorida, estilo *Arlequina*.

Cherry estoura uma bolha de chiclete na minha cara, e me observa como se eu não fosse mais do que sujeira em seu sapato. Ultimamente, ela tem aparecido nos restaurantes e parques que frequento, talvez para me vigiar ou algo assim. Esta é a primeira vez que ela se aproxima, e dizer que não me sinto confortável em sua presença seria um eufemismo.

— Você precisa de alguma coisa? — pergunto em um tom neutro.

Estive de bom humor a manhã toda e ela conseguiu estragá-lo em uma fração de segundo.

— Suma, nerd — ela dispensa Stuart. — As adultas precisam conversar.

— Talvez seja você quem deva sumir até aprender a ser educada — digo a ela.

— Está tudo bem... te espero na cafeteria. — Stuart basicamente foge do local, me deixando sozinha com Cherry.

A garota com quem Killian transou por muito tempo e que, é óbvio, gostou tanto que continuou indo atrás.

Não. Não vou pensar nesse detalhe.

— Argh, quanto mais olho para você, mais certeza tenho de que você é mais sem sal do que a culinária do seu país, não tem personalidade e talvez seja tão puritana quanto uma freira. Que porra o Killer vê em você?

— Obviamente, o que ele não vê em você. Agora, se me der licença, tenho coisas melhores para fazer do que perder tempo com briguinha idiota por causa de macho. Pelo que eu saiba, não estamos mais no ensino médio.

— Escute aqui, sua putinha esnobe. — Ela se aproxima, com a voz ficando mais agressiva. — Você acha que é especial? Acha que é a única que o Killer fez se sentir como rainha antes de jogar fora como se fosse uma camisinha usada? Já passei por isso, sei bem como é, e tenho a porra das cicatrizes para provar. Então aproveite enquanto pode, porque ele vai se cansar de você logo, e, quando isso acontecer, vai voltar para a minha cama. Porque é lá que ele deveria estar. Com alguém como eu, não com uma putinha neurotípica e estúpida como você.

Posso sentir o sangue subindo à minha cabeça, mas me esforço para manter a calma porque sei que isso vai irritá-la ainda mais.

— Já acabou?

— Não — ela rosna. — Se não ficar longe dele, vai acabar morrendo. Considere esse o primeiro e único aviso que te darei.

— Deixa eu adivinhar, você vai me matar?

— Não, *ele* vai. Sabia que o Killer vem reprimindo a sede de sangue e o instinto assassino desde a adolescência? É claro que não, porque você é completamente normal. Não entende o Killian verdadeiro, então, para acalmar essa sua moralzinha idiota, ele vai continuar reprimindo, reprimindo e reprimindo. E sabe quais são as primeiras vítimas de *serial killers*? As namoradas, esposas e mães, ou seja, as pessoas que os fizeram iniciar a repressão. E pelo que eu saiba, isso inclui você.

Suas palavras abrem um buraco em meu peito. Eu me esforço mais do que o normal para conseguir respirar direito e ainda mais para falar.

— Pelo que eu saiba, suas palavras não significam nada.

— Então vá e pergunte pra ele. — Sua voz se torna mais sinistra. — Por que você acha que o vermelho é a sua cor favorita? É a cor do sangue. — Engulo em seco, e ela ri como uma maníaca. — Que gatinha medrosa. Essa é a sua chance de ir embora. Não a desperdice.

— Ele não deixa — digo sem querer.

— Machuque-o escolhendo ficar com outra pessoa, e Killian não tocará em você de novo. — Ela dá um tapinha na minha têmpora. — Use a cabeça e admita que é uma boa garota que não serve para ele. Ele precisa de alguém ruim de verdade para corresponder à sua energia.

Suas palavras continuam ecoando na minha cabeça, muito tempo depois de ela ter ido embora. Reflito sobre isso durante as aulas, durante o almoço que Killian organizou para mim e mandou via Annika porque ele tem aula, e à tarde, enquanto tento me concentrar no ateliê.

Até mesmo durante uma chamada de vídeo com o meu avô e os meus pais. Preciso encurtar essas conversas porque, se durarem tempo suficiente, saberão que há algo errado comigo.

Quando termino, saio para dar uma volta de carro e, de alguma forma, acabo em frente à casa de Killian.

Encosto a testa no volante ao respirar com dificuldade. Que merda estou fazendo?

Combinamos de nos encontrar à noite para jantar, mas cheguei duas horas mais cedo.

Nunca chego cedo. Na verdade, faço questão de chegar atrasada, só para irritá-lo. É a minha rebelião contra o ditador.

Mas não chego tão tarde a ponto de ele decidir ir me buscar, porque significaria que ele vai me comer no carro primeiro.

Pensei em ir embora, mas o portão se abriu. Ao que parece, agora tenho acesso automático à mansão, junto aos quatro membros fundadores e o quinto que nunca conheci.

Quando chego à parte interna, ouço uma agitação vinda da piscina.

Vou para lá e, como esperado, Nikolai está tentando empurrar Gareth para dentro da piscina, e Jeremy tentando mediar para que Nikolai não afogue o primo.

— Esse desgraçado acha que pode ficar todo bonitinho e quietinho depois de me acordar da porra do meu cochilo. Se prepara porque seu cadáver será enviado de volta para casa por frete rápido internacional.

Nikolai chuta o primo, e Gareth o agarra no último segundo. Uma bomba d'água explode e espirra por todas as bordas, encharcando Jeremy, que está completamente vestido.

— Vocês estão cansados de viver? — Ele olha para os dois, e Nikolai apenas atira mais água.

— Pare de ser chato. Até mesmo o herdeiro de Satanás está aqui em vez de correr atrás de um rabo de saia.

Killian está deitado em uma espreguiçadeira, vestindo uma bermuda preta e uma camisa aberta que revela indícios do peitoral definido, a barriga musculosa e algumas das tatuagens de gralha. Ele não dá atenção ao que está acontecendo, observando o horizonte.

Seu olhar está perdido, meio pensativo, meio... morto.

Fico imaginando o que ele pensa em momentos como esse. O que se passa em sua mente perturbada?

Sua cabeça se inclina em minha direção, como se soubesse que eu estava ali o tempo todo. E do nada um meio-sorriso se abre em seus lábios.

Os sorrisos de lado de Killian são diferentes de seus sorrisos, que geralmente são falsos. Seus preguiçosos sorrisos de lado, no entanto, são brincalhões, maliciosos e impressionantes.

Eles fazem com que as borboletas ataquem meu estômago, como se quisessem me deixar sem sangue.

— Glyndon! — Nikolai grita da piscina. — Me diga que você trouxe seu biquíni.

Vou até o Killian.

— Na verdade, não.

— Não tem problema. Podemos ficar todos nus. — Ele balança as sobrancelhas.

— Não, a menos que queira que esse seja seu último show de nudez — pontua Killian em um tom sombrio.

— Ele está ficando mais sem graça do que uma puta, juro para você.

Nikolai está prestes a jogar água em Killian, mas Gareth pula em cima dele e o segura debaixo d'água. Depois acena em minha direção.

Já me acostumei com esses garotos, embora me afaste quando Nikolai está em seu humor assassino ou quando a voz de Jeremy muda.

Mas não importa o quanto eu esteja acostumada, esses caras ainda são Hereges e podem, e vão, ser letais.

Uma mão forte envolve meu punho e me coloca em uma superfície dura. Solto um gritinho de susto quando caio no colo de Killian. Ele solta meu punho e coloca a mão de maneira possessiva em minha cintura.

Um calor de arrepiar cobre minha pele. É estranho como alguém tão frio consegue me trazer essa sensação de... paz.

— É impressão minha ou você chegou cedo?

— Eu estava por perto, então pensei em vir. — Olho de volta para os rapazes. — Não sabia que eu assistiria a um show na piscina.

Seus dedos puxam meu queixo e me fazem encará-lo.

— Mantenha os olhos em mim se não quiser que o show vire um banho de sangue.

Engulo em seco e as palavras de Cherry me apunhalam de repente.

— Acredito que não seja uma ameaça vazia e que você esteja mesmo pensando em matá-los.

— Você está correta.

Um nó do tamanho do meu punho se forma em minha garganta.

— Você deseja, de verdade, matar alguém?

Ele levanta uma sobrancelha.

— Você quer *realmente* saber, ou vai sumir de novo se eu disser o que você não quer ouvir?

— Você disse que não quer mentir para mim, então não minta. Consigo lidar com a sua verdadeira natureza.

Ele estreita os olhos.

— Quem é você e o que fez com a minha coelhinha de moral tímida?

— Shh, ela está dormindo agora. Não acorda ela.

Ele dá uma risadinha e o som ecoa em mim.

Tomo coragem e continuo em um tom mais sombrio.

— Ainda prefiro a verdade, não importa quanto me machuque.

— Da última vez que você disse isso, fui ignorado.

— Não vai acontecer agora.

— Claro que não, ou vou te castigar em dobro.

Meu estômago se contrai ao ouvir essa palavra e resisto ao impulso de limpar a garganta.

— Então? Você deseja matar alguém?

— Mais do que tudo. Tirar a vida de alguém, sentir seus últimos suspiros se transformarem em nada, e depois abrir o corpo para ver o que tem dentro é a única coisa que desejo desde os sete anos.

Suas palavras ditas em tom baixo me chocam profundamente, o que deve estar estampado no meu rosto, porque seus olhos se escurecem.

— Viu? Está horrorizada.

— Não — retruco.

— Não minta para mim, Glyndon. — Sua voz muda para um tom assustador. — Parece que está à beira de um ataque de pânico.

— Bom, me desculpe por não ter reagido como você gostaria. Não é todo dia que me dizem algo assim. — Inspiro profundamente e depois expiro, tentando relaxar.

— Então corra, coelho. — Ele começa a me soltar, com a voz neutra, entediada, mas sei que é só uma camuflagem para a raiva. — Não deixe que eu te pegue dessa vez, porque juro que castigo é um eufemismo para o que farei com você.

— Não vou.

Ele faz uma pausa.

— O que foi que disse?

— Falei que não vou fugir. — Pego sua mão e coloco de volta na minha cintura, regulando aos poucos minha respiração. — O que estava falando mesmo?

— Que porra é essa que você está fazendo?

— Te ouvindo. Quero entender melhor por que você sente necessidade de matar.

— Faz parte da minha natureza. Não tenho como explicar.

Ele acaricia a pele entre minha blusa e meu short, causando arrepios em minha espinha. Parece um pouco atordoado.

Adoro causar esse efeito em Killian.

— Por que você ainda não fez isso, então? Deve ter tido inúmeras oportunidades, ainda mais tendo amigos da máfia.

— A sede de sangue embaralha minha mente e me deixa sem autocontrole. Eu me recuso a ser escravo dos meus impulsos, a ser dominado por eles e a desenvolver o péssimo hábito de satisfazê-los. No fim, eu perderia o controle e acabaria preso, e não vou deixar isso acontecer. Então, reprimo o máximo que posso.

— Isso não te causa... dor?

— Hum, interessante a palavra que escolheu. Eu poderia jurar que você ficaria aliviada ao saber que reprimo meus impulsos.

— Não se te causar dor.

Ele sorri.

— Olha a minha coelhinha criando sentimentos por mim.

— Cale a boca, só estou tendo empatia. Algo que você desconhece.

— Dá no mesmo. — Ele ainda está sorrindo. — Quanto à dor, é muito melhor do que a dor de perder o controle, que é irrevogável. Esta é controlável.

— Com que frequência pensa em matar alguém?

— Por dia, vinte e quatro vezes. Em certas situações irritantes, mais do que isso. Ultimamente, tem sido menos.

Não fico chocada com o número porque há algo mais importante ali.

É possível diminuir.

— Como a frequência diminuiu?

— Com a sua presença.

— O quê?

Ele passa a outra mão em volta do meu pescoço e me puxa para que sua testa encoste na minha. Consigo ver os contornos de seus lábios e os detalhes angulares de sua mandíbula.

Killian sente a minha respiração, lentamente.

— Você faz os demônios irem embora, mesmo que temporariamente.

— Como?

— Não faço ideia. Seja o que for que estiver fazendo, continue. Gosto do silêncio que fica aqui. — Ele bate na lateral da própria cabeça.

Estou tão chocada e emocionada que sinto as lágrimas se acumularem nos meus olhos.

— Não faço você se reprimir mais porque sou diferente de você?

— Pelo contrário, você traz silêncio. Um silêncio duradouro.

— Isso significa que sou única? — brinco.

— Você acha que eu desperdiçaria tanto tempo e esforço com uma coelhinha irritante como você se não fosse o caso?

— Uau. Que encantador.

— Eu sei, obrigado.

Reviro os olhos, mas não resisto à vontade de sorrir.

— Falei para não fazer mais isso.

— Não, ditador.

Ele grunhe.

— Você e a maldita palavra "não". Juro que um dia vou tirar isso do seu vocabulário.

— Boa sorte. — Faço uma pausa, depois limpo a garganta. — Então, tenho uma pergunta hipotética.

— Não pergunte.

— Deixe. Estou curiosa.

— Manda.

— Se algum dia eu escolhesse outra pessoa em vez de você, você me deixaria ir embora?

— Eu cortaria a garganta dele, faria você assistir e depois te pegaria em meio ao sangue.

Um arrepio me percorre.

— Você não estava falando em se reprimir?

— Não nessa situação *hipotética*. — Sua voz fica mais grave. — Estava pensando em tornar isso realidade, baby? Hum? Acha que vai me tirar do seu pé?

— Não, tipo, a Cherry disse que se eu escolher outra pessoa, você nunca mais vai me tocar.

— Isso se aplica ao resto, não a você. Escute, baby: *nunca* vou deixar você ir embora.

Outro arrepio me percorre, mas, em vez de medo, a sensação que me invade é semelhante à de alívio.

Um jato de água nos molha e ofego, afastando-me de Killian.

— Ou vocês dois arrumam a porra de um quarto ou vêm para cá! — Nikolai, o culpado, grita.

— Volto já, baby. Me dê cinco minutos para matar esse desgraçado.

Killian tira a camisa molhada e pula na piscina. Eu rio ao vê-lo lutar com o primo na água, enquanto Jeremy e Gareth tentam separar a briga.

Meu celular vibra e penso ser a Cecily, pois prometi ir às compras com ela. Porém encontro uma mensagem anônima.

Número desconhecido: Cuidado com quem você socializa, vadia.

CAPÍTULO 28
KILLIAN

— Durma bem e tenha um sonho erótico comigo comendo sua bucetinha apertada no jantar, baby. — Espio pela janela do meu carro. — Ou te enchendo de porra. Qualquer um dos dois serve.

Glyndon para e observa ao redor para ver se não há ninguém nos observando, depois olha para mim.

Adoro quando ela me encara com raiva. É a linguagem de amor da minha Glyndon.

E, como eu adoro, a instigo mais.

— A menos que tenha mudado de ideia e prefira passar a noite na minha cama, que é de cinco estrelas e altamente recomendada.

— Vai sonhando.

— Já falei que meus sonhos são muito mais sombrios e pervertidos do que a realidade. Então, se quiser explorar mais sua sexualidade, estou à disposição.

Ela se vira e me encara. Suas bochechas estão vermelhas e seus cabelos cor de mel voam com o vento. Não sei como são os anjos e talvez nunca saberei, porque por sorte tenho um lugar reservado no inferno, mas ela é a coisa mais parecida com um anjo que já vi.

Meu próprio anjo.

Glyndon me encara com o olhar interessado de um detetive amador.

— Você fazia muito isso? De explorar sua sexualidade?

— Por que está perguntando?

— Só estou curiosa.

— Se quer saber se fui a clubes de sexo e experimentei coisas estranhas, sim, fui.

Ela se aproxima, como uma gatinha curiosa.

— O que você experimentou?

— Cordas, correntes, bengalas, mordaças, bondage, asfixia, jogo de faca, jogo de impacto, dominação e submissão, sadomasoquismo, objetificação,

eletroestimulação, pode escolher. — Sua boca se abre, e eu movimento a mão.
— Olá? Terra para minha coelhinha.

— Uau! — Ela solta o fôlego. — Nem sei o que metade disso significa.

— Quais? Terei prazer em te explicar.

— Não, obrigada. Você provavelmente vai acabar experimentando em mim.

— Não se não estiver interessada.

— Está falando sério?

— Você precisa mesmo largar o hábito de questionar tudo o que falo.

Ela se remexe, inquieta.

— Só estou surpresa por você ter aberto mão de experimentar esses fetiches em mim.

— Não preciso de fetiches quando estou com você.

Ela para.

Eu paro.

O mundo inteiro para.

É verdade. Não preciso.

— Sério que...? — Ela percebe que está repetindo o maldito hábito, então deixa escapar: — Quer dizer, por que não? É óbvio que gostou.

— Não tenho certeza se gostei de fato. Só fui até esse ponto porque o sexo normal não estava me proporcionando o estímulo de que eu precisava.

— E... eu proporciono.

— Sim. Agora pare de sorrir como boba.

Ela joga o cabelo para trás, ainda sorrindo.

— Você deve estar muito a fim de mim, não é?

— Quem está sendo arrogante agora?

— Ah, me desculpe. Não sabia que você era o único que tinha esse privilégio.

— Você era uma virgenzinha inocente há pouco tempo, lembra? Se eu não te apresentasse ao erotismo, não saberia nem o que a palavra significa.

— Você ainda me deseja mais do que todos os fetiches e os clubes de sexo.

— Acho que criei um monstro. Talvez a gente devesse explorar sua sexualidade, no fim das contas.

— Explorar minha sexualidade significa transar com outras pessoas, sair pegando geral. Sabe, esse tipo de sexo casual e *fetichista* que você vivenciou, mas que não tive a chance de experimentar.

Meu sorriso de lado desaparece.

— Se está disposta a transar em meio às poças de sangue de outras pessoas, então, com certeza. Você tem meu apoio para escolher algumas pobres almas.

— Você faria isso de verdade, não faria?

— Eu também tiraria fotos de tudo e as mostraria depois de um jantar romântico. Então pense duas vezes antes de se imaginar com outro pau... ou boceta.

— Então você pode dormir com quem quiser, e eu, não.

— Você é a única pessoa com quem durmo.

— Estou falando de antes.

— O antes já passou. Você não me viu por aí caçando sua paixão do jardim de infância nem seu amor do ensino médio. Eu poderia fazer isso, mas provavelmente não vou.

— Provavelmente? — ela indaga com tanta incredulidade que dava para escrever uma tese sobre isso.

— Como fui o seu primeiro, no fim das contas, não guardo muito rancor desses. Talvez eu acabe descobrindo quem são, fure seus pneus e cause um pouco de desconforto em suas vidas, como esconder umas chaves e quebrar umas janelas... Pequenos delitos para esses zé-ninguém de pau pequeno.

— Pois vou te dizer que o meu namorado do ensino médio tinha um pau enorme.

— Você disse isso só para me irritar, não foi?

Ela levanta uma sobrancelha.

— Deu certo?

Essa bruxinha maldita está aprendendo mais rápido do que deveria. Devo confessar que ontem eu esperava que ela fugisse para o mais longe possível quando admiti que gostaria de matar.

Eu estava pronto para persegui-la, amarrá-la na minha cama e, é claro, fazer com que ela nutrisse ainda mais ódio pela imagem que criou de mim em sua cabeça.

Então imagine minha surpresa quando vi que ela ainda estava ali. Morrendo de medo, trêmula, quase vomitando por causa disso, mas permaneceu.

Porém, ela fez algo muito mais interessante do que apenas ficar.

Glyndon realmente me escutou.

Também fez perguntas e ficou atenta ao que eu dizia.

Ela queria conhecer esse meu lado e rejeitou as máscaras com as quais o mundo inteiro, inclusive meus pais, se sente confortável. A maldita Glyndon King disse que queria a verdade e, desta vez, estava falando sério.

— É verdade? — pergunto, em vez de responder à sua pergunta. — Você viu o suposto pau *enorme* dele?

— Sim. Eu era virgem, mas não completamente inexperiente. Eu curtia um pouco.

— Hum. Vou precisar do nome.

— Glyndon King. — Ela me oferece sua mão. — Prazer.

Olho fixamente para a mão dela e depois para seu rosto.

— Era para isso ser uma tentativa de sarcasmo?

— Era para você ser tão grosso assim? — Ela pega minha mão e aperta. — Pronto, está vendo como é fácil ser gentil?

Puxo sua mão com força e ela grita quando bate na lateral do carro.

— Vá com calma, *garanhão* — ela diz, ofegante.

— Pare de flertar e para de brincar com a minha cara, Glyndon. Qual é o nome desse desgraçado?

— Sabia que você tem, tipo, umas manchas pretas lindas nos seus olhos azuis? É uma obra-prima genética.

— Você está enrolando.

— E você já deveria ter ido embora. Daqui a dois minutos, nosso severo diretor do dormitório virá te expulsar com uma vassoura.

— O nome. É a última vez que pergunto.

— Pare com isso, Killian. — Ela está meio exasperada, meio resignada. — Você não pode simplesmente caçar todos os homens do meu passado.

— E do seu presente e do futuro *juntos*. Mas vamos começar com o cara que supostamente tem um pau grande. Desculpa, *enorme*.

— Ele tirou um tempo para ir trabalhar como voluntário em organizações de direitos humanos na África.

— Você até acompanha a vida do cara. Continue, me dê mais motivos para colocá-lo na minha lista.

Ela ri um pouco.

— Você é impossível. Sabia disso?

— Claro que sei. Essa frase é seu mantra diário.

— Foi você que disse que o passado já passou. Eu é que deveria ficar ofendida pelas suas inúmeras namoradas, seus contatinhos e seus fetiches, e não o contrário.

— Nunca tive uma namorada. Antes de você, claro. Embora eu prefira os termos "minha garota", "minha mulher", "minha", que, a propósito, você ainda não disse em voz alta.

Suas bochechas ficam vermelhas.

— E a Cherry?

— A Cherry era apenas um buraco quente. *Buracos*, para ser mais específico.

— Você é nojento. — Ela tira a mão da minha.

— Ela é uma anarquista impulsiva e infiel, viciada em mais drogas do que os astros do rock. A propósito, está com ciúmes dela?

— Sejam quais forem meus sentimentos em relação a ela, você não deveria falar dessa forma das mulheres. Somos mais do que apenas buracos para você se divertir.

— Olha como ela é feminista!

— Não coloque rótulos em mim, sendo que você mesmo odeia ser rotulado. Agora, boa noite. Na verdade, sem boa noite para você.

Ela se vira para ir embora, mas seguro seu punho e a puxo de volta, fazendo-a bater contra a porta de novo.

— Você não precisa tornar tudo difícil, Glyndon. Está começando a ficar cansativo, repetitivo e irritante.

— Então me solta — ela diz. Seus olhos brilham com o desafio.

— Ainda está nessa? Acho que não te castiguei o suficiente.

— Vá se foder.

— Ah, baby. Você sabe que essa boquinha suja me dá tesão.

Espero ela fazer um de seus comentários puritanos, mas a expressão desaparece de seu rosto quando ela se inclina, aproxima seu rosto do meu e sussurra:

— Então fique com tesão.

Em seguida, retira a mão rapidamente e caminha até a porta do dormitório com um balanço sedutor dos quadris.

Ela acabou mesmo de fazer isso?

Sim, fez. E meu pau está mais duro do que antes.

Talvez ela não tenha pensado que eu poderia subir até sua janela e lhe dar uma ou duas lições.

Meu celular vibra com uma mensagem.

Glyndon: Nem pense em subir até a minha janela. Vou dormir entre a Ava e a Cecily esta noite.

Um sorriso se esboça em meus lábios. Minha Glyndon aprende rápido mesmo. Se qualquer outra pessoa estivesse começando a prever com tanta facilidade meus movimentos, eu a mandaria para outro planeta.
Com a Glyndon, não me importo.
Eu sei. Também fiquei chocado com essa informação quando a admiti para mim mesmo.

Killian: Você fala como se isso fosse me impedir.
Glyndon: Não se atreva.
Killian: Só se disser que vai sonhar que está chupando o meu pau.
Glyndon: Vou tentar sonhar que estou chupando tanto seu pau que você vai enfiar bem fundo na minha garganta e vou me engasgar. Feliz agora?

Caralho. Quase gozei com essa rara putaria partindo dela.

Killian: Deveria ter pedido para você dizer que é minha.
Glyndon: Nem em um milhão de anos.

Bato o indicador na parte de trás do celular, sentindo minha mandíbula se enrijecer.
Esse seu lado me dá vontade de cometer assassinato.
Meu celular acende novamente e acho que é ela, mas é uma mensagem do grupo dos Hereges.

Nikolai: Estou dizendo que a obsessão do Killer pela Glyn está mexendo com meu inexistente coração. Será que ele vai me deixar comer ela quando terminar?

Killian: Vá foder um cadáver. E aproveita e se transforma em um antes que eu te encontre.
Nikolai: Ei, filho da puta, você não tinha me bloqueado?
Jeremy: Ele te desbloqueou pra ver você se rebelando e se enfiando em problemas. Descanse em paz, idiota.
Nikolai: Qual é a desse "descanse em paz" aí? O Killer tem o foco de um mosquito e vai terminar com ela antes do início das provas. E qual o problema de eu pegar o que sobrou? Tô fazendo isso por um motivo muito importante. Promessa de dedinho, primo.
Killian: A única coisa que vai sobrar são as suas bolas depois que eu enfiar as duas na sua garganta. Estou falando sério, esqueça essa porra.
Nikolai: Eita. Espera aí. Você acabou de ameaçar minhas bolas por causa de uma boceta? Quem é você e o que você fez com o nosso herdeiro de Satanás?
Gareth: Pare com isso, Niko. Dessa vez é diferente.

Também sinto vontade de atacar o meu irmão, mas isso destruiria o meu humor, então coloco o celular no bolso e saio da UER.

Alguns segundos depois de sair pela portão principal, sinto que algo está errado.

Tem um carro me seguindo.

Não, dois.

Cinco.

Porra.

Viro à direita e dirijo pela estrada de terra, mas, apenas alguns segundos depois, uma luz ofuscante me atinge em cheio.

Um carro, ou algo maior, um caminhão está vindo em alta velocidade na minha direção com o farol alto aceso. Não tento desviar, porque acabaria colidindo com os outros carros.

Também não tento diminuir o impacto. Chego até mesmo a pisar fundo no acelerador.

Você quer loucura? Eu te darei loucura ao extremo.

As últimas coisas que ouço são um forte estrondo e o airbag, quando ele empurra minha cabeça para trás.

Um líquido quente escorre por minha testa, e meu pescoço permanece inclinado para trás.

Não tenho certeza se estou consciente, inconsciente ou entre as duas coisas, mas sinto uma pontada forte quando sou arrancado do carro.

Uma voz muito familiar e muito irritante soa no ar.

— Seus sete dias acabaram, filho da puta.

Ruídos subterrâneos soam em meus ouvidos, e sombras voam por trás das minhas pálpebras.

Abro os olhos lentamente e uma pontada repentina atravessa meu crânio.

Filho da puta.

Eu não sentia esse tipo de dor desde que um grupo de idiotas me deu uma surra no ensino médio.

Só que, desta vez, minha cabeça parece mais pesada, e estou com dificuldades para me concentrar. Será que tive uma concussão?

Tenho quase certeza de que não houve nenhum trauma por força bruta durante o acidente, pois a batida não foi tão forte e o airbag protegeu a minha cabeça.

Mas pode ter acontecido depois.

Pontos vermelhos se alinham em minha visão e balanço a cabeça para tentar clarear o foco. Tento levar as mãos às têmporas, mas elas não se movem.

Olho para baixo e, claro, meus pulsos estão amarrados atrás das costas, e meus tornozelos estão presos nas pernas da cadeira de metal em que estou sentado.

Que ótimo.

A julgar pelas paredes cor de carvão e pelas luzes neon brilhantes, estou no subsolo.

Minha primeira aposta seria, é óbvio, os Serpentes. Eles têm uma rixa conosco, e Jeremy vem cutucando suas feridas há anos. E por isso a retaliação era só questão de tempo.

Eles me agredirem e me sequestrarem parece algo legítimo e previsível.

Mas isso só se aplicaria se eu tivesse sido sequestrado dentro da King's U ou se a perseguição tivesse acontecido perto das nossas instalações.

A UER pode até estar cheia de playboys que lambem os sapatos imaculados da realeza, mas os alunos têm seu próprio clube. E, sendo Serpentes ou não, ficariam vulneráveis aqui.

Não é o território deles.

É o território dos Elites.

E acabei irritando um Elite sem querer. Ou talvez por querer, se considerarmos todas as fotos de casal que amei postar nas redes sociais ultimamente.

A última que publiquei mostrava a Glyndon dormindo no meu colo, com o rosto escondido no meu peito nu e apenas metade do meu rosto visível. Ela está usando short e uma camiseta regata vermelha, e seus braços estão enrolados na minha cintura.

Ela usa vermelho para mim.

Isso poderia e iria irritá-lo. E é uma das razões pelas quais postei, mas não a principal. A principal é a minha constante necessidade de marcar território sobre a coelhinha.

Obviamente, quando a porta se abre, quem entra, vestido de preto e com um taco de golfe apoiado no ombro, é ninguém menos do que Landon.

Em geral, os Elites usam máscaras brancas e douradas durante a Semana dos Rivais, mas ele claramente acha que esse detalhe não é necessário nesta situação.

Landon quer que eu saiba quem está por trás disso.

É algo pessoal.

— Bom dia, Bela Adormecida — ele diz casualmente. — Espero que tenha dormido bem, porque acho que vai ficar um tempo sem fazer isso de novo.

— Ah, não, estou tremendo. — Imito seu tom de voz. — É agora que devo começar a chorar?

— Eu sei que você não consegue, mas agradeço o esforço. — Ele dá uma olhada por cima do ombro. — Estamos com a água?

— Suficiente para afogar um elefante.

Bem, isso sim é uma surpresa.

O locutor da última fala é ninguém menos que Eli King. Ele tem quase a mesma altura de Landon, veste jeans e está puxando uma mangueira gigante.

Ao me ver, faz uma pausa, mas sua expressão continua a mesma.

— Não é nada pessoal, Kill. São apenas negócios de família.

— Estou magoado. Achei que tínhamos uma conexão.

Ele apoia o cotovelo no ombro de Landon.

— Não é maior do que a minha com este aqui. Imagina se eu o deixo sozinho? *Jesus.* Teríamos que lidar com um massacre. Tenho que fazer meu papel como o King mais velho e colocar algumas rédeas nele. Além disso, você me abandonou, Killer. Cheguei a quase chorar na cama antes de dormir quando éramos crianças.

— Oun. — Imito sua voz zombeteira. — Eu nunca faria isso. Seus pais e os meus são muito inteligentes e logo perceberam que a gente não deveria andar junto, senão teriam que limpar as cenas dos crimes. No plural. Se te serve de consolo, senti sua falta.

— Também senti sua falta, Killerzinho. Mas é melhor não mudar de ideia depois de ter com... *pegado* a minha prima. — Eli levanta uma sobrancelha. — Ela vai ficar magoada.

— Já acabaram com a conversinha fiada? — Landon olha para nós dois, talvez surpreso por eu conhecer seu primo.

Conheci o Eli quando éramos jovens e seus pais visitaram os meus nos Estados Unidos. Naquela época, eu tinha cerca de seis anos e ele doze. E, embora a gente mal se conhecesse, aquela foi a primeira vez que encontrei alguém cuja aparência combinava com a minha.

O encontro foi fascinante e irritante. Acabei batendo no irmão dele, Creighton, só por implicância, e ele teria me dado uma surra se o Gareth, o correto menino de ouro de sempre, não tivesse interrompido.

Bons tempos.

E quando penso que todos os jogadores estão em campo, uma terceira pessoa entra usando roupas de corrida. Sem brincadeira. Creighton parece ter vindo parar aqui por acaso.

Eli solta Landon e franze a testa para o irmão.

— O que você está fazendo aqui?

— Pelo que eu saiba, também faço parte da família King.

Essa é a maior frase que já ouvi esse emo dizer. Em geral, o cara fica no canto, ouvindo as pessoas falarem com ele, mas sem responder. E sendo sempre importunado por Remington e Annika.

Um fato que estive escondendo propositalmente de Jeremy por enquanto. Mas agora está na hora.

Creighton se arrependerá de ter se metido comigo quando Jeremy usar seu sangue para pintar a parede do quarto.

Além disso, fiz algumas pesquisas sobre a família de Glyndon, e descobri que esse garoto bonito e aparentemente dócil na verdade tem gostos obscuros de que ninguém sabe.

Exceto, talvez, Eli.

— Eu o chamei — explica Landon, sem quebrar contato visual comigo.

— Então talvez eu deva chamar o Brandon também — anuncia Eli.

— Se quiser que ele mesmo nos denuncie, vá em frente.

— Devo dizer que estou lisonjeado. Você reuniu quase todo o clã King só para mim. Se eu soubesse que haveria uma cerimônia de boas-vindas à família, teria vestido meu terno.

Landon movimenta o pescoço para estalar os ossos.

— Acha que estou brincando?

— Sei que não. Mas não acha que isso é extremo demais para a ocasião?

— Não tão extremo quanto você dormir com a minha irmã depois que eu claramente te disse para não fazer isso.

— Sinto muito, não sabia que precisava de permissão para elevar o nível do nosso relacionamento.

— Agora você sabe.

— Quais são suas exigências, Vossa Majestade?

— Nenhuma exigência, apenas tortura.

Ele acena com a cabeça para Eli, que direciona o jato de alta pressão para o meu rosto.

Eu estava preparado para isso desde que mostraram a arma escolhida, mas ser de fato cegado pela água e respirá-la no lugar do ar é algo bem diferente na prática.

A força empurra minha cabeça para trás, e alguém segura meus ombros para me manter no lugar.

Meus pulmões queimam e engulo mais água do que aguento. Os espasmos em meus membros aumentam até chegarem perto do nível de convulsão.

É muito irritante quando meu corpo decide decepcionar a minha mente.

Quando sinto que vou desmaiar, o fluxo cessa. Eu tusso, engasgando com toda a água e puxando-a junto com o ar pela boca.

Meu cabelo e minhas roupas estão encharcados, e as gotas formam uma piscina no chão.

Depois de respirar o suficiente, começo a rir.

— É tudo o que você consegue fazer? Você é o quê? Um amador do caralho?

— Eu não o provocaria se fosse você. — Eli fala em um tom que poderia soar como um bom conselho, se eu já não soubesse que o filho da puta deixou a alma no ventre da mãe.

— Se vai me torturar, faça da maneira certa e tire um pouco de sangue. Isso não é brincadeira de criança.

Creighton, que estava segurando meus ombros, me solta e se dirige à porta sem dizer uma palavra.

— Aonde está indo, vagabundo? — pergunta Eli.

— Embora. Estou entediado.

E então ele simplesmente sai.

— Esse desgraçado precisa dar uma olhada na cabeça — diz Eli, fingindo empatia.

— Você não deveria dar o exemplo e fazer isso primeiro, El? — provoco com um sorriso.

Ele me encara.

— A parada é a seguinte. — Landon arrasta o taco no chão, criando um barulho irritante, e mantém o ritmo ao falar. — Assim que terminarmos nosso pequeno encontro aqui, você vai cuidar dos seus ferimentos e depois vai mandar mensagem para a minha irmã dizendo que não a deseja mais, de uma maneira escrota. Quero que faça com que ela te odeie, para que seja mais fácil ela te esquecer.

— Pergunta — interrompo, com um tom gravemente sério. — Eu teria levantado a mão, mas estou preso. A menos que queira mudar isso... — Ao ver que ele segue arrastando o taco de golfe no chão, continuo. — Não custa nada tentar. Então a minha pergunta é: esse plano daria certo se ela já me odiasse?

— É uma ótima pergunta — concorda Eli.

— Obrigado, cara.

— Não importa o que ela sente por você agora. Vou garantir que te esqueça. E vou escolher pessoalmente o próximo homem para ela.

Pela primeira vez desde que esta palhaçada começou, sinto vontade de bater no crânio de Landon com o taco de golfe e ver seus miolos se espalharem pelas paredes.

Esse filho da puta pode me machucar o quanto quiser, mas planejar dar Glyndon para outra pessoa é pedir para ser morto.

— Alguém que você possa manipular? — Abro um sorriso de lado. — Deixe-me adivinhar, você aprovou pessoalmente todos os namorados entediantes que ela teve, e talvez os ameaçou para que não tocassem nela. Hum, acho que ela não vai reagir muito bem a essa informação.

— Acho que ela não vai se importar quando descobrir o que você fez na sua antiga escola.

Meu sorriso de lado permanece no lugar, mas vacila um pouco. Então é a vez de Landon sorrir.

— É isso mesmo, andei pesquisando e até transei com os esqueletos escondidos no seu armário. Estavam um pouco empoeirados, mas deu para o gasto. Não sei se a nossa princesinha vai gostar. Não é mesmo, Eli?

— Estou inclinado a concordar. Nossa Glyn sempre foi uma gatinha medrosa e nunca gostou de esqueletos.

— Ou de hipócritas — diz Landon.

— Ou de você. — Sorrio.

— Que porra é essa que você disse?

— Seus próprios irmãos não gostam de você. E você preenche o vazio com esculturas e essas merdas. É muito triste.

Ele gira o taco e me acerta no rosto. Eli abre a água e, dessa vez, balanço e caio para trás.

O baque alto ecoa no ar quando meu corpo atinge o chão.

Minha visão escurece devido à falta de ar, e a água fria encharca meu corpo.

Ah, caralho.

Vou perder a consciência. Ou pior, talvez eu morra.

As pessoas dizem que a vida passa diante de seus olhos em seus últimos momentos, mas não é o que acontece comigo.

Não é a minha vida que vejo.

É Glyndon sorrindo. Sempre gostei de seu sorriso doce, talvez porque raramente era dirigido a mim.

Ela está sorrindo para mim agora, chamando meu nome, mas não consigo ouvi-la.

Uma comoção me tira do pensamento no qual eu estava perdido.

A água para, e me viro de lado para tossir e inalar o pouco de ar que consigo.

— Qual é o seu problema? — Brandon empurra o peito de Eli. — Por que está ajudando nisso?

— Porque ele pediu com carinho? — Eli diz casualmente.

— Parem com isso!

O sangue ruge em meus ouvidos ao som de sua voz.

Glyndon.

Com a minha visão embaçada, consigo ver sua silhueta entrando na frente de Landon.

— Falei para ele se afastar, mas ele não me ouviu. Só estou ensinando uma lição valiosa, princesinha.

— E quem você pensa que é para dar lições em alguém, porra? Você se considera mesmo um deus? Sinto informar, mas você não é.

— Ele está te manipulando e vai acabar te machucando.

— Ainda assim, não é da sua conta.

— Você não sabe o que é bom para você, Glyn.

— Já tenho idade suficiente para fazer minhas próprias escolhas e escolhi viver isso, Lan. Enfim sou eu que estou escolhendo alguém, sem que ele tenha que passar pelo seu processo de aprovação. Você não pode me deixar ter nem isso?

Será que consigo beijá-la e não morrer? Na verdade, não me importo de morrer por esse beijo.

— Não — retruca Landon com desdém. — Agora pegue o Bran e vá embora.

— Não.

— Que porra você disse?

— Falei não, Lan. Apenas, não. Estou cansada do seu controle, de pisar em ovos e te evitar. Estou muito cansada. Apenas pare. Pare de ser tão inconsequente, pare de nos deixar com medo de você. Não deveríamos ter medo do nosso próprio irmão.

— Glyn... — Bran se aproxima e tenta puxá-la de volta, mas minha incrível garota se solta dele.

— Não, vamos continuar, Bran.

— Esta é a minha deixa. — Eli acena. — Boa reunião de família.

Bran suaviza a voz.

— Glyn, este não é o momento certo.

— E quando é o momento certo? Por quanto tempo vamos ter que aceitar o que ele faz? É agora ou nunca que dizemos que não dá mais para fingir que gostamos dele na frente da mamãe e do papai. Estamos cansados de encobrir suas ações e fazer com que pareça ser um gênio perfeito, quando não você passa de uma pessoa insensível. Você deveria estar do nosso lado, não contra nós, Lan. Somos uma família, não inimigos. O Bran é seu irmão gêmeo, não sua concorrência. Sou sua irmã, não sua maldita propriedade.

— Já terminou de vomitar as palavras? — A expressão de Landon não muda, mas ele soa como alguém à beira de um ataque.

Ótimo. Cutuquei bem em sua ferida.

Eu havia dito que os irmãos não gostam dele, e agora ele está vendo a prova.

— Não — retruca Glyndon. — Você vai soltar o Killian e parar de se intrometer na minha vida.

— E se eu disser não?

— Vou contar para o vovô, para o papai e para o nosso tio. Quando souberem de todas as suas ações, vão te colocar na coleira.

— Está me ameaçando?

— Assim como você nos ameaçou durante toda a nossa vida. É intragável quando vem da sua própria família, não é?

Então ela corre em minha direção, e acho que me deixo levar.

Ela está aqui.

Agora está tudo bem.

— Killian! Kill! Abra os olhos...

Ela coloca minha cabeça no colo e me acaricia com uma preocupação que transborda de cada palavra e toque.

Ela é mesmo um anjo feito só para mim, minha Glyndon.

Enquanto me envolve em seus braços, meu olhar encontra o de Landon e abro um sorriso de lado.

Eu sabia que Bran viria, porque Eli não queria Creighton envolvido, e, como o Landon o pressionou, ele com certeza traria o Brandon como retaliação.

Assim que Creighton apareceu, Eli pegou o celular e digitou alguma coisa, talvez enviando uma mensagem para Brandon para informá-lo da situação.

E quando soubesse que eu estava aqui, ele certamente traria a Glyndon.

Eu poderia ter escapado mais cedo usando o Zippo que está no meu bolso traseiro, mas eu sabia que Landon me pegaria mais cedo ou mais tarde.

Quando vi a raiva discreta de Eli ao descobrir que Creighton estava envolvido, tracei o plano.

Essa cena tinha que acontecer.

Se Glyndon visse seu irmão me torturando, com certeza ficaria do meu lado, não do dele. Ela se solidarizaria comigo, odiaria o irmão e tentaria me salvar.

O fato de tê-lo enfrentado e tirado todo aquele peso de seu peito foi apenas um bônus.

Fico feliz em poder ajudar, baby.

Landon estreita os olhos, provavelmente entendendo o meu plano. Mas não há nada que ele possa fazer agora.

Ele nunca, *jamais*, conseguirá se colocar entre mim e Glyndon sem se tornar o odiado.

Um a zero, filho da puta.

CAPÍTULO 29
GLYNDON

Ando com passos firmes de um lado para o outro no quarto de Killian, tentando e não conseguindo acalmar o tremor dos meus dedos.

— Talvez fosse melhor chamar o médico de novo para ter certeza de que ele está bem.

— Ele está. — Gareth se encosta na parede, com os braços e as pernas cruzados. — É preciso mais do que um jato d'água para machucá-lo.

— Peço desculpas mais uma vez em nome do meu irmão. — Brandon, que me ajudou a carregar e trazer Killian de volta para a mansão dos Hereges, passa a mão pelo cabelo. — Ele só é... protetor.

— Pare de tentar encontrar desculpas para ele, Bran. — As palavras soam guturais ao deixarem meus lábios.

— Sei que você está com raiva dele, e não estou defendendo suas ações erradas, mas ele ainda é nosso irmão, Glyn. Sim, ele é superprotetor e demonstra isso de uma maneira destrutiva, mas é porque não quer que sejamos fracos nem que tirem vantagem de nós.

— Isso não dá a ele o direito de ditar a nossa vida. Nem tente me impedir quando eu enfim tirar a máscara dele na frente da mamãe e do papai.

Bran segura os cabelos da nuca com tanta força que me preocupo se ele está se machucando.

Isso me faz lembrar de algo que meu avô disse sobre Bran e quanto ele é parecido com sua primeira esposa, a mãe de tio Aiden. O Bran foge tanto de conflito que permite que suas emoções o devorem de dentro para fora. E essa parte dele me deixa doente de preocupação, porque a mãe do tio Aiden teve um final horrível.

É muito injusto que Lan não sinta nada e que Bran sinta em excesso.

Meu irmão solta o cabelo, e a voz sai suave.

— Falaremos disso quando você estiver mais calma. Você esteve em um pico de adrenalina a noite toda.

Foi então que reparei que estava esfregando a palma da mão na lateral do short, para a frente e para trás até ficar vermelha.

Minha respiração está mais profunda, forçada e anormal. Inspiro bruscamente e deixo o instinto de sobrevivência sair do meu sistema. Vou devagar até Killian e me sento na cama onde ele está deitado.

Pouco depois que cheguei ao dormitório, Bran me ligou e disse que houve um acidente perto do campus envolvendo vários carros, e que ele tinha certeza de que Landon estava por trás disso.

Segundos depois, ele me mandou o print de uma mensagem que incluía uma localização.

Eli: Por decreto de Sua Majestade, o rei (que é seu irmão esta noite), junte-se a nós para defender a honra de Glyn, estilo Idade Média.

Não acreditei a princípio, até que Bran mencionou que Lan deu ao Killian sete dias para me largar, e hoje era o prazo final.

Não perdemos tempo procurando o local que o Eli enviou, porque Bran já sabia onde era.

Não quero nem pensar no motivo de ele saber sobre a câmara de tortura de Lan. Ou pior, se algo já aconteceu com ele lá.

Em meio ao caos, pensei em ligar para os amigos de Killian, mas Gareth não teria se importado o bastante, Jeremy e, principalmente, Nikolaisem dúvida teriam matado meu irmão. E não era assim que eu queria que isso fosse resolvido.

Por mais que às vezes eu não seja fã de Lan, Bran está certo. Ele é nosso irmão. Nossa família.

Killian parece calmo quando está dormindo, com seu rosto eternamente belo preso em uma expressão serena que quero desenhar e dar à vida.

Quando o trouxemos para cá, eu já havia ligado para Gareth, que nos esperava no portão da frente. Ele ajudou Bran a carregar Killian até o andar de cima. Em seguida, trocou as roupas do irmão por peças secas e ligou para o médico da família.

O médico disse que ele estava com febre, receitou alguns medicamentos e foi embora.

Retiro alguns fios de cabelo úmidos de sua testa, e um frio repentino percorre minha espinha.

Quando o vi naquele chão, todo molhado, semiconsciente e completamente desamparado, um medo que eu nunca havia sentido me fez perder o controle.

Não foi coragem, nem raiva, foi puro medo que me fez dizer a verdade a Landon. Foi meu desespero que me permitiu enfim confrontá-lo depois de anos evitando-o, aplacando-o e vivendo de acordo com suas regras.

Eu era covarde assim. Agora não sou mais. E tudo graças a esse maldito idiota que está inconsciente.

Quando foi que ele se tornou uma parte tão vital da minha vida, a ponto de eu ficar nervosa só de pensar nele sendo machucado?

Killian me coagiu, me ameaçou e não me deu opção a não ser me submeter a ele. Ele é tão vilão nessa história quanto o meu irmão.

Na verdade, Killian é muito pior.

Mas consigo admitir para mim mesma que me sinto atraída por ele. Me sinto atraída pela forma como ele detém o meu controle e não me dá opção a não ser deixar.

Também consigo admitir que Killian é a razão de eu ter saído do meu casulo. Por eu não ser mais a Glyn que evita conflitos, tenta apaziguar tudo e não diz nada.

Foi só quando o vi em perigo que percebi que ele traz à tona o melhor e o pior de mim. E estou viciada nessa sensação.

Estou viciada em como Killian me coloca acima de tudo, como se esforça para garantir que eu me alimente, e até mesmo incomoda a Anni com isso. Estou viciada na maneira como ele olha para mim quando acha que não estou vendo e em como não deu ouvidos às exigências do meu irmão, preferindo ficar comigo.

Estou viciada *nele*.

A porta do quarto se abre de repente e me assusto quando Nikolai dá uma olhada para dentro.

— Ouvi dizer que quase ani-Kil-aram o Kill. Entenderam? E de quem é o corpo que vou decapitar, depois arrancar a carne e enfiar em uma vara...

Ele se interrompe e entra no quarto em um rompante, com um brilho raro nos olhos. Nikolai está seminu — juro, ele só pode ser alérgico a roupas — e todas as suas tatuagens estão à mostra como um mapa da destruição. As tatuagens, com sua constituição física imponente, o tornam intimidador pra caramba.

Pelo menos, Killian é simpático às vezes, a menos que seja provocado. Nikolai nunca parece tranquilo, o exterior cruel é o seu verdadeiro eu.

E ele está observando meu irmão com atenção, com uma frieza arrepiante.

— Olha, o que temos aqui? Será que uma florzinha se perdeu?

Bran permanece imóvel, mas seus dedos encontraram o caminho de volta até seu cabelo, e estão puxando com mais força que antes.

— Foi esse aqui que machucou o nosso Kill, Gaz? — Nikolai pergunta de forma lenta e ameaçadora. Seus músculos enrijecidos combinam com sua energia hostil.

Ele está se preparando para uma briga.

Ou qualquer outra forma de violência.

Meu coração bate em um ritmo irregular. *Merda*. E se Gareth contar a verdade e Nikolai resolver machucar Bran só para se vingar de Lan?

Antes que eu possa intervir para tentar amenizar a situação, Gareth diz:

— Não. O Brandon e a Glyndon o trouxeram para cá. Os dois o encontraram perto do campus. Para saber mais detalhes do culpado, precisamos esperar Killian acordar.

Se eu pudesse abraçar Gareth, eu o faria. E nem sou muito de abraçar. Ele nos tirou dessa situação com uma facilidade que me deixou perplexa.

— É verdade? — Nikolai pergunta ao Bran. — Você carregou o filho da puta do Kill sozinho? Pensei que você fosse uma florzinha delicada, mas talvez você seja mais forte do que parece.

— Vou voltar — disse Bran em voz baixa. — Quer vir comigo, Glyn?

— Não, vou passar a noite aqui.

Se eu tivesse feito isso desde o início, em vez de lutar por uma independência inútil, talvez essa situação tivesse sido evitada.

Ou talvez eu esteja apenas me enganando.

Bran franze a testa, mas assente, diz para eu ligar se precisar de alguma coisa e sai. Nikolai o segue em silêncio, e sinto que não é só para mostrar onde fica a saída.

Talvez fosse melhor eu ter ido com Bran.

— Você pode ir se quiser. Eu cuido dos remédios dele — Gareth me avisa, ainda encostado na parede.

— Quero ficar. — Minha voz fica mais suave. — E obrigada por ter encoberto o Lan agora a pouco.

— Eu só estava deixando a bola no campo do Kill, para que ele possa lidar pessoalmente com a situação quando acordar. Além disso, o Niko é do tipo que mata primeiro e pergunta depois. Então ele não pode saber de nenhum detalhe até que um plano seja traçado.

— Justo.

O silêncio prevalece por um instante, antes de ele dizer em um tom calmo:

— Você está mesmo preocupada com ele?

— Você não está?

O ar vibra com seu longo suspiro.

— Não. Ele conseguiu matar essa parte de mim há uma década, quando se aproveitou da minha preocupação para colocar a culpa em mim por coisas que ele havia feito. Alerta de *spoiler*, é exatamente o que ele fará com você no futuro, mesmo que seja diferente. Qualquer sentimento nobre que você tenha por ele será distorcido, menosprezado, falsificado até se tornar tão sombrio quanto o dele.

— Isso não vai acontecer.

— Foi o que falei, muito tempo atrás.

— Você disse, mas não tomou nenhuma atitude, Gareth. Não vou fingir que entendo como foi crescer ao lado de Killian, mas tenho um irmão que é bem parecido. Ele tentou destruir tudo o que era bonito na minha vida e na do Bran, para que dependêssemos apenas dele e estivéssemos à sua disposição. Mas você não nos vê agindo igual a ele, vê? Não nos vê manipulando, machucando, descartando por completo a nossa moral apenas para nos adaptarmos a ele.

Ele levanta uma sobrancelha.

— Era para isso me atingir?

— Isso é preocupação. — Minha voz se suaviza. — O Killian, o Landon e o meu primo, Eli, nasceram diferentes. Não tiveram a sorte de sentir emoções como nós e, sim, são propensos a machucar os outros sem pestanejar, mas essa é a natureza deles. Não é a *sua*, Gareth. Você está escolhendo ser igual a eles e, se não vê nada de errado nisso, sinto muito.

— Então está dizendo que eu deveria aceitar as manipulações, os golpes e o ódio do Killian, e não fazer nada a respeito, é isso?

— Não. Mas vocês poderiam conversar. Ele tem problemas com você porque se sente inferior.

Ele solta uma risada com uma pontada de desequilíbrio.

— Talvez você esteja falando de um Killer diferente do que está dormindo nessa cama?

— Ele ouviu seu pai dizer à sua mãe que deveriam ter parado no primeiro filho. Só isso já é suficiente para Killian guardar rancor de você.

Uma linha aparece entre as sobrancelhas de Gareth.

— Ele pode ter mentido para ganhar sua simpatia.

— Ele sempre foi sincero comigo. Brutalmente sincero.

— Ou talvez seja o que ele quer que você pense. — Ele se desencosta da parede e se dirige à porta.

— Gareth — chamo.

— Sim?

— Nosso acordo está desfeito. Não vou apunhalá-lo pelas costas para que possa machucá-lo. No fundo, sei que também não é o que você deseja fazer.

— Eu sabia que isso a acontecer desde o início. Vou te dar um conselho genuíno, Glyndon. Tenha cuidado. Pode achar que gosta dele agora, mas haverá momentos em que você vai querer matá-lo, e não vai pensar na natureza dele nem no fato de ele ser diferente. Só pensará que ele é um filho da puta que não deveria existir. E, quando você quiser ir embora, ele vai quebrar suas pernas para que você não tenha essa opção. E, se você se recuperar e tentar de novo, ele as cortará. — Ele sorri, mas é um sorriso falso. Depois sai e deixa a porta se fechar atrás de si.

Meu foco volta para Killian, e estreito os olhos para ele.

— Desgraçado. Quando foi que me colocou em sua defesa?

Culpo a paz que sinto em sua companhia. Mesmo quando está me sufocando, me jogando no chão e me comendo como um louco.

Culpo ainda mais os momentos em que me puxa para dormir em cima dele ou quando me leva para observar vaga-lumes, porque sabe quanto eles me trazem alegria.

Incapaz de ignorar a onda de sentimentos que correm soltos em meu peito, pego seu caderno e um lápis de desenho, que Killian começou a deixar por perto, e coloco a cadeira em frente à cama. Não olho para o papel. Toda a minha atenção está voltada para ele enquanto meus dedos traçam linha após linha, me transportando para outro lugar.

É como se meu corpo físico deixasse de existir e eu me transformasse em uma explosão de emoções, movimentos, e a manifestação de uma musa extremamente imprevisível.

Sinto como se tivesse passado apenas dez minutos do início ao fim, mas quando vejo a hora, já são duas da manhã.

Ainda bem que é fim de semana e amanhã posso dormir até mais tarde.

Bocejo e tiro a roupa, ficando apenas de calcinha. Pego emprestada uma das camisetas do Killian, que basicamente serve como uma camisola.

É bizarro como sinto que isso é algo normal e familiar, ainda mais ao pensar que eu estava pronta para matá-lo a facadas há apenas algumas semanas.

Enfio-me debaixo das cobertas e paro quando sinto sua pele quente. O médico disse que a febre baixaria em breve, mas quão em breve seria?

Não deveria ser agora?

Deito minha cabeça em seu ombro e grito de susto quando ele se vira completamente em minha direção, me abraça com os dois braços e depois me coloca em cima dele. Isso ainda com os olhos fechados.

Sinto o prazer se acumular em minha calcinha e aperto as coxas.

Acho que esse desgraçado me condicionou a ter orgasmos ou algo assim. Ficar em cima dele só acontece depois que ele já acabou comigo. Quando o sexo não é o foco principal, ele me senta entre suas pernas ou em seu colo. Então agora que não transamos e estou por cima, meu corpo está reagindo dessa forma.

Esfrego-me em seu pau semi-ereto e depois paro. Que merda estou fazendo? Ele está dormindo e febril. Eu deveria ir para o inferno por causa disso.

Esforço-me para me acalmar, fecho os olhos e deixo o sono me levar.

Um gemido escapa da minha garganta.

E depois outro.

E mais um.

Ah, Deus.

Suas mãos deslizam pela minha barriga até chegarem aos mamilos e depois descem de novo, mas isso não é tudo.

Meu interior se contrai devido à fricção constante de seu pau duro.

Sou uma pervertida por sonhar com isso enquanto ele está doente, mas acho que subestimei meu estado de frustração sexual quando fui dormir.

— Você é tão linda, baby. Às vezes quero te colocar em uma jaula para que ninguém além de mim possa olhar para você. — Sua voz soa um pouco arrastada, mas tão deliciosamente profunda e sombria, como quando ele está me tocando de verdade.

Esse sonho merece nota dez pelos detalhes.

— Quero atirar em todos que se atreverem a olhar em sua direção ou te machucar. Quero me banhar no sangue deles e jogar as entranhas aos seus pés. Quero transar com você ali também, no meio do sangue, para provar meu ponto. Talvez você fugisse se eu te dissesse isso diretamente, então não vou falar. Vou continuar a te dominar de novo e de novo, até que não consiga mais pensar em me deixar. Serei sua sombra para que ninguém se atreva a te machucar.

Ele acentua as palavras com uma fricção em minha boceta, um beliscão em meu mamilo, uma mordida na minha barriga. Ele está em todos os lugares, e eu gostaria que essa fosse a única razão pela qual eu estivesse excitada.

Suas palavras têm o efeito mais estranho sobre mim, me fazendo delirar e ansiar por mais.

Talvez eu também seja doente por estar tão excitada com as ameaças de matar em meu nome.

Seus dedos deixam meus mamilos e deslizam até meu pescoço. Quando o apertam, meu ar desaparece.

Killian apoia minha perna em seu peito e me penetra deliciosamente de uma só vez.

Não estou sonhando.

Meus olhos se abrem com força e, claro, estou completamente nua. Minhas pernas estão jogadas sobre seus ombros e ele as segura com uma mão, enquanto a outra está quase me sufocando.

Esse maluco não estava com febre pouco tempo atrás? Na verdade, ainda está, a julgar por seu toque quente.

Ou talvez eu esteja.

Como ele consegue ter esse poder tão intenso, ainda mais forte que o normal, mesmo doente?

Ao que parece, meu corpo não entende essa lógica, considerando o som molhado de seu pau entrando e saindo de mim.

O fato de ele não dar a mínima por eu estar dormindo e apenas fazer o que deseja me deixa um caos.

Um caos devasso.

Enfio os dedos em seu punho, tentando inutilmente aliviar o aperto em meu pescoço, apesar de estar encharcando seu pau e os lençóis com a minha lubrificação.

— Isso. Lute, baby. — A expressão em seu rosto é maníaca, absolutamente aterrorizante. — Quanto mais você lutar, mais vou te foder.

Enlouqueço, arranhando, agarrando e tentando machucá-lo em qualquer lugar que consiga alcançar.

E, como prometido, ele me fode com mais força e velocidade, com uma intensidade que me deixa sem fôlego.

— Essa é a minha garota. — Ele grunhe, com os olhos semicerrados, talvez pela luxúria combinada com a dor da febre. — Você fica ainda mais linda quando está engolindo meu pau como uma putinha safada. — Ele solta minhas pernas. — Mantenha elas para cima. Se caírem, começaremos tudo de novo. — Então ele coloca a mão entre nós e espalha minha lubrificação até meu orifício traseiro, me fazendo estremecer. Em seguida, enfia um dedo. — Seu cu está se sentindo sozinho. Olha como ele se fecha ao redor do meu dedo, querendo participar da diversão. Você vai me deixar te foder com força até que esteja gritando meu nome, não vai?

Estou engasgando com minha respiração e não consigo pensar em nada, apenas sentir.

Mergulho na sensação de estar sendo completamente devastada por ele. Sua mão, seu pau e seu dedo em minha bunda se movem ao mesmo tempo, criando um caos insano.

— Talvez eu devesse comer ele agora, para que você saiba como é a sensação de um pau enorme de verdade.

Meus olhos se arregalam e eu gozo. Sinto que tem algo de errado comigo, porque esse é com certeza um dos orgasmos mais fortes que já tive.

Meus gemidos se misturam a gritos entrecortados, e a onda continua até eu sentir que vou desmaiar.

— Um rosto tão inocente em uma putinha tão safada. Sua boca adora cantar a melodia do "não", mas você devorou o meu pau com a promessa de que vou te comer por trás como um animal. — Seus lábios se contraem em um rosnado. — E aquele seu irmão filho da puta ainda se atreve a dizer vai te dar para outra pessoa. Ele tem a audácia de pensar que eu deixaria alguém além de mim te ver assim.

É aquela raiva de novo, que sai dele em ondas. Ele mete ainda mais em meu cu com o dedo enquanto seu ritmo fica fora de controle.

— O único motivo para ele não estar enterrado a sete palmos é você, Glyndon.

Acredito nele. Com todo o meu coração.

Merda.

Se não fosse a fixação que Killian tem por mim e o fato de eu preferir morrer a permitir que ele machuque meu irmão, ele levaria isso para o lado pessoal.

Ele *está* levando isso para o lado pessoal.

Mas ainda sinto um pequeno alívio ao saber que seus pensamentos sobre mim, e não minhas ações, têm o poder de detê-lo.

Ele afrouxa o aperto em meu pescoço.

— Diga que você é minha.

— Pare com isso, Killian — ofego, tremendo com os resquícios do meu orgasmo. — Você está com febre.

— Ainda consigo te encher de porra enquanto você goza de novo. Agora diga a merda dessas palavras, Glyndon.

Balanço a cabeça, apesar das lágrimas de prazer nos meus olhos.

— Se é para se fazer de difícil, então você já foi longe demais. Diga.

— Não posso — me forço a dizer.

— Então é bom você não dizer mais nada.

A mão que estava em volta do meu pescoço tampa a minha boca com força.

Killian abre bem as minhas pernas para que possa se encaixar entre elas. A nova posição lhe dá mais profundidade, e o faz me foder com uma intensidade controlada enquanto enfia outro dedo em meu cu, me abrindo ao máximo.

Não consigo gritar nem gemer, e qualquer som que eu solte sai assombrado, abafado e absolutamente aterrorizado.

É provável que ele esteja pensando em me matar e estou gozando de novo.

O simples fato de ser tocada por ele de modo tão rude, sem poder sequer gritar, é suficiente para me desmontar.

Não importa quanto eu tente negar, amo essa sua versão.

Esta nossa versão.

— Eu sabia que você tinha sido feita especialmente para mim, baby. — Ele ainda parece irritado, mas está excitado. — Vou te encher com a minha porra para que você saiba bem a quem pertence.

Estremeço quando o calor se espalha em meu interior. Espero ele sair de dentro, mas ele permanece ali, semiduro e movimentando devagar o quadril, como se estivesse se certificando de que nenhuma gota escaparia.

Killian me observa, pouco concentrado, com os olhos quase fechados, mas continua com os movimentos eróticos.

— Talvez eu devesse colocar um bebê em você — ele murmura tão baixo que mal consigo ouvi-lo. — Assim você não vai poder escapar de mim.

Em seguida, ele solta minha boca, desaba em cima de mim, com a pele pegando fogo, e me esmaga com seu peso.

Empurro seus ombros, mas ele continua imóvel como um búfalo.

— Killian — digo quase sem fôlego.

Ele grunhe e nos vira sem esforço, deixando meu peso sobre si, mas ainda dentro de mim.

— Posso dormir na cama — sussurro.

— Meu corpo é uma cama melhor — ele responde sem abrir os olhos.

— Tome o remédio, você está ardendo em febre.

— Hum.

— Killian...

Seus braços envolvem minha cintura, me mantendo imóvel enquanto ele sente meu cheiro.

— Você me escolheu.

— O quê?

— Naquele lugar, você me escolheu na frente do seu irmão. *Irmãos*, no plural. E do maldito Eli.

Merda. Ele estava consciente nessa hora?

Killian beija o topo da minha cabeça e, antes que eu possa dar para trás, ele diz algo que vai direto para o meu coração.

— Farei com que você me escolha sempre, tanto quanto eu escolho você.

CAPÍTULO 30
GLYNDON

Estou perdendo uma parte de mim.

E está acontecendo tão rápido que mal consigo acompanhar.

Na verdade, só me dei conta disso quando não consegui mais dormir no apartamento que divido com as meninas. Dormir em qualquer cama que não seja a de Killian se tornou algo estranho e terrível.

Já se passaram três semanas desde a noite em que acordei com seu pau dentro de mim e lentamente fundi minha vida à dele.

Estou perdendo o controle, qualquer pequeno controle que eu ainda tenha.

É por isso que no momento estou bebendo com a galera em um pub um tanto tranquilo no centro da cidade. Bem, tão tranquilo quanto um pub que os jovens da universidade frequentam. Pelo menos, não é barulhento como aquele maior, do outro lado da cidade.

Uma banda desconhecida toca ao fundo, e a música é abafada pelo som da conversa e do barulho das bolas de sinuca. O álcool preenche o ambiente ou talvez apenas meu nariz.

Em geral, não bebo, porque a bebida me faz agir como uma idiota, mas eu não estava no meio de estranhos.

Depois de me certificar de que tomei doses suficientes para entrar em coma, tomo a quinta. Não, acho que é a sétima.

— Cuidado com o álcool, Glyn — repreende Cecily ao meu lado. Ela está tomando uma dose de tequila desde que chegamos aqui.

— Deixe-a em paz. — Remi desliza um copo de shot em minha direção. — Amo a Glyndon bêbada.

Sorrio com um olho aberto e ergo o copo, depois o bebo.

— Uma em sua homenagem, Remi.

— É isso aí! — Ele derrama outra dose na garganta. — Minha Senhoria decidiu te perdoar por ter escolhido este bar chato.

Giro a mão de forma exagerada e faço uma reverência.

— Muito agradecida, Vossa Majestade.

— É "Vossa Senhoria", plebeia.

— A mãe dela tem um título de nobreza. — Ava o cutuca com uma batata frita. — Quem é que não sabe de nada agora?

— Espere, é verdade? Por que só estou descobrindo agora? — Remi olha para cima, colocando os dedos em formato de L no queixo, em um gesto cômico e pensativo. — Deve ser porque todos vocês agem como plebeus, exceto você, Bran. Você é definitivamente aristocrata. Bonito, suave e com aquele carisma intocável. Puxou a mim.

Bran balança a cabeça.

— Nasci antes de você, Remi.

— E daí? Você ainda pode me puxar. Não é mesmo, Cray Cray?

Meu primo parece mais preocupado com o celular do que com qualquer pessoa na mesa.

Annika está deitada em frente a ele, parecendo uma Barbie da vida real. Ultimamente, ela não tem tagarelado sem parar na companhia de Creigh e até começou a se distanciar. Não tenho certeza se é porque ela não recebe nenhuma resposta ou se ficou de saco cheio. Às vezes, sinto pena de Anni. Ela tinha que estar interessada logo por alguém que não sente necessidade de falar?

É por isso que Creigh se dá bem com Bran. Ambos conseguem ficar sentados por horas a fio e sem dizer uma só palavra. Sem brincadeira. A Ava e o Remi testaram isso uma vez.

Como Bran se dá bem com Mia, Creigh também poderia, se a conhecesse. Nas poucas vezes em que estivemos juntos nas últimas semanas, percebi que ela é bastante expressiva, só não fala. Killian disse que é por causa de um incidente que ocorreu em sua infância. E ele se tornou seu tradutor pessoal sempre que Bran e eu estamos por perto.

Às vezes, ele é um idiota e se recusa a traduzir, então ela resolveu nos ensinar a língua de sinais.

Apesar do comportamento babaca, gosto de como Killian fica quando Mia está por perto. Ele a trata como se ela fosse irmã dele, e ao Nikolai também. Sua irmã gêmea, Maya, me contou que Killian uma vez quebrou o maxilar de um garoto no ensino médio porque ele estava fazendo bullying por ela não falar.

Nikolai ficou ofendido por ter sido o último a saber, então, quando o garoto sarou, ele o enviou de novo para o pronto-socorro para tratar de outros ferimentos.

E embora ouvir essas histórias tenha me deixado em choque por um tempo, o que mais me toca é o envolvimento dele na vida da Mia.

É um lado seu que mostra que ele é capaz de se importar com outra pessoa. E que, sob as circunstâncias certas, ele é capaz de considerar alguém um ser precioso.

Ou talvez eu esteja apenas me iludindo.

Mais uma dose.

— Sério, Glyn, você não está indo longe demais? — Cecily e sua *sósia* franzem a testa.

— Quando foi que você ganhou uma irmã gêmea? — pergunto com a voz embolada.

— Quando você ficou bêbada.

— Pfft, não estou bêbada. Vamos lá, gente. Vamos jogar algo.

— Que tal o jogo "não estou vendo mais meus amigos por causa de um pau"? — resmunga Ava, talvez bêbada. Ela é muito fraca para bebidas alcoólicas.

— Não precisava colocar essa imagem na minha cabeça. — Bran faz uma careta, e ela se encolhe, depois passa um braço por seu ombro.

— Argh. Me desculpe.

— Desculpas aceitas. Agora, por favor, pare de me tocar, ou terei problemas piores se o Eli souber.

As bochechas dela ficam vermelhas.

— O Eli pode ir se foder.

Todos, exceto Creighton, ficam surpresos. Dou uma risadinha.

— É isso aí, garota!

Agora é ela quem faz uma reverência a mim.

— Obrigada, Minha Senhoria.

— Que fique registrado para conhecimento público e para fins de seguro de vida que Minha Senhoria não ouviu isso. Recomendo que todos façam o mesmo se planejam viver por mais um tempo.

— Por mais que eu odeie dizer isso, concordo com o Remi — afirma Cecily. — Vamos todos fingir que a Ava não falou isso.

— Mas eu falei e falaria novamente. Foda-se o E...

Cecily tampa a boca dela depressa.

— Você está bêbada, sua bostinha. Quando acordar de manhã, vai se lembrar disso e agradecer a mim e à sua sorte.

— Você é muito jovem para morrer, Ava. — Bran lhe passa um copo de água gelada. — Beba e finja que está com amnésia.

Ava resmunga mais um pouco sobre todos sermos covardes, além de outras palavras mais feias.

Bato as mãos na mesa.

— Jogo! Jogo! Jogo!

— Deus, aqui é Minha Senhoria te pedindo para criar uma versão permanente da Glyn bêbada. Amém. — Remi sorri para mim. — Que tipo de jogo?

— Não sei. "Eu nunca"?

— Vamos lá! — Ele segura um microfone imaginário. — Eu começo.

— Você sempre começa — pontua Cecily.

— É verdade. — Ava estufa o peito. — A Glyn que sugeriu, então deixa ela começar.

— Começar o quê?

Um arrepio percorre a minha espinha e vejo que estou bêbada de verdade, pois minha reação só vem depois. Demoro um pouco para perceber que a voz não está na minha cabeça.

Percebo a atmosfera ficando mais pesada e sendo tomada pelo cheiro de seu perfume. Sua presença consome lentamente, mas de forma certeira, todo o ambiente, não deixando oxigênio para ninguém respirar.

Não é justo. Esta noite era para eu tentar tirá-lo da cabeça.

— O que você está fazendo aqui? — reclamo, depois coloco a mão na frente da boca.

Ele dá uma única batida com o dedo indicador na coxa. Em seguida, empurra seu acompanhante para a frente.

— Nikolai estava entediado, então saí para passear com ele.

— Vá à merda, seu filho da puta. Não sou um cachorro. E era ele que estava tão entediado que já tinha começado a vandalizar as coisas — Nikolai me conta. — Fui arrastado para fora de casa contra a minha vontade porque ele se recusa a admitir que sente a sua falta.

— Questão de ponto de vista — retruca Killian casualmente. — Podemos sentar com vocês?

Silêncio cauteloso paira sobre a mesa.

Todos estão acostumados com Killian, mas Nikolai já é outra história. Eles o consideram aterrorizante, e eu concordo.

Nikolai estava ansioso para se vingar por Killian, após o sequestro e a tortura que Lan organizou. Porém Killian o dispensou e disse que ele mesmo cuidaria do assunto. Eu sei que ele fez isso por mim, porque sabe que não quero que Lan se machuque, mas esse fato não diminuiu a sede de vingança de Nikolai.

Ele é brutal, e isso fica evidente em cada uma de suas ações.

Mas tenho o encontrado todos os dias e ouvido suas histórias divertidas sobre as aventuras de sua infância com o Killian, então não o vejo mais dessa forma. *Não muito.*

Contudo, todo mundo ali na mesa com certeza o vê assim. Talvez por causa de sua carranca permanente e de todas as tatuagens.

Annika se afastou discretamente do lugar em frente a Creighton e trocou de assento, posicionando-se ao lado de Ava.

Pela primeira vez essa noite, Creighton ergue a cabeça, vira o celular com a tela para baixo sobre a mesa e observa Annika e os dois recém-chegados.

— Sim, claro! — É Ava quem anuncia, sem dúvidas cheia do líquido da coragem. — Quanto mais gente, melhor.

Killian puxa uma cadeira de uma mesa próxima e se cola ao meu lado. Nikolai se junta a ele, parecendo solene.

Cutuco o Killian e aperto os olhos para poder ver melhor seu belo rosto.

— Você falou para eu me divertir na minha saída com meus amigos.

— Não disse que não faria uma visita. — Ele dá uma piscadinha.

— Você não deveria estar ocupado com os estudos?

— Nunca estou ocupado demais para você, baby.

— Você é mesmo um amor, não é?

— Só com você.

— Por que trouxe o Nikolai? — sussurro. — Ele está amedrontando todo mundo.

— Ele não é tão assustador assim.

Levanto uma sobrancelha.

— Não tanto. — Ele sorri e diz em uma voz alta o suficiente para que todos ouçam: — Então, o que vamos jogar?

— Eu nunca — responde Bran, parecendo um pouco sufocado. — E a Glyn vai começar.

Quer saber de uma coisa? Vou me divertir e esquecer tudo esta noite. Que se dane o Killian.

Levanto uma dose.

— Nunca fiz nada ilegal.

Nikolai dá de ombros e toma uma dose. Creighton bebe sem dizer uma palavra.

— O que você fez... — Annika começa a perguntar, depois desiste, engole em seco e encara o Nikolai. — Nikolai?

— Você sabe como é.

Ava toma uma dose. Eu e Cecily a encaramos, atônitas.

— Que coisas ilegais você já fez? — pergunta Ces.

— Desculpa, gatas, não tem nenhuma regra que me obrigue a dar explicações. Vocês deveriam ter definido isso antes.

Remi bebe uma dose.

— Drogas, essas porcarias nojentas.

— Por que não você não bebeu? — pergunto ao Killian.

— Porque não vou admitir ter feito nada ilegal. Meu pai e meu avô são advogados, para começar.

— Não é assim que funciona.

— Você tem provas de que já cometi uma ação ilegal?

— Argh, que seja. — Reviro os olhos.

— Não faça isso — ele sussurra baixinho, para que eu seja a única a ouvir.

Faço careta para ele e um fogo estranho se acende em seus olhos, como se ele estivesse se divertindo, mas também não gostasse disso.

Aff. Ele é um enigma.

— Sua vez — murmuro, ficando apreensiva de súbito com o que ele vai dizer.

Ele tem uma tendência a ser imprevisível e não se importar com os sentimentos dos outros.

— Eu nunca... me apaixonei.

Meu coração se aperta e sinto que vou vomitar. Será que ele fez de propósito porque está sentindo algo mudando?

Ele também consegue enxergar isso em meu rosto? Igual eu vejo quando me olho no espelho?

Ava e Brandon são os únicos que bebem. Eles são criticados por todo mundo e recebem um olhar de morte do Nikolai.

Ou talvez o olhar seja apenas para um deles.

Mas todo o barulho ao redor é abafado pela minha bomba-relógio interna.

Tique.

Tique.

Tique.

Com os dedos trêmulos, pego uma dose para tomar, mas antes que ela chegue aos meus lábios, Killian tira da minha mão e a bebe com facilidade.

— Você está bêbada. Eu tomo as suas doses.

— Não preciso que beba por mim.

E por que diabos ele soa tão contrariado?

— Lindos. — Annika junta as mãos, nos observando com uma expressão cheia de admiração.

— Precisamos elevar o nível desse jogo. — Nikolai segura uma dose. — Nunca peguei nem transei com alguém do mesmo sexo.

E aí ele bebe sua dose.

Isso é inesperado.

Nikolai poderia ter escolhido algo que nunca fez.

— Um beijo conta? — Ava pergunta, e ele concorda. — Bom, que se dane. — Ela bebe uma dose.

Remi bate a palma da mão no peito, como se estivesse prestes a ter um infarto.

— Essa vagabunda está mesmo tentando morrer hoje.

Killian segura uma dose, o encaro, incrédula.

— Não fique com essa cara de quem vai desmaiar, coelhinha. Você achou mesmo que todos aqueles fetiches tinham sido só com mulheres? Experimentei muitas coisas.

Enquanto ele bebe, pego uma dose e viro de uma só vez.

Ele estreita os olhos.

— Não fique surpreso, Killer. Também experimentei muitas coisas.

Estou mentindo descaradamente, mas sinto que ele acredita, porque coloca a mão na minha coxa e a aperta. Com força.

Depois, seus lábios se aproximam da minha orelha.

— Falaremos sobre isso mais tarde, enquanto te castigo pra caralho.

— Que seja. — Minha voz soa indiferente, embora minhas coxas estejam marcadas pelo desejo.

— Ninguém mais? — Nikolai brinca com o copo de shot vazio, depois resmunga e pega um cigarro, que deixa pendurado no canto dos lábios. — Chato pra caramba. Tô vazando.

Ele acende seu cigarro a caminho da saída.

— Ufa, que intenso — Annika respira. — Sério, Kill. Não o traga da próxima vez. Ele é assustador.

— Tem certeza de que não é só porque ele pode contar tudo para o seu irmão?

Ela ri sem jeito.

— Não seja ridículo. Não tenho nada a esconder do Jer.

— Hum-hum — diz Killian, claramente zombando dela.

— Então, quem é o próximo? — Bran pergunta, com a voz rouca.

— Eu! — Annika encara o Killian. — Nunca tive meu pau chupado.

— Isso é golpe baixo. — Remi bebe, assim como Bran e Killian.

Informação demais sobre a vida do meu irmão.

Nota para mim mesma: nunca jogar esses jogos com ele por perto.

— Espere um pouco. — Remi encara Creigh. — Por que não bebeu, Cray Cray? Não ouviu a frase? — Quando ele balança a cabeça, Remi parece exasperado. — Então beba, Jesus Cristo, cria, por favor, me diga que você já teve seu pau chupado pelo menos uma vez? — Creigh permanece em silêncio e Remi se recosta na cadeira de modo dramático. — Acho que preciso de um médico. Minha própria cria está sofrendo, e eu não sabia. Estou perdendo anos de vida com essa conversa, sério.

— Qual é a graça de ter o pau chupado? — Creighton indaga o que é a sua frase mais longa da noite.

— Hum, qual é a graça do sol? Da lua? Do ecossistema? Posso citar várias coisas. — Remi suspira. — Jesus, cria, você está me fazendo parecer um péssimo mentor.

— Mas você é. — Cecily faz careta para ele, que faz uma de volta.

— Tenho orgulho de você, meu primo — falo a Creigh, que acena com a cabeça. — Beberei em seu nome.

Antes mesmo de eu pegar o copo, Killian o pega e bebe no meu lugar.

Seus lábios brilham com o álcool, e sinto que há algo de errado com o meu coração, porque ele bate muito forte quando Killian me olha de lado e sussurra em um tom profundo e baixo:

— Comporte-se.

— Achei que você queria que eu fosse uma garota má — murmuro.

— Quero que você seja exatamente como é. Sem a bebida.

— A Cherry disse que você precisa de alguém igual a você, que possa te entender melhor.

Ele levanta uma sobrancelha.

— E o que você falou a ela?

— Para ir tomar naquele lugar. Bom, não assim, mas é o que eu gostaria de ter dito.

Ele dá uma risadinha.

— Gosto quando você fica com ciúmes.

— Ei, pombinhos, estamos jogando. — Ava dá um tapa na mesa. — Não acredito que a quietinha da Glyndon seja a primeira de nós a namorar.

— Ei! Já namorei inúmeras vezes — afirma Remi.

— Você não conta.

— Ei, Remi — diz Killian, que obviamente já está íntimo o suficiente para chamar meus amigos pelo apelido.

— O que é, Kill?

— Conte uma piada.

— Uhhh, e toda essa pressão de repente? Tenho fobia social. Brincadeira. Por que você quer uma piada? Para se gabar com seus amigos? Desculpa, cara, a piada é minha.

— Só queria ver o quanto você é engraçado, porque alguém disse que você é *hilário*.

Presto atenção na forma como ele enuncia a última palavra.

Porém o Remi não percebe.

— Esse alguém tem um excelente gosto. Ah, aqui vai uma. O que uma nádega disse para a outra?

Cecily revira os olhos.

— O quê?

— Vamos parar essa merda.

Annika, Ava, Brandon e eu caímos na gargalhada. Creighton sorri um pouco, e Cecily joga um limão nele, mas não consegue conter o sorriso.

— Seu palhaço idiota.

— Ha ha, vocês me adoram, gatas. Se não fosse por Minha Senhoria, estariam vivendo uma vida chata.

— Está vendo? — digo a Killian, enquanto todos falam ao mesmo tempo.

— Não é *tão* engraçado assim.

— Ah, faça-me o favor, você só está sendo um idiota.

— Cuidado, baby. Você está abusando.

Jogo o cabelo sobre o ombro e me apoio na palma da mão para encará-lo.

— Você vai me castigar de qualquer maneira, então vou aproveitar para te irritar o quanto quiser.

— Quando foi que você aprendeu a ser tão pé no saco?

Acaricio sua bochecha.

— Depois que te conheci.

Posso sentir sua mandíbula se contraindo sob meus dedos.

— Você nunca mais vai ficar bêbada e falar com essa voz sexy em público.

Jogo a cabeça para trás com uma risada, mas ele não me deixa terminar, pois se levanta abruptamente e me pega no colo.

— A Glyndon bebeu demais. Vou levá-la embora. Ela vai passar a noite comigo.

— Nããoo, eu quero ficaaaaar.

Mas minhas palavras não são ouvidas, e ele logo sai do bar.

Fico brava e o agarro pelos cabelos.

— Vai me levar embora porra nenhuma. Você só quer me comer seu punheteiro pervertido e sádico.

— Que bom que desabafou. Vamos ter uma noite longa.

Eu rio porque não quero chorar.

— Quando vai se cansar de me foder?

— Não tenho certeza, mas talvez nunca.

Ele abre a porta do passageiro de seu novo carro, outro Aston Martin vermelho personalizado, que o avô lhe comprou, e me coloca dentro. Depois prende meu cinto de segurança, com o rosto a centímetros do meu.

— E se eu começar a sentir algo por você? O que acontece? — sussurro, e quase posso ouvir meu coração se partindo no meio. A escuridão é assombrosa, gelada e absolutamente horripilante.

— Por que algo precisa acontecer?

— Porque é assim que os relacionamentos funcionam. É preciso ter sentimentos.

— Já sinto muita coisa por você. Agora, estou sentindo irritação e raiva por deixar que outras pessoas te vejam assim.

— Você sabe que não é o que estou pedindo.

— E o que está pedindo, Glyndon?

Olho para a direção oposta e uma lágrima escorre pela minha bochecha.

— Algo que você não tem.

— Não me venha com essa. — Ele me força a encará-lo, com os dedos cravados em meu queixo. — E nunca mais use esse maldito argumento comigo.

— Então, se eu pedir seu coração, você vai me dar? É claro que não. Você não tem um. Todas as suas emoções foram treinadas, não é? Então, mesmo que diga que gosta de mim, que me adora, que me ama, nunca vou acreditar, porque você também não acredita. Você diz "eu te amo" para a sua mãe o tempo todo, mas já me contou que é só para tranquilizá-la. Você nunca sentiu amor. Você não *sabe* o que é o amor.

Suas narinas se dilatam. Há raiva e fúria, mas não pelos motivos certos.

— Estou te dando mais do que já dei a qualquer outra pessoa em minha vida, Glyndon. Estou te dando monogamia e encontros que em geral não me importam, e estou até mesmo lidando com os seus amigos e a sua família. Estou poupando seu irmão e optando por não lutar contra o seu primo, não importa quanto ele me provoque. Estou sendo paciente com suas brigas, negações e dramas irritantes. Eu te disse que a minha tolerância e as minhas fases gentis não são naturais. Nem um pouco, nem de longe. Então fique grata, aceite o que estou te oferecendo e pare de dificultar as coisas o tempo todo.

Não consigo controlar as lágrimas que escorrem pela minha outra bochecha.

— O que está me dando não é suficiente.

— Glyndon — ele diz entre dentes.

Fecho os olhos.

— Quero ir para casa.

— Abra os malditos olhos.

Eu os abro, mas depois de um tempo, repito, assertivamente desta vez:

— Quero ir para casa.

Sua mandíbula se contrai, mas ele me solta aos poucos e vai para o lado do motorista.

Adormeço com lágrimas nos olhos e uma pontada de dor em minha alma.

Mas, na verdade, eu só deveria me culpar por ter desenvolvido sentimentos por um psicopata.

Uma mão bate em meu ombro e acordo, pensando que chegamos ao dormitório. Em vez disso, estamos na frente de um avião.

Talvez eu tenha bebido demais ou esteja apenas imaginando que estamos no aeroporto.

Killian aparece na minha porta, com o semblante fechado, parecendo um lorde das trevas que gosta de garotinhas inocentes.

— Hora de ir.

— Ir para onde? — pergunto, meio assustada, meio bêbada.

Ele bate o indicador na porta.

— Para casa.

CAPÍTULO 31
KILLIAN

— Me diga que está brincando.

"Não estou sóbria o suficiente para seus joguinhos, Killian.

"Estamos voando de verdade. Porra, qual é o seu problema?

"Vou chamar a polícia. É possível chamar a polícia daqui de cima? Alô, polícia, estou sendo sequestrada por um psicopata maluco.

"Não acredito que a Annika te deu meu passaporte. Você a ameaçou, não foi?

"Nem gosto de voar. É assustador. Não liguei para o meu avô. E se eu nunca mais falar com ele?

"Se eu morrer, vou virar um fantasma assustador e te assombrar pra caramba, seu idiota. Vou viver nos seus pesadelos.

"Gareth, faça alguma coisa!"

Em resumo, essa foi a verborragia com que Glyndon nos agraciou durante o voo. Seu pânico aumentava a cada minuto, assim como a sua imaginação.

Tive que fazê-la parar depois que ela pediu ajuda a Gareth. Porque esse cara que se dane.

Ele deveria ter optado por não se juntar a nós. E daí que ele ia voltar para casa sozinho e tinha até pedido o jato particular do Nikolai emprestado? E, sim, posso ter roubado seu voo, mas, ainda assim, ele vai para casa o tempo todo, poderia ter deixado o avião só para nós dois.

O jato é grande o suficiente para acomodar um pequeno exército com todo o seu equipamento. As cadeiras confortáveis são feitas de couro de alta qualidade e são espaçosas o suficiente para acomodar duas pessoas.

O tio Kyle comprou esse bebê como presente para a tia Rai em um de seus aniversários de casamento. E Nikolai meio que o rouba sempre que precisa ir para casa, ou quando Gareth precisa.

Eu não, porque só volto para os Estados Unidos no verão.

Sabendo que sua presença é indesejada, Gareth se acomoda em um assento perto da janela, algumas fileiras à nossa frente, com fones de ouvido e um tablet na mão.

Estou sentado na janela, e Glyndon está ao meu lado, com as pupilas dilatadas e os lábios inchados e entreabertos. Mas como ela é uma coelhinha ardilosa, ainda inclina a cabeça para observar a paisagem da janela, apesar de sua óbvia aerofobia.

Ela está tensa e surtou várias vezes, chegando a ter uma crise de pânico meia hora depois de partirmos. E embora o fato de me concentrar nela tenha entorpecido meus pensamentos sobre nosso destino, não gosto de vê-la assim.

A boa notícia é que o medo e uma xícara de café a deixaram um pouco mais sóbria.

Ela ainda está um pouco bêbada, a julgar pelas piscadas lentas e o brilho em seus olhos verdes.

— Pare de olhar pela janela se está com tanto medo.

— E se cairmos, tipo, de bico no oceano? Vamos todos morrer e ser comidos por tubarões, e talvez ninguém nunca nos encontre. Vai doer muito.

— Na verdade, não, estamos a mais de vinte mil pés, então, se cairmos dessa altura, a força G nos deixará inconscientes em cerca de vinte segundos. A boa notícia é que você não sentirá nada. A má notícia é que não haverá restos para serem recuperados, pois a força da queda vai desintegrar nosso corpo e a fuselagem do avião.

Ela enfim desvia a atenção da janela para me olhar como se eu tivesse matado seu cachorrinho favorito.

— Era para isso me deixar melhor?

— Depende se vai fazer você parar de pensar que vamos sofrer um acidente. Nem é muito comum de acontecer.

— Mas acontece.

— Então pense nisso como suas últimas palavras. Quer transar uma última vez?

— Você não é engraçado. — Ela engole em seco. — Voar me deixa nervosa de verdade. É por isso que faço a Cecily e a Ava virem de carro comigo de Londres até a ilha.

— É porque sua mente está focada no lugar errado. Em vez de se concentrar no acidente e no avião, precisa ocupar seu tempo com outra coisa.

— Tipo o quê?

— Sente no meu colo.

— Não estou com vontade de fazer sexo, Killian.

— Não vou transar com você.

— Sério?

— Sério. O Gareth iria ouvir seus gemidos altos e eu teria que jogá-lo do avião. Então, venha cá.

Ela hesita por um instante, antes de se levantar. Depois, para.

— Você mesmo disse, o Gareth está bem ali.

— Isso não significa que eu não possa te tocar.

Agarro seu punho e a puxo, fazendo suas pernas ficarem abertas sobre as minhas.

Em seguida, passo meus braços em volta de sua cintura e acaricio em círculos a pele sob sua blusa.

Ela me encara por um instante e aos poucos sua respiração vai se acalmando. Então beijo sua testa, apreciando o arrepio que percorre seu corpo.

— Melhor?

— Sim — responde, de mau humor. — Mas ainda não quero falar com você.

— Você pode usar o calor do meu corpo para relaxar.

— Você se deixaria ser usado?

— Por você? Com certeza.

E estou falando sério. Se essa mulher me pedisse para abrir meu peito e mostrar o órgão que ela me pediu, eu o arrancaria dos tendões e o colocaria a seus pés.

Porém todas as outras besteiras emocionais que ela me pediu não vão acontecer.

É simplesmente impossível.

Seu pescoço fica vermelho, e percebo que ela está ficando corada, talvez lisonjeada. Mas deixa a boca repugnante assumir o controle.

— Mesmo assim, isso não te dá o direito de me sequestrar.

— Você não queria mais de mim? Vou te levar para conhecer os meus pais.

Seu olhar se desvia para o lado, e odeio quando ela quebra o contato visual. Preciso vê-la o tempo todo. E ela nunca se esquiva de mim, portanto, quando ela quebra nossa conexão, sinto uma estranha sensação de perda.

Como se percebesse essa mudança, ela volta a olhar para mim.

— Com quantas já tentou esse truque?

— Você é a primeira.

— Devo me sentir especial por ter ganhado de todas as garotas. E, ao que parece, dos *garotos*?

— Cinco estrelas, altamente recomendada. E não seja homofóbica. Não combina com seu senso de moralidade.

— Isso não tem nada a ver com homofobia. Só estou pensando se, no futuro, talvez eu te veja com um homem ou uma mulher na cama.

— É bem provável que com os dois ao mesmo tempo. — Ao ver que ela empalidece, acrescento: — Foi uma piada.

— Pensei que não fizesse piadas.

— Eu faço com você.

Ela coloca a mão em meu ombro, provavelmente para se acomodar melhor, mas prefiro pensar que ela também quer me tocar de alguma forma, como faço com ela.

— Você é bissexual?

— O Nikolai é.

— E você? Você se sente atraído por homens?

— Na verdade, não. Eu me sentia atraído por qualquer buraco que estivesse disponível, sem importar o gênero.

— Sentia?

— Fazia meses que eu já não gostava de sexo em geral, fosse com homens ou com mulheres. Estava ficando tão repetitivo, sem graça e monótono que até doía.

— Até você me encontrar — ela sussurra.

— Até te encontrar. No topo daquele penhasco, você parecia tão inocente e ingênua que eu queria te estragar de alguma forma, arruinar a aparente inocência e ver o que estava por trás dela.

— Como você é romântico.

— Não sou?

— Desisto. — Ela solta um suspiro. — É óbvio que não dá para ganhar de você.

Se ao menos ela soubesse o quanto essa afirmação está errada. Na verdade, sou eu que não consigo mais vencer desde que ela entrou na minha vida.

Meus dedos se enroscam em seu cabelo, e ela fecha os olhos, sem querer aproveitar o carinho, mas aproveitando mesmo assim.

— Você não fuma mais — ela anuncia do nada.

— Falei que iria parar se você mantivesse meus lábios e mãos ocupados. E cumpro minhas promessas, baby.

— Você... parou mesmo por minha causa?

— Claro que sim. Fumar passivamente é uma séria ameaça à sua saúde.

— Você é uma ameaça mais séria à minha saúde.

— Que pena que você não pode me largar.

— Nunca se sabe. Talvez um dia eu encontre um homem melhor.

— Sou o único homem que terá. Então se acostume com isso e pare de me provocar. — Acaricio seu cabelo. — Vá dormir, coelhinha. Temos cerca de sete horas antes de aterrissarmos.

Mais um motivo pelo qual nunca volto para casa.

Imagino que ela vá rebater, mas apenas dobra as pernas para que fiquem em meu colo e descansa a cabeça em meu peito.

É uma das poucas vezes em que se entrega sem começar a fazer drama por estar em minha companhia. Glyndon diz que quer mais de mim, mas como não percebe que estou lutando contra mais coisas do que esperava desde que ela apareceu?

— É injusto que se sinta tão seguro — resmunga ela, enquanto seu corpo relaxa em meu abraço e sua respiração se acalma ao cair no sono. Meu nariz acaricia seu cabelo, sentindo o cheiro das framboesas misturadas com álcool, e também me permito adormecer.

Porque ela também se sente segura.

O eco das vozes gira ao redor da minha cabeça como zumbido de abelhas.

— Jesus Cristo, Glyndon. Não é assim que se faz.

Meus olhos se abrem, e a primeira coisa que noto é que o peso em cima de mim desapareceu e, no lugar dela, estou abraçando um travesseiro.

Muito esperta.

Aquela coelhinha deve ter colocado o travesseiro para que eu não sentisse sua ausência e acordasse de imediato.

Mas esse fato não é o mais importante. É o Gareth resmungando enquanto chama o nome da Glyndon.

Levanto a cabeça e não tenho a menor ideia de que nome dar ao meu sentimento quando vejo os dois sentados ao redor de uma mesa um pouco à frente, jogando Uno.

Mas sei que é muito parecido com alívio.

Isso já não tem mais graça. Estou sempre à beira de cometer um assassinato por causa dessa mulher, e a pior parte é que ela é quem impede que meus demônios se manifestem.

A tela sobre o meu assento indica que temos mais três horas antes de pousar.

— Você não me falou dessa regra antes. — Ela segura as cartas junto ao peito. — Não pode simplesmente inventar uma nova.

— Não estou inventando. — Ele lhe mostra o livro de regras. — Está bem aqui.

— Hum, de jeito nenhum? Você está roubando!

— Só porque você está perdendo?

— Eu ganharia fácil se você não começasse a inventar regras a torto e a direito.

— Pela milionésima vez, está bem aqui. Só admita que perdeu. Onde está o seu espírito esportivo?

— Não nesta sala. Quer dizer, neste maldito avião. Vá, só aceite, ok?

Ele sorri, e cerro os punhos, e isso se deve a vários motivos. O primeiro é que achei que ele tinha esquecido como sorrir de verdade, sem fingir.

Ah, e a maneira como Glyndon se sente confortável em sua presença.

Ele, mais do que ninguém, deve ter percebido que ela é o meu ponto fraco agora, o ponto que ele pode atingir para me machucar. E, conhecendo o Gareth, é o que fará. Sem dó nem piedade.

Não o culpo por isso, mas eu o empalaria antes de deixar que ele encoste um dedo nela.

Tentando conter a agitação, ando em direção aos dois com a despreocupação de um demônio entediado.

Sento-me no braço da poltrona de Glyndon e coloco a mão em seu ombro.

— O que estamos jogando?

Gareth começa a baixar as cartas.

— Vou deixar vocês jogarem.

É isso mesmo, irmãozão. Vá dar uma volta.

— Ah, não seja bobo — ela diz. — Você não precisa ir embora só porque o Killian está aqui. Vamos continuar.

Essa maldita...

— E, você, vá se sentar em uma cadeira para não ver as minhas cartas. — Ela as esconde contra o peito, olhando para mim com determinação.

Humm. Começo a me perguntar por que não a amarrei a mim mais cedo.

Gareth pega de novo suas cartas e não tenho escolha a não ser me sentar ao lado de Glyn, porque com certeza vou jogar e ganhar desses dois.

Eles acabam se unindo contra mim, roubando e usando todos os truques possíveis para que eu perca. Mas sou o fundador da escola eticamente duvidosa na qual tentaram se matricular, então acabo vencendo de qualquer maneira. Três vezes seguidas.

Glyndon joga as cartas sobre a pequena mesa.

— Argh, não tem graça. Você tem que ganhar todas as partidas?

— De que outra forma ele seria um babaca?

— Não sejam péssimos perdedores, é feio. — Eu sorrio.

— Ah, você que se dane. — Ela solta um suspiro. — Deveríamos jogar uma partida só dois, Gareth.

— Pedido negado — digo.

— Bem, você só continua ganhando. Assim o jogo fica entediante.

— Ignore ele. O Killer simplesmente não conhece o termo "ser maleável", ainda mais quando está com ciúmes. Ele está sendo territorialista para provar que é melhor.

— Vou te matar — falo, e ele apenas sorri. Um sorriso falso.

— Sério? — Glyndon me encara, nervosa. — Está sendo um completo idiota por causa de um ciúme sem fundamento?

— Vamos ver se é infundado quando meu querido irmão estiver voando pelos ares.

— Pare de ameaçar a vida das pessoas só porque quer, Killian. Ele é seu irmão, então que tal tratá-lo de acordo em vez de como um inimigo? — Ela aponta o dedo para mim. — Além disso, ou joga direito ou não poderá nunca mais jogar com a gente.

Penso se quero beijá-la ou sufocá-la neste momento. Talvez as duas coisas ao mesmo tempo.

Gareth levanta uma sobrancelha.

— Parece que você enfim encontrou sua alma gêmea. A mamãe e o papai vão adorá-la.

— Tem certeza? — Glyndon junta as cartas, com um tom de voz desconcertado. — Ele não me avisou antes, então não pude nem trocar de roupa.

— Qual é o problema dessas roupas? — Roubo uma carta de Inverter, porque não, é claro que não vou deixar os dois ganharem tão cedo.

— Você não tem direito a opinião. — Ela faz uma careta, depois agarra minha mão, enfia a sua por baixo da minha manga e toma de volta a carta que peguei. — E sem roubo. Sério, você não pode tomar um remedinho para relaxar?

— Tomo quando estou te fodendo. Quer ir ao banheiro?

— Muita informação — diz Gareth.

— Pode ir embora a qualquer momento e voltar para suas atividades nerds.

— Não e não, e, mais uma vez, não — Glyndon diz com um tom de brincadeira, embora seu pescoço esteja vermelho. — Agora vamos jogar.

Gareth consegue vencer uma vez, mas só porque a Glyndon literalmente vasculhou as minhas calças à procura das cartas roubadas.

Dizer que ela está se tornando ousada é um eufemismo. E com certeza não é porque estou pegando leve com ela.

Ela está se transformando cada vez mais em si mesma e nessa força destruidora que vem em minha direção.

Quando estamos nos preparando para aterrissar, ela consegue vencer, esfrega isso na nossa cara e se vangloria pelo que parece que será até o fim da nossa vida.

— É muito bom ganhar.

Ela coloca o cinto de segurança ao ouvir o aviso do comissário de bordo. Eu o aperto ainda mais ao redor de sua cintura.

— Na verdade, você foi a que menos ganhou entre nós três, e só conseguiu porque roubou mais cartas.

— Desculpe, você falou alguma coisa? Não consigo te ouvir por causa dos fogos de artifício da vitória que estão na minha cabeça.

Dou uma risadinha, balançando a cabeça.

— Pare de ser adorável antes que eu transe com você aqui e agora.

— Não faça isso — ela sussurra. — Aff. Não consigo parar de pensar que muitos acidentes de avião aconteceram na aterrissagem.

— Então acho melhor você segurar minha mão, não é? — Ofereço-lhe a palma da mão, e ela a segura, passando os dedos pelos meus e colocando nossas mãos no colo.

Satisfação plena enche meu corpo perante a ideia de ser sua âncora.

Não é um príncipe encantado, um cara entediante, nem qualquer outro homem.

Sou eu.

Minha euforia se esvai aos poucos ao me lembrar do nosso destino.

A merda da minha casa.

É estranho como a mente categoriza os eventos e os arquiva em pequenas caixas. Alguns são esquecidos depois de um dia ou de uma semana.

Outros ficam lá para sempre. Na verdade, entram no subconsciente e garantem que nunca serão esquecidos.

A casa da minha família, nos arredores da cidade de Nova York, é uma mansão moderna que poderia representar a casa dos sonhos da maioria dos americanos. Ela tem até mesmo a clichê cerca branca com a qual minha mãe provavelmente sonhava quando era mais nova.

Ela é enorme, personalizada nos mínimos detalhes e feita para ser a casa de Asher e Reina Carson. Ou seja, o rei e a rainha americanos, que se tornam o assunto de todos os meios de comunicação sempre que aparecem em público.

Nesta casa, tive tudo que as pessoas considerariam lembranças felizes: uma mãe amorosa, um pai presente, até mais do que o necessário, festas de aniversário, brincadeiras idiotas com o Gareth, o Nikolai, a Mia e a Maya.

E meu despertar ao caçar e matar aqueles camundongos.

As pessoas tendem a romantizar o passado, mas eu, não. Porque essas lembranças... não passam de páginas amareladas em um livro antigo e esquecido.

A única coisa de que me lembro desta casa é a expressão aterrorizada da minha mãe, a carranca do meu pai e, por fim, suas declarações de que "não deveríamos ter tido o Killian" e de que eu sou "um filho com problemas".

Ir para a faculdade foi a melhor coisa que já me aconteceu. Eu precisava ficar fora da órbita do meu pai, longe da constante bomba-relógio que explode em minha cabeça sempre que ele está por perto.

Portanto o último lugar em que quero estar é na casa dele.

Mas já que preciso provar algumas coisas para aquela merdinha irritante da Glyndon, aqui vamos nós.

Ela permanece um passo atrás de mim e de Gareth, distraindo-se ao observar a casa com olhos curiosos.

E, sim, ela nos fez parar primeiro em uma loja para que pudesse comprar um vestido floral, arrumar o cabelo e a maquiagem e comprar um presente.

— Meus pais me ensinaram a nunca entrar na casa de alguém de mãos vazias — disse ela, quando falei que o presente era desnecessário.

Um leve *toc, toc* chega primeiro aos nossos ouvidos, antes que uma mulher de estilo modelo, com os cabelos loiros mais brilhantes de todos, apareça descendo as escadas.

O sorriso da minha mãe é a coisa mais contagiante que já vi. Normalmente, as emoções das outras pessoas não me interessam. Sim, consigo discerni-las, posso até entendê-las quando nem seus donos conseguem, mas não dou a mínima para elas.

Reina Ellis Carson é uma exceção.

E agora Glyndon também.

Minha mãe envolve a mim e Gareth em um abraço, com a cabeça apoiada em nossos ombros. Ela é mais baixa do que nós, então temos que nos abaixar para dar um tapinha em suas costas. Assim ela não precisa se esforçar, ou pior, ficar pendurada entre nós.

Sério, ela fez isso uma vez.

— Senti tantas saudades! — Ela se afasta para passar as mãos na gente. — Deixa eu ver vocês. Ficaram mais altos ou é impressão minha? Não dá para acreditar.

Da próxima vez, vou pegar uma escada para alcançá-los. Ah, meus meninos estão em casa juntos. Não pude acreditar quando o Gareth me contou mais cedo.

Ela nos abraça mais uma vez, e observo o meu irmão.

Lá vamos nós de novo.

Depois de basicamente nos estrangular por cinco minutos, ela enfim percebe Glyndon, que se esforçou ao máximo para ficar em segundo plano durante a cerimônia de boas-vindas da minha mãe.

Eu não achava que fosse possível, mas a expressão da minha mãe se ilumina ainda mais.

— E você é?

— Olá. Sou a Glyndon. — Glyn lhe oferece um presente embrulhado. — Obrigada por me receber.

— Ah, obrigada. Você é muito gentil e educada. — Minha mãe aceita o presente. — Você veio com...

— Comigo. — Passo um braço por sua cintura e a puxo para perto de mim. — É a minha garota.

— A que deixou seus lábios machucados daquela vez?

— A própria.

Não tinha sido em uma pegação. Fiquei daquele jeito por entrar em uma briga por causa dela, então está valendo.

— O quê?! — Glyndon pergunta com constrangimento suficiente para enrubescer o pescoço.

— Não é nada. — Minha mãe finge inocência. — Estou tão feliz que o Killian enfim trouxe alguém para casa. Achei que ele fosse morrer sozinho. Não me leve a mal, sei que ele se envolve com várias pessoas, mas nunca com apenas uma, e eu temia que isso acabasse se voltando contra ele.

— Mãe! — Ergo a mão em um gesto inquisidor.

— O quê? Você sabe que é alérgico à monogamia. Ou *era* antes de conhecer essa bela jovem. — Sua expressão fica séria. — Se ele te causar problemas, me avise e usarei meus privilégios de mãe para colocar um pouco de juízo na cabeça dele.

— Obrigada, vou me lembrar disso.

— Então vão se unir contra mim agora? Traidoras, as duas.

Minha mãe apenas joga o cabelo para trás.

— Nós, mulheres, precisamos defender umas às outras, certo, Glyn? Posso te chamar de Glyn?

— Sim, claro. E concordo que precisamos defender umas às outras.

— Pai.

Meu bom humor se dissipa aos poucos quando vejo Gareth ir até a escada e cumprimentar meu pai com um abraço jovial.

De vez em quando, gosto de pensar que ele é meu padrasto. O homem que se casou com a minha mãe e gerou o Gareth, mas que não dá a mínima para o filho de outro homem, eu.

É evidente que se trata apenas de minha imaginação, porque fiz um teste de DNA para ter certeza de que somos, de fato, parentes de sangue. Infelizmente, minha mãe o ama demais para traí-lo.

Ele usa um terno cinza-escuro que destaca seu condicionamento físico, mesmo já estando mais velho. E sim, é capaz que estivesse trabalhando em mais um sábado, apesar de normalmente achar que os fins de semana são um momento sagrado para a família.

Seu cabelo escuro está penteado, com alguns fios brancos aparecendo nas laterais. Fora isso, está envelhecendo bem. Melhor do que o meu avô, com certeza.

Depois de abraçar o filho favorito, ele me cumprimenta com um aceno de cabeça.

— Kill.

Aceno de volta.

— Pai.

— A que devemos a visita? — ele pergunta com pouca emoção.

Pergunto-me se serei como ele quando crescer, tão vazio e frio a ponto de congelar o ambiente.

Ou talvez eu já esteja fazendo isso muito bem na minha idade atual.

— Você não me disse para aparecer na próxima vez que o Gareth viesse? — Meu tom de voz se iguala ao seu. — Apareci.

— Comporte-se — ele adverte, com a voz inabalável.

É nesse ponto que ele é diferente do Gareth. Meu irmão evita ou ignora as minhas provocações, mas meu pai não permite nenhuma delas.

Nem mesmo um indício de agressividade passiva.

Minha mãe sorri em uma tentativa falha de dissipar a tensão que permeia o ar.

— Ash, veja quem o Kill trouxe. A namorada.

— Oi, sou a Glyndon — ela diz, mais constrangida do que quando se apresentou à minha mãe. E talvez, apenas talvez, ela consiga sentir a tensão que irradia de mim.

— Você me parece familiar... Você não seria uma King, seria?

— Eu sou. — Ela abre um pequeno sorriso, e um pouco da tensão se dissipa.

— Meu pai é Levi King.

— Qual é a sua relação com Aiden?

— Ele é meu tio. Bom, tecnicamente, é primo do meu pai, mas sempre o consideramos como um tio.

— Entendo. — Ele permanece em silêncio por um tempo. — Você parece ser uma boa pessoa, então não entendo por que está com o meu filho. A menos que ele tenha te ameaçado?

— Asher! — As bochechas da minha mãe ficam vermelhas e qualquer tentativa de salvar esta reunião de família voa pela janela.

— Você sabe que ele é muito bem capaz de fazer isso. Não vou deixar que uma garota inocente de uma família de prestígio caia em sua armadilha e não fazer nada a respeito.

Gareth franze a testa, talvez odiando o fato de eu ter vindo com ele. Até porque não seria por causa do que seu ídolo havia acabado de falar.

Dou um passo à frente, pronto para o confronto que meu pai e eu deveríamos ter tido há muito tempo. Nem penso em como minha mãe ficará arrasada. Eu a consolarei mais tarde.

Mas Glyndon segura minha mão e entrelaça nossos dedos. Sua voz soa clara quando ela fala.

— Killian não me ameaçou. Quero ficar com ele e tive a chance de deixá-lo quando meu irmão interveio, mas não quis.

Meu peito se aperta, e não sei que tipo de sentimento é este. Tudo o que sei é que quero muito beijá-la.

— Tem certeza de que foi a escolha mais sensata? — meu pai continua, como se estivesse interrogando a testemunha da outra parte no tribunal.

— Asher, chega. — Mamãe usa sua voz severa. — É muito raro termos o Kill em casa, e não vamos transformar isso em uma discussão.

Ela sorri para a Glyndon.

— Vocês devem estar cansados e com fome. Que tal descansarem enquanto faço o almoço?

— Não, por favor, deixe-me ajudar. — Glyndon me lança um olhar tranquilizador. Em seguida, seus dedos soltam os meus e ela sai com a minha mãe.

— Conversaremos mais tarde — meu pai diz em voz baixa, antes de segui-las com o Gareth.

Eu já havia previsto isso, mas agora tenho certeza:

odeio voltar para casa.

CAPÍTULO 32
GLYNDON

Dizer que o clima está desconfortável durante o almoço e o jantar seria um eufemismo.

Sempre me perguntei que tipo de pais alguém como o Killian teria. Eu achava que talvez um deles fosse igual ao filho, porque li em algum lugar que a psicopatia é genética e, portanto, pode ser hereditária.

Mas eu não chamaria seus pais de psicopatas. Na verdade, Reina, que insistiu para que eu a chamasse assim, tem sido adorável. Ela me lembra a tia Silver, a mãe da Ava. Ela tem uma energia extrovertida elegante e um talento natural para fazer com que todos ao seu redor se sintam à vontade.

É possível ver em seus olhos o cuidado e a adoração absoluta que tem pelo marido e pelos filhos.

O sr. Carson é um pouco reservado, mas não de uma forma fria. Acho que ele é mais parecido com o Gareth, e é preciso muita interação para que ele se aqueça e permita que você se aproxime.

Durante o jantar, Reina pergunta sobre a faculdade e fica impressionada quando digo que estou estudando arte. Em seguida, conta que uma vez leiloou uma das pinturas da minha mãe para uma instituição de caridade.

Claro.

Killian intervém rapidamente, como se soubesse que estou ficando desconfortável, e lhe mostra meu Instagram com algumas das pinturas que publiquei.

Sinto vontade de me esconder debaixo da mesa.

— Que… diferente. — Ela passa o dedo na borda de sua taça de vinho enquanto examina cada postagem. — De uma forma única. Você e sua mãe não têm o mesmo estilo, o que é revigorante.

Engulo um pedaço de almôndega.

— Sério?

— Sim, qualquer pessoa que entenda um pouco de arte consegue ver isso. Embora eu não seja nada mais do que uma amadora que compra coisas bonitas. — Ela ri.

— Não, você está certa. — Solto um suspiro. — Minha mãe falou a mesma coisa quando eu tinha uns nove anos, mas não dei ouvidos.

E eu continuava guardando um rancor secreto porque achava que ela não tinha me passado os genes certos.

Você é diferente dos seus irmãos, Glyn. O Bran é o dia, o Lan é a noite. Você é mais especial porque é uma mistura de ambos.

Essas foram as palavras dela, e, com teimosia, as ignorei.

Preciso falar com a minha mãe mais tarde. Já passou da hora.

— Fico feliz que tenha acabado reconhecendo isso — diz ela. — Não é como esses dois. Ambos nunca me ouvem. Eu deveria ter tido filhas.

— Você nunca vai deixar para lá o fato de nenhum de nós ser uma menina, não é? — pergunta Gareth.

— Bom, não. A Rai tem as gêmeas mais perfeitas, e eu não tenho.

— Você tem razão, mãe. O Kill deveria ter sido uma menina.

— Por que não você, querido irmão?

— Porque você ficava muito fofo naquele vestidinho quando era bebê.

— Mãe! — Killian bate os talheres na mesa. — Combinamos de nunca falar sobre isso.

— Falar sobre o quê? — pergunto, me coçando de curiosidade.

— Bem, veja só... — Gareth começa.

— Não se atreva — adverte Killian.

— Deixe para lá, Gaz — avisa o sr. Carson.

— Ah, ela pode saber — diz Reina. — Afinal de contas, é a única que o Kill trouxe para casa. Então, Glyn, não é segredo que eu queria uma menina com todas as minhas forças, então, quando descobri que estava grávida, comprei todos os tipos de roupas de menina e vestidos bonitos de recém-nascido. Não quis descobrir o sexo porque tinha certeza de que seria menina. E, claro, o Killian nasceu. Eu só tinha levado roupas de menina para a maternidade, então tive que vesti-lo com uma delas. Juro que foi só essa vez. Eu precisava comemorar o momento e enterrar meu sonho de ser "mãe de menina". Mas o Gareth encontrou a foto depois e não parava de falar disso. Sério, deixe meu bebê em paz.

— Bebê? Por favor, me diga que é brincadeira. — Um raro tom de diversão colore as palavras de Gareth. — Você devia ter visto a foto antes de ele queimar, Glyn. O Kill estava uma linda princesa.

Mal consigo segurar o riso e meus ombros sacodem ao pensar em Killian usando vestido.

Ele, no entanto, parece muito descontente com a conversa, pois encara o irmão e a mãe com raiva enquanto bate com o dedo na mesa.

— Isso te causa satisfação? — ele pergunta ao irmão.

Gareth levanta uma sobrancelha.

— *Muita*.

O jantar continua de maneira leve, divertida, mas com pequenas tensões sempre que Killian e o pai trocam algumas palavras.

Gosto de vê-lo com a família. Olhando de fora, ele não parece alguém diferente, e acho que essa é a coisa mais assustadora em Killian.

Talvez seja a mais triste também. Porque todas as suas ações e palavras foram aprendidas e aperfeiçoadas para manter a mãe feliz.

Será que serei como ela no futuro? Completamente alheia aos sinais e sem perceber que nenhuma das ações ou palavras do Killian vem de dentro dele?

Serei feliz apenas tendo-o por perto?

Depois do jantar, assistimos a um filme em família, e Reina continua nos trazendo vários tipos de petiscos.

Ela acaba adormecendo antes do fim, e o sr. Carson a carrega nos braços sem nos dirigir uma palavra.

Assim que os dois desaparecem escada acima, Killian pega minha mão.

— Vamos.

— Mas o filme ainda não acabou.

— Foda-se o filme. Você pode assistir depois.

— Killian! — sussurro seriamente. — Estamos na casa de seus pais.

— E daí? Eles transam o tempo todo. Provavelmente estão fazendo isso enquanto discutimos.

Gareth joga um travesseiro na cara dele.

— Obrigado por colocar essa imagem na minha cabeça, filho da puta.

Killian o arremessa de volta. Com mais força.

— Como você acha que veio à vida, raio de sol? Pela mamãe cagando um arco-íris? — Ele puxa minha mão. — Estamos indo. Agora.

Lanço um olhar de desculpas a Gareth e deixo que Killian me leve até a escada.

— A gente poderia ter ficado um pouco mais e terminado o filme como pessoas normais, antes de você começar a pensar com o pau, sabe? — falo quando chegamos ao que suponho ser seu quarto.

Parece uma cópia do que fica na mansão dos Hereges, mas há um espelho de corpo inteiro na parede oposta com alguns prêmios de futebol americano de cada lado.

Não consigo conter a curiosidade por ver esse lado do Killian. É estranho o quanto gosto de descobrir esses seus detalhes.

Uma vez ele me contou que o futebol *americano* o ajudou a controlar os impulsos, mas não disse mais nada.

Ele nunca se preocupa de verdade com nada.

Até mesmo a medicina parece ser apenas mais um degrau, mas pelo menos é algo de que ele realmente gosta.

Killian fecha a porta com um chute.

— É bom saber que seu sarcasmo consegue aumentar ainda mais. Além disso, e a baboseira de "pessoas normais"? Se você fosse normal, não se excitaria sendo maltratada como uma vagabundinha safada.

Minhas bochechas esquentam. Solto um dos prêmios e o encaro.

— Killian!

— O quê?

— Dá para não fazer isso?

— Isso o quê?

— Ficar me chamando de vagabunda fora do sexo, seu idiota pervertido.

— Vamos tirar a sua roupa e aí penso no assunto.

— Quero desenhar uma coisa primeiro.

— Desenhe depois.

— Não, preciso desenhar agora, antes que ela me escape. Vou fazer um esboço rápido e depois desenho direito.

— *Ela* o quê?

— É só uma sensação, então não consigo saber com certeza até colocar no papel. — Sorrio. — Sou estranha e diferente assim mesmo.

— É possível que seja um nu artístico?

— Normalmente, não desenho isso.

— Normalmente?

— Às vezes, faço uns na aula.

— Preciso ter uma conversa com a sua faculdade para que te proíbam de desenhar pessoas nuas.

— Pare com isso, seu tirano. — Não consigo evitar uma risada. — Você não me vê reclamando de você tocar nos pacientes e vê-los nus.

— É diferente. Eles são pacientes.

— E isso é arte.

— Ainda não me agrada.

— Você vai se acostumar.

— Então comece a me convencer.

— Como assim?

— Você não disse que queria desenhar? — Ele tira uma resma de papel branco da gaveta, pega uma lapiseira e joga no tapete em frente a um enorme espelho. — Desenhe.

Sento-me de pernas cruzadas no chão e estreito os olhos para ele.

— Quer dizer que você vai esperar até eu terminar?

— Você sabe que eu não sou paciente. Pelo menos não quando se trata de você. — Ele se ajoelha atrás de mim e me encara através do espelho. Seu olhar está sombrio e severo, como a pior tempestade da temporada de furacões. Seu dedo segura a alça do meu vestido e a desliza pelo meu braço. — Que tal nós dois fazermos o que queremos?

— Não vou desenhar com você me tocando. — Minha voz fica mais baixa, com certeza misturada com excitação.

— Não foi um pedido, Glyndon. Ou fazemos enquanto você está desenhando ou sem desenhar. De um jeito ou de outro funciona para mim.

— Seu maldito ditador. — Eu o encaro pelo espelho. — Vou fingir que você não está aí.

Uma risada baixa enche o quarto.

— Ah, com certeza. Vou adorar te ver tentando.

Aliso uma folha e deixo a lapiseira deslizar sobre a página em traços contínuos e condensados, tentando ignorá-lo mesmo.

Em minha visão periférica, vejo Killian me lançando um sorriso de lado no espelho, enquanto tira a camisa e a joga para o lado. Em seguida, vai a calça e a cueca.

Minha mão vacila sobre o papel, e seu sorriso de lado se amplia. Ele está completamente visível no reflexo ao meu lado.

— Gosta do que está vendo, baby?

Esse idiota sabe que é bonito e não hesita em usar isso como uma arma.

Mas me recuso a olhá-lo ou admirá-lo neste momento. Pela primeira vez, ele não terá o que quer.

Killian leva a mão ao meu cabelo e acho que ele vai me puxar, porque não gosta de ser ignorado, mas apenas o acaricia.

— Sabia que, na primeira vez que te vi, eu queria agarrá-la pelos cabelos enquanto você se engasgava com o meu pau?

Aperto os lábios e continuo desenhando, sem nem mesmo saber onde quero chegar.

Ele se ajoelha atrás de mim e desliza uma mão até meu pescoço.

— Eu também queria sentir sua pulsação delicada sob os meus dedos, sabendo que tenho o poder de enfraquecê-la e, por fim, interrompê-la... como agora.

Meu coração erra uma batida antes de acelerar ao sentir Killian apertar os dedos. Olho em seus olhos pelo espelho, os meus estão arregalados, e os dele, escuros.

— Ah, veja só. Enfim tenho sua atenção. — Ele afrouxa o aperto para me deixar respirar, enquanto a outra mão desce mais uma alça do vestido sobre o meu ombro. — Também pensei em rasgar suas roupas e te tomar para mim ali mesmo.

Ele agarra um punhado do meu vestido por trás e puxa com uma força selvagem, rasgando-o. Depois, deixa os pedaços caírem ao nosso redor.

— Assim.

— K-Killian...

— Shh, se concentre no desenho.

Meus dedos se contraem e deixo o lápis sangrar no papel em uma sinfonia caótica que combina com o meu interior.

Ele aproveita a oportunidade para abrir meu sutiã, deixando meus seios doloridos se libertarem.

Eu me preparo para o beliscão em meu mamilo que já está sensível, mas ele segura meus seios com gentileza, provocando um estremecimento de tesão que vem do fundo da minha alma.

— Não toquei nos seus peitos naquele dia, lembra? Mas esses mamilos estavam duros, aparecendo por baixo da camiseta, implorando para serem comidos sem dó, assim como a sua boca.

Balanço a cabeça, mas ele aperta meu mamilo e ofego, sentindo a pontada de prazer chegar dentro de mim.

— Mentira. — Ele belisca de novo e de novo, até eu estar quase me dobrando ao meio. Lágrimas se acumulam em meus olhos. — Olhe você, gemendo e chorando ao mesmo tempo. Escolha uma das duas coisas, minha putinha.

— Vá se foder.

Sua ereção apunhala minha bunda por fora da calcinha. Ele geme.

— Vamos chegar nesse ponto daqui a pouco. Mas precisamos resolver uma coisa primeiro.

Ele continua a beliscar meus mamilos de modo ritmado, alternando entre os dois, até eu sentir que a minha visão está embaçada, e eu pronta para implorar que ele pare.

Por alguma razão, não imploro.

Por alguma razão, essa parte cruel dele atende a todos os meus bizarros requisitos.

— Agora, minha coelhinha, você pode até agir como se odiasse aquela noite e a mim, mas é um fato você ter se excitado por não ter tido poder de escolha. Vi isso em seus olhos brilhantes e em seus membros trêmulos. Vi em seus mamilos duros e suas bochechas rosadas. Aposto que você mesma não entendeu, mas, para a sua sorte, eu, sim.

— Não é verdade — engasgo com as palavras. Minha voz tem tanta luxúria que chega a ser vergonhoso.

— Mais mentiras. — Ele solta meu mamilo e desliza uma mão até minha a calcinha, gemendo. — Aposto que estava tão molhada quanto está agora. Ficou desapontada por eu não ter tirado sua virgindade como um homem das cavernas, não foi? Aposto que também pensou nisso a noite toda.

Antes que eu consiga entender suas palavras, ele me levanta pelo pescoço, me deixando de joelhos, enquanto ainda está atrás de mim.

— Não pare de desenhar.

— Killian...

— Desenhe. — Seu comando me faz tremer, mas deixo minha mão agir, embora não consiga desviar o olhar do espelho.

Ele tira a minha calcinha para que ambos fiquemos nus. Depois, coloca a mão na minha virilha.

— Aposto que essa bocetinha se sentiu excluída quando eu estava metendo meu pau na sua boca. Temos que recompensá-la, não acha? Abra as pernas o máximo que puder.

É difícil fazer isso nessa posição, mas tento. Ele desliza o pênis por cima da minha boceta. Mordo o lábio inferior, me preparando para a penetração, mas ele apenas desliza o pau por meus grandes lábios.

Uma vez.

Duas vezes.

Três vezes.

Estou prestes a gozar só com a fricção, mas não é o suficiente. Percebi que, embora adore acordar com os lábios dele em minha boceta, e como ele sempre me masturba até gozar durante as viagens de carro, adoro dez vezes mais quando seu pau está me destruindo por dentro.

Nunca vou admitir isso, mas também adoro dormir e acordar com seu pau dentro de mim.

Em geral, ele chega rapidamente a essa parte, mas não hoje, é óbvio. Ele continua esfregando o pau nos meus lábios, no meu clitóris, na minha entrada, mas não o introduz.

— Killian, por favor...

— Por favor, o quê?

— Enfie...

— Olhe só, você sendo adorável e implorando por mim. Não era para você estar desenhando?

— Enfie — exijo dessa vez, mexendo o quadril para que eu possa encontrar a cabeça.

— Vamos brincar primeiro.

— Isso não é momento para jogos.

— Claro que é. Então, minha coelhinha, quero que admita uma dessas duas coisas. A primeira é a afirmação óbvia de que você é minha. A segunda é que me desejou naquela primeira vez.

Eu o encaro pelo espelho.

— Não.

Um tapa.

Ofego ao sentir a fisgada na minha virilha, que se espalha por todo o meu corpo.

Puta merda. Esse desgraçado acabou de dar um tapa na minha boceta?

Ele deu, e a fisgada doeu de uma maneira tão gostosa que acho que gozei um pouquinho. Qual é o meu problema?

— Vamos tentar de novo. Diga uma das duas.

— Eu não te queria. Está louco? — rosno.

— Então diga que você é minha.

— Não.

Tapa. Tapa. Tapa.

Um soluço entrecortado misturado a um gemido ecoa no ar. Percebo que saiu de mim, enquanto o orgasmo ameaça me manter refém.

— Você está escorrendo na minha mão e no tapete, baby. Talvez fosse melhor mudar o método de castigo, já que está gostando tanto. Agora fale uma das coisas.

Respiro ofegante e encontro seu olhar pelo espelho, depois abaixo lentamente a cabeça e balanço.

Dessa vez, os tapas duram tanto tempo que acho que vou desmaiar com a mistura de prazer e dor.

— Diga logo essa porra, Glyndon.

— Eu queria você — grito. — Não entendo por que, mas eu queria você, seu babaca maldito.

— Pronto. — Sua voz fica mais sombria e ele se enfia dentro de mim, lenta, mas profundamente. Isso é bastante para me levar ao limite.

Meus suspiros e gemidos se misturam em uma sinfonia de prazer, que não chega nem perto de sua violência caótica.

Ele vai acabar me matando.

Literalmente e figurativamente.

— Não pare de desenhar, minha coelhinha. Me mostre o que essas mãos conseguem fazer enquanto você engole meu pau.

Desenho sem parar, no mesmo ritmo em que ele está me fodendo. Profunda e brutalmente, e tão fora de controle que mal consigo respirar.

Nunca imaginei que o sexo pudesse ser tão animalesco, tão desequilibrado.

Ele faz qualquer outro tipo de sexo perder a graça.

Acho que nunca mais conseguirei sentir prazer se não for asfixiada, jogada no chão e tomada por completo, sem poder dizer nada.

Acho que nunca vou gostar de fazer isso com ninguém além do Killian.

Porque, por mais que eu odeie admitir, confio nele. Ele gosta de me machucar, mas não quer me quebrar.

Ele sempre disse que queria lutar, me dominar, me segurar e fazer o que quisesse comigo, mas também se satisfaz quando estou sentindo prazer.

Estou prestes a ter outro orgasmo, sinto. Consigo sentir seu gosto no ar a cada inspiração e expiração ofegante. Meu corpo está sintonizado ao dele, com a forma como ele abre mais as minhas pernas e desliza minha lubrificação até meu ânus.

— O que posso fazer, baby? Acho que é a sua bunda que está se sentindo excluída agora. Não podemos deixá-la fora da diversão, não é?

Um som de prazer é tudo o que consigo emitir, porque estou prestes a explodir de novo. E, bem quando estou à beira de gozar, ele tira o pau.

Meu gemido de frustração ecoa no ar, e o babaca tem a audácia de dar uma risadinha.

— Não seja uma coelhinha gananciosa. Temos que dar um pouco de amor à sua bunda também.

Ele me coloca de quatro, mas ainda estou segurando o lápis sobre o papel. Meu interior se contrai quando ele abre minhas nádegas e desliza dois dedos para dentro. Mordo meu lábio, já acostumada com esse tipo de estímulo sempre que ele está me penetrando. Mas agora acrescenta um terceiro dedo e abre mais meu ânus, fazendo a sobrecarga de sensações me despedaçar.

Sua outra mão leva mais lubrificação até o meu cu, repetindo o movimento até eu começar a me contorcer e balançar o quadril. Quando penso que vou gozar por causa da maneira como ele me abre, seus dedos desaparecem.

— Talvez isso doa.

Seu pau desliza entre as minhas nádegas e entra de uma só vez.

Jogo-me para a frente com um gemido, e lágrimas pingam sobre o desenho.

Percebo que são lágrimas de alívio. Sem dúvidas estou corrompida, porque fico feliz por ele não ter pegado leve.

E agora estou chorando mesmo, por causa da dor e da sensação de estar tão à sua mercê que não consigo encontrar uma maneira de sair desse relacionamento.

Nem mesmo quero uma saída. Acho que nunca quis.

— Shh, relaxe. Não me empurre para fora. — Ele rebola e faz movimentos leves que trazem de volta a minha excitação anterior. Também mexo o quadril, arqueando as costas. — Assim. Essa é a minha garota.

Ele encontra o ritmo e enfia em mim com uma urgência que chega até meus ossos. Cada centímetro do meu corpo está sintonizado a ele, a seu poder, a sua força bruta.

E percebo que não tenho como escapar.

O pior é que acho que não quero escapar.

Talvez, no fundo, nunca quis.

— Seu cu é tão gostoso quanto a sua boceta, baby. Consegue sentir como você está engolindo meu pau? — Ele desliza um pouco para fora e depois volta com força. — Você pertence a mim. — *Enfia com força.* — Esse cu é meu. — Ele enfia três dedos em minha boceta. — Essa boceta também é minha. — Ele agarra meu maxilar e coloca o indicador e o dedo médio entre os meus lábios. — Esta boca foi a primeira a se tornar minha. — Ele levanta meu queixo com os dedos restantes para que eu olhe para o espelho. Em seguida, me puxa, fazendo minhas costas baterem em seu peito. Seus dentes mordem o lóbulo da minha orelha antes de ele murmurar palavras sombrias. — Da próxima vez que disser que o que estou te dando não é suficiente, quero que se lembre dessa imagem. Quero que se lembre de como cada parte de você é *minha*.

Estou destruída.

Não vou durar.

Não consigo.

Ele me preenche de uma forma como nunca senti antes, e não é apenas fisicamente. Estou destruída em todos os sentidos.

E estou livre.

Olho para ele no espelho enquanto o orgasmo me invade.

É mais do que um orgasmo. É uma força destruidora que me explode em pequenos pedaços.

— Linda pra caralho. — Ele grunhe e me joga para baixo de novo, encostando meu rosto no chão. Depois, me agarra pelos cabelos. — Agora você vai ser boazinha para que eu possa te encher com a minha porra, baby.

Em seguida, ele me fode sem parar até eu não aguentar mais, até meus suspiros se tornarem inaudíveis e meus gemidos se transformarem em resmungos baixos.

É nesse momento que ele goza na minha bunda, depois espalha sua porra pelas minhas coxas, costas e onde mais consegue alcançar.

Percebo que ele está me marcando. Cada parte de mim.

— Eu sabia que você faria uma obra-prima, coelhinha.

Olho para onde ele está apontando, apesar da minha visão embaçada, e meus olhos se arregalam quando vejo o que desenhei.

Através das linhas caóticas e das sombras profundas, o desenho é claro.

Somos nós. Nus, unidos e completamente aterrorizantes.

E... não me parece errado.

— Sim. — Sorrio entorpecida. — Obra-prima.

Estou prestes a cair, mas ele me pega e me carrega em seus braços. Seus lábios tocam a minha testa, e apago.

Uma única lágrima escorre pelo meu rosto, porque sei que esse tipo de conexão obsessiva e intensa é a única coisa que ele tem a oferecer.

Ele vai me foder, me pegar antes que eu caia e beijar a minha testa, mas nunca vai me amar.

E eu sempre vou querer que ele me ame.

CAPÍTULO 33
ASTRID

Um sonho sinistro me arranca de um sono profundo.

Acordo ensopada de suor e me encontro envolta por um corpo enorme.

Meus batimentos cardíacos voltam aos poucos ao normal enquanto olho para o rosto adormecido do meu marido e sinto seu cheiro.

De forma subconsciente, estendo a mão e retiro alguns fios de cabelo soltos de sua testa. É uma pena que nenhum dos nossos filhos tenha esse tom de loiro brilhante, exceto pelas luzes naturais da Glyn.

O terror diminui lentamente à medida que o toco e me conforto em sua presença.

Estou com esse homem há trinta anos, e ele ainda causa uma vibração em meu peito e um frio em minha barriga.

Quando penso no momento em que o conheci — ou, mais precisamente, na primeira vez que chamei sua atenção —, em uma festa na qual eu nem queria estar, sinto que isso foi ontem.

Aquele dia terminou com meu trágico acidente, mas também foi o nosso início, e eu não mudaria nada. Percorremos um longo caminho desde quando éramos adolescentes. Sim, nem sempre foi fácil, ainda mais com as crianças, mas, desde que ele esteja ao meu lado, posso lidar com qualquer coisa.

A começar pelo pesadelo que está se repetindo de maneira tão vívida na minha cabeça.

Meus bebês estavam presos em uma água lamacenta, e mãos pretas os puxavam de todos os lados conforme uma fumaça penetrava seus orifícios.

— Você só pode salvar um — alguém disse em uma voz distorcida, e eu gritei.

E foi quando acordei.

Lentamente, tiro o braço de Levi da minha cintura, pego o celular e saio em silêncio do quarto.

São quase seis horas da manhã, então mando mensagem para os matutinos, Lan e Bran, primeiro. Depois para a Glyn, embora vá demorar horas até ela acordar e me responder. E faço isso separadamente.

Temos um grupo da família, mas aprendi logo um truque. Meus filhos ficam mais propensos a falar comigo se for em particular. Eles têm essas guerras internas e não querem que os irmãos saibam de seus segredinhos.

Em especial, o Bran e a Glyn. Ambos se sentem mais à vontade para conversar sozinhos comigo e com o pai.

Astrid: Bom dia, meu amor. Está tudo bem?

A primeira resposta é imediata.

Brandon: Bom dia, mãe. Está tudo ótimo. Estou me preparando para correr.
Astrid: Está tudo bem mesmo? Você já sabe que pode falar comigo sobre qualquer coisa que te incomode ou que incomode seus irmãos. Estou aqui para te ouvir.

Os pontos aparecem e desaparecem várias vezes, enquanto ando de um lado para o outro no corredor.

Bran sempre foi o mais complicado, o mais silencioso e o mais propenso à autodestruição. O motivo pelo qual sempre pergunto como ele está não é porque eu o ame mais, como alguém de fora poderia presumir.

É porque já faz um tempo que ele não conversa comigo, conversa *de verdade*, e sinto como se ele fosse escorregar como areia entre os meus dedos assim que eu me distrair.

Brandon: Não seja dramática, mãe. Está tudo bem. Tenho que ir.

Meu peito se esvazia com um suspiro de decepção, mas lhe envio emojis de coração.

Astrid: Se cuida, tá bom? Eu amo você.

Brandon: Também te amo, mãe.

Ainda estou deixando um *like* em sua mensagem quando outra aparece nas minhas notificações.

Landon: Estou bem como o diabo e tão belo quanto ele. Bom dia, mãe.

Sorrio, balançando a cabeça. Meu primogênito não muda nunca.

Astrid: Bom dia, malandro. Sério, de onde você tira toda essa arrogância?
Landon: Oi? Já viu seu marido? Tenho certeza de que ele me passou os genes. Com uma menção honrosa ao tio Aiden.
Astrid: Ele é seu pai. Pare de chamá-lo de meu marido. Agora, me diz, está tudo bem com os seus irmãos?
Landon: Você é mais óbvia do que um agente novato do MI6. Não consegue descobrir as informações que a Glyn envia para o vovô todos os dias? E sim, sei que ela faz isso. Aquela bostinha não sabe nem espionar direito.
Astrid: LANDON! VOCÊ ACABOU DE CHAMAR SUA IRMÃ DE BOSTINHA?
Landon: Ela é uma bostinha. E as letras maiúsculas logo de manhã machucam meus olhos. Na verdade, consigo ouvir você gritando no meu ouvido. Fale mais baixo, mãe.
Astrid: Vou puxar sua orelha da próxima vez que o vir.
Landon: Vish. Não vou te visitar tão cedo.
Landon: E, para responder à sua pergunta, o Bran tem agido de forma estranha, como se estivesse escondendo algo. Eu te falo quando tiver mais informações. Quanto à irmãzinha dele, motivo de orgulho e alegria...

Ele envia uma foto em que Glyn está sentada no colo de um rapaz em um restaurante, com a cabeça jogada para trás, rindo.

Minha boca se abre.

É a primeira vez que a vejo rir tão livremente desde a pré-adolescência. Desde que começou a se distanciar de nós e tive que levá-la para a terapia.

Os olhos dela brilham, me lembrando de uma versão mais jovem de mim, de quando conheci Levi.

Astrid: Ela parece tão feliz.
Landon: Se eu fosse você, não começaria a pensar em casamento. Esse é o Killian Carson e ele é problemático pra caralho. Teve vários casos de violência no ensino médio, sem contar as atividades duvidosas das quais participa no momento.
Astrid: Olha a boca.
Landon: É sério que é com isso que se preocupou? Controle sua filha e faça com que ela pare de sair com ele. Ela não quis me ouvir.
Astrid: Ela já tem idade suficiente para tomar as próprias decisões. Ninguém vai controlá-la. Está me ouvindo?
Landon: Não é possível que você vai ficar do lado dela nisso.
Astrid: É a primeira vez que a vejo tão feliz em anos, Lan, e não permitirei que ninguém, nem você, estrague essa felicidade. Agora, me prometa que vai deixá-la em paz.
Landon: Aposto que o papai não vai ficar tão entusiasmado quanto você quando receber essa foto. O vovô também.
Astrid: Lidarei com eles quando a Glyn estiver pronta para apresentá-lo a nós. Agora, prometa.
Landon: Tudo bem, prometo. Mas não me culpe quando essa felicidade se transformar em lágrimas, mãe.

Penso cuidadosamente no que lhe dizer, mas minha linha de raciocínio é interrompida quando a tela do celular se ilumina com uma chamada de vídeo de ninguém menos do que minha filha mais nova.

Abro meu sorriso mais radiante e atendo.

— Glyn! Eu estava pensando em você agora mesmo. O que faz acordada tão cedo?

Faço uma pausa quando percebo que ela está de pé no que parece ser um pátio iluminado apenas pelas luzes de um jardim.

— Onde está? Por que parece que é de noite?

Ela morde o lábio inferior.

— Porque está. Estou em Nova York.

— *Onde?*

Ela se aproxima mais do celular.

— Fale baixo. Já está tarde aqui, mãe.

— Ai meu Deus, você foi sequestrada? Balance a cabeça se for isso.

— Posso só falar. — Ela dá uma risadinha. — E não, não fui, *tecnicamente*.

— Tecnicamente?

— Não fui, não fui. Eu só... vim aqui para conhecer os pais do Killian. Esta é a casa deles. — Ela limpa a garganta. — Killian é o... meu namorado. Desculpe por ter demorado um pouco para te contar.

— Já estava passando da hora.

— Você... você já sabia?

— Claro que sim. Sou sua mãe, sei de tudo.

Descobri semanas atrás que Glyndon estava em um relacionamento, desde que ela começou a sorrir mais e a ficar com esse brilho rosado nas bochechas. Um brilho que ela nunca teve antes.

Mas fui paciente, respeitei seus limites e esperei que ela se manifestasse por vontade própria.

— Agora, me conte sobre esse Killian.

A expressão dela se suaviza, mas ainda é marcada por uma tristeza.

— Ele me faz sentir viva, mãe. Eu não sabia que alguém poderia me fazer sentir viva, como se... como se...

— Você nunca tivesse vivido antes de conhecê-lo? — Eu termino por ela.

Ela assente, com uma expressão adoravelmente tímida.

— Ao mesmo tempo, não tenho certeza se é seguro pular de cabeça assim.

— Nunca é seguro pular de cabeça, Glyn. Você sabe que pode perder a vida ou quebrar alguns ossos, mas ainda pula porque confia que ele vai te pegar.

— E se ele não me pegar?

— Então sou eu que vou quebrar os ossos dele.

— Mãe!

— Tá bom, tá bom. Falando sério, seria bom descobrir que ele não é digno da sua confiança logo no início, para você poder seguir em frente.

Ela suspira.

— Você tem razão. É melhor descobrir do que ficar na dúvida.

— Isso mesmo.

— Obrigada, mãe. Não só por isso... mas por tudo. E me desculpe por ser a menos talentosa de seus filhos. — Ela se engasga com as últimas palavras.

— Glyndon...

— Não, deixe eu terminar. Foi preciso muita coragem para decidir te falar isso, então, me ouça. Desde pequena, eu já sabia que não era páreo para o Lan e o Bran, e isso me destruiu, mãe. Eu não podia falar com você, porque sabia que você tentaria minimizar a situação. É o seu papel como minha mãe. Acho que você também sentiu isso, porque pediu ao papai para construir um ateliê separado para mim e me incentivou a pegar o pincel de novo. E te amo por ter tentado, mas não funcionou. Esse complexo de inferioridade me levou a um limite perigoso, e pensei seriamente em me suicidar só para acabar com tudo. Fui para um penhasco duas vezes, mas não era o que eu queria fazer, mãe. É por isso que agora consigo falar sobre tudo. Não quero mais ser essa minha versão. Percebi que, mesmo sendo menos talentosa que o Lan e o Bran, ainda sou importante para você, para o papai, o vovô, a vovó e todo mundo. E é o que me faz continuar todos os dias. Então, obrigada, mãe. Obrigada por me dizer que sou diferente, por me levar à terapia, por esperar que eu desse o braço a torcer e conversasse com você por vontade própria. Eu precisava disso.

As lágrimas se acumulam em meus olhos e as enxugo com as costas da mão. Não posso deixar que ela me veja chorar. Não quando ela enfim se abriu comigo.

Fazia *anos* que isso não acontecia.

Não esperei uma semana ou duas, um mês ou alguns meses, mas anos inteiros. Usei todos os truques possíveis para que ela se abrisse comigo, mas ela só se fechou ainda mais em si mesma.

Éramos melhores amigas até ela decidir que já tinha crescido e não precisava mais do meu ombro para chorar. Ela decidiu seguir sozinha, lutar contra sua dor sozinha e me deixou de lado. Não porque não confiasse em mim, mas porque não queria me incomodar.

Minha bebezinha sempre foi um anjo que se recusava a causar desconforto a alguém. Mesmo que isso a machucasse.

Até agora.

— Sou eu quem deve te agradecer, Glyn. Obrigada por confiar em mim e me contar isso. Gostaria que você estivesse aqui para que eu pudesse te abraçar.

— Fica para a próxima, combinado?

— Combinado. E traga o Killian para que possamos conhecê-lo.

Tenho a sensação de que ele é a razão por trás de sua mudança. Desde que o conheceu, ela enfim está removendo aos poucos as correntes que colocou em si mesma, e quero agradecer a ele por isso.

Por trazer minha caçula de volta.

— Prepare o papai mentalmente primeiro.

— Não se preocupe com o seu pai. Eu cuido disso. Ele será rigoroso no começo, mas farei com que se acostume.

— Porque ele te ama?

— Acho que sim.

— Como o papai se apaixonou por você, mãe?

— Não sei. E acho que ele também não tem uma resposta para isso. O amor não pode ser forçado nem explicado, ele só acontece, Glyn.

Ela parece pensativa, mas depois assente. E, após me atualizar sobre a faculdade e me garantir que estarão de volta no final da semana, ela desliga.

Meu peito se esvazia com uma expiração tranquila, e enfim consigo sorrir depois daquele pesadelo.

Porque aquela voz que se dane. Eu nunca escolherei entre os meus filhos.

Além disso, tenho um marido que é forte como um viking. Nós dois conseguimos salvar os três sem nem pestanejar.

Com um sorriso, volto para a cama e me aconchego nos braços de Levi.

Nossos filhos já cresceram e estão seguindo caminhos diferentes na vida, mas esse homem continuará sendo o meu "para sempre".

CAPÍTULO 34
GLYNDON

Meu coração fica mais leve depois da conversa sincera com a minha mãe.

Já estava passando da hora de acontecer, e por fim tive a chance de expressar tudo o que estava guardado dentro de mim. Tenho sorte de ter uma mãe paciente e compreensiva como ela.

Quando acordei meia hora atrás, com a boceta e o cu doloridos, e encontrei uma mensagem dela, não resisti a ligar.

Mas primeiro vesti meu short e minha camiseta, claro. Falar de Killian é uma coisa, mas deixar minha mãe ver as marcas selvagens que ele deixou no meu corpo é outra bem diferente.

Ainda bem que guardei minhas roupas depois de comprar o vestido que esse brutamontes rasgou.

Após a ligação, minha garganta ficou seca, então saio do quarto na ponta dos pés e desço as escadas sorrateiramente.

Meus passos param na soleira da cozinha e seguro o celular com mais força quando percebo que tem alguém lá.

Merda.

— Ah, Glyn. Entre — Reina me diz com um sorriso. Ela está usando um lindo roupão de cetim azul que combina com seus olhos. — Você precisa de alguma coisa?

Limpo a garganta para combater a coceira.

— Só um pouco de mel e limão, se tiver.

— Que tal eu preparar um chá de ervas com mel? Vai acalmar sua garganta rapidinho.

— Seria ótimo, obrigada.

Ela me prepara uma xícara de chá semelhante à sua e adiciona um pouco de mel.

Sentamos uma em frente à outra. Quando tomo o primeiro gole, dou um pequeno pulo.

— Está quente, cuidado. — Ela me oferece um copo de água e eu o pego.

— Obrigada. Você sempre acorda no meio da noite para tomar um chá de ervas?

— Só quando estou muito agitada para dormir. — Ela sorri. — É muito raro receber uma visita do Gaz e do Kill ao mesmo tempo.

Sua expressão se torna distante, e um sorriso triste ergue seus lábios.

— Ninguém me disse que eles cresceriam tão rápido e iriam embora. Gostaria que os dois voltassem a ser meus garotinhos.

Tomo um gole do chá que, felizmente, não está mais tão quente.

— Minha mãe também fala isso da gente.

— Todas as mães falam.

Ficamos em silêncio por um tempo, enquanto penso na melhor maneira de abordar o assunto que está me incomodando desde que ouvi falar dele.

Ao que parece, hoje é o dia da coragem, porque murmuro:

— Posso te perguntar uma coisa?

— Claro.

— É sobre o incidente que aconteceu quando o Killian tinha sete anos.

Ela aperta a xícara com mais força.

— Ele te contou?

— Sim, e também disse que você tem medo dele desde então. É verdade?

Ela faz uma pausa e toma um longo gole de seu chá.

— Ele acha isso?

— Sim.

— Não é verdade. Eu nunca teria medo do meu próprio filho. Só tenho... medo do que ele pode fazer. — Seu olhar se perde no horizonte conforme o dedo traça a borda da xícara. — Naquele momento, percebi que ele é diferente, que não tem limites e que ninguém pode lhe impor limites. Digamos que eu tenha algumas lembranças ruins de pessoas assim. Mas não significa que eu tenha medo do meu filho.

Esperança floresce em meu peito. Se for apenas um mal-entendido, talvez Killian possa esquecer essa parte de sua infância.

Isso não vai curá-lo, já que ele não tem uma doença de fato, mas pelo menos trará uma explicação. Afinal, eles são seus pais e, por mais que Killian queira fingir que isso não o afeta, sei que o afeta, sim, pelo menos um pouco.

— Eu não sabia que o Kill pensava assim. Vou falar com ele.

— Por favor, não diga que te contei.

— Não se preocupe. Nós, mulheres, precisamos defender umas às outras, lembra? — Ela sorri e coloca a mão sobre a minha. — Obrigada, Glyn.

— Por quê?

— Por trazer meu filhotinho para casa e devolver a luz aos seus olhos. Ele a perdeu anos atrás, e pensei que nunca mais a veria.

Estou prestes a dizer que ela está imaginando coisas e que não tem como eu ser o motivo disso quando uma voz masculina chama do fim do corredor:

— Rainha do baile? Onde você está? Você sabe que não consigo dormir sem você ao meu lado.

— Shhh, mantenha nossa conversa em segredo. — Ela coloca um dedo sobre a boca. — Essa é a minha deixa.

Reina sai da cozinha e a sigo sorrateiramente para ver o sr. Carson envolvê-la nos braços, beijar o topo de sua cabeça e olhá-la da mesma forma que o meu pai olha para a minha mãe.

Como se ele realmente não pudesse viver sem ela.

Ai, Deus, será que algum dia alguém me olhará dessa maneira?

Depois que ambos desaparecem escada acima, volto para a cozinha para terminar meu chá e olhar as minhas mensagens.

Há uma mensagem nova de um número desconhecido bem no topo. Estou prestes a excluí-la, pois não quero mais me envolver nesses jogos mentais, mas o *vídeo anexado* debaixo do nome chama a minha atenção.

Abro a mensagem e clico no vídeo.

Meu coração dispara ao ver Devlin sentado na ponta de uma mesa em uma pequena sala, com o Máscara Vermelha sentado na outra ponta.

Devlin está tremendo, parecendo totalmente destruído. A voz modificada do Máscara Vermelha faz com que a pele da minha nuca se arrepie.

— Que fracote. Que tal você apenas morrer?

Meus dedos tremem quando vejo a esperança desaparecer dos olhos de Devlin.

O vídeo termina.

Sinto o gosto de sal, e então percebo que uma lágrima caiu em meus lábios.

— O que você está vendo?

A xícara cai da minha mão e se quebra. O líquido se espalha pela mesa e pinga no chão.

Olho para trás e vejo Killian parado às minhas costas, com um dos braços segurando a cadeira.

Seu peito está nu, destacado pelas assustadoras gralhas quebradas, e seu rosto carrega a escuridão de uma capela gótica.

Sempre achei Killian bonito de uma forma pesada, mas esta é a primeira vez que o vejo como um verdadeiro pesadelo.

Minha mão treme quando a levanto para mostrar o vídeo.

— É você?

Ele assiste sem mudar de expressão. Arrepios percorrem minha espinha de novo quando as palavras se repetem.

Palavras que podem levar uma pessoa suicida à morte.

Palavras que ninguém deveria dizer a uma pessoa normal, muito menos a alguém que está lutando contra a depressão.

Ao notar seu silêncio, repito, com mais determinação.

— O de máscara vermelha era você, Killian?

— E se for?

Acho que vou vomitar.

Ou desmaiar.

Ou as duas coisas.

Levanto-me com as pernas trêmulas e começo a sair. Não sei para onde, mas preciso ir.

Agora.

Ele segura meu ombro, mas me desvencilho e afasto sua mão com um tapa.

— Não me toque, seu monstro.

— Cuidado — ele diz, com os dentes apertados.

— Não se aproxime de mim, ou vou ao quarto dos seus pais e gritarei até acordar a casa inteira. Estou falando sério.

De repente, estou correndo, correndo, chorando e correndo mais.

Sinto uma coceira sob a minha pele, uma necessidade de arrancar tudo, de acabar com tudo, como o Devlin fez.

Mas faço diferente.

Eu continuo correndo.

CAPÍTULO 35
KILLIAN

Dou um soco na parede.

Dor irradia pelos nós dos meus dedos, mas ela não é nada comparada ao tique-taque em minha cabeça.

Sinto que estou à beira de um penhasco, chegando a um extremo, o que é perigoso.

Minhas ações se tornam imprevisíveis quando a realidade contradiz meus desejos e, no momento, elas anunciam um desastre.

Inspiro profundamente, mas nenhuma quantidade de oxigênio consegue afastar os pontos pretos que permeiam a minha visão.

Ainda assim, me forço a não correr atrás de Glyndon. Nem mesmo eu sou capaz de saber como vou reagir se a pegar neste momento.

Mas quer saber? Que se foda.

Já falei a Glyndon várias vezes que fugir de mim não é uma opção. Ela deveria ter deletado esse pensamento da mente, mas preferiu ir embora.

Ela escolheu me desafiar e provocar o lado demoníaco que tanto odeia.

Visto algumas roupas, pego as coisas dela e as chaves do carro da minha mãe. No caminho até a garagem, verifico o aplicativo no meu celular. O ponto vermelho se move em um ritmo moderado. Ela não está andando, mas também não está em um veículo.

Parece que minha coelhinha se entregou ao seu hábito favorito: correr.

E sim, como prometido, é óbvio que coloquei um rastreador em seu celular depois que ela me ignorou daquela vez.

Eu a alcanço depois de dirigir por dois minutos. Ela corre no acostamento da estrada, e a noite nefasta devora sua pequena silhueta.

Se eu fosse um predador em busca da minha próxima presa, ela seria a candidata perfeita.

Meu maxilar se contrai ao pensar em outro predador a encontrando. Ele veria como ela é pequena e fraca e decidiria atacar de imediato.

Piso no freio com mais força do que o necessário e abro a porta.

Ela não desacelera para ver o que está acontecendo, parece completamente alheia ao que acontece ao seu redor.

Mais um motivo que a levaria a ser arrastada para a escuridão da floresta mais próxima.

A mansão dos meus pais fica em um bairro seguro de classe alta nos arredores de Nova York, mas nunca se sabe o que pode se esconder nas sombras.

Corro atrás de Glyndon, a alcanço e entro na sua frente. Ela bate direto no meu peito, e seguro seu cotovelo para evitar que ela caia para o lado.

As luzes alaranjadas da estrada lançam um brilho quente em seu rosto exausto e cheio de lágrimas. O verde brilhante de seus olhos agora está escuro, tão sem vida quanto na primeira vez em que a vi naquele penhasco.

Ao me ver, ela se joga para trás e dá um tapa na minha mão.

Meus dedos se contraem com vontade de estrangulá-la, mas tenho a sensação de que isso causará o efeito oposto do que desejo.

Aperto os dentes.

— É a segunda e última vez que você se afasta de mim, estamos entendidos? — Ela começa a se desviar, mas bloqueio seu caminho, abaixando a voz. — Estamos entendidos, porra?

— Vá se foder. Você tem brincado com as minhas emoções esse tempo todo, sabendo muito bem o tipo de relacionamento que eu e o Devlin tínhamos.

— *Relacionamento?* — Me esforço para não sacudi-la. — Isso é exagero. Você o conheceu, no máximo, dois meses antes de ele morrer. A única razão pela qual você se sentiu próxima dele foi porque Devlin alimentou suas inseguranças, fez você acreditar que era sua alma gêmea e blá-blá-blá. Ele estava manipulando sua empatia idiota e se divertindo com isso. Ainda não consigo entender o motivo, mas consigo identificar uma manipulação de longe.

— Ah, será que é porque você é o melhor nisso? — Lágrimas escorrem pelo seu rosto, e eu gostaria de poder tirá-las. Mas se eu tocá-la, ela baterá na minha mão ou me empurrará, e me transformarei em um animal ensandecido.

Por isso, bato o dedo em minha coxa, buscando uma paciência que não tenho.

— E daí se sou o melhor? Isso deveria ser um elogio.

— Você está se ouvindo? — Sua voz se eleva. — Você nem sequer está pedindo desculpas pelo que falou. Em vez disso, está agindo de forma clássica, projetando a culpa em outra pessoa. Mas essa pessoa agora está morta e chegou a esse ponto graças a você.

— Eu não o matei.

— Mas poderia muito bem ter feito isso! — Seu corpo inteiro treme com a força de suas palavras. — Você não vê o quanto suas palavras podem ser terríveis para alguém em um estado depressivo e suicida?

— Ele não era depressivo nem suicida. Aquele desgraçado ardiloso pode ter te enganado, mas nunca seria capaz de enganar a mim.

Seus lábios tremem.

— Você nunca vai mudar, não é? Em vez de admitir, está se desviando da culpa.

— Em vez de ser racional, você está sendo emocional demais, Glyndon.

— Desculpe por não ser um robô como você!

— Cuidado — digo com os dentes apertados. — Pode não parecer, mas estou muito irritado neste momento e estou me segurando. *Por um fio*. Então pare de me pressionar. Estou falando sério.

Seus ombros se curvam, o queixo treme e as mãos se fecham.

— Quero ir para casa. Para Londres.

— E como estava planejando ir embora? Correndo até lá? Você nem sequer pegou a porra do seu passaporte ou a sua bolsa.

Ela franze os lábios.

— Posso ligar para o meu avô.

— Antes ou depois de alguém te atacar no meio da noite? Você nem sequer conhece os Estados Unidos ou Nova York. O que, e não consigo enfatizar isso o suficiente, *caralhos* está se passando na sua cabeça?

— Quero ficar longe de você. — A sinceridade em sua voz arranha a minha sanidade. — Só me deixe em paz.

— Não vai dar. Entre no carro.

— Não.

— Você pode vir por bem ou não tão bem assim.

— Não quero ver sua cara agora, Killian — ela murmura e bate no peito. — Está doendo. Aqui dentro. E se você continuar me forçando, vou me jogar do carro.

Bato os dedos com mais intensidade, mas me seguro para não carregá-la sobre o ombro.

Falei que nunca mais a deixaria ter esses pensamentos suicidas, mas, neste momento, os estou desencadeando.

E por mais que ela possa estar dizendo isso apenas por raiva, não quero vê-la agindo de acordo com essas emoções.

Não agora. Nem nunca.

— Entre no carro — repito, sentindo tanta tensão que eu poderia destruir um país.

— Eu disse...

— Eu sei o que você disse, porra. Vou te levar até o jato particular e instruir o piloto a te levar de volta para Londres.

— Você... vai mesmo me deixar voltar sozinha?

— Eu não quero, mas vou.

Porque, pela primeira vez, odeio a maneira como ela está me olhando. Não é medo, nem incômodo, nem desafio.

É aversão misturada à raiva.

E não estou pronto para descobrir se ela cumprirá a ameaça.

Vou lhe dar algum tempo para se acalmar antes de continuar.

Ela me olha com desconfiança, mas entra no carro.

Durante todo o trajeto, Glyndon fica de braços cruzados, olhando pela janela e se recusando a dizer uma palavra sequer.

Eu também não a provoco; deixo que ela tenha o espaço de que precisa.

Quando sua birra terminar, ela pagará por tudo isso.

Esperamos uma hora até que o jato e a tripulação estejam prontos. Durante esse tempo, ela coloca os fones de ouvido e ignora a minha existência.

Chego muito perto de cometer um assassinato várias vezes nesse período, o que é mais do que em qualquer outro momento da minha vida.

Glyndon não olha para mim enquanto entra no avião, parecendo ter esquecido seu medo de voar.

Depois de me certificar de que a tripulação a protegeria acima de qualquer coisa, desço a contragosto e vejo o avião levá-la embora.

Dou um soco na lateral do carro.

Isso não me ajuda a me livrar da raiva que se infiltra em minhas veias.

Está na hora de aliviá-la usando o filho da puta que enviou aquele vídeo.

CAPÍTULO 36
ASHER

Algo não está certo.

Não tenho certeza do que é, nem porque, mas percebo os sinais de alerta quando minha esposa me abraça com a respiração irregular e o corpo tenso.

Seus dedos acariciam distraidamente meu peito, mas ela não volta a dormir. Nem fala nada.

Está presa em um transe criado por si mesma. Um estado em que eu não conseguiria alcançá-la, mesmo que tentasse.

Isso traz de volta lembranças horríveis de quando ela costumava me ignorar e me deixava lutando contra minhas tendências violentas, quando tudo o que eu queria fazer era socar qualquer coisa que passasse perto dela.

Mas já superamos essa fase. Já a superamos há mais de vinte e seis anos.

Depois de oficializar nossa união, houve momentos em que Reina ficou chateada comigo por causa de pequenos detalhes e optou por usar seu hábito irritante de se distanciar de mim.

Conversamos sobre isso nos primeiros meses, e a ensinei a nunca mais repeti-lo. Expliquei o quanto me irritava quando ela não me considerava parte de sua vida, sendo que ela é o centro da minha.

Desde então, ela tem falado mais de seus sentimentos, suas preocupações em relação a certas coisas e tudo o mais.

Chegamos a um ponto no nosso casamento em que não precisamos de palavras para nos entendermos.

Esta noite é diferente.

Minha esposa não está agindo normal desde que saiu da cama agora há pouco. E, embora eu queira arrancar as palavras dela, me forço a esperar.

E esperar.

E esperar mais um pouco.

Mas não vou conseguir dormir se ela não me contar.

O silêncio em nosso quarto logo quase me sufoca, e deslizo meus dedos por seus cabelos loiros brilhantes.

Não importa há quanto tempo eu esteja com essa mulher, ainda não consigo me cansar de tocá-la. Ainda penso em todos os anos que perdemos separados e que não podemos recuperar.

Ainda estou preso àquele momento em que pensei que a perderia para sempre.

Um pequeno suspiro sai de seus lábios, e suas carícias são interrompidas.

— Ash?

— Hum?

— Acho que cometemos um erro.

— Sobre o quê?

Ela continua a enterrar o rosto em meu peito.

— Lembra quando o Kill nos trouxe os camundongos dissecados e nos disse: "Olha, eu posso ver eles por dentro"?

Minha mandíbula se aperta.

— Foi quando descobrimos que ele era como *ela*. É claro que me lembro.

— Ele tinha apenas sete anos, Ash.

— E já estava mostrando os sinais.

— Não é essa a questão. Nosso filho era tão novo, e a gente deve ter olhado para Kill como se ele fosse um monstro. — Ela me encara com um brilho não natural em seus olhos azuis profundos. — Kill disse a Glyndon que tenho medo dele desde então. Nosso bebê passou esse tempo todo achando que tenho medo dele, Ash. O que vamos fazer?

— Calma. — Eu me sento e a puxo para mim. Ela funga, com as lágrimas encharcando suas bochechas e o meu polegar enquanto tento enxugá-las. — Está tudo bem.

— Não está. — Sua voz se embarga. — Não é normal que uma criança de sete anos pense que os pais têm medo dele. E não é nem um pouco aceitável que ele tenha carregado esse pensamento por mais de doze anos. É assim que os traumas surgem.

— Ele não é suscetível a traumas. Você está sentindo essas emoções terríveis, mas Killian não é capaz de processá-las, Reina. Você não deve projetar nele o que está sentindo. Ele não é igual a você.

— Mas é nosso filho, e talvez tenhamos falhado com ele.

— Você está pensando demais. Além disso, Killian não se importa.

— É claro que se importa. Sei que você quer que ele não se importe, e você tem tentado provar que ele é apenas um monstro sem capacidade de redenção, mas não é verdade, Ash. Se ele não se importasse, será que responderia às minhas mensagens, sempre me ligaria e conversaria comigo sobre sua vida na faculdade? Se ele não se importasse, traria a namorada para nos conhecer?

— É tudo uma fachada e um comportamento treinado. Ele é cem por cento socializado e há muito tempo aperfeiçoou a arte de enganar o mundo ao seu redor. Você pode se recusar a ver isso o quanto quiser, mas isso não nega o que ele é.

— Como assim "o que ele é"? Ele é nosso *filho*. Nossa carne e sangue. Não é uma cobaia, nem uma aberração, então pare de analisá-lo como se fosse.

— Não com ele podendo perder o controle a qualquer momento.

Ela se afasta de mim, com as sobrancelhas delicadas franzidas, e começa a sair da cama.

Seguro seu punho.

— Aonde pensa que está indo?

— Para qualquer lugar longe de você, até que pare de falar do nosso filho como se ele fosse o caso clínico de um estudo de psicologia.

— Você não vai sair de forma alguma. — Eu a puxo, e ela se assusta quando cai de volta em meu abraço. — Você pode ficar com raiva de mim enquanto fala comigo.

Minha esposa solta um suspiro.

— Por favor, tente enxergá-lo além do seu preconceito. Também fui muito magoada, a ponto de enlouquecer, por *ela*, mas não significa que o Kill seja como ela nem que eu vá descarregar a minha dor nele.

Estou prestes a apaziguar a situação, apenas para tirá-la desse estado de espírito, quando um estrondo alto ecoa no quarto ao lado da nossa suíte.

Reina se levanta, vestindo o roupão, e a sigo, colocando uma camiseta.

Nós dois nos apressamos e paramos no corredor quando ouvimos o estrondo de novo.

Minha esposa e eu nos encaramos. Gareth.

Corremos para o quarto dele e, surpreendentemente, a porta está aberta.

A cena que se desenrola à nossa frente parece ter vindo de um filme de terror. Reina coloca as duas mãos na boca, conforme o que previ que acabaria acontecendo toma forma diante de nossos olhos.

Killian segura o irmão com um cotovelo em seu pescoço, prendendo-o contra a parede. O estrondo acontece quando ele o puxa e depois o empurra para trás de novo.

O olhar selvagem no rosto de Killian lembra meus pesadelos mais assustadores, e não é nada parecido com o que já vi antes. Nem mesmo quando ele raramente era pego causando problemas na escola. Toda a luz de seus olhos, sobre a qual a Reina não parava de falar e com a qual ele nos agraciou durante essa visita, desapareceu.

No lugar, completa escuridão cobre suas feições.

— Não vou perguntar de novo. Por que você enviou aquele vídeo para ela? — Apesar das feições obscuras, Killian soa tranquilo, no controle, absolutamente longe do seu limite.

O que é um sinal de alerta, pois ele é do tipo que fica mais calmo à medida que se enfurece.

Um tipo mortal de calma.

— Te falei para não se envolver, não falei? Te falei para não se meter nos meus assuntos se não quisesse que eu cortasse sua garganta, mas você foi lá e colocou o nariz onde não era chamado.

Gareth levanta o punho e dá um soco no rosto do irmão. Reina grita com a força do golpe, e sangue explode dos lábios de Killian, mas ele não solta Gareth. Na verdade, seu controle parece ficar ainda mais forte.

Reina corre até eles, coloca uma mão no braço de Killian e tenta parecer firme, mas gentil.

— Solte ele, Kill.

— Não se meta nisso, mãe. Eu e meu querido irmão temos contas a acertar.

— Você está machucando o Gareth.

— Ele me machucou primeiro, estou apenas revidando.

— Killian, por favor. — Os dedos dela se cravam no braço dele, mas é como se ela não existisse.

— Não implore por ele, mãe. Não faça isso.

— Solte seu irmão, Killian. — Dou um passo à frente, aproximando-me com firmeza.

Quando percebo que ele não está me ouvindo, eu o agarro pela nuca e o puxo para trás com força suficiente para fazê-lo voar contra a parede se eu o soltar.

Mas não o solto.

Porque, por mais que eu tenha sido uma pessoa violenta na minha juventude, não faço mais essas coisas, em especial com a minha família. Gareth se abaixa, colocando as mãos nos joelhos, e tosse. A cor retorna aos poucos ao seu rosto conforme sua respiração se normaliza. Reina pega um copo de água de seu minibar, e ele o toma de uma só vez.

Killian o encara com raiva, batendo o dedo indicador sem parar na coxa.

— Um menino de ouro, o Gaz — ele zomba, com o tom de voz prestes a explodir. — Olhe que gracinha ele sendo salvo pela mamãe e pelo papai de novo.

Aperto sua nuca com mais força.

— Pare com isso.

— Sei que você não acredita em mim. — Gareth ergue a cabeça. — Mas não mandei o vídeo.

— Você tem razão: não acredito em você. Porque da última vez que você se intrometeu entre a gente, você queria usá-la para me destruir. Essa era a sua chance de fazer isso.

— Isso foi antes de perceber que ela é a melhor coisa que já aconteceu com você, idiota. Eu não precisava te atrapalhar, porque você me deixou em paz desde que ela entrou em cena. Você parou de tentar tornar a minha vida um inferno como fazia antes, e estava começando a parecer um ser humano decente. Mas talvez eu tenha me enganado.

— Vá se foder, você e esse seu papo de vítima. Já está ficando sem graça.

— Killian Patrick Carson. — Reina bate o pé no chão. — Entendo que está chateado, mas você não vai falar com seu irmão desse jeito.

— Chateado? — ele repete. — Que tal "furioso pra caralho", mãe? Seu querido primogênito mostrou a Glyndon algo que ela não deveria ter visto, e agora ela foi embora.

— Já falei que não mostrei nada para ela. Até apaguei dos arquivos. — A voz de Gareth se eleva com a frustração. — Pergunte ao Jeremy! Ele estava presente e me disse para deixar pra lá. E, além disso, você não achava que ela ia ficar no escuro para sempre, né? Uma hora ela ia descobrir. Se não fosse por mim, seria por outra pessoa.

Killian tenta se soltar da minha mão para atacar a garganta do irmão de novo.

— Acalme-se — peço, com uma paciência que não estou sentindo de verdade no momento.

— Me poupe dessa merda. — Ele se solta de mim com força. — Não era você que nunca quis que eu nascesse? Maravilha. Adivinhe, pai? Eu nunca quis ser seu filho. E sabe de uma coisa? Não sinto um pingo de arrependimento, mãe. Eu devia ter dito isso a ele há muito tempo.

Reina dá um passo para trás por causa do choque, e seus lábios tremem como se ela estivesse enfim vendo o tipo de monstro que seu filho de fato é. O tipo de pessoa que agrediria o irmão, zombaria do pai e destruiria emocionalmente a mãe sem nem titubear.

Mas não consigo nem reunir energia suficiente para dizer "te avisei", porque as palavras de Killian e a raiva por trás delas me pegam desprevenido.

Meu primeiro pensamento em relação a Killian é sempre subjugá-lo de alguma forma, acorrentá-lo de alguma maneira, rebaixá-lo um pouco para que ele nunca se transforme por inteiro em quem de fato é.

Quando descobri suas tendências agressivas, o levei para caçar e para fazer esportes muito competitivos. Ensinei a ele a canalizar a energia destrutiva e a domá-la, mas muitas vezes ele ficava fora de controle.

Por fim, ele se cansou de reprimir sua verdadeira natureza e se rebelou. Deu socos em colegas de sala, brigou com marginais e mandou algumas pessoas para o pronto-socorro.

Eu me recusei a amenizar suas ações e a permitir que ele tivesse qualquer tipo de privilégio. Na primeira vez que o diretor me chamou, falei para suspendê-lo. Na segunda vez, meu pai cobriu os rastros.

E isso continuou a acontecer todas as outras vezes.

Meu pai é o motivo pelo qual Killian nunca aprendeu a lição. Ele continuava a tirá-lo de problemas para que o nome Carson não fosse manchado, mesmo quando avisei que ele só estava tornando Killian ainda mais intocável.

"Qual é o problema em ser intocável?", perguntou meu pai. "Pelo menos ele será poderoso".

Meu pai só se importava com isto: poder. Não importava como ele o alcançava, desde que o nome da família permanecesse em uma posição de prestígio.

Não é preciso dizer que eu não concordava com ele, e o fato de Killian ter parado de me ligar e ter começado a procurar o avô deu início a uma ruptura entre nós.

No entanto, é a primeira vez que ouço as palavras — ou, melhor, a bomba — que ele jogou em minha direção agora.

Eu o encaro, frente a frente.

— O que você acabou de dizer?

Seus ombros estão tensos, e a expressão em seu rosto é a mais selvagem que já vi. Ele está perdendo o controle.

Eu consigo sentir.

Ele também deve conseguir.

Mas Killian ainda fala com o tom eternamente casual.

— Ouvi o que você disse naquela noite, quando eu tinha nove anos e tinha batido no idiota que estava xingando a Mia. A mamãe estava triste, bebendo vinho tarde da noite na cozinha, e você veio atrás dela. Eu estava bem ali fora quando você falou que deviam ter tido apenas o Gareth e que eu sou um filho com problema. E sabe de uma coisa? Ouvi a mamãe ficar brava, ouvi ela pedir para você nunca mais repetir isso se a amasse, mas suas palavras são a única coisa que guardei. Obrigado pelas lindas lembranças da minha infância, pai. Você odeia quem eu sou com toda a sua força, mas devia ser grato. Se essas palavras tivessem sido dirigidas ao seu menino de ouro, ele teria desenvolvido um trauma. Não deveríamos todos estar agradecidos por eu não ser um fracote neurotípico?

— Ah, Kill. — Reina se aproxima do filho, mas ele ergue a mão.

— Nem venha, mãe. Não quero ouvir você defendê-lo.

— Sinto muito, meu amor. — Ela agarra o braço dele. — Sinto muito que tenha ouvido isso e tenha pensado que eu tinha medo de você por causa do incidente com os camundongos. Uma mãe não pode ter medo do próprio filho. A única razão pela qual fiquei horrorizada na época foi porque percebi que você era como alguém do nosso passado. Alguém que eu e o Asher amávamos com todo o coração, mas que nos apunhalou pelas costas. Foi por isso que ele também falou aquelas coisas. Sabíamos que havia uma chance de ter um filho que herdasse os genes dessa pessoa, e isso aconteceu com você. O Asher disse que deveríamos ter apenas o Gareth, mas fui eu quem quis outro filho. Eu quis você com todo o meu coração, Kill. Sei que o que ele disse foi errado, mas ele não estava falando sério. Foram palavras ditas em um momento de raiva. O Asher te ama tanto quanto ama o Gareth, Kill. Mas foi você quem se distanciou dele.

E agora sei o porquê.

Não foi porque meu pai cobriu seus rastros no meu lugar, nem porque ele talvez não gostasse de mim.

No fim das contas, ele me odeia mesmo.

Uma pontada de dor explode no fundo da minha caixa torácica e se espalha por todo o meu peito. Eu não conseguiria falar nada mesmo que quisesse, por isso, me concentro em regular a minha respiração.

O olhar de Gareth vai de mim ao irmão, como se ele não conseguisse acreditar no que está ouvindo.

— Então a culpa é minha? — Killian solta uma risada cruel, que desaparece de modo tão abrupto quanto começou. — Nossa, mãe, você está fazendo *gaslighting* agora, e isso não combina com você.

— Você não se lembra de que parou de passar o tempo com seu pai? Você até parou de abraçá-lo ao cumprimentá-lo e muitas vezes saía da mesa primeiro. — Ela suaviza a voz.

— É porque ele prefere seu menino de ouro.

— Não é verdade — diz Gareth. — Sempre que te convidamos para se juntar a nós, você recusou.

— Me perdoe se não quero passar um tempo com um pai que nunca me quis.

— Killian — eu chamo, e ele me encara lentamente, com a mandíbula travada.

Ele acha que vamos entrar em guerra de novo, que será outra briga e que vou reforçar minha posição de pai, reprimindo-o mais uma vez.

Coloco a mão em seu ombro e ele fica tenso, pronto para o soco ou o que quer que ache que eu vá fazer.

— Me desculpe.

Seus olhos se arregalam um pouco, o que é praticamente a única reação que demonstra, mas antes que ele possa pensar mais sobre o assunto, continuo.

— Não percebi que as minhas palavras, por mais impulsivas que tenham sido, teriam esse efeito sobre você. E peço desculpas por não ter investigado melhor o motivo pelo qual você cortou sua relação comigo de maneira tão metódica. Mas, se serve de consolo, não se trata de você, filho. Seu comportamento me fez lembrar de coisas dolorosas e do jovem amargo que fui, e reagi mal a isso. A culpa não é sua, é totalmente minha. Me desculpe por não ter sido um pai melhor para você.

Reina chora em silêncio, e Gareth segura seu ombro, abraçando-a de lado. Killian estreita os olhos, mas a rigidez de seu corpo desaparece.

— Você se desculpou duas vezes.

— E daí?

— Você nunca se desculpou antes. Com ninguém.

— Já pedi desculpas à sua mãe uma vez e estou pedindo de novo ao meu filho. Os membros da minha família são os únicos a quem pedirei desculpas quando elas forem devidas. E, Kill?

— Sim?

— Você e o Gareth não são diferentes aos meus olhos, nem um pouco. Só sou mais rígido com você porque sua personalidade é mais rígida também.

Ele dá de ombros.

— O Gareth também consegue ser um pé no saco. Você só não vê isso.

— Ei! — protesta meu filho mais velho.

Reina sorri com lágrimas nos olhos e esfrega o peito dele.

— Quero um abraço de família.

Então ela nos puxa para um abraço, porque Reina é um pouco sentimental demais. Nós três, homens, preferiríamos não fazer isso, mas, se há algo em que concordamos, é em nosso carinho por essa mulher.

Ela consegue fazer com que eu e nossos filhos queimemos uma cidade inteira em seu nome, só porque ela pediu. Em seguida, Reina abraça apenas Kill, quase o estrangulando, a julgar pela expressão dele, e depois sussurra algo em seu ouvido.

Pela primeira vez, suas feições se suavizam e ele volta a ser o menino de seis anos que costumava se sentar em um balanço e olhar para o espaço como um senhor de idade.

— O que está olhando, Kill? — Eu lhe perguntei uma vez.

Ele suspirou com a exasperação de uma pessoa que já viu de tudo.

— Como tudo é entediante. Como faço para que seja menos chato, pai?

Eu já deveria saber que tínhamos um garoto especial em nossas mãos. Alguém que não precisava do mundo e nem mesmo de nós.

Não tenho dúvidas de que, se estivesse sozinho, ele viveria muito bem, talvez até mais livre do que está agora. Ele não precisaria se preocupar em esconder seu verdadeiro eu, nem reprimir seus impulsos para o nosso bem.

Ele seria um verdadeiro monstro e talvez se safaria por um tempo antes de ser preso.

Mas precisamos dele em nossa vida, mesmo com seu sangue frio e sua manipulação.

Sim, ele pode ser um monstro, mas em geral opta por não ser um quando está em casa. É uma escolha madura que ele fez há muito tempo, depois que as brigas pararam, e que ele continuará fazendo.

Mas, mesmo que isso não aconteça, lidaremos com o problema quando for necessário. Uma coisa é certa: Killian sempre será meu filho.

Nunca me esquecerei das lágrimas nos olhos de Reina quando ela o segurou em seus braços pela primeira vez.

— Olhe para ele. Nosso bebê é tão lindo, Ash.

— Ele é.

— Ele teria sido mais bonito se fosse uma menina, mas, bom, sempre dá para tentar de novo. — Ela beijou a testa dele. — Eu te amo muito, meu amor.

— Ele pode jogar futebol americano comigo, pai? — Gareth me perguntou enquanto esticava o pescoço para ver o irmão.

— Com certeza. Podemos ensinar a ele.

— Oba! — Ele deu um beijo na bochecha do irmão. — Vou te ensinar todas as coisas.

Esse momento parece ter acontecido ontem. Acho que a razão pela qual estou lembrando dele agora é porque esta cena é assustadoramente semelhante.

Já faz muito tempo que nós quatro não nos sentimos como uma família unida. O Killian sempre, sem dúvidas, arruinou isso.

Agora percebo que ele estava fazendo pirraça, exigindo a atenção que achava que lhe era devida.

Neste momento, porém, ele não parece sentir essa necessidade.

— Agora... — Reina se afasta. — Você disse que a Glyn foi embora?

Como se tivesse acabado de se lembrar do motivo de estar se comportando como uma fera no meio da noite, Killian aperta os dentes e assente.

— Não fui eu — repete Gareth, mais baixo desta vez. — Se eu quisesse fazer isso, teria feito lá no campus, não aqui.

Minha esposa acaricia o braço de Killian.

— Ela estava brava com você?

— Muito.

— Se pedir desculpas, talvez ela te ouça.

— Acho que um pedido de desculpas não seria suficiente. Ela... — Ele abaixa a cabeça. — Glyn parecia assustada e com nojo de mim. Ela nunca me olhou daquele jeito antes, e não sei como consertar isso.

— A primeira coisa é não ser você mesmo. Isso faria mais mal do que bem — afirma Gareth, e Killian mostra o dedo do meio.

— Pelo contrário — digo. — Seja você mesmo. Se ela não conseguir lidar com você no seu pior momento, você acabará a sufocando, e ela te odiará. E você talvez a odiará também. E isso se transformará em um círculo vicioso.

— Se você se importa mesmo com ela, vá atrás dela, Kill — aconselha Reina.

— Você acha?

— Tenho certeza. Como acha que seu pai me conquistou? Ele se recusou a me deixar em paz, e tive que me conformar. — Ela suspira, com os olhos cheios de emoções cintilantes. — Mas o fato de que eu o amava desde a adolescência também ajudou.

Estou casado com essa mulher há mais de vinte e cinco anos, e ela ainda faz com que eu me apaixone mais por ela todos os dias.

A cada momento.

Reina não é o motivo da minha felicidade, ela é a definição dessa palavra.

Killian vai até Gareth e passa o braço por seu ombro.

— Vamos voltar para o campus.

— Por que eu iria junto?

— Você precisa me mostrar todos os arquivos daquela noite. Tenho uma teoria.

— Isso não pode esperar até amanhã de manhã?

— Por quê?

— Por que não?

Depois de algumas discussões, eles enfim concordam em voltar, e até acordam meu pai no meio da noite para que possam pegar seu jato particular emprestado.

Depois que se trocam, Reina e eu os acompanhamos até a porta. Ela abraça os dois ao mesmo tempo, depois um de cada vez, enquanto alisa suas roupas.

— Mas ainda não consegui matar a saudade de vocês, meninos.

— Nós voltaremos, mãe. — Gareth agarra Killian em um mata-leão. — Vou me certificar de trazer esse idiota também.

— Quem está chamando de idiota? Quer morrer? — Kill tenta se soltar e não consegue.

Gareth só o larga para me abraçar e se despedir.

— Até logo, pai.

— Até logo, filho.

Killian está prestes a se virar e sair, mas agarro seus ombros e, pela primeira vez desde que ele era criança, envolvo-o com meus braços e o trago para perto.

Ele demora um pouco antes de dar um tapinha firme em minhas costas. Levará um certo tempo, mas ele vai se acostumar.

— Fique longe de problemas, filho.

Ele sorri quando nos separamos.

— De que outra forma você vai perguntar sobre mim? — Estreito meus olhos e ele ri. — Foi uma piada.

Eles se sentam no banco traseiro do carro para que meu motorista possa levá-los ao aeroporto.

Reina e eu permanecemos na porta por muito tempo depois que ambos se foram, com os braços ao redor um do outro, enquanto ela soluça.

— Por que eles crescem tão rápido? — ela resmunga, mas depois suspira e sorri para mim. — O lado bom é que estou muito feliz por termos tido a conversa esta noite, por mais dolorosa que tenha sido.

— Eu também.

Ela acaricia minha bochecha, seu toque é suave, amoroso e a única coisa de que preciso.

— Eu sei que isso deve ter sido um gatilho daquele trauma horrível, mas estou muito feliz que tenha conseguido superar isso e falar com o Kill. Estou muito orgulhosa de você.

Se minha esposa estiver orgulhosa de mim, posso morrer feliz. Sem pensar duas vezes.

— Eu te amo, Ash.

— Também te amo, Rainha do Baile. — Eu a puxo para mais perto. — Você acha que ele conseguirá reconquistar a Glyndon?

— Ah, tenho certeza que sim. Kill olha para ela da mesma forma como você olha para mim.

Levanto uma sobrancelha.

— E como eu olho para você?

— Como se fosse destruir o mundo inteiro só para me manter a salvo.

— É verdade. Agora, me diga, o que você sussurrou para o Kill aquela hora?

Ela sorri ao observar o horizonte.

— Que nós o amamos, não importa o quão diferente ele seja.

CAPÍTULO 37
GLYNDON

Sou a pior pessoa para entrar despercebida nos lugares.

Mas quando chego à mansão da nossa família à noite, consigo entrar sem acordar ninguém.

O fato de eu saber o código de segurança também ajuda.

O que não ajuda, porém, são as luzes que se acendem automaticamente sempre que me movo.

Caramba.

No entanto, consigo roubar um pote de sorvete e me esconder atrás da mesa no salão de baile.

Este cantinho é o lugar mais seguro possível. E me traz à mente os tempos em que eu corria pela casa do meu avô quando era criança, quando ele me carregava nos ombros, me contava histórias e me ensinava xadrez.

A luz permanece acesa, mas se apagará em um minuto. Depois de abrir o sorvete, meu favorito, de chocolate com cereja, encho a boca com duas colheres, pegando direto do pote, porque sou a única que gosta deste sabor. A sensação gelada faz meus dentes doerem.

Mas pego mais.

E mais um pouco.

As lágrimas se acumulam em meus olhos, mas me recuso a deixá-las sair. Chorei sem parar durante o voo de volta para casa, até a minha cabeça começar a doer e a aeromoça me olhar como se eu fosse uma aberração. Depois fiquei no aeroporto por algumas horas para tentar me reorientar.

Eu nunca tinha voado sozinha, mas nem sequer pensei nos acidentes aéreos; estava cuidando do meu coração partido.

E isso talvez tenha me feito chorar mais, porque lembrei que, no voo para Nova York, Killian me deixou confortável, me abraçou, e nem tentou satisfazer sua libido, como sempre faz. Ele estava me apoiando sem querer nada em troca.

Depois, ele me destruiu.

Mas, pelo que vi no vídeo, ele acabou comigo antes mesmo de eu conhecê-lo.

Seu destino sempre foi partir meu coração, me deixar vazia e tirar tudo o que eu tinha.

— Glyndon, é você?

Ao ouvir a voz do meu avô, limpo os olhos com as costas das mãos e saio de detrás da mesa, ainda segurando o sorvete, e abro um sorriso estranho.

Meu avô está perto da porta, usando pijama cinza de seda e um roupão aberto. Minha avó aparece atrás dele, com os cabelos pretos caídos sobre os ombros e o rosto sem maquiagem, exceto pelos lábios vermelhos. Ela está usando um conjunto combinado de pijama.

— Veja, te disse que devia ser a Glyn, Jonathan.

— Oi. Eu não queria incomodá-los tão tarde.

— Bobagem. — Meu avô me abraça. — Você nunca incomoda, princesa.

Meus dedos se apertam em suas costas, e uso toda a minha força para não desabar em lágrimas.

— Senti sua falta, vovô.

— E por que não retornou minhas ligações nos últimos... dois dias?

— Essa carência está ficando exagerada, Jonathan. — Minha avó me arranca do abraço do meu avô para dar o próprio abraço. — Como você está, querida?

— Bem, acho.

Ela olha para o sorvete e depois para mim.

— Largue isso e deixe-me pegar algo mais relaxante para você.

Em seguida, ela desaparece com o pote, me deixando sozinha com meu avô.

— Agora me diga quem fez a minha princesa chorar para que eu possa castrá-lo.

Enxugo minhas lágrimas.

— Eu não estava chorando. Alguma coisa entrou nos meus olhos.

— Aham, na última vez que algo entrou em seus olhos, aquele seu namorado tinha morrido, e nós quase perdemos você também.

— O Devlin não era meu namorado.

— Você passou por tudo aquilo por causa de um não namorado?

— Ele era um amigo, vovô.

— A amizade é uma via de mão dupla. Se ele estava apenas usando seu apoio e seu bom coração, ele não era seu amigo, era um parasita.

— E como você sabe disso? Seu único amigo é o tio Ethan.

— E o marido dele, Agnus, também.

— Ele te odeia.

Meu avô sorri.

— E daí? Adoro irritá-lo, o que faz dele meu amigo. Não conte isso a ninguém, mas é o ponto alto da minha semana deixar aquele homem com inveja.

Eu sorrio. Adoro como ele fica despreocupado ao falar sobre os amigos, parceiros de negócios e parentes.

Embora *amigos* seja uma palavra muito forte.

Na maioria das vezes, eles só brigam.

— Você consegue ser tão malvado, vovô.

— Consigo? Eu inventei a maldade, princesa. — Ele dá um tapinha em minha bochecha. — Agora fale comigo.

Esfrego a mão no short e faço uma pausa ao lembrar que estou tentando me livrar desse hábito desagradável.

— Estou apenas... perdida, acho. Você já confiou em alguém e essa pessoa destruiu sua confiança?

— Na verdade, não, mas talvez eu tenha que verificar no necrotério se há algum traidor que eu tenha esquecido que já existiu.

Eu rio.

— Bom, aconteceu comigo. E sei que deveria estar com raiva, e estou, mas estou mais com o coração partido. Estou mais... *furiosa* por ter sido pega de surpresa. Eu sabia que ele não era um cara comum desde o início, e o Lan até me deu uma saída, mas não aceitei. Fui teimosa e estava sob o efeito da dopamina e do poder de fazer as minhas próprias escolhas, mas isso acabou me prejudicando, vovô. Acabei descobrindo que o Lan estava certo, que ele *sempre* está certo. — Engasgo. — E, agora, estou tão quebrada que nem sei quais pedaços salvar. Quer dizer, se é que ainda resta algum pedaço.

— Venha cá. — Ele me abraça e, dessa vez, deixo as lágrimas caírem pelo meu rosto.

— Está doendo, vovô.

— Ser apunhalado pelas costas dói mesmo. — Ele acaricia meu cabelo. — Mas lembre-se, Glyndon, não são somente eles que podem apunhalar alguém.

Afasto-me, fungando.

— Como assim?

— Você é uma King. Não ficamos caídos esperando tomar mais porradas. Nós batemos de volta.

— Não consigo. Ele é... muito mais forte.

— Ninguém é mais forte do que um King. — Ele pega o celular e digita um número, depois coloca no viva-voz.

Meus olhos se arregalam quando vejo *Levi* na tela.

— Por que está ligando para o meu pai? — sussurro um pouco alto demais.

Meu avô coloca um dedo sobre os lábios quando meu pai atende, soando um pouco grogue.

— Tio? Por que está ligando tão tarde? Você está morto?

— É claro que não — diz meu avô com sua característica voz séria. Aprendi bem nova que sua voz só se suaviza perto de mim e da minha avó.

— Então me ligue de novo de manhã. E, da próxima vez que estiver tendo crises noturnas, ligue para o maldito do Aiden.

— É uma emergência com a sua filha.

Meus olhos se arregalam, e meu pai faz uma pausa antes de soar mais desperto.

— O que aconteceu? Ela estava me mandando mensagens normalmente ontem.

— Alguém a magoou, e precisamos quebrar as pernas dele.

— Vovô! — Tento desligar, mas ele mantém o celular fora do meu alcance.

— Entendo. — Meu pai soa pensativo.

— Esteja aqui em vinte minutos.

— Estou indo. Primeiro, deixe-me repreender meus filhos por não terem protegido a irmã.

— Pai, não!

— Conversaremos daqui a pouco, Glyn.

Bip. Bip. Bip.

Eu resmungo.

— Vovô, por que você fez isso?

— Você falou que não consegue bater no idiota sozinha, então faremos esse favor com prazer.

Então me dei conta. Meu avô estava tentando me ensinar uma lição, me mostrando que *eu* precisava fazer isso, para que desse certo.

— Se você bater nele por mim, sempre me sentirei impotente.

Ele levanta uma sobrancelha.

— Talvez.

— Mas se eu mesma fizer isso, colocarei um ponto-final.

— Quem sabe?

Eu me aproximo e lhe dou um beijo.

— Obrigada, vovô! Pode pedir para o Moses me levar de volta ao campus?

— Vou fazer melhor e te enviar em meu jato particular. Quer dizer, se você der conta de voar...

— Não, nada de voar três vezes em dois dias. E você pode, por favor, ligar para o meu pai e dizer que o plano está cancelado?

— Quem disse que está? — Ele abre um sorriso de lado. — Ainda podemos bater nele depois que você terminar. Ninguém mexe com um King e fica por isso mesmo.

———

Quando chego ao campus, estou borbulhando com a energia destrutiva que meu avô me injetou.

Porque ele está certo.

Por que preciso estar com o coração partido, chorando e me sentindo péssima se aquele desgraçado não sente nenhuma dessas emoções nem nunca sentirá?

O mínimo que posso fazer é atingi-lo em seu ponto fraco para provar que ele não tem controle sobre mim.

E o ponto fraco de Killian é seu ego gigantesco. A princípio, penso em esfregar outro homem em sua cara, porque sei quanto ele odeia a simples ideia de qualquer cara respirar perto de mim.

Mas então me lembro de que ele poderia matar a pessoa, e não estou preparada para ter isso em minha consciência.

Portanto a melhor maneira é fazê-lo acreditar que fiz algo sem colocar uma pessoa específica em risco.

Depois que Moses, o motorista e guarda-costas de confiança do meu avô, me leva, pergunto se posso tirar uma foto minha segurando sua mão no apoio de braço do carro, e ele diz:

— Qualquer coisa que você precisar para se vingar desse idiota...

Então, tiro a foto e subo no Instagram com a legenda:

Finalmente encontrei meu tipo. Homens mais velhos, humm.

Antes que eu possa pensar em desistir e nas consequências disso, clico em postar.

Depois, vou até meu carro em frente ao dormitório, entro e bato os dedos no volante.

Um minuto se passa.

Meu celular se ilumina com a milésima ligação do Killian, que eu ignoro como as demais.

Então, ele vai para as mensagens.

Killian: Quem é esse e ele sabe que vai morrer assim que eu te encontrar?

Killian: Eu sei que você está me provocando de propósito, e está funcionando. Minha promessa de fazer você sentar no meu pau em meio ao sangue dele também continua de pé.

Killian: Apague aquilo e fale comigo antes que eu comece a mostrar meu lado diabólico, Glyndon.

Killian: Já te falei que, se não me responder de novo, as coisas vão piorar.

Killian: Você escolheu guerra, baby, e eu não fujo das batalhas.

Coloco o celular no bolso do short e dirijo até o local onde tudo começou e terminou.

Assim que chego ao penhasco, na extremidade da floresta, vou até a beira e olho para baixo, para as ondas violentas que se chocam contra as rochas ásperas. Vejo o quanto a água as moldou, tornando-as afiadas, íngremes. Uma maravilha natural capaz de ceifar vidas.

E ser o local de um encontro maldito.

Meu avô estava certo, como sempre. Quanto mais penso em minha amizade com Devlin, menos ela se parece com uma amizade.

Sem dúvidas, ele não se sentia feliz por mim como a Cecily, a Ava, o Remi e até mesmo a Annika se sentem quando conto algo que me alegrou.

Sem contar que ele sempre gostava de falar de si mesmo, de que era órfão, que lutou contra a depressão a vida inteira e que ninguém o entendia.

Eu sempre o ouvia porque achava que éramos almas gêmeas e compartilhávamos os mesmos problemas.

Nossa personalidade era mal compreendida. Nossa depressão foi ignorada. Mas, agora, não sei de mais nada.

Acho que a morte dele me atingiu porque eu estava bem aqui quando aconteceu. Bem ao lado de seu no carro.

O vento joga meu cabelo para trás e as lembranças daquela noite retornam para mim.

— Venha comigo, Glyn — disse ele. — Podemos acabar com a dor de uma vez por todas.

— Eu... não sei, Dev. Não quero mesmo fazer isso. Eu... não posso fazer isso com a minha família.

— Veja se não é sortuda por ter pessoas que te amam.

— Dev, não diga isso. Você tem a mim.

— E desde quando você acha que é suficiente? Você não passa de uma maldita covarde, Glyn. Você fala sobre ser incompreendida e que a sua arte é comparada à da sua mãe e à dos seus irmãos, mas já pensou que é porque você é medíocre pra caramba e nem deveria estar pintando? Que tipo de artista é essa que morre de medo de acabar com a própria vida? Que tal começar a praticar o que prega?

Lágrimas escorriam pelo meu rosto, e eu não conseguia acreditar que estava olhando para o mesmo Devlin que eu conhecia há meses.

Seu rosto também estava sombrio, nada parecido com o amigo bondoso que eu conhecia.

— D-Devlin, como você pode dizer isso?

— Saia do meu carro, covarde. — Quando viu que permaneci no lugar, ele gritou: — Saia daqui, porra!

Abri a porta, mas minhas pernas fraquejaram. E me lembro de ficar tonta, pois me apoiei em uma árvore para me equilibrar.

Não faço ideia de quanto tempo fiquei assim, com a visão turva e os membros trêmulos, talvez devido às bebidas que havíamos tomado antes.

Então, em um movimento lento e distorcido, Devlin acelerou com tudo e caiu no penhasco.

Naquele momento, fiquei tão chocada que não me mexi por muito tempo, pensando que talvez estivesse sonhando e que, se ficasse parada, eu acordaria.

Então eu estava gritando seu nome e rastejando até beira do penhasco, porque minhas pernas não conseguiam me sustentar.

O carro afundava na água lá embaixo, e eu chorava, ligando para a polícia e gritando por socorro.

Foi uma confusão.

Dois dias depois, encontraram o corpo e ele foi identificado pelos colegas de quarto.

Além de sua morte, suas palavras tiveram um terrível impacto sobre mim, piorando minha depressão e agravando a minha crise existencial.

Até que um certo babaca entrou em cena.

No entanto, por mais que Devlin tenha me magoado, Killian não tinha o direito de dizer aquelas palavras, que poderiam ter feito Dev querer acabar com tudo.

Embora eu queira ignorar Killian mais um pouco, deve haver uma história por trás de seu encontro com Devlin. Mas estou preparada para ignorá-lo e fazê-lo perder a cabeça, como ele faz comigo todos os dias.

A vingança pode acabar com alguém, e eu também, Killian.

— Sentiu minha falta?

Eu me arrepio ao ouvir aquela voz familiar, e um grito borbulha em minha garganta quando me viro e vejo quem está atrás de mim.

Não, não, não...

Só pode ser fruto da minha imaginação. Ou talvez eu tenha ficado sensitiva e começado a ver fantasmas.

Ou então... ou então como é possível o Devlin estar na minha frente?

Ele parece um pouco diferente também. Está usando uma roupa de couro preta, como o membro de uma banda de rock. O cabelo está solto e há piercings em seu lábio inferior e nariz.

Se eu não soubesse que Devlin era filho único, juraria que era seu gêmeo do mal ou algo assim.

— D-Devlin?

— Você vê mais alguém aqui? — Até sua voz está diferente. Está mais severa, como a do Devlin do carro naquele dia.

— Mas você… — Olho para o penhasco e depois para ele. — Vi você cair. Você caiu do penhasco, e encontraram seu corpo…

— O que viu foi o carro cair enquanto estava drogada, porque você é tão ingênua que chega a irritar. Quanto às notícias sobre o corpo, nada que alguns contatos não pudessem resolver. E menti, não sou órfão. Minha família está bem viva, rica e associada à máfia.

Minha cabeça fica confusa com o fluxo de informações, e não consigo acompanhá-las.

— Você visitar o local da minha morte é uma declaração de amor muito comovente, que teria importância se não fosse uma vagabunda. — Devlin continua em seu tom arrogante. — Era para você deixar o Killian se divertir um pouco, e não tomar o lugar da minha irmã.

— Sua irmã?

— Você já a conheceu. A Cherry.

Meu coração bate mais forte no peito.

— Por que… por que você se daria ao trabalho de fingir a própria morte? Só por causa do clube?

— O clube? Não, é para ter poder, Glyndon. Eu não precisava fazer parte dos Hereges, pois já sou um Serpente. E sabe o que queremos? Que os malditos Hereges e Elites sejam eliminados do planeta. Você foi uma ótima porta de entrada para eu chegar ao Landon. Foi a única razão pela qual me aproximei de uma pessoa chata como você. Mas então pensei "por que não fazer o maldito Killian também entrar na equação?" Ele gosta do seu tipo, ingênua, inocente, esperando para ser corrompida. Então falei um pouco sobre você, joguei a isca para ele e despertei sua curiosidade. E que surpresa! Ele caiu direitinho na armadilha.

Meu Deus do céu. A razão pela qual o Killian veio até o penhasco foi a morte do Devlin, não foi? Foi por isso que nos conhecemos. Por causa dessa… dessa pessoa que não conheço mais.

Acho que nunca o conheci de verdade.

— Está na hora de você desempenhar seu papel corretamente, Glyn.

Ele me levanta pelos cabelos, e grito ao sentir as raízes quase se rompendo, mas logo esqueço isso quando ele me dá um soco na cara.

Todo o meu corpo se sacode para trás, e uma dor intensa explode em minhas terminações nervosas. Minha boca se enche de sangue e me engasgo com ele.

Tento escapar de seu controle, mas Devlin me dá um soco nas costelas, tirando o ar dos meus pulmões.

— Sabe, todos eles estão se comportando bem, e não gosto disso. Qual é a graça de existirem sociedades secretas tão poderosas se não estiverem constantemente em guerra? E não estou falando de brigas insignificantes, invasões noturnas, Semana dos Rivais e toda essa baboseira. Estou falando de sangue de verdade, Glyndon. Está me entendendo?

Junto o máximo de sangue que posso na boca e cuspo em seu rosto.

— Sinto muito por ter desperdiçado uma lágrima com você. Pensei que você lutava contra uma doença mental, mas usou a minha compaixão para consolidar seu controle de maneira perversa. Você nunca vai sair impune disso, seu desgraçado doente.

Ele limpa o sangue com a palma da mão, depois a levanta e me dá um tapa com força suficiente para me fazer ver pontos brancos.

— Glyndon, Glyndon, querida maldita Glyndon. Glyndon chata, doce e absolutamente esquecível. Você não está entendendo o ponto principal aqui. Não se trata de eu sair impune ou não. Isso é guerra. Veja, quando você voltar correndo para o Killian, ele saberá que somos os responsáveis, já que o temos irritado há algum tempo. Se você for até o Landon, os Elites vão querer derramar sangue. Será ainda mais divertido se você envolver o Eli e o Creighton. Está ouvindo isso? — Ele põe a mão na orelha de forma zombeteira. — É o som de quem acabou de vencer.

Eu sorrio, depois dou uma gargalhada longa, forte e tão maníaca que até eu começo a acreditar que enlouqueci.

Ele me sacode, segurando meu cabelo.

— De que porra está rindo, vagabunda?

Cuspo em seu rosto de novo.

— Você nunca conseguirá o que quer, Devlin.

Ele me dá um soco com força suficiente para me jogar no chão. Minha visão escurece e posso ouvi-lo rindo, e rindo, e rindo.

Quem ri por último ri melhor, idiota.

Se ele acha que vou procurar o Killian ou o Landon e começar uma guerra, está redondamente enganado. Vou melhorar e depois falarei com o Jeremy e o Gareth para que eles resolvam isso.

Eles são razoáveis o suficiente para não ficarem muito violentos nem iniciarem uma guerra.

Acredito estar com um plano definido até sentir braços fortes levantando a minha cabeça.

Por um momento, acho que estou imaginando coisas, e que, em um instante de fraqueza, ele é a primeira coisa que me vem à mente. Mas, quando me forço a abrir os olhos, encontro o rosto sombrio de Killian me olhando, com seus dedos acariciando minhas bochechas e a voz de um vulcão enfurecido.

— Quem foi o desgraçado que fez isso com você?

Incapaz de manter os olhos abertos, eu os fecho, e um gemido de dor sai dos meus lábios. Por alguma razão, me sinto segura com ele aqui.

Não quero que seja assim, mas é.

E enfim consigo admitir isso.

— Caralho, baby. Abra os olhos. Me diga quem fez isso.

Cerro os lábios e deixo a escuridão me envolver em seu abraço sombrio.

CAPÍTULO 38
KILLIAN

De todos os sentimentos que existem em meu arsenal, a irritação e a raiva são as que mais se destacam.

Em especial a maldita raiva.

É necessária uma saída para aliviar a raiva constante que se esconde dentro de mim. Um pouco de violência, um pouco de caos.

Um pouco de anarquia.

Eu achava que conhecia a raiva muito bem, que já estava familiarizado com a sensação do sangue borbulhando em minhas veias, a tensão dos meus membros e o vermelho cobrindo a minha visão.

Na verdade, eu nunca soube o que era raiva de verdade até encontrar o corpo semi-inconsciente da Glyndon no penhasco.

Depois da façanha de postar sua mão e a de outro homem no Instagram, eu já estava planejando cometer assassinato. Todos os pensamentos eloquentes que a minha mãe plantou na minha cabeça para trazer a Glyndon de volta já haviam desaparecido há muito tempo.

Ou talvez não. Eu estava apenas usando outro método para ir atrás dela.

E como ela não atendia às minhas ligações, tive que usar o rastreador que implantei em seu celular para descobrir onde ela estava. Quando percebi aonde ela estava indo, uma inquietação perturbadora cravou-se nos meus ossos e me deixou em alerta. Dirigi com a imprudência de um louco que tem a intenção de arriscar a própria vida.

A cena que encontrei, no entanto, não é nada que eu poderia ter imaginado em minha mente perturbada.

A princípio, ao ver a figura encolhida debaixo de uma árvore, me recuso a acreditar que seja ela.

A luz do amanhecer lança uma tonalidade azulada em suas pernas, que estão dobradas contra o peito.

Meu coração dispara quando me ajoelho ao seu lado, de modo tão gentil e calmo que é como se outra entidade tivesse tomado conta do meu corpo.

Toco seu ombro e puxo com cuidado. Sua cabeça pende e bate no meu joelho.

A pessoa que vejo à minha frente está quase irreconhecível. Um mapa de hematomas roxos se espalha por suas bochechas, e um de seus olhos está azul, inchado e um pouco aberto. Sangue mancha sua pele antes translúcida e deixa um rastro seco sob o nariz e a boca.

É como se alguém a tivesse usado como saco de pancadas.

Alguém que vai implorar para morrer quando eu o tiver em minhas mãos.

Este é o momento que percebo como, na verdade, eu não tinha a menor ideia do que era a raiva. As explosões que eu sentia antes poderiam ser chamadas de irritações fortes ou leves ondas de frustração, na melhor das hipóteses.

Mas não se comparam à raiva abrangente que corre em minhas veias no lugar do meu sangue.

Manchas vermelhas cobrem a minha visão até ficar difícil de enxergar a Glyndon, mas ainda assim pego seu rosto e o aninho em meu colo. Ela parece tão pequena e frágil em meus braços. Sempre achei que ela fosse fácil de quebrar, mas isso não importava mais desde que decidi que ela estava sob a minha proteção.

Nunca pensei que alguém teria a audácia de tocar nela.

Minhas mãos estão firmes enquanto inspeciono seu corpo em busca de outros ferimentos. Meus professores sempre expressaram admiração pela minha capacidade de permanecer calmo sob estresse, pela maneira como respondo silenciosamente a ameaças e desastres, algo que me permite encontrar uma solução mais rápido do que meus colegas.

Tal resposta silenciosa está vacilando neste momento, mas me agarro a ela com todas as minhas forças. Essa é a única maneira de avaliar a condição da Glyndon.

A boa notícia é que ela está respirando.

A má notícia é que está respirando com dificuldade.

— Quem foi o desgraçado que fez isso com você? — Não reconheço a raiva mascarada em meu tom de voz mortalmente calmo.

Nem a necessidade de garantir que o caos se instale.

Como se percebesse que estou aqui, Glyndon pisca, e uma única lágrima desliza por sua bochecha enquanto um gemido de dor escorrega por entre seus lábios.

Com um dedo, enxugo a lágrima, mas ela já apagou de novo.

— Caralho, baby. Abra os olhos. Me diga quem fez isso.

Não há resposta.

Seguro suas mãos, que estão ensanguentadas, com algumas unhas quebradas.

Ela lutou, a minha Glyndon. Não deixou o desgraçado brutalizá-la sem também machucá-lo.

É evidente que ela perdeu, mas, mesmo assim, estou muito orgulhoso dela.

Quando começo a levantá-la, algo escorrega entre sua barriga e sua perna. Estava escondido por sua posição anterior.

Uma máscara.

Meus dedos deslizam sobre o látex, percorrendo os detalhes grotescos da caveira macabra com um sorriso cheio de dentes.

Serpentes desgraçados.

Logicamente, sei que é uma provocação para entrarmos em guerra, a mesma que prometi a Jeremy que não instigaria.

Mas isso foi antes de tocarem no que é meu.

Os serpentes estão pedindo por guerra, mas receberão aniquilação.

Depois de avaliar pessoalmente a condição da Glyndon, não encontrei nada de errado além dos ferimentos externos. Mesmo assim, eu a levo ao hospital para fazer um check-up e, com certeza, uso todos os meus truques para que ela seja atendida primeiro.

Um dos meus professores por fim confirma que os ferimentos são apenas externos, prescreve medicamentos para a dor e diz que terá que denunciar o caso à polícia. Deixo Jeremy lidar com o médico e a levo de volta para a mansão.

Meu corpo está rígido, pronto para se partir ao meio, e estou completamente fechado em mim mesmo desde que a encontrei.

Não, desde que ela recebeu o vídeo e fugiu de mim.

Não há nada que eu queira mais do que ficar ao seu lado e esperá-la acordar, mas tenho algumas vidas para estragar primeiro.

Então chamo Brandon para ficar com Glyndon. A única razão pela qual confio nele é porque ele é sangue de seu sangue e, obviamente, se preocupa com seu bem-estar.

Não o outro irmão. Ele que se foda.

Mas os dois aparecem juntos no meu quarto, e o maldito Gareth os deixa entrar.

— O que foi? — Ele finge inocência quando o encaro com raiva. — Eles são irmãos. Eu não poderia deixar um entrar e expulsar o outro.

— Glyn! — Brandon corre para o lado dela, com o choque estampado no rosto. Ele se agacha ao lado da cama, depois olha para mim. — Ela está...?

— Ela vai sobreviver. Não posso dizer o mesmo de quem fez isso com ela. — Encaro o Landon, que entra com a despreocupação de alguém que está em casa. Então seus olhos se estreitam quando ele vê o estado da irmã. — É que porra você está fazendo aqui?

— Estou aqui por causa da minha irmã e, se você tentasse me impedir de entrar, eu teria incendiado toda a merda deste lugar. Depois de tirá-la daqui, é claro. Também recebi uma mensagem.

Ele pega o celular e me mostra a mensagem de um número desconhecido.

Número desconhecido: Nós cuspimos em seu túmulo.

Em anexo, há uma foto de Glyndon, toda machucada, com uma máscara de caveira ao seu lado.

Esses filhos da puta querem morrer cedo.

— Quero fazer parte do que você está planejando — informa Landon.

— E o que te faz pensar que vou deixar?

Ele se coloca na minha frente, de modo que ficamos nos encarando.

— Eu não estou perguntando, Carson. Vou participar, quer você goste ou não. Eu poderia ter feito isso sozinho, envolvido meu clube e eliminado essa escória da face da Terra, mas você tem mais informações sobre os Serpentes do que eu. E essa operação não é por causa de um rancor trivial, por isso precisa ser bem pensada. Ninguém mexe com a minha irmã, nem mesmo você, ouviu?

— É assim que você pede ajuda?

— Como falei, não estava pedindo. Vou participar, mesmo que tenha que roubar sua operação.

— Não reajo bem a ameaças.

— E eu não reajo bem a ser deixado de fora.

Ficamos nos encarando pelo que parece uma eternidade antes de Brandon interromper.

— Será que isso não pode ser resolvido de outra forma?

— Você quer dizer, em vez de decapitá-los, nós os esquartejamos? — indago.

Ele se encolhe.

— Não, eu quis dizer chamando a polícia, como pessoas civilizadas de verdade?

— Foda-se a polícia.

— Isso é pessoal — pontua Landon.

— Não sei se devo ficar feliz ou assustado por vocês dois estarem terminando as frases um do outro. — O rosto de Brandon está cheio de horror. — Que tal negociarem com os Serpentes para que entreguem quem fez isso à Glyn, para que vocês possam evitar uma guerra? É óbvio que foi obra de um homem só.

— Não, eu quero a cabeça de todos eles — afirma Landon.

— Concordo com o filho da puta. — Aponto o polegar em sua direção. — Fique de olho nela e me avise se acontecer alguma coisa. Tem uma pessoa com a qual preciso lidar primeiro.

Saio da sala e agarro o Gareth pela gola da camisa.

— Venha comigo.

Landon se aproxima de nós, com as mãos nos bolsos e a expressão neutra. Lanço-lhe um olhar de soslaio.

— Você precisa de alguma coisa?

— É difícil, mas finja que não estou aqui.

Eu o ignoro porque tenho coisas mais importantes para resolver.

Meus passos são leves, quase inaudíveis, enquanto caminhamos até a casa anexa, àquela em que os novos membros podem ficar, uma vez que só podem entrar na casa principal durante uma festa ou se os convidarmos.

Uma pequena silhueta vestida com calça preta e casaco com capuz está se esgueirando em direção à entrada dos fundos.

— Não era para ela estar trancada? — pergunto a Gareth.

— Ela estava desde que viemos para cá, mas pelo visto usou algum truque para persuadir os guardas a deixá-la sair.

Acelero o passo, agarro seu capuz e a puxo para trás com força, arrancando um grito. O cabelo loiro descolorido aparece, bagunçado, e me imponho atrás dela como a própria Morte.

Meus dedos se apertam e a estrangulo com o capuz até seu rosto ficar vermelho.

— Indo para algum lugar sem se despedir, Cherry? Estou tão magoado que talvez até chore no meu travesseiro mais tarde.

Afrouxo a pegada, mas não a solto. Ela tosse enquanto me encara, depois sussurra:

— Você quase me mato...

— Te matar é exatamente o que vim fazer. Achou que eu não descobriria seus planos idiotas?

— Eu... não sei do que está falando.

— Você sabe bem do que ele está falando — Gareth rosna. — Você me usou para chegar ao clube e acessar os computadores de comunicação interna.

— Depois roubou as imagens de segurança e as vazou — acrescento. — Ah, e convidou a Glyndon para a cerimônia de iniciação por meio do computador interno com o acesso do Gareth.

Um fato que ele admitiu para mim depois que cheguei em casa com a Glyndon espancada. Ao que parece, ele queria me contar no avião, pois tinha suspeitas sobre quem poderia ter acesso aos registros de segurança.

Os guardas do Jeremy e do Nikolai são mais leais do que cães, pois trabalharam com os pais deles durante anos. Eles estão fora de suspeita.

Portanto as pessoas mais prováveis são as que fazem parte do clube.

E a pessoa com quem o Gareth está indo para a cama não é ninguém menos do que a drogada e manipuladora da Cherry.

Depois de chegar a essa conclusão, conseguimos preencher os espaços em branco.

Cherry começa a chorar, com o queixo trêmulo e os olhos vermelhos. Se eu tivesse a capacidade de me importar, diria que quase parece real.

Quase.

— Eu não queria — ela diz entre soluços. — Ele... ele me obrigou a fazer tudo. Ele sabe do meu vício em drogas e, se eu não ajudasse, ele contaria ao meu pai, que me internaria em alguma clínica de reabilitação. Juro que eu não sabia que ele machucaria a Glyndon dessa forma. Eu juro.

Eu bocejo.

— Diga isso para alguém que se importe.

— Gareth. — Ela agarra o braço dele com desespero na voz, sabendo muito bem que ele é o único capaz de tirá-la dessa situação. Porque certamente eu não vou. — Eu não teria feito nada disso se não fosse necessário. Você precisa acreditar em mim.

Ele retira a mão dela e a joga para longe.

— Você me usou uma vez. Nunca mais.

— Gareth, por favor. Eu te amo.

— Não, você não ama — pontua Gareth com um sorriso falso. — Fui apenas um substituto do Kill. Você não ama nem a ele. Ama a ideia que criou dele e a sensação de poder que ter ele te dá.

— Não é verdade, eu juro...

— Cale a boca. Seu choramingo está me dando nos nervos, o que não está te ajudando, Cherry. — Inclino a cabeça. — Sabe o que vai te ajudar? Me dar um nome e contar como tudo aconteceu.

Ela bufa, e sua farsa de pobre coitada desaparece.

— Você vai me machucar de qualquer maneira, então por que eu deveria te contar?

— Pelo menos você é inteligente o suficiente para entender isso. Continue usando a cabeça e me diga o que quero saber. Há uma grande diferença entre ser enviada para a reabilitação e ser mandada para um lugar desconhecido. Vamos dizer que seja um lugar subterrâneo em que você vai enlouquecer aos poucos e começar a comer a própria merda. Ah, e vou garantir que lá não tenha guardas que você possa seduzir.

Seus lábios tremem e uma expressão feia toma conta de seu rosto.

— Por que ela e não eu? Eu cheguei primeiro. Tive você *primeiro*.

— Não sei. Provavelmente o rosto. O dela é melhor que o seu, mesmo quando está machucado. E a voz. A da Glyndon é a mais doce que já ouvi.

Sabe de uma coisa? Tudo. Ela tem a aura de uma rainha, enquanto você sempre será uma pobre plebeia, Cherry. Quando eu olhava para você no passado, sentia indiferença, mas agora tenho vontade de esmagar seu crânio, então me diga o que quero saber antes que eu comece a dar ouvidos a esses sentimentos.

Ela leva algum tempo relutando inutilmente antes de expor a situação. Começando com como se aproximou do Gareth e conspirou para ser aceita nos Hereges, e como ajudou o irmão a receber um convite na segunda seleção. É evidente, foi ele quem atirou a flecha em mim, e ela tentou impedi-lo.

Ela também me conta sobre as mensagens ameaçadoras que ele continuou enviando para a Glyndon esse tempo todo, para mantê-la tensa.

Seu falatório continua sem parar sobre como o irmão a controlava e blá-blá-blá.

Então ela menciona um nome que faz minha visão ficar ainda mais vermelha do que antes: Devlin Starlight.

O supostamente morto Devlin. Eu sabia que aquele filho da puta não era do tipo que se suicidaria. Ele tinha muita energia destrutiva para se encaixar em um conceito de autoflagelação ou alguém que tiraria a própria vida.

Eu não me surpreendo com facilidade, se é que isso acontece, mas fiquei surpreso quando ouvi a notícia de sua morte. Por isso, eu estava sempre visitando o penhasco, só para ver a morte de perto.

E, em vez disso, encontrei um maldito anjo.

Agora que sei de suas ações, presumo que seu plano desde o início era fazer com que eu me interessasse por Glyndon. A maneira como ele falava da "melhor amiga" continha as palavras certas: inocente, protegida, uma princesa.

E a última coisa que ele mencionou...

Às vezes, parece que ela é alguém que está esperando para ser arruinada.

Vou destruir a vida de Devlin, não apenas por pensar que poderia me manipular, mas também por ousar colocar suas mãos imundas no que é meu.

O plano é simples, mas brutal.

Ao cair da noite, Jeremy, Nikolai, Gareth e eu colocamos nossas máscaras neon, com a adição da peça anti-gás, e entramos sorrateiramente no complexo dos Serpentes.

Há um enxerido nos seguindo com sua máscara dourada, mas eu o ignoro.

Se fosse meses ou até semanas atrás, nem sequer sonharíamos em invadir esta mansão. Mas a Cherry desempenhou bem seu papel, com alguns estímulos do Gareth.

Ela está tentando ficar bem com ele, para que não a entreguemos ao pai em uma bandeja de prata. Cherry é apenas uma sobrevivente e não se nega a trair o irmão para continuar viva.

Não é preciso dizer que garanti que ela ficasse presa com o Máscara Branca como guarda. Ela pode ser capaz de seduzir qualquer um dos nossos seguranças, mas nunca o Máscara Branca. Quando terminarmos isso aqui, farei com que os homens de seu pai a levem para fora da mansão.

Divirta-se na clínica de reabilitação, vadia.

Agora é hora de visitar outro desgraçado, que os homens de seu pai levarão em um caixão.

A mansão que eles usam como base é semelhante à nossa, só que um pouco mais gótica e menor, assim como o pau deles.

E hoje é a noite em que escolhem um líder, segundo o que a Cherry nos disse. Gareth, Landon e eu observamos o monitor de segurança depois que Jeremy e Nikolai nocauteiam os guardas.

Os cinco líderes dos Serpentes usam máscaras de caveira semelhantes à que encontrei com Glyndon. Eles fizeram um círculo em cima de uma estrela satânica e estão murmurando coisas como se fossem bruxos.

— Qual deles é o Devlin? — Gareth pergunta.

— As máscaras são semelhantes, então não sei. — Dou de ombros. — Vamos ter que pegar todos.

— Sim, todos. — Os olhos de Nikolai brilham por trás da máscara enquanto ele bate o punho contra a palma da mão aberta. — Vou acabar com todo mundo.

— Todos, menos o Devlin — pontuo. — A vida dele é minha.

— Você quis dizer, minha — retruca Landon, e lhe mostro o dedo do meio.

— Por mais que eu goste da ideia — Jeremy intervém —, isso seria pedir por uma guerra.

Levanto uma sobrancelha.

— Não sabia que a guerra te assustava.

— Nem um pouco. Mas alguns de vocês podem não estar prontos para isso.

— Quem concorda com o plano levante a mão — oriento, depois levanto a minha. Nikolai levanta as duas mãos e Gareth faz o mesmo. — Acho que isso conclui a discussão.

Deixamos Gareth na sala de controle para o caso de qualquer intervenção indesejada, e ele se comunica conosco através de fones de ouvido.

Então nós quatro seguimos suas instruções para chegar ao porão, onde estão realizando seus rituais satânicos.

Puxo a trava do cilindro metálico e o vejo rolar na direção deles.

Todos encaram o objeto por um momento antes de se dispersarem em diferentes direções ao perceberem que é gás lacrimogêneo.

Um deles cai no chão, tossindo e arrancando a máscara. Nikolai aproveita e lhe dá um chute no queixo, fazendo-o voar longe.

— Oi, pessoal, bom ver vocês de novo. Estava com saudade de arrebentar essa cara de covarde de vocês.

Aquele não é o Devlin.

Jeremy e Landon se separaram, pegando os outros, batendo e tirando as máscaras dos participantes, mas não há sinal de Devlin.

— Kill, atrás de você! — Gareth grita em meu ouvido.

Eu me viro e levanto a mão bem a tempo de um taco de beisebol acertar meu braço.

Um *crac* soa no ar, uma dor forte cega a minha visão e meu braço fica mole. Definitivamente quebrado.

O que está usando uma máscara de gás de caveira ri com um ar de lunático.

— Oi, Killian. Achou que eu não fosse prever isso?

— Oi, Devlin. Pronto para conhecer o inferno?

Dou um chute em seu estômago, deixando meu braço inútil balançar ao meu lado. Ele grunhe, mas recupera o equilíbrio e tenta acertar de novo onde está quebrado. Dessa vez, me esquivo, e ele ri.

— Essa cena toda quer dizer que você recebeu meu presente? Tive um cuidado especial embrulhando ela em belos hematomas para você. Ela ficou linda.

Agora, sou eu quem começa a rir, tão alto e de forma tão ensandecida que ele para. A risada dura tanto tempo que ele fica com raiva e começa a atacar sem estratégia.

— Um garotinho tão fraco. — Eu me esquivo. — Mamãe não te amava, não é? Ela te abandonou quando você era pequeno e indefeso, e agora você virou um homem com a mente de uma criança.

— Cale a boca. — Sua raiva aumenta cada vez mais, e ele fica nas minhas mãos.

— Que pena. Sua mãe enrolaria uma corda no pescoço se visse seu estado atual. Ah, é mesmo. Ela já fez isso.

— Mandei calar a boca!

Ele ataca. Eu pego o taco com meu braço bom, arranco-o de sua mão e com um movimento rápido acerto sua cabeça.

Devlin solta um som assustador e doloroso ao cair no chão. Então se arrasta, depois se levanta. Mas, assim que fica de pé, acerto o taco em suas pernas, depois em seu peito, e assim diversas vezes até que os únicos sons que ele consegue emitir são gorgolejos.

Retiro lentamente sua máscara, fazendo-o tossir e engasgar com o gás lacrimogêneo, e então olho para ele.

— Não desmaie ainda. Estamos apenas começando. Você vai sangrar, gritar e implorar que eu pare por cada marca que deixou na pele dela. Você será retalhado por cada mentira que contou a ela e por ter tido a audácia de se aproveitar de seu bom coração. Você rezará para todas as divindades do mundo, mas eu serei seu próprio deus impiedoso. Talvez eu não consiga processar as emoções normalmente, mas se você machucar o que é meu, eu é que cuspirei em seu maldito túmulo.

Não tenho a menor dúvida de que a coelhinha está virando meu mundo de cabeça para baixo.

E a deixarei fazer isso.

Porque ela é minha.

E deixarei o mundo inteiro arder em chamas para garantir que ela permaneça segura.

CAPÍTULO 39
GLYNDON

Dói.

Esse é o primeiro pensamento que me vem à mente quando abro os olhos. Ou melhor, um olho.

O outro parece estar inchado e fica apenas meio aberto.

Não são apenas meus músculos que doem. A dor reverberou pelos tendões e atingiu meus ossos.

Minha língua permanece colada ao céu da boca, grande, pesada e estranha.

Eu imaginava ainda estar no topo do penhasco, mas uma luz suave me recebe, seguida pelo cheiro muito característico de âmbar amadeirado. Como esperado, o papel de parede sem personalidade do quarto do Killian aos poucos entra em foco.

— Glyn? — O rosto preocupado de Bran aparece. — Como está se sentindo?

— Com dor — resmungo.

— Aqui, tome um analgésico.

Ele pega um comprimido na mesa de cabeceira e me ajuda a sentar para tomá-lo.

Minha cabeça lateja quando engulo o medicamento. Bran se senta na cama e seus movimentos estão embaçados, quase desconectados.

— Eu estava tão preocupado com você. — Ele toca meu braço com cuidado. — Você precisa de alguma coisa?

Balanço a cabeça, sentindo o desconforto diminuir um pouco.

— Onde está o Killian?

Sua expressão perde toda a suavidade.

— Ele foi atrás de quem fez isso com você.

— Não... — sussurro.

— Infelizmente, sim. O Lan foi junto, e todos os líderes do clube, claro.

Retiro as cobertas e tento me levantar. Obviamente, superestimei a minha capacidade de me mover, então caí de novo.

Bran me pega antes que eu chegue no chão e me força a voltar para a cama.

— Que merda acha que está fazendo?

— Tenho que impedi-los. Todos estão caindo na armadilha dele. Ele fez isso para atrair o Killian e o Lan, para iniciar uma guerra e instigar o caos. Não quero ser o motivo disso, Bran.

— Acho que já é tarde demais, princesinha.

Um nó se prende no fundo da minha garganta e não sei se quero gritar ou chorar.

A porta se abre e ambos nos viramos para encontrar Killian ali, com um braço mole ao seu lado. Respingos de sangue cobrem sua mão, seu pescoço e a gola de sua camisa, mas seu rosto permanece limpo, quase etéreo.

Perturbado.

É assim que imagino que os *serial killers* ficam quando voltam para casa, completamente fora da realidade, talvez até eufóricos por terem satisfeito a sede de sangue.

Ele passa os dedos ensanguentados pelo cabelo, como se quisesse confirmar a imagem que acabei de criar.

Este é o momento em que eu deveria me sentir assustada, aterrorizada, mas, em vez disso, meu coração se despedaça.

Sem os óculos da ilusão, agora consigo enxergar claramente onde isso vai dar. Ou talvez eu sempre tenha enxergado, mas continuei mentindo para mim mesma.

Ao me ver, ele para de caminhar. Uma luz brilha em seus olhos enquanto ele se aproxima com poucos passos.

Nunca vou me acostumar com a presença tão abrangente do Killian. E com como ele é capaz de consumir toda a minha atenção sem nem mesmo tentar.

Quando ele está perto, perco a noção de todo o resto. Meu ser se junta a ele por completo, assim como os corvos que se reúnem em lugares sinistros.

Bran abre caminho para ele, e gesticula que esperará do lado de fora.

Killian nem parece perceber que o meu irmão saiu do quarto e fechou a porta, quando se senta na cama e pega a minha mão. Seu polegar, ensanguentado, acaricia o dorso da minha mão. Sua outra mão permanece imóvel, ainda pendurada ao lado do corpo.

— Está se sentindo melhor? Tomou os analgésicos?

Concordo lentamente com a cabeça e sinto meu peito doer a cada respiração ao sussurrar:

— Você o matou?

A aparente suavidade desaparece, deixando que seus demônios se manifestem.

— E se tiver matado?

Meu estômago despenca, e o som do meu coração se despedaçando, que eu já havia escutado antes, fica mais alto, ensurdecedor. Tento afastar a mão da dele, mas ele aperta mais os dedos.

— Não faça isso. Você sabe muito bem que não gosto quando você fecha a porta na minha cara.

— E acha que gosto quando te vejo todo ensanguentado assim?

— Você esperava que eu ficasse quieto depois que ele ousou não apenas te tocar, mas também bater em você?

— Não, mas pensei que você o espancaria, talvez. E concordamos que ele merecia. Mas não que o mataria. Achei que você pensaria nisso pelo meu ponto de vista. Se tivesse, teria percebido que a culpa por ser o motivo da morte de alguém iria me esmagar.

— E quanto ao meu ponto de vista? Você é a pessoa que mantém meus demônios afastados, a que me faz ansiar por novos dias. Você é o único vermelho em meu mundo preto e branco. Você é a porra do meu *propósito*, mas ele te machucou. Ele colocou as mãos em algo que me pertence. Na *minha* garota. — Ele coloca a mão em volta do meu pescoço. Não de forma grosseira, apenas o suficiente para me dizer quem está no controle. — Me escute, e com atenção, Glyndon. Passei a vida inteira reprimindo minha natureza, mas eu abraçaria de bom grado os meus demônios por você. Eu me transformaria em um demônio, em um monstro e em qualquer arma que tivesse de ser se isso significasse que eu seria capaz de manter você segura. Você nunca, *jamais*, me questionará sobre isso, está me ouvindo?

Meu queixo treme, apesar das minhas tentativas de travar a mandíbula.

— Então tenho que ver você se tornar desumano e ficar calada?

— Quando for pela sua segurança, sim. Além disso, não matei o Devlin, mas com certeza ele vai querer morrer durante os meses de reabilitação que precisará fazer para voltar a ser funcional. — Ele faz um muxoxo. — E seu irmão tirou um pouco da minha diversão ao insistir em participar da tortura. Já mencionei que não o suporto?

Minha boca se abre.

— Você... deixou mesmo o Devlin viver?

— Por enquanto.

— Por quê?

— Porque planejo tornar a vida dele um inferno. Vou esperar até que ele esteja recuperado e o espancarei de novo. Ele vai tremer de medo com a simples menção do meu nome. Vai viver olhando por cima do ombro e terá um exército como segurança, mas ninguém vai me impedir. Vou me tornar seu pior pesadelo, feito sob medida.

Minha boca está seca, mas ainda assim pergunto:

— Isso é tudo?

Ele solta um longo suspiro e acaricia meu pescoço.

— Eu também não queria que você se sentisse culpada por eu ter tirado uma vida por sua causa. Porque, ao contrário do que você diz, considero o seu ponto de vista. E também estou ciente de que, se eu tirar uma vida, precisarei sentir essa adrenalina várias vezes, até ser pego por isso. Embora essa opção fosse cogitada no passado, ela não é mais uma possibilidade, porque significa que eu teria que te deixar.

Eu rio com desdém.

— Não sei se devo me sentir especial ou ficar horrorizada.

Ele solta meu pescoço e coloca um fio de cabelo atrás da minha orelha.

— Sem dúvidas, a primeira opção.

— Eu sou especial?

— Se não fosse, acha que eu perderia meu tempo tentando ver as coisas do seu ponto de vista? Não sou altruísta, nunca fui e nunca serei, mas você é parte de mim agora, então vou me acostumar a pensar da mesma forma que você.

Meu coração, que estava partido, o coração que achava que Killian tinha passado dos limites e que eu teria de pedir ao meu avô, e até mesmo ao Lan, para me afastar dele, começa a se recuperar aos poucos. Agora ele bate com força, como se a enxurrada de oxigênio fosse demais para suportar.

Como se tudo isso não passasse de ilusão.

Tento falar, mas estou tão emocionada que preciso de algumas tentativas.

— Você está falando sério ou só está dizendo essas coisas porque sabe que é o que desejo ouvir?

— Pare de questionar tudo o que falo e faço. Isso me irrita. Sim, sou manipulador, mas não com você. Sempre fui direto sobre o que quero de você.

— E o que você quer?

— Que você seja minha. Eu te darei o mundo em troca.

— O mundo? — Uma lágrima desliza pela minha bochecha. — O que é o mundo para você, Kill? Porque, para mim, é acordar ao lado do homem que amo e ter certeza de que ele também me ama. Não sei quando ou como isso aconteceu, mas sei que me apaixonei por você. Com tanta força que dói saber que você nunca sentirá o mesmo.

— Quem disse que nunca vou?

— Sua natureza. Não é que você não queira mudar, é que você realmente não consegue.

— Não fique me rotulando. Olha, o que sei sobre o amor é que é um sentimento nobre, delicado e significa que, se ama alguém o suficiente, talvez tenha que deixar a pessoa partir. Entenda isto, Glyndon: não há nada de nobre nem delicado no que sinto por você. É um vulcão violento de obsessão, posse e luxúria desvairada. Se quer amor, então eu te amo, mas na versão não ortodoxa do amor. Eu te amo o suficiente para deixar você penetrar os meus muros. Eu te amo o suficiente para te deixar dialogar com os meus demônios. Eu te amo o suficiente para permitir que você tenha controle sobre mim, mesmo nunca tendo permitido que alguém tivesse o poder de me destruir de dentro para fora.

Meu coração bate tão forte que sinto como se ele estivesse tentando voar para fora do peito e, de alguma forma, se fundir ao dele.

Essa reação não pode ser um comportamento aprendido, não quando seus olhos parecem cheios de lava e ele me olha com uma intensidade que rouba meu fôlego.

— Killian...

— Nem pense em duvidar das minhas palavras de novo.

— Eu não ia... Estou apenas emocionada.

— É claro que está. Aposto que gostou da informação de que você exerce poder sobre mim.

— Nada mais justo, levando em conta todo o poder que você tem sobre mim. — Levanto a mão e acaricio sua bochecha, sorrindo, mas depois me contorço ao sentir meu lábio latejar.

Ele não parece gostar disso, considerando a forma como suas sobrancelhas se franzem. Então, pega minha mão e beija a palma, provocando um estremecimento no meu cerne.

— Prometo que nunca mais permitirei que alguém te machuque novamente.

Eu acredito nele.

O sangue em seus dedos e mãos torna a frase mais sinistra, mas tudo isso faz parte do Killian. E, quando me apaixonei por ele, tive que aceitar o pacote completo.

O lado bom, o mal e o problemático.

— Tem certeza de que não vai se cansar de mim depois disso tudo? — implico.

— Ah, baby. Nem mesmo depois da morte.

Eu sorrio, porque sei que ele está falando sério.

— Ótimo, por que adivinhe só?

— O quê?

Inclino-me e sussurro:

— Eu sou sua.

Suas narinas se dilatam e um músculo se contrai em seu maxilar.

— Repita.

— Eu sou sua, Killian. Acho que sou sua desde que nos conhecemos.

Envolvo meus braços em sua cintura e me encosto lentamente em seu peito, para não incomodar meus machucados.

Não sei que caminho seguiremos a partir de agora, mas estou pronta para o mundo que o Killian coloca aos meus pés.

Também estou pronta para me tornar a garota corajosa que sou quando estou com ele.

CAPÍTULO 40
LEVI

TRÊS SEMANAS DEPOIS

Sento-me ao lado do meu tio no sofá de couro em meu escritório, enquanto meus garotos ficam atrás de nós com a postura de recrutas.

Ou pelo menos o Bran. Lan tem exalado o tipo de energia destrutiva que leva as pessoas à morte.

Nós quatro estamos olhando para a pessoa sentada na cadeira à nossa frente. Apesar de ter um gesso cobrindo seu braço direito, ele ainda parece bem apresentável, com calça escura e camisa social.

O cabelo está penteado, a expressão se assemelha à de um monge sábio e ele tem todos os sinais para se passar por um ser humano respeitável.

Mas sei que não é bem assim.

Nunca pensei que chegaria o dia em que eu conversaria com o cara que está dormindo com a minha filha.

Mentira. Penso nisso desde que eu e a Astrid soubemos que estávamos esperando uma menina. E essa imagem sempre me deixou maluco.

Será que é tarde demais para pedir a alguma bruxa que nos leve de volta no tempo para que a minha menina possa permanecer criança para sempre? Porque estou tendo dificuldades para aceitar isso.

O estado do meu tio é ainda pior, mas sua expressão é mais calculista. Aparentemente, ele estava falando sério quando sugeriu dar uma surra nesse desgraçado e mandá-lo de volta para os Estados Unidos com passagem só de ida.

Uma opção à qual não me oponho por completo, pois isso significaria que eu me livraria do cara que a Glyndon nos apresentou tão descaradamente com um "mãe, pai, conheçam meu namorado, o Killian".

Sim, ela já teve namorados antes, mas não sentiu a necessidade de trazê-los para casa. Além disso, sei que os rapazes mantiveram distância porque Lan garantiu isso. Ao que parece, ele não consegue fazer o mesmo com esse Killian.

— Levi. — Meu tio fala comigo sem quebrar o contato visual com Killian. — Você não acha que esse cara é um sem-vergonha por aparecer em sua casa depois de ter partido o coração da Glyndon?

— De fato, tio. Ele poderia ter se afastado e nos evitado, mas aparentemente achou que nos visitar era a coisa certa a se fazer.

— Quem vai dizer que seus pais talvez não consigam reconhecê-lo quando terminarmos essa conversa?

— Não vamos bater muito, tio. Afinal, o pai dele é um conhecido seu. — Deixo meus olhos recaírem sobre Killian, que estava acompanhando toda a conversa com a mesma expressão neutra. — Vamos fazer o seguinte, garoto. Se terminar com a Glyndon e se responsabilizar por tudo, nós te pouparemos da tortura.

— Com todo o respeito, senhor, ameaças não funcionam comigo — o merdinha diz, com um sorrisinho no rosto. — Você deveria perguntar ao Landon aqui. Ele tentou coisas piores e falhou.

— Não falhei, porque ainda não parei de tentar — retruca Landon. — E você deveria ouvir o meu pai, porque ele está te oferecendo a saída mais fácil.

— Com certeza, estou — digo. — Tio, em circunstâncias diferentes, como lidamos com alguém que acha que pode ficar com a minha filha depois de ter partido o coração dela?

— Correção. — Killian levanta uma sobrancelha. — Não parti o coração da Glyndon. Ela achou isso depois de ver o trecho de um vídeo, no qual eu dizia a um falso amigo dela que ele deveria morrer. O que Glyndon não viu foi o resto da filmagem, em que o falso amigo me perguntava o que eu falaria se ele quisesse morrer. E depois, ele ria, dizendo que talvez levaria alguém junto. Esse alguém era a Glyndon, a propósito. A intenção era se jogar do penhasco com ela, mas ela conseguiu escapar no último segundo. Por causa das ações dele, Glyndon se sentiu horrível por meses, achando que tinha falhado quando o amigo mais precisava e que foi por isso que ele se suicidou. E como tenho certeza de que o Landon e o Brandon já te contaram, ele não morreu, mas no momento deve estar desejando que tivesse morrido.

Levanto uma sobrancelha ao ver a maneira segura e assertiva com que ele fala. Traz uma lembrança incômoda e aterrorizante de como meu primo era quando tinha mais ou menos a idade desse babaca.

Meu tio também deve ter feito a mesma ligação, porque seus lábios se apertam formando uma linha.

— O Landon me contou que você tem um histórico de violência, garoto.

— Ele também, mas não fico por aí contando seus podres para todo mundo. Se me permite dizer, isso não combina com você, Landon.

Posso sentir a tensão irradiando do meu filho mais velho, mas Bran dá um tapinha em seu ombro, ou talvez ele esteja segurando o irmão numa tentativa de impedir que ele dispare como uma bala.

Entre nós quatro, Bran com certeza é o único que está do lado desse merdinha.

"A Glyndon já o escolheu, pai, e ele a faz feliz, então talvez seja melhor você não intervir", foi o que Bran me disse mais cedo.

Até parece que não vou intervir.

Quanto mais converso com Killian, menos gosto dele.

Simplesmente não criei minha única filha durante todos esses anos para entregá-la a esse idiota.

— Olha, entendo suas reservas em relação a mim — ele continua em um tom sério —, mas meus problemas com a violência foram na adolescência, quando eu ainda precisava trabalhar no controle de impulsos. Agora só recorro à violência quando tenho de proteger a Glyndon. Mas nunca a dirijo a ela, nem a seus amigos e familiares.

— São palavras bonitas — diz meu tio.

— E falo cada uma com seriedade. Prometo que darei a minha vida para mantê-la segura.

— Isso se você não perder sua vida *acidentalmente* nesse meio-tempo — murmura Landon.

— Cuidado, Landon. — Tento parecer severo. — Nada de ameaças na frente de pessoas de fora. Isso pode ser usado contra você mais tarde.

Killian apenas sorri, como se não tivesse ouvido as últimas partes do diálogo.

— A Glyndon disse que seria difícil você me aceitar, mas estou disposto a tentar obter sua aprovação pelo bem dela. Menos a sua, Landon. Não dou a mínima para a sua opinião. Sr. King, te respeito por ter feito a Glyndon se sentir mais feliz por todos esses anos. Na verdade, tiro o chapéu para o senhor por protegê-la durante o tempo em que não estive em sua vida, mas saiba que nunca conseguirá tirá-la de mim. Você pode quebrar minhas pernas e meus braços, mas ainda vou rastejar até ela.

— Então está nos dizendo que não vai se afastar da minha filha?

— Nem de longe, nem um pouco.

— Muito bem. — Meu tio se levanta. — Vou ficar de olho em você, garoto. Aliás, *olhos*, no plural. E se eu descobrir que machucou a minha princesa de alguma forma, farei com que você nunca mais respire direito.

Eu digo:

— Aqui vai um conselho, Killian. O único que te darei. Se causar dor à minha filha, talvez seja melhor desaparecer voluntariamente, pois te matarei quando te encontrar.

— Por favor, faça isso. Você tem permissão para fazer o que quiser se eu passar dos limites, mas não tem permissão para interferir nem sabotar nosso relacionamento.

— Está nos ameaçando? — pergunto.

— Claro que não. — Ele sorri daquele jeito irritante. — Estou apenas transmitindo uma informação.

Meu tio o encara, depois sai. Eu o sigo, deixando meus filhos com aquele verme.

Ao sairmos, ouço Killian e Landon trocando comentários passivo-agressivos enquanto Brandon tenta apaziguar o clima.

— Preciso que fique de olho nesse garoto, Levi — meu tio avisa assim que chegamos ao final do corredor.

— Você nem precisa me pedir isso. Quais são as chances de a Glyndon realmente largar esse desgraçado?

— Zero. Ela disse que está apaixonada e que ele a torna uma pessoa melhor e mais corajosa.

Aquele merdinha.

— Como se não fosse o suficiente, a Aurora já gosta dele e fala que estou sendo superprotetor.

— Bobagem. Não existe tal coisa quando se trata da Glyndon.

— Foi o que eu disse.

— Se serve de consolo, a Astrid está fazendo uma campanha a favor dele há semanas. Ela até me avisou para não ser muito difícil e não falar com o cara como se ele fosse um criminoso. Será que ela não sabe que não vou entregar a minha filha sem primeiro dar uma sacudida forte nele?

— Não estamos entregando. Estamos observando suas atitudes por enquanto.

— Talvez os dois se separem daqui a alguns meses e nos livraremos desse problema.

Meu tio solta um suspiro.

— Eu não teria tanta esperança se fosse você. Os dois estão muito apaixonados. Só porque você se recusa a ver, não significa que não seja verdade.

Praguejo baixinho quando chegamos à sala de jantar. Aurora, que estava supervisionando os funcionários na arrumação da mesa, sorri ao nos ver e os deixa trabalhar.

— Então? — Ela nos observa. — Vocês já torturaram o pobre garoto o suficiente?

— A má notícia é que é impossível torturá-lo — diz meu tio. — A boa notícia é que sabemos que seu ponto fraco é a Glyndon.

— Ah, Jonathan. — Ela envolve o braço no dele. — Deixe-os em paz. O amor jovem é tão bonito.

Meu tio e eu nos olhamos porque, caramba, isso é quase a mesma coisa que a Astrid disse antes.

Por falar em minha esposa, deixo meu tio e Aurora e vou para o lugar favorito dela, depois da nossa cama.

Como esperado, ao abrir a porta de seu ateliê, encontro-a de pé com a Glyndon.

Estou acostumado a não ser notado quando venho aqui, para não interromper seu tempo criativo. Às vezes, a observo por horas, só para vê-la focada. Em outras, sinto que ela precisa de um descanso e sirvo como distração. Essas ocasiões em geral terminam conosco transando em meio a seus pincéis e paletas e, normalmente, resultam em uma bagunça.

Já se passaram quase três décadas desde que conheci essa mulher, e ainda sinto o sangue subir à minha cabeça, de cima e de baixo, sempre que a vejo.

Não importa a idade que tenhamos, ela ainda é a mulher que doma meu lado selvagem, que traz luz à minha escuridão e paz aos meus dias.

Ela ainda é o espírito mais livre que já vi.

Neste momento, ela está segurando a Glyn pelos ombros enquanto as duas olham para uma pintura caótica em preto e vermelho na parede.

Digo *caótica* porque sou artisticamente analfabeto, como a Astrid e os nossos filhos gostam de me dizer. Somente a Glyn diz: "Está tudo bem, pai. Você não precisa entender de arte para senti-la".

Porque ela é especial, a minha pequena Glyndon. Bondosa até demais, também. Como a mãe.

Só que ela não é mais pequena e trouxe para casa um namorado obstinado que me irrita sempre que me vem à mente.

— Por que não me mostrou o quadro antes? — Astrid pergunta, com um franzido suave entre as sobrancelhas.

Glyndon esfrega a palma da mão no short. Quando estão lado a lado, as duas são tão parecidas e, ao mesmo tempo, tão diferentes. Têm a mesma altura, os mesmos olhos, mas o restante as diferencia.

Minha esposa tem uma beleza madura, do tipo que foi aperfeiçoada por anos de carreira como empresária, artista, esposa e, mais importante, mãe.

Eu nunca teria conseguido ser um bom pai se Astrid não fosse a mãe dos meus filhos. Ela entende as diferenças entre os três e faz o possível para não sufocá-los.

Ela nunca vestiu o Landon e o Brandon com as mesmas roupas. Nem sequer uma vez. E quando as pessoas diziam que os dois ficariam fofos com roupas iguais, ela dizia que não estava pronta para sacrificar o senso de identidade dos meninos só para que todos os achassem fofos.

— Acho que não pensei que fosse bom o suficiente — Glyn responde.
— O Bran não deveria ter te mostrado isso.

— Ele não mostrou. Na verdade, entrei escondido em seu ateliê. Eu sei, eu sei. Não deveria ter feito isso. Mas você não me mostrou nada por quase um ano. — Ela aperta os dedos nos ombros de nossa filha. — E isso não é apenas "bom o suficiente", é uma obra-prima emocional. A primeira vez que o vi, fiquei com lágrimas nos olhos por causa do fluxo de emoções.

— Sério?

— Alguma vez já menti para você?

— Obrigada. — Sua voz treme. — Você não sabe o quanto isso significa para mim.

— Nem todo mundo vai gostar do que você expõe, e não tem problema, Glyn. Basta ignorar a opinião dos outros e se concentrar apenas em sua arte. Isso se você ainda quiser continuar nesse caminho.

— Claro que sim.

— Você sempre se expressou melhor com um pincel na mão e um sorriso malicioso nos lábios.

Glyn dá uma risadinha e abraça a mãe.

— Obrigada, mãe, de verdade. Por tudo.

Astrid dá um tapinha em suas costas com uma expressão amorosa no rosto.

— Então significa que você vai me mostrar suas criações de agora em diante?

— Vou.

— Ótimo. Agora, me diga no que estava pensando quando fez este?

Glyn sorri timidamente.

— Um belo pesadelo.

— Gosto deles.

— Eu também.

— Além disso, falei com o professor Skies, já que o Landon me contou que ele tem pegado muito no seu pé.

— O Lan te contou?

— Sim — responde Astrid lentamente. — Mas o mais estranho é que o professor Skies disse que já recebeu a visita de um homem mascarado, que o ameaçou dizendo que, se ele continuar a te incomodar, é melhor começar a contar seus dias. Seja sincera comigo: você acha que era o Lan?

Glyn solta um suspiro e balança a cabeça.

— Bem que eu estava me perguntando por que o professor Skies mudou de atitude em relação a mim. Ele até elogiou a minha pintura na frente de toda a sala, algo que nunca tinha feito. Agora sei que foi por causa da ameaça. E não, mãe, não acho que tenha sido o Lan.

— Ah, tudo bem. Se seu irmão mais velho causar algum problema, você me avisará, certo?

— Não, mãe, me desculpe, mas não vou. E nem o Bran, para falar a verdade. O Lan já é bem grandinho. Ele pode cuidar de si mesmo sem que você o monitore.

— Glyndon! Onde você aprendeu esse hábito de ficar retrucando tudo?

— Eu apenas... me sinto melhor quando digo tudo em voz alta em vez de enterrar as coisas dentro de mim.

Minha esposa sorri.

— Bom, já estava na hora. Estou orgulhosa de você, querida. E muito feliz por ter encontrado alguém que te entenda e te ame do jeito que você é.

Um leve rubor cobre suas bochechas.

— Você acha que o Killian me ama?

— Se ele te ama? Não, é mais do que isso. Ele parece estar pronto para destruir o mundo por você, e acredite em mim quando digo que esse tipo de amor é raro de encontrar.

— Você acha?

— Tenho certeza.

— E ele não seria o único. — Escolho esse momento para entrar e, em seguida, coloco a mão na cintura da minha esposa.

Astrid se encaixa perfeitamente em meus braços. Essa mulher foi feita para mim, e me recuso a pensar o contrário.

— Pai. — Glyn fecha a cara. — Por que está dizendo isso?

— Porque ele é um psicopatinha. É por isso. Imagine o que ele se tornará quando crescer.

— O Aiden? — Astrid pergunta com um sorriso malicioso. — Você ainda o ama.

— Eu o *tolero*. Não o amo, princesa.

— Ah, por favor. Você é superprotetor em relação ao Aiden desde que eram crianças. De qualquer forma, ele é o tipo de homem que coloca a família acima de tudo, portanto, não o julgue.

— Sim, pai, não fique julgando as pessoas.

— É duas contra um agora, é?

— Bom, você se colocou nessa situação — afirma Astrid, descaradamente tomando o partido de nossa filha.

— Ainda amo você, pai. — Glyn dá um beijo em minha bochecha e depois sorri. — Vou indo antes que vocês comecem a se beijar.

Sua risada ecoa no ar quando ela deixa o ateliê. Minha esposa desliza a mão por meu torso e meu peito, com uma luz cintilante brilhando nos olhos.

— Vamos começar a nos beijar, meu rei?

Bastam alguns flertes dela para me transformar em um vulcão furioso.

— Não sei. Você acabou de ficar do lado daquele maldito Killian, em vez do meu.

— Porque você não está sendo razoável, e sabe disso. Ele tirou a nossa filha da beira do abismo, o que já me deixa eternamente grata. — Sua mão vai até meu rosto e sua voz se suaviza quando ela diz: — Você não vai mesmo me beijar?

— Eu nunca diria não para você, princesa.

Cederei às suas tentações quantas vezes for preciso.

Meus dedos levantam seu queixo e minha boca encontra a dela. Eu a beijo com gratidão, amor e a absoluta necessidade de tê-la em minha vida.

Ela *é* a minha vida.

A minha esposa.

A mãe dos meus filhos.

Minha.

Levi: Acabei de perder a minha filha.

Xander: Por favor, me diga que é uma brincadeira e que a Glyn está bem.

Levi: Se por "bem" você quer dizer respirando, então, com certeza, ela está bem. Mas ela trouxe um cara para casa e disse as temidas palavras "Eu o amo".

Aiden: Você sabia que ela acabaria fazendo isso. Ela tem dezenove anos, Lev, não nove.

Levi: Diz aquele que só tem filhos homens. Você não entende, então que tal dar o fora?

Aiden: O que tem de errado em ter filhos homens? Não fique com ciúmes.

Ronan: Concordo. Filhos homens são os melhores. Além disso, estou ansioso para saber quando o Remi nos apresentará sua pessoa especial.

Cole: Pelo que eu percebi, serão pessoas. Eu me pergunto de onde ele tirou a tendência de ser mulherengo.
Ronan: Vá se foder, Nash. Meu filho está vivendo a vida como um estudante universitário saudável e não permitirei que ninguém o critique por isso.
Xander: Minhas condolências pela Glyn, capitão. É o meu pior pesadelo imaginar que um maldito levará a minha Cecily.
Aiden: Oi? As duas já têm idade suficiente para serem independentes, então podemos normalizar isso e deixar que vivam a própria vida?
Cole: Exceto pela minha Ariella, que só tem dezesseis. Minha Ava também está fora de cogitação. Está ouvindo, Aiden? Avise ao Eli.
Aiden: Você está se iludindo se acha que pode impedir o Eli de fazer qualquer coisa. Nem eu consigo mais controlar suas ações.
Cole: É o que veremos. Não me culpe pela violência que ocorrerá quando ele se aproximar da minha filha.
Ronan: Vou buscar a minha pipoca.
Cole: Você também, Ron. Mantenha seu filho longe da minha Ari.
Ronan: Eu é que deveria dizer isso, seu desgraçado. Ela é uma sarninha infernal. Jesus, estou temendo pela vida do Remi.
Levi: Vocês podem me ignorar o quanto quiserem, mas serei eu quem vai rir quando vocês perderem seus filhos.

EPÍLOGO 1
GLYNDON

TRÊS MESES DEPOIS

— Você está bêbada?

Olho para Killian com um sorriso largo e semicerro os olhos.

— Sabia que você fica muito gostoso quando está com raiva?

— Glyndon — diz ele, com os dentes cerrados.

— Você também fica sexy quando fala meu nome.

Ele bate um dedo no balcão, obviamente esperando uma resposta.

— O quê? Só tomei uns dois drinques. Não foi, Niko? — Encaro o meu parceiro de crime enquanto nos sentamos no balcão da cozinha, e Gareth prepara mais drinques para nós.

Ok, talvez houvesse mais álcool envolvido do que revelei, mas a culpa é toda do Killian. Fiquei entediada esperando que ele voltasse para casa depois do turno no hospital, então, quando Nikolai começou a beber, me juntei a ele.

E mesmo assim eu esperei. Agora já são quase onze da noite, estou cansada e tenho aula amanhã cedo. Mas eu não conseguiria voltar para o dormitório porque esse idiota me treinou para só dormir em cima dele.

Ou é o que digo a mim mesma.

A triste verdade é que me apaixonei mais por esse homem nos últimos meses, e estou aproveitando cada segundo.

Killian sempre será o Killian, com seus métodos pouco ortodoxos, personalidade sombria e mente perturbada, mas ele sorri quando me vê, beija minha testa depois de me agradar e me fode como se não conseguisse respirar sem mim.

Ele me mostra partes de si mesmo que o mundo não conhece, como as fotografias que vem tirando ao longo dos anos. Ultimamente, seu quarto vermelho está repleto de fotos nossas. Ou, para ser mais específica, minhas. Em várias posições diferentes. Durante o sexo. Fora do sexo. Quando estou olhando. Quando não estou olhando.

Ele disse que sou sua obra-prima.

Nem preciso me preocupar com outras pessoas, porque ele não enxerga ninguém além de mim. E sei porque, outro dia, fui surpreendê-lo na faculdade para que pudéssemos almoçar juntos, e uma garota estava praticamente esfregando os seios no braço dele enquanto Kill lia um livro do curso.

Ele apenas colocou a mão na testa dela e a afastou, como se a garota fosse uma inconveniência qualquer, sem desviar o foco da leitura.

Quando estou por perto, ele acha difícil se concentrar em qualquer outra coisa. E essas são palavras dele, não minhas.

Somente quando eu estava a alguns passos de distância, ele olhou para cima com aquele sorriso de lado de parar o coração. Isso é bem perigoso para a minha saúde a essa idade.

Ele não está sorrindo nada agora. Na verdade, seus olhos se estreitam um pouco.

— O que te falei sobre ficar bêbada quando eu não estou por perto? E o nome desse filho da puta é Nikolai.

— Acho que está com ciúmes porque eu e a Glyn estamos nos dando bem, não é, herdeiro de Satanás? — Seu primo aponta um copo de shot meio vazio em sua direção, com a porcaria de um sorriso na boca.

Killian o ignora solenemente e, em seguida, passa um braço em volta de mim e me joga sem esforço sobre o ombro.

Caramba.

Esse comportamento de homem das cavernas ainda vai me matar.

Mesmo assim, dou risada conforme o sangue vai para a minha cabeça, e me agarro às suas costas.

— Adoro sentir seus músculos — murmuro, acariciando todas as partes que consigo alcançar.

Ele grunhe, fazendo um som baixo e sexy. Ou talvez eu esteja apenas com tesão.

— Maldito álcool.

Ele pega uma almofada a caminho da escada e o joga em Nikolai, acertando-o na nuca.

Gareth dá uma risadinha.

Nikolai dá um pulo.

— Qual é o seu problema, filho da puta? Pare de jogar essas merdas em mim.

Killian nem sequer olha para ele enquanto sobe as escadas, e entra em seu quarto.

Ele me deita gentilmente na cama, e resmungo enquanto me apoio nos cotovelos. Faço uma pausa quando o vejo tirar a camiseta e revelar o abdômen firme como pedra, com as tatuagens das gralhas assombrosamente belas. Em seguida, ele tira a calça, ficando apenas de cueca boxer.

Nunca me acostumarei com sua perfeição física e com o fato de que ele é todo meu.

Nem com a felicidade que tenho sentido nos últimos meses.

Killian sobe na cama, me coloca em cima dele e fecha os olhos.

Eu me movimento até que a minha barriga encontre sua leve ereção e apoio o queixo nas mãos entrelaçadas em seu peito.

Killian está com olheiras e parece cansado, mais do que o normal.

Ele está com muitas aulas na faculdade este ano e, como se não bastasse, a guerra entre os clubes tem piorando.

Odeio o fato de Devlin ter conseguido o que queria e instigado o caos. O resultado disso é que os meninos têm tido muito mais trabalho ultimamente. Jeremy quase nunca está por perto, ocupado demais. Nikolai e Gareth só tiveram essa noite de folga para poder beber.

Todo mundo pensa que Killian é uma máquina que não se cansa, não importa quantas tarefas realize, mas ele é humano. Ele se machuca, como quando quebrou o braço, e, embora seja um gênio, é claro que não é um robô.

— Você está cansado? — murmuro.

— Não estou cansado. — Sua voz ressoa contra meu peito, mas ele não abre os olhos. — Estou irritado com você por ter bebido com os idiotas quando eu não estava por perto.

— Foi só um drinque.

— Foi só você falando de um jeito sensual sabe-se lá por quanto tempo. Tenho vontade de matar só de pensar em alguém imaginando como você fica durante o sexo.

Verdade. Ele fica impossível só de pensar em outra pessoa me tocando. Até hoje, ainda está procurando o dono da mão que postei no Instagram. Sem brincadeira, toda vez que ele encontra alguém da minha família e outros conhecidos, ele verifica as mãos da pessoa.

Graças a Deus, o Moses costuma usar luvas.

Acaricio seu peito.

— Não pensei sob essa perspectiva.

— Então faça isso daqui para a frente.

— Talvez Nikolai esteja certo.

Dessa vez, ele abre um olho.

— Sobre?

— Ele disse que sou tão especial para você que é assustador imaginar como você seria sem mim.

— Não preciso imaginar isso, porque não existirei sem você, coelhinha.

Meu coração dá aquela cambalhota selvagem de novo, aquela que me faz sentir como se ele fosse sair para fora por causa do fluxo de emoções.

Antes que eu consiga pensar em uma resposta, ele continua.

— E olha você ficando à vontade para falar de mim pelas minhas costas.

— Você faz isso o tempo todo com o Bran. Além do mais, nem preciso perguntar nada para a Anni. Basta apresentar um assunto, e ela fornece todas as informações e mais um pouco. Ela me disse que você é cruel.

— A Annika deveria se preocupar consigo mesma, porque ela vai ver o que é crueldade quando o Jeremy descobrir sobre a paixonite dela.

— Ah, não conte para ele. Além disso, não é como se o Creigh estivesse interessado nela. Embora eu não tenha mais certeza. Eles têm agido de forma estranha ultimamente, *muuuito* estranha.

Um brilho sombrio passa por seus olhos agora abertos.

— Não se meta nisso.

— O quê? Por quê?

— Só fique fora dos assuntos deles. Acredite em mim, são bem sangrentos.

Estreito os olhos, sentindo que ele está escondendo informações de mim.

Mas também, ele é bem próximo do Jeremy, então com certeza ficaria do lado dele, não da Anni. Mas por que sinto que há mais coisa por trás dessa história?

Ele fecha os olhos de novo.

— Agora durma.

— Mas não quero dormir.

— Durma ou vou te foder. E não vai ser uma foda suave. Vou fazer você gritar e depois abafar sua voz para que ninguém te ouça.

Engulo em seco, mas não é por medo. Sinto um frio na barriga, e prazer se acumula entre as minhas coxas.

Dentro desse homem esconde-se um monstro de sangue frio que sempre o leva ao seu limite. Ele diz que eu o impeço de ultrapassá-lo.

Antes de mim, ele era um monstro sem rumo.

Agora, é o meu monstro.

E aquele primeiro encontro não convencional era exatamente como eu deveria conhecê-lo.

Eu estava muito letárgica, muito fora de mim para sequer considerar querer alguém. Eu odiava a vida e a mim mesma, e esse acontecimento me trouxe de volta com uma explosão dolorosa de sentimentos.

Meu psiquiatra diria que estou procurando desculpas. E digo que me encontrei por meio desse demônio.

Nem todas as garotas gostam do herói. Eu estava fadada a me apaixonar pelo vilão.

Porque sei, eu simplesmente sei, ele me colocará acima de todos. Inclusive de si mesmo.

Então, seguro seu rosto e pressiono os lábios dele com os meus. Em geral, não sou tão atrevida em relação a sexo e carinhos, principalmente porque adoro quando ele toma de mim o que quer.

É assim que funcionamos.

Mas, neste momento, quero beijá-lo e mostrar que, mesmo que eu relute, eu nunca não o desejei.

Eu sempre o quis.

Sempre.

Ele grunhe mordendo meu lábio inferior e depois nos vira, colocando uma mão no meu pescoço.

— Te dei uma saída, mas você a recusou. Agora você está fodida de verdade, baby.

— Quem disse que quero uma saída? — Sorrio.

— Essa é a minha garota. Me diga o que quero ouvir.

Minha palma acaricia sua bochecha.
— Eu sou sua, meu monstro.
— E eu sou seu, coelhinha.
Então ele me mostra o quanto pertencemos um ao outro.

EPÍLOGO 2
KILLIAN

DOIS ANOS DEPOIS

Cheguei à conclusão de que existem muitas pessoas irritantes na minha vida e na de Glyndon.

Mais especificamente, pessoas que acham que é uma ótima ideia roubar o tempo que tenho com ela.

Meu nível de tolerância em relação a isso está se esgotando aos poucos, e não posso me responsabilizar pelo inferno que vai se desencadear quando eu atingir meu limite.

Na verdade, o limite já foi ultrapassado há cerca de dois anos, logo após o início do nosso relacionamento, mas cometi o erro de prometer que veria as coisas pela perspectiva dela.

Naquela época, essa era a única coisa que a faria confiar em mim o suficiente para ficar comigo. Mas agora tenho que aceitar que ela realmente precisa de amigos.

Que ela quer ser reconhecida por ser quem é.

Que, por mais que eu queira passar todos os momentos do dia enterrado dentro dela ou apenas segurando-a em meus braços, ela precisa de algo tão blasfemo quanto sair com os amigos e os colegas, e toda essa baboseira.

Mas entendo.

Na verdade, não.

Nem um pouco.

Porém, deixo que Glyndon faça essas coisas irritantes, em especial porque ela fica com saudades, e gosto de sua proatividade quando sente minha falta.

Como nesta noite.

Não a vi por um dia e, embora isso tenha sido uma tortura, eu tinha que planejar algo.

Mais cedo, pedi que ela me encontrasse no topo do penhasco e depois me escondi atrás da árvore.

E esperei.

———

Glyn chega quinze minutos mais cedo e desliga o motor do carro perto da estrada, mas não apaga os faróis. Minha coelhinha caminha direto para o penhasco, rebolando suavemente. Hoje ela está usando uma jaqueta jeans e um vestido que chega até o meio das coxas, e balança a cada movimento. Ela até passou um batom vermelho, a minha cor favorita.

Para mim, a Glyndon é a mulher mais bonita do mundo. Toda vez que a olho, lembro-me da diferença que ela fez em minha vida.

Se não fosse por ela, eu teria entrado em uma espiral destrutiva e criminosa há muito tempo. Eu nunca teria me aberto para a minha família e encontrado um meio-termo em nossa relação.

Gareth e eu não merecemos o prêmio de "Irmãos do Ano", e nunca serei carinhoso com o meu pai, mas nós nos encontramos e conversamos. Até voltamos a caçar, que é a única atividade que nós três fazemos juntos, apesar da minha mãe não gostar desse hobby.

Glyndon para não muito longe do penhasco e olha em volta, talvez procurando por mim. O clima está brando esta noite, sem vento nem barulho de ondas.

Seu cabelo cobre o rosto enquanto ela pega o celular. Logo depois, o meu vibra no bolso. Provavelmente é uma mensagem dela, perguntando se já cheguei.

Em vez de responder com palavras, abro a caixa enorme que trouxe comigo.

Pequenas luzes amarelas iluminam lentamente o penhasco sombrio, enquanto vaga-lumes se espalham pelo ar.

Glyndon olha para cima e seu celular logo é deixado de lado, porque ela entra em transe. Adoro quando ela fica admirada, quando sua boca se abre e seus olhos se arregalam. Igual quando estou entrando e saindo de dentro dela e ela já não aguenta mais, mas ainda assim aproveita cada segundo.

A luz amarela forma uma auréola ao seu redor, e me aproximo sorrateiramente por trás. Quando sente a minha respiração em seu pescoço, ela se assusta e se vira tão rápido que escorrega para trás.

Sem olhar, ela agarra meu peito com as duas mãos, e seu celular cai no chão.

— Essa cena é estranhamente parecida com a primeira vez que nos encontramos — sussurro.

— Você me assustou — ela fala baixo, menos apavorada do que naquela época.

— Você confia em mim, baby?

Ela demora um pouco, ainda com a respiração acelerada, depois me solta. Estico o braço e a puxo de volta, envolvendo sua cintura. Seu peito bate no meu e ela sorri.

— Isso responde à sua pergunta?

Eu aperto os dentes.

— Não faça isso de novo.

— Então não faça perguntas idiotas de novo. Por que eu ficaria com você esse tempo todo se não confiasse em você?

— Pelo meu carisma?

— Você nem sabe o significado dessa palavra.

— Você me ama?

Ela suspira, balançando a cabeça.

— Infelizmente.

— *Infelizmente?* — repito.

— Sim, eu poderia ter escolhido qualquer outra pessoa, mas tinha que ser você.

— Com certeza. — Afasto seu cabelo do rosto. — Você chegou mais cedo.

— Bom, lembra daquela infelicidade que é eu te amar? Isso faz com que eu sinta saudades mesmo quando não te vejo por um certo período de tempo.

— É realmente trágico.

— Mas a vista faz a espera valer a pena. Como você conseguiu trazer todos esses vaga-lumes para cá?

— Eu só trouxe. Será que mereço uma recompensa por ter trabalhado duro?

— Você fez isso para me impressionar ou para receber uma recompensa?

— Ambos.

Ela sorri, balançando a cabeça.

— O que quer como recompensa?

— Case-se comigo, Glyndon.

Seu sorriso se congela.

— O qu-quê?

— Quero que se case comigo.

— Temos só vinte e um anos, e você ainda não terminou a faculdade, e eu quero fazer um mestrado. Quando digo "O quê?", quero dizer "Você está falando sério?".

— E quando foi que não falei sério? Podemos nos casar depois de já estarmos bem estabelecidos em nossas carreiras, se quiser. Mas, enquanto isso, você vai usar a minha aliança no dedo.

Ela parece ter se recuperado do choque, e um raro brilho cobre seus olhos.

— Quando foi que você planejou isso?

— Depois que te levei para conhecer os meus pais. É claro que eu me casaria com a primeira garota que apresentasse a eles.

Ela estreita os olhos.

— Isso foi antes ou depois do anal?

Eu sorrio.

— Durante, baby.

Ela tenta disfarçar sorriso, mas não consegue.

— Maldito pervertido.

— Isso é um sim?

— Você nem sequer perguntou.

— Se eu perguntar, você poderá dizer "não", e você sabe que não aceito isso como resposta. Não em relação a isso.

Ela passa os braços em volta do meu pescoço.

— Acho que estou condenada.

— Por quê?

— Porque acho que você é o único homem com quem eu me casaria.

— Você acabou de descobrir isso?

— Ah, cale a boca. — Ela ri e beija minha bochecha. — Quero me casar com você, meu monstro.

— Ótimo. — Coloco o anel personalizado com meu nome em seu dedo. — Agora você é oficialmente minha.

Ela fica olhando para o anel sob a luz dos vaga-lumes.

— É tão bonito. Obrigada.

— Sei de uma forma melhor para você me mostrar sua gratidão. — Eu a pego pelo braço e a puxo comigo.

Ela precisa correr para acompanhar meu ritmo, e normalmente eu diminuiria a velocidade, mas agora estou impaciente demais.

Minha necessidade de estar dentro dela é maior do que a de respirar.

Quando chegamos a uma árvore, bato suas costas no tronco. Não forte o suficiente para machucá-la, mas para que ela perceba minha intenção.

Glyndon engole em seco.

— Estamos em um local público, Killian.

Seguro seu quadril e o pressiono contra a minha ereção.

— E daí? Precisamos comemorar o nosso noivado. — Deslizo minha outra mão por baixo de seu vestido. — Além disso, o batom vermelho é um convite claro para eu foder essa boca, e você usou um vestido para que eu pudesse ter mais acesso à sua boceta, não foi?

Meus dedos encontram sua boceta e paro.

— O que é isso, minha vagabundinha? Está sem calcinha?

— Eu te disse que estava com saudades — ela sussurra.

— Você está me deixando louco, baby. — Provoco seu clitóris, e ela joga a cabeça para trás com um gemido. — Passe a perna pela minha cintura e se segure em mim.

Seus braços e uma perna envolvem meu pescoço e a minha cintura, mas ela ainda sussurra:

— Alguém pode ver.

— Não se quiser continuar vivo. — Libero meu pau extremamente duro e levanto sua outra perna. — Olhe para mim enquanto te fodo, baby.

Seus olhos encontram os meus, escondidos, quase fechados, mas ainda tão cheios de chamas que sinto vontade de entrar neles e sentir as queimaduras.

Eu a penetro com a impaciência de um padre celibatário. Ela se aperta ao redor do meu pau e solta um suspiro, com seu corpo se encaixando no meu.

Talvez eu deva fazer com que ela sinta mais saudades no futuro. Pensando bem, não. Ainda estou sofrendo com a abstinência depois de apenas um dia.

Meus dedos envolvem seu pescoço, e ela se agarra a mim com mais força. Ela gosta quando a sufoco enquanto estou metendo com força, essa minha Glyndon. Ela me disse que isso faz com que ela perca ainda mais o controle, porque sou eu.

Porque ela *confia* em mim.

Aumento meu ritmo até que seus gemidos e suspiros de prazer ecoem ao nosso redor, circulando com os vaga-lumes pelo silêncio da noite.

— Você vai ser a minha esposa. — *Enfio.* — A minha parceira. — *Enfio.* — Meu tudo.

— Sim, sim. — Sua voz se quebra com a força com que meto nela.

— Um dia, vou encher essa sua boceta com a minha porra e você vai me dar filhos, não vai, baby?

Seus olhos brilham enquanto ela geme.

— Sim!

Seu orgasmo me atinge com uma mistura de emoções. Talvez seja o tanto que ela se entrega, ou o fato de que agora ela está usando meu anel, ou que nada nem ninguém a tirará de mim. Ou talvez seja a promessa de que colocarei um bebê nela no futuro.

Seja qual for a razão, gozo dentro dela com um grunhido.

Glyndon me agarra e seus dedos acariciam a minha bochecha conforme um sorriso de menina feliz cobre seus lábios.

— Eu te amo, meu monstro.

— E eu te amo, baby.

Mais do que ela jamais compreenderá, pensará ou saberá.

Eu a amo ao ponto da loucura.

O QUE VEM A SEGUIR?

Muito obrigada por ler *Deus da malícia*! Se você gostou, por favor, deixe uma avaliação.

Seu apoio é muito importante para mim.

Se quiser discutir com outros leitores da série, pode participar do grupo do Facebook, *Rina Kent's Spoilers Room*: facebook.com/groups/RinaSpoilers

O próximo livro pode ser lido separadamente e faz parte da série *Legado dos Deuses: Deus da Dor*.

Quer saber mais sobre a paixão não correspondida de Annika Volkov por Creighton King?

Continue lendo para sentir um gostinho do romance estilo *grumpy-sunshine*.

Deus da Dor

CAPÍTULO 1
ANNIKA

Tem uma pessoa lá fora.

Ou *pessoas*.

O som da respiração ofegante delas se infiltra pela porta, subindo cada vez mais em *staccato*, parecendo um animal ferido.

Um animal selvagem.

Meus olhos se abrem e saio da cama aos tropeços, ajeitando o cabelo para que caia direito pelas minhas costas. Em seguida, puxo para baixo a camiseta roxa que mal cobre a bunda.

As sombras continuam no canto, contorcendo-se e gemendo como feras famintas. A única luz vem da lâmpada da varanda que sempre deixo acesa. Não levo a mão até o interruptor nem tento tocá-lo.

Algo me diz que, se eu lançar luz sobre qualquer que seja o animal que está à espreita, a situação ficará bem ruim.

Meus passos são inaudíveis, o que é natural para mim. Mas, permanecer, não. É impossível controlar os tremores que percorrem meus membros ou o suor que escorre pelas minhas costas, fazendo com que a minha camiseta grude na pele.

Algo não está certo.

A mansão do meu irmão deveria ser o lugar mais seguro do campus e o segundo mais seguro do mundo, depois da nossa casa em Nova York.

É por isso que ele insiste que eu passe *algumas* noites aqui. Não me intrometo em seus negócios, mas sei o que essas noites trazem: caos, desordem e o massacre de pobres almas.

Portanto, o melhor lugar para me manter protegida é debaixo de sua asa, com uma dúzia de guardas me vigiando.

Sabe a torre de marfim onde a Rapunzel ficou? Meu quarto no complexo dos Hereges, o clube infestado de pecados do qual meu irmão faz parte, é a materialização disso.

Ficam guardas até debaixo da minha varanda, então, mesmo que eu tentasse descer, eles me pegariam. Os guardas fariam careta, grunhiriam e contariam ao meu irmão e ao meu pai.

Credo.

Porém o lado positivo é que estou protegida. Sou protegida desde o dia em que nasci na família Volkov.

E *sou* uma Volkov.

Sinto até vontade de rir pelo arrepio de medo que se recusa a me abandonar. Não sei como seria em outro lugar, mas aqui estou segura.

Certo, o que quer que esteja se escondendo por aí, é melhor que seja um pássaro ferido ou algo bobo. Caso contrário, esteja pronto para morrer.

As cortinas da varanda voam para dentro. O tecido branco se mescla à escuridão da noite, apesar da luz fraca.

Paro quando estou a alguns passos de distância. Abri a porta da varanda ontem à noite?

Não. Não, não abri.

A reação lógica seria dar meia-volta e sair pelo corredor, chamar meu irmão ou qualquer um de seus homens e me esconder em minha gaiola de ouro.

Mas o problema é o seguinte...

Meu traço tóxico é a curiosidade. Não consigo dormir à noite quando não satisfaço minha sede de conhecimento.

O quarto espaçoso, com travesseiros macios, lençóis roxos, papel de parede brilhante e tudo o que há de glamouroso e bonito, lentamente sai de foco.

A luz suave da varanda é a minha única bússola quando dou um passo à frente.

O destino funciona de maneiras misteriosas.

Desde pequena, eu sabia que não seria sempre uma princesinha protegida lutando pela aprovação da família. Que um dia, quando eu menos esperasse, algo chegaria. Eu só não sabia o que era nem o que isso causaria.

Certamente, não imaginei que o começo fosse na mansão do meu irmão, que é mega segura e cheia de guardas.

Quando alcanço a porta de vidro entreaberta, uma figura escura desliza aos poucos para dentro do quarto.

Pulo para trás, batendo a mão no peito.

Se eu não tivesse percebido o movimento sutil passando pela porta deslizante, teria pensado que essa pessoa, um homem, a julgar por sua constituição, era um recorte da própria noite.

Ele estava todo de preto: calça de moletom, camisa de mangas compridas, sapatos, luvas e uma máscara que era metade sorriso e metade carranca.

Um arrepio serpenteia sob a minha pele quando observo os detalhes da máscara. A metade que chora é preta, e a parte que sorri é branca. A mistura é perturbadoramente assustadora.

Ele todo é.

A cor escura de suas roupas não esconde a saliência dos músculos, nem reduz o poder de sua presença silenciosa. Ele é alguém que se exercita, tem o peito sarado e o abdômen definido, mas não é gigante.

É apenas musculoso o suficiente para exalar poder ao apenas estar ali.

Ele também é alto. Tão alto que preciso inclinar a cabeça para vê-lo por completo.

Bem, sou um pouco pequena. Mas mesmo assim. Normalmente não preciso me esforçar tanto para olhar para os outros.

Ficamos nos encarando por um instante, como dois animais prestes a se atacar.

Os dois buracos da máscara assustadora funcionam como seus olhos, que são escuros, mas não são pretos nem castanhos, parecem a escuridão das profundezas do oceano.

E me apego a essa cor, a esse rompimento de sua aura escura. Também é um traço tóxico meu ver o lado bom das pessoas, não deixar que o mundo me enrijeça até que eu não consiga mais sentir empatia por ninguém.

É uma promessa que fiz a mim mesma quando descobri em que tipo de mundo eu havia nascido.

Meu corpo continuam a tremer, acompanhando o ritmo do meu batimento cardíaco acelerado.

Ainda assim, forço um tom de voz superanimado e supercasual.

— Talvez você queira ir embora antes que os guardas te encontrem...

As palavras somem na minha garganta quando ele avança em minha direção.

Um passo imponente de cada vez.

Então, lembra o que falei sobre a presença dele exercer poder? Estou testemunhando os efeitos disso em primeira mão.

Mas eu estava errada.

Não se trata apenas de poder, é intimidação em sua forma mais pura.